白夜灵异事件簿 II

风魂 著

长江出版社
漫娱文化

CONTENTS

- 第一章　猎魔人　　　005
- 第二章　十年约　　　033
- 第三章　许愿池　　　055
- 第四章　殇魂曲　　　081
- 第五章　圆月夜　　　103
- 第六章　小人难做　　129
- 第七章　幽灵船　　　153
- 第八章　虎假狐威　　181
- 第九章　致命病毒　　205
- 第十章　圣诞快乐　　233

- 番外一　岁考　　　　255
- 番外二　少年行　　　281
- 特别篇　温泉旅馆幽灵退治　303

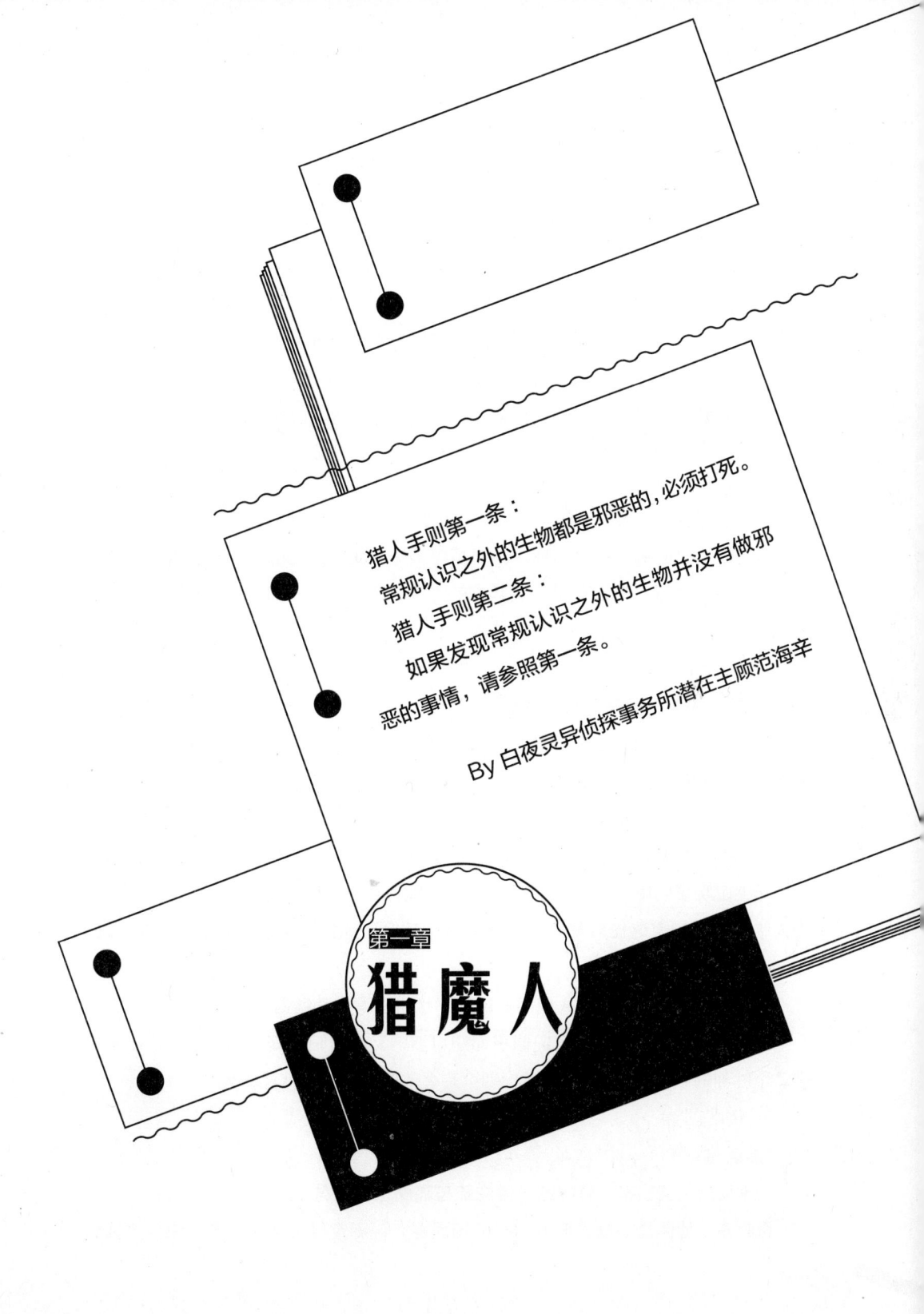

猎人手则第一条：
常规认识之外的生物都是邪恶的，必须打死。
猎人手则第二条：
如果发现常规认识之外的生物并没有做邪恶的事情，请参照第一条。

By 白夜灵异侦探事务所潜在主顾范海辛

第一章
猎魔人

1 我姓范，叫范海辛

新学期开始的时候，澄空附中高一（三）班上来了一位转学生。当他站在讲台上的时候，所有同学的眼前都为之一亮。

帅哥！

就连一向对美人很挑剔的李小白，都从假寐状态里抬起眼来看向他。

转学生个子高挑，身材匀称，头发剪得很短，露出光洁的额头；俊逸的脸庞棱角分明，浓眉大眼，鼻梁英挺；笑起来的时候，还会露出一口洁白的牙齿，显得又阳光又健康。

老师例行公事让他做自我介绍。

"我姓范，叫范海辛。"转学生这么说。

李小白一时以为自己没听清，不由得侧了侧耳朵，却见他转过身去，在黑板上写下了自己的名字。

——的确是"范海辛"。

一个字都没错。

李小白咧了咧嘴。作为电影里经典的猎魔人形象，"范海辛"可是个大大有名的人物。也不知道这位转学生的名字只是个巧合，还是有个超级范海辛FANS的父亲。

班上其他几个知道猎魔人范海辛的同学也不由得窃窃私语起来。

讲台上的转学生对这种情况似乎司空见惯，又亮出阳光健气的笑容，伸出手指摆了个胜利的手势，说道："没错，那个有名的吸血鬼猎人就是本人！"

"拉倒吧。"

"谁信啊？"

大家反而哄笑起来，转学的一丝生疏与隔阂也就在这笑声中消弥于无形。

看起来，他倒是很擅长应付这样的场面呢，说不定经常转学？李小白正这么想

着，范海辛已经在老师的指点下走向后面的空位。经过李小白身边的时候，他的目光恍若无意地从李小白身上滑过，突然笑了笑。

冷笑。

跟刚刚在讲台上的笑容完全不一样。

李小白瞬间感觉到一种针扎般的寒意，她下意识地直起腰，绷紧了身体。她扭头去看，范海辛已在她斜后方的空位坐下来，正和自己的同桌笑着打招呼，完全没有什么异常。

李小白微微皱了一下眉，是自己多心了吗？

中午吃完饭，李小白去找胡十九。

胡十九是她的老师，也是一只连李小白也搞不清他到底活了多少年的狐妖，去年以历史老师的身份在澄空附中待了下来，帮过李小白好几次忙，私下颇为熟稔。

胡十九下午没课，正悠闲地在校园里的林荫道上散步。一头长发柔顺地垂在身后，偶尔被风扬起，衬着他的颀秀身姿，就像一幅绝美画卷。

李小白小跑了几步追上他，笑眯眯道："胡老师好。"

胡十九扫了她一眼，没回话。

李小白又夸道："饭后散步呢？胡老师果然深谙养生之道，您最近的精神真是越来越好了。"

胡十九停下来，看着李小白一脸谄媚的笑容，又好气又好笑："没事跑我这来献什么殷勤。"

"可不就是有事求您嘛。"李小白看看左右没人，凑上去压低了声音，"想跟胡老师借一撮毛。"

眼见胡十九脸色一沉，李小白连忙解释道："我画符用的笔秃了，得重新做一支，您看这一时之间也找不到合适的，胡老师您就行个方便呗？"她说着伸出手来比画，"只要这么一小撮……"

"胡闹！"胡十九想也不想就回绝了。

修道之人所用的符箓跟现在寺庙里那些唬弄人的东西可不一样，制符用的纸、颜料、笔……无不考究。既然要重新做笔，身边有胡十九这个等级的狐妖，身体发肤都淬炼过无数次，灵力充沛，用他的毛自然再好不过。

虽然胡十九看起来并不乐意，李小白却不肯就此罢休，不住打量着胡十九的一头长发，笑眯眯拖住他道："不要小气嘛。又不用胡老师剃光头，您到春秋季节换个毛也不止掉这个量啊。"

胡十九早在数千年前便已修成人身，哪里还会像普通狐狸一样随着季节变化换毛。听李小白这么说，实在有点哭笑不得。

他回头看着李小白，目光突然一转，反而笑起来，道："你刚刚是说借？"

李小白连忙点头。

胡十九轻笑道："那你要怎么还我？"

李小白怔住。

狐狸毛到手她自然就用掉了，还要怎么还？难道要去动物园找只狐狸拔撮毛下来还胡十九？他才不稀罕那种东西吧？

李小白正犹豫的时候，胡十九突然一皱眉头，直接往旁边退开一步。

李小白有点意外地眨眨眼，但还没来得及开口问，突然就被泼了一脸冷水。现在才二月底，天气还没回暖，这么劈头盖脸泼了个正着，就算李小白平日不怕冷，也不由得打了个冷战。

随即就听到一声暴喝："离那个人远点！"

李小白抬起眼看过去，见范海辛正站在离她两三米远的地方，左手拿着一个刻着十字架的银色瓶子，右手则握着一把匕首，刀刃在阳光下闪着森寒的光，看起来十分锋利。

显然李小白脸上的水就是这家伙刚刚泼的。

见李小白看过来，他板着脸，正气十足地再次喝叱："怪物，我绝不会再让你害人的。离开他！"

胡十九倒是乖乖又向旁边退开了一步，但脸色已不太好看。

李小白怕他生气，也顾不得擦自己脸上的水，连忙问："你是不是误会了什么？把刀放下，咱们有话好好说。"

"没有误会！不要以为扮成普通人就能瞒过我的眼睛！"范海辛收起了左手的瓶子，右手的匕首却始终指向李小白，"看你还能玩什么花样。"

胡十九这时才出声，轻轻向李小白道："他盯的是你呢，这小子是不是有点斜视？"

"是哦。"李小白也有点讷闷，"刀好像也是对着我。"

他们说话间，范海辛已上前一步，一把抓住胡十九，将他拉到自己身后，手里的匕首依然对着李小白，目光也盯着她，毫不松懈。一面向胡十九道："你不要被她的外表蒙蔽，这个人是一个邪恶的女巫！"

胡十九饶有兴致地挑起了眉。

李小白则直接怔在那里。

嘿，搞半天原来他不是斜视，而是一开始的目标就是李小白。

2 我一定会拆穿你的真面目！

"女巫？"

李小白重复了他的话，这时才抹了一把脸上的水，笑道："范同学你是COS范海辛走火入魔了吧，哪里会真的有那种东西。"

某种意义上来说，她作为一个出身于修道世家、本身又会法术的女生，的确也勉强可以算作"女巫"，但范海辛所说的那种，显然只是一种狭义的理解。

李小白可不想被当成那种用黑魔法为魔鬼服务的邪恶存在。

范海辛盯着她，如临大敌。他刚刚泼上去的，可是用银瓶装的圣水，但对面的女生却好像一点事也没有。

李小白无所谓地耸了耸肩："别玩了，快点把刀收起来，要是被别人看到可就麻烦了。我们学校可不准带这种东西。"

"不要再花言巧语了。"范海辛道，"我才不会上你的当。"

李小白一摊手，颇有些无奈道："那你要怎么样？你莫名其妙跑来说我是女巫，我都没骂你神经病血口喷人，你凭什么拿把刀对着我大呼小叫啊！"

胡十九一脸看好戏的表情在旁边帮腔："是啊，这位同学，你有什么证据可以证明她是女巫呢？"

范海辛安静了一下，虽然女巫们会使用一些邪恶的魔法，但本质上还是人类，他能感觉到她们与众不同的气息，向别人证明却不那么容易。理论上来说，女巫们会被圣水烫伤，但李小白似乎完全不受影响，这一点让他更为犹豫。

他确定自己没有看错，这个看起来清新爽朗的女生，身上绝对有一股不同寻常的力量。也许她是对圣水免疫的变种，也许是拥有强大到可以抵抗圣水的力量，这却是他无从得知的了。

女巫这种事，本来就很难向普通人解释，何况李小白又没有一点异常。现在有第三者在场，如果他直接动手，只怕以后反而不好收场。

范海辛这边不停想着让女巫露出马脚的办法，李小白却瞪了胡十九一眼，无奈道："胡老师真是的，竟然还跟着起哄，你有没有作为老师的自觉啊。"

范海辛连忙也向胡十九道:"请相信我,这个人绝对不是普通人。她接近你,一定不怀好意。"

可不是吗?这丫头刚刚就想拔他的毛!胡十九点了点头,又假装吃惊的样子,道:"但你怎么会知道呢?"

"我是一个猎魔人!"范海辛一本正经道,"幽灵、恶魔、女巫、吸血鬼、狼人……我们在世界各地猎杀各种怪物。"

"哦?"胡十九挑起了眉,"那么,像狐仙、花妖呢?"

"狐仙?花妖?"范海辛愣了一下,"那不是《聊斋志异》里的无稽之谈吗?"

胡十九回头斜了李小白一眼,而李小白无奈地一摊手。

好嘛,完全就不是一个系统!

既然解释不清楚,李小白也不想看胡十九事不关己地和一个猎魔人鬼扯,索性挥了挥手说了声"我先回教室了",便转身要走。

"你给我站住!"范海辛连忙大叫了一声。

李小白回头看了一眼他依然握在手里明晃晃的匕首,掏出手机来:"我警告你啊,别以为父母给你起个奇怪的名字你就真的能做奇怪的事情。你几岁了?不知道电影都是假的吗?你再拿刀对着我,我可就报警了。"

这是个有力的威胁!

范海辛不想在没有把她的小辫子揪出来之前先被警察抓起来,毕竟猎魔人这一套,跟警察可解释不清。

他勉强将刀收了起来,却依然恶狠狠地盯着李小白,咬牙道:"我一定会拆穿你的真面目!"

李小白根本就懒得再理他,挥了挥手就走了。

回家之后,李小白找出一本《符箓大全》,仔细地翻看着。

难得看到她这样用功,沈凤夜不由得有些奇怪,凑过去问:"你在找什么?"

沈凤夜是澄空大学的学生,比李小白大两岁,是个文质彬彬的美少年。同时也是李小白的房东兼合伙人兼临时监护人兼保姆。

"隐息符。"李小白道,"我记得这本书上应该有的。"

他们成立"白夜灵异侦探事务所"这么久,合作过无数次,沈凤夜还从来没有见过她用这种符,便继续问:"那是什么?"

"一种能把自己的气息隐藏起来的符箓。"李小白解释,然后又皱起眉来,"不对,

还是应该想法子改良一下，要真的完全没有任何气息了，他不是更会觉得奇怪？"

"谁？什么奇怪？"她这话说得没头没脑，沈夙夜不禁也皱了一下眉，追问。

李小白便把今天在学校有个转校生把她当成女巫的事说了。

"范海辛？"沈夙夜挑起眉，"不是吧？"

李小白耸了耸肩。

"但他……真的是猎魔人？"

李小白回想当时的情况，点了点头："应该是吧。但水平也就那样，他可能看得出我跟普通人不一样，但胡老师就在我旁边，他却把他当普通人。"

"那是因为胡十九的级别比你高太多了吧？"

"而且他除了泼了我一脸水之外，好像也没有别的办法分辨我到底是不是女巫。"

沈夙夜脸色变得有点奇怪，半晌才道："我觉得他不是不知道分辨女巫的办法，而是现在这种年代已经不能用了。"

李小白抬起头来，问道："什么办法？"

"在中世纪的欧洲，分辨一个女人是不是女巫的办法，就是把她绑上石头扔进湖里。"沈夙夜道，"如果她没淹死，那就是女巫。"

"那要是淹死了呢？"

"就不是啊。"

李小白张大了嘴，愣了一下才道："这算什么啊……那不是女巫的女人，不就真的死了？"

沈夙夜点了点头。

李小白有些无言："这也算宁可错杀三千不能放过一个吧？"

"当年有很多处以火刑的'女巫'，其实也并不是真的。"沈夙夜补充道，"人类对于'异端'的处理，很多时候都是既愚昧又残忍的。"

李小白没有说话，继续去翻手里的《符箓大全》。

还是赶紧把隐息符弄出来要紧。

3 他们这是犯规啊！犯规！

范海辛迅速成为了澄空附中的明星人物。

长相英俊，性格开朗，运动万能，功课竟然还很好，不要说同学了，连老师们都很喜欢他。甚至每天都有女生跑来看他，星星眼和粉色桃心闪满一教室。

"神气什么！"坐在李小白前面的张咏泛着酸水哼了一声，扭头过来跟李小白抱怨，"不过就是被那些肤浅的女生追捧一下，看那小子的德性，鼻孔都要朝天了。"

事实上范海辛并没有表现出什么神气傲慢，反而十分亲切平和，只是张咏看他不顺眼而已。长得帅没什么，受欢迎也没什么，但是去跟柳红隽献殷勤，那就万万不行！

围着范海辛转的女生虽然多，但是让他另眼相看的人，也只有校花柳红隽和李小白了。他对李小白是毫不掩饰的警戒和敌意；对柳红隽则正相反，简直就是形影不离、无微不至。

所以张咏才格外厌恶，说话也恶狠狠的："他才转学来多久？就恨不得黏着柳红隽走，要说他不是心怀鬼胎，鬼都不信。"

李小白打着哈哈，没接话。

虽然说柳红隽这样人长得漂亮、性格又好的女生的确很受男生们的欢迎，但范海辛的确也做得太明显了一些，李小白也觉得很奇怪。不过范海辛现在把她当成女巫防着，她也不想多事。也许人家真的就只是一见钟情呢。

比起这个，她更担心自己改造过的隐息符是不是真的有用。虽然那之后范海辛并没有再专门找上她，但时不时瞪过来那种"我一定会逮住你"的眼神却是丝毫没少过。

李小白有点乏力地趴在桌上，叹了口气，她可不想被拖去沉湖。

柳红隽回到自己的座位，张咏立刻换了副笑眯眯的表情，但还是忍不住带点酸味问："你刚刚和我们的猎魔人转校生说什么呢，那么开心？"

柳红隽笑道："也没什么啦，有个朋友托我给他送封信。"

"欸？情书吗？"李小白偏过头来，很有兴趣的样子。

张咏也道："什么嘛，还有人用这么老套的东西啊？"

"不要这么说嘛。"柳红隽又笑了笑，"我觉得很好啊，人家也是花了心思的。"

张咏点了点头，反正不是柳红隽自己写情书给那个家伙就怎么都好。

下午的体育课，三班和五班一起上，两班的体育老师安排了一场篮球赛。同学们都很有热情，场上的人不必说，没上场的也围在球场边给自己班加油。

比赛很激烈，三班这边渐渐落了下风，于是三班的体育老师叫了暂停。

"换人。"他向裁判这么说，转身叫，"李小白呢？"

便有同学去叫了李小白过来，老师直接就往因为暂停而在场边休息的男生那边

一指："你去替张咏。"

"哦。"李小白应了声，脱了外衣放在一边，活动了一下手脚。

张咏的体力的确有些不支，满头大汗，正弯着腰在那里喘气，伸出一只手来与李小白击掌，嘱咐道："不要输！"

李小白扫了一眼在球场另一边休息的五班男生们，咧嘴一笑，应道："没问题。"

"我是说他啊！"张咏压低了声音，往旁边瞟了一眼。

范海辛正微笑着接过女生递过来的矿泉水。

怪不得比分会差这么多，怪不得老师要把张咏换下来，这家伙根本一直在跟自己的队友较劲，完全搞错了对手吧。

李小白眼角抽了一下，没说话。

这时五班的人已看清了这边换上的人，开始有人叫起来："女生一边玩去。"

"三班没有男生了吗？"

听到这样的话，三班的男生们几乎要跳起来，李小白却只是轻松地转动手里的篮球，挑衅地看向那边："怎么？怕输吗？"

"切，谁会怕你啊？"

"你一个女孩子竟然看不起我们！"

"上，把比分拉到两位数！"

"小白加油！"

"范海辛加油。"

"反超！"

……

比赛在双方的呐喊助威中再次开始。

李小白带着球，轻松地闪过五班的防守，高高跃起，手臂轻扬，"咻"的一声，篮球在空中划过漂亮的弧线，投进篮筐。

三班的同学们一片叫好。

范海辛则微微一愣。

刚刚李小白从他身边跑过的时候，他甚至没看清她的动作，那根本不是普通人可能会有的速度！这个女生，果然不是一般人！

他抬起眼，看向李小白，却正看到李小白带着灿烂的笑容，伸出手指向场外的张咏比出"1"字。

范海辛从小接受猎人的训练，耳聪目明，刚刚张咏和李小白的悄悄话他当然也听到了。别人的嫉妒对他来说也是家常便饭，但李小白这种明显的挑衅却让他有点沉不住气。

不就是进球吗？谁怕谁！

于是接下来的比赛，就完全变成了李小白和范海辛的个人秀。

范海辛冲到篮板下大灌篮，李小白跟着就会射进漂亮的三分。李小白假动作过人抢球，范海辛就将对手防守得固若金汤……五班的人被压制得甚至摸不了几秒钟球，连他们的老师也凑过来跟裁判吼：“他们这是犯规啊！犯规！”

三班老师吼回去：“哪里犯规了！”

"用这种选手就是犯规，就是作弊！"

"开始的时候你又没说只能派男生上场！你们班不是也派出了体育特长生吗？"三班老师的狡辩几近无赖，但五班老师却没办法反驳，只能愤愤不平地继续叫"犯规"。

比赛结果毫无悬念，的确拉开了两位数的比分，但，是三班比五班高出三十多分。

五班的学生们吵吵嚷嚷了几句，但范海辛也好，李小白也好，的确都是靠自己的实力赢的球，他们不服气也没有办法。

李小白向他们笑眯眯地挥挥手，就往自己班这边走。

范海辛一把抓住她的手腕："等下！"

李小白回过头，有点无奈："喂，你又想怎么样？"

范海辛咬牙盯着她："你还想狡辩？普通的女生怎么可能有这种速度？这种力量？这种跳跃力和爆发力？"

李小白叹了口气，还没出声，过来给她送水的柳红隽已经笑眯眯地替她解释："范海辛你不知道吗？小白可不是普通女生。她会武术哦，还拿过奖呢。"

范海辛一怔，显然没想到这个说辞："武术？"

李小白用空着的手接过柳红隽递来的水喝了一口，然后才转睛看着范海辛，说："是啊，这又不是秘密，大家都知道我习武十几年呢。现在你可以放开我了吗？大庭广众下这么拉拉扯扯，不太好吧？"

范海辛这才发现，的确有很多人在看着他们。他们刚刚才赢了球，本来就很引人注意，比赛结束他又这样抓着一个女生的手不放，的确不太合适。范海辛连忙松了手，有些窘迫地咳了一声。

李小白也没再理他，和柳红隽一起离开球场。一面悄悄活动了一下被他抓红的手腕，这小子用的劲还真不小。

"怎么了？"好像看出有什么不对，柳红隽问。

"没什么。"李小白正想找话题掩饰，突然就觉得有两道充满敌意的目光落在自己身上，不由得转头看过去。

那边是个梳着马尾、个子小巧的女生，好像是五班的。

"那是陈晓菡。"柳红隽跟着看过去，暧昧地笑起来，凑到了李小白耳边压低了声音，"就是我之前说帮她送信的那个女生，她喜欢范海辛，也许是误会了。"

无话可说，被范海辛当女巫还不够，还要被喜欢他的女生当假想敌。李小白叹了口气，愤愤地看向范海辛，他们是不是八字犯冲啊？

4 找根棍子把他打成白痴你总可以吧？

等到了家，李小白的手腕上已经有了明显的淤痕。

沈凤夜几乎一眼就看到了，不由得就皱了眉，问："你手腕怎么回事？"

"没什么。"李小白毫不在乎地把下午打球的事跟他说了说。

沈凤夜找出药油来给她揉手腕，没有再说话，但脸色却不太好看。

"阿夜你不用担心啦。"李小白笑了笑，"我会搞定的。"

"怎么搞定？"沈凤夜把药油放在一边，抬起眼看着她，淡淡地问。

"呃……"李小白噎了一下，一时回答不上来。

范海辛认定她是女巫，如果她的确不是，倒还好说，但李小白有灵力，会法术，时常还和妖怪鬼神打交道，这是不争的事实。范海辛的确是个猎人，又不傻，想糊弄他想来没那么容易。瞒得了一时，瞒不了长久，只要有一点疏忽，恐怕更是适得其反。

而且，看他上来就直接泼李小白一脸圣水的架势，只怕早已认定了李小白是邪恶的一方，向他表明身份，他也肯定不会相信。

最麻烦的是，范海辛是个人，也不能随便对他用法术。就算有手段，也要顾忌良多。

李小白半晌才为难地搔搔头："也许……过一阵他自己就会懒得理我了？"

沈凤夜没有回话，只是无言地看了她一眼，就好像看白痴一样。

李小白看懂了他的眼神，闭上嘴，总不能真的去把范海辛打成白痴吧？

对于这一点，胡十九的态度要干脆得多。

他挑起一边的眉，很不屑地看着一脸苦恼的李小白，嫌弃道："你丢不丢人啊？区区一个人类，随便用什么方法不能对付？"

李小白叹了口气："真那么简单就好了。"

"不简单吗？"胡十九说，"抹掉他的记忆你做不到？放个幻术迷惑一下他的判断你不会？用控神术影响他的思想呢？找根棍子把他打成白痴你总可以吧？"

李小白愈加无奈："我怎么可以平白无故地对普通人做这种事？"

"你不能做，别人可以啊。随便哪个妖怪都能把那小子连皮带骨头吞得渣子都不剩吧？"胡十九这么说着，碧青的瞳仁移到眼角，带着点妖异魅惑的笑容，"也不知道有多少人在等着开荤的机会呢……"

他话没说完，李小白已惊得跳起来拉住他："胡老师！不可以！"

"紧张什么？"胡十九轻轻一笑，"我也就是说说。"

李小白后背都渗出汗来了，拖着胡十九不敢松手，心有余悸道："胡老师你不要吓我。"

"那你到底想怎么样？"胡十九拂开了她的手，端起茶来缓缓喝了一口，"是你来找我商量，我教你怎么办，你又觉得好像我要害你一样。"

可不就是在害我么？这句话李小白没敢说出来。有胡十九做主，都不用他自己出手，随便哪个妖怪闹起来，后果都不堪设想。

她的地盘，有妖怪作乱，结果还不是得她收拾？

李小白讪讪笑了两声，却看到胡十九的唇角微微上扬，挂着丝戏谑的表情。其实这狐狸一直就是在等着看好戏吧？来找他问真是找错人了。

李小白暗自叹了口气，索性转移了话题："胡老师，你到底肯不肯借毛给我吗？"

胡十九一口茶差点呛住。这丫头还惦记这事呢！他放了茶杯，似笑非笑地看着她，道："那你想好要怎么还我了吗？"

李小白噎住。

她完全没想好。这个还么，当然不可能再还狐毛回去，其他的东西，胡十九也未必看得上。李小白原想帮胡十九做点什么，但是想想从认识以来，貌似一直就是胡十九在帮她，以她的修为，胡十九要是有什么麻烦，她估计也帮不上忙。

看李小白愣愣的半天没回话，胡十九又笑道："不如这样好了。我可以给你做笔的毛，作为交换，我吃掉那个自称猎人的小子你不要插手。这就一石二鸟、两全其美……"

话没落音，李小白已经再次跳起来，喝道："不行！"

于是胡十九轻哼了一声，垂下眼，继续喝他的茶，完全没有继续和李小白废话的意思。

结果李小白对范海辛还是一筹莫展。好在范海辛不知道是相信了她从小习武才会和平常人不一样，还是有别的事情在忙，虽然看李小白的目光还是很不友好，但却并没有再找李小白的麻烦。

这样也好。李小白想，也许过一阵他就真的放弃了。

过了几天，放学之后，柳红隽跟李小白道："小白，我有点事想请你帮忙。"

"什么？"李小白一边收拾书包，一边问。

柳红隽犹豫了一下，开口问："之前你认识的那位警官，还说得上话么？"

她说的是之前李小白在某个庆典上被一个杀手挟做人质的事情。那次闹得挺大，大家都知道，柳红隽和李小白关系又好，李小白虽然没告诉她和妖怪有关的部分，却没有隐瞒她认识负责那件案子的周警官的事情。

李小白停下了手里的动作，抬眼看着她："怎么了？发生了什么事？"

柳红隽不过是个普通的高中女生，突然问起警察的事，有点不同寻常。

"倒不是我，是五班那个陈晓菡，你见过的。"柳红隽的声音里透着担心，"她昨天晚上就没有回家，今天也没有来学校。她父母找到我家里来问了，也报了警，但警察说要失踪四十八小时才能立案调查，我怕她会出事……有没有什么办法能让警察们早点去找人呢？"

十六七岁的女生，心理正处在一个微妙的时期，一天不见人，有太多可能了。往坏了想，可能是出事了，失踪啦，绑架啦，但也可能只是在外面跟朋友玩得太开心，忘记了，或者有意和家长赌气。所以李小白也只能答应柳红隽会去问问周警官，又安慰她不要担心，说自己也会帮忙去找的。

坐在她们前排的张咏本来就一直注意着柳红隽，听到她说这件事，自然也自告奋勇要帮忙："我去多找几个人问问，大家一起找说不定很快就会有线索。"张咏这么说着，掏出手机来，一边翻着号码一边问，"说起来，柳红隽你怎么会认识陈晓菡的？初中同学吗？"

"还要早得多。"柳红隽道，"我们是在同一家医院，同一天出生的。"

"欸？那还真巧。"

"什么！"

他们说话间，突然听到一个意外的声音，跟着就是一声巨响。

本来拎着书包正从他们旁边的走道往教室门口去的范海辛重重撞在了旁边的桌子上。

李小白和张咏对视了一眼，彼此都有点兴灾乐祸。

但范海辛却好像完全没有察觉一样，转过身来一脸郑重地看着柳红隽，问道："你刚刚是说，有个和你同一天生日的女生失踪了？"

柳红隽被他吓了一跳，怔怔地点了点头。

范海辛微微眯起眼来，瞟向李小白。李小白有点无奈，但也不闪不避地瞪回去。空气中刹那间似乎电闪雷鸣火光四射。连旁边的张咏都下意识向后闪了闪。

半晌之后，倒是范海辛先移开了目光，向柳红隽道："那个女生我会去找，但你自己也要多加小心，千万不要一个人行动，也不要单独和这个人在一起。"他伸手指了指李小白。

他说得郑重其事，柳红隽像被他的气势影响，不自觉地点了点头。张咏自然不会放过这个机会，立刻就挺起胸膛接了话："我会每天接送柳红隽回家的。"

范海辛看了他一眼，点了点头，提着自己的书包出去了。

李小白有点莫名其妙地歪歪头。

这又关她什么事！

5 我们是侦探

李小白回去之后，就给周警官打了个电话，说了同学失踪的事。让她意外的是，周警官竟然很重视，答应马上就去了解情况。末了又叮嘱她："你没事也不要一个人乱跑，算上你刚刚说的这个，今年本市已经有三个女孩子失踪了。"

李小白应了声，挂了电话，有点纳闷。好像不管是周警官，还是范海辛，对这个陈晓菡失踪的事的反应都不太寻常。

周警官还可以说是因为手上的案子才对"少女失踪"特别敏感；范海辛那么大反应是为什么？他那种运动神经，怎么可能随便撞到桌子？虽然说陈晓菡给他写过情书，但又没见他有什么回应，怎么突然就在意了呢？

想着这些事，李小白就有点坐立不安，跟沈凤夜打了声招呼就准备出门。

沈凤夜正在厨房做饭，探出头来问："又是那个范海辛的事？"

"不。"李小白顿了一下，又补充，"呃，也算是吧。"

沈凤夜索性关了火出来，问："到底是，还是不是？"

李小白只好把陈晓菡失踪这件事说了："我的确是有点在意他当时的态度，而且也答应了柳红隽帮忙找人，所以想去陈晓菡家看看。"

沈夙夜摘了围裙，道："我和你一起去。"

李小白给柳红隽打电话问了陈晓菡家的地址。

柳红隽本来也要来，被李小白拒绝了。她半开玩笑道："你还是好好待在家里吧。万一有什么事，范海辛还不得又怪在我身上。"

柳红隽娇嗔地哎了她一声："我跟他又没什么，不然怎么还会帮陈晓菡送情书。"

她好像理解错了意思，但要解释的话，还得进一步说明范海辛为什么会对李小白有敌意，所以李小白索性就让她这么误会算了，随便敷衍了两声，就挂了电话。

陈晓菡家不算太远，又有沈夙夜帮忙，调查很顺利，只是并没有获得什么有价值的消息。

陈家父母都是普通的工薪阶层，看起来老实巴交，也不太会说话。两人对女儿一直没有回家都十分焦急，陈晓菡的妈妈甚至一说起来就流眼泪。他们家只是普通人家，收入一般，也没有什么仇家，陈晓菡在父母口中是个乖巧听话的孩子，一向行为端正，来往的朋友也没有不良分子。

陈晓菡是昨天放学后不见的，他们已经问过了所有的亲戚朋友，也找过平常跟陈晓菡关系不错的同学家，甚至还想方设法联系上了陈晓菡的一些网友询问，但都没有陈晓菡的消息。

警察已经来过了，一位姓周的警官承诺一定会尽全力搜查，但警方的重视，反而让陈家父母更为紧张，只怕是真的出事了。

"照这样看，应该不是绑架吧？"出了陈家之后，李小白跟沈夙夜讨论道。

"嗯。你明天去学校再问问最后看到她的人看看，她当时是什么状态，走的是哪条路……"

李小白正要应声，却发现沈夙夜停下来。

"怎么了？"她顺着沈夙夜的目光看过去，楼下的树边站着一个身型高大的少年，正是范海辛。李小白一阵头疼，忍不住就发出一声叹息。

"就是那个人？"沈夙夜问。

范海辛已大步走到他们面前，一脸的嫉恶如仇："果然是你！"

"果然是什么啊……"李小白话没说完，已被沈夙夜往身后一拉，同时也避开了范海辛伸过来抓她的手。

范海辛这才回过神来看向沈夙夜。

对面的男生比他大几岁，高高瘦瘦，看起来斯文秀气，眼镜后面漂亮的眼睛有如一泓湖水，平静安宁，但这时拦在他与李小白中间，却是不折不扣的保护者姿态。

范海辛觉得有些滑稽，他只是个普通人，而他身后那个，可是个不折不扣的女巫。他忍不住道："你不要被她骗了，这家伙可不是什么普通女生……"

"我知道。"沈夙夜推了一下眼镜，淡淡回答。

范海辛皱起眉，态度恶劣："那你还和她在一起？快点让开，把她交给我处理。"

"你打算怎么样？"沈夙夜问。

"对待女巫还能怎么样？当然是直接杀掉。"范海辛回复得天经地义。

李小白也皱起眉，张嘴要说话，沈夙夜却抬手拦住她，依然淡淡问范海辛："为什么？"

"为什么？"范海辛冷哼着重复，"她是个女巫！"

"那你又是什么？"

沈夙夜的语气依然平淡，范海辛却为之一怔："我？我是一名猎人，猎魔人！"

沈夙夜笑了笑："在我们普通人看来，都一样。"

"什么？"

"女巫也好，猎人也好，反正都不是平常人。"沈夙夜看着他，"如果小白只因为有灵力就应该死，那么你呢？有能力和她对抗，并且一开口就心存杀机的你，对我们来说，不是更危险吗？"

"胡说。我是猎魔人，怎么可能对普通人有危险？"范海辛争辩。

沈夙夜只是淡淡微笑着，递过一张名片："我们是侦探。"

范海辛有点莫名其妙，但还是伸手接了过去，看着印着"白夜灵异侦探事务所"的名片，再次皱起眉："灵异侦探？开什么玩笑？"

"如果猎魔人什么的不是开玩笑，我们当然也不是。"沈夙夜挂上职业微笑，"我们可是正经注册过的，做的是正当生意，信誉保证，童叟无欺，作奸犯科伤天害理的事情是绝对不沾的。"

范海辛半信半疑地看向他身后的李小白，问道："那她之前为什么不说？"

"大概是因为你一开始就误会了吧？"

李小白这才插了嘴，道："我可不想被抓去沉湖。"

沈夙夜回眸瞥了她一眼："另一个原因……范同学你初来乍到，可能还不熟悉澄空附中的校规？"

范海辛挑起眉："什么？"

跟校规有什么关系？

于是沈夙夜一本正经地跟他解释："澄空附中是禁止学生打工的，这种事当然不能明目张胆地在学校里说。"

范海辛的表情有点僵，他觉得自己好像被耍了，但是一时间却不知道应该怎么回话。

沈夙夜又问："不知道范同学来这里做什么？"

听到这个问题，范海辛才又警觉起来，反问："你们又来做什么？"

"我答应柳红隽帮忙找陈晓菡，自然要先来她家问问。"李小白挑起眉看着他。

"我自然也是来找陈晓菡的。"范海辛说着，依然十分怀疑地盯着李小白，"真的不是你搞的鬼？"

李小白翻了个白眼。

沈夙夜也知道大概没这么容易说服范海辛，也懒得跟他多费口舌，招呼李小白："我们回去了。"

范海辛站在原地看着他们，表情有点复杂，但并没有跟上去。

沈夙夜反而停下来，回头道："对了，你如果有事要委托我们，请打名片上的电话。看在你和小白是同学的分上，给你八折优惠。"

6 小子你刚刚可是在袭警啊！

第二天李小白到学校，发现警方已经比她先一步开始调查陈晓菡的事了。

虽然学校顾及影响，教师、学生都是单独被叫去问话，但是消息还是很快传遍了整个校园。有人兴奋好奇，也有人害怕恐慌，围着被叫去问话的同学打听，一时间谣言四起。最后学校索性用广播公开了陈晓菡失踪的事，向全校师生征集线索，并提醒女生们上下学一定要注意，不要单独行动。

李小白在自己班上和五班都打听了一番，并没有更多的发现。

陈晓菡是那种像普通的女生，成绩不好不坏，长相不好不差，不算特别活跃，但在班上也有几个要好的朋友，没有被欺负，也不会去欺负人。当然也不是随便逃学跷家的问题学生。

等到放学的时候，李小白便索性照陈晓菡以往放学回家的路线走了一遍。

在校门口等公交车，坐六站路，下车后直行左转，再过两个路口就是陈晓菡家的小区。路线很简单，一路都有商家店铺，也没有特别偏僻的地方。就算在学校耽搁一下，到家也不过五六点，还不到天黑时间，路上出事的几率不大，除非她自己去了别的地方，或者……的确是有人用了法术巫术。

但现在白岱市的妖怪们都很识相，就算有些依然不给李小白面子，可也没有人会动胡十九地盘上的人。虽然说胡十九可能也不记得陈晓菡是谁，但如今他住在澄空附中，要是学校出了事，各方面追究起来，查不查得到他头上不说，总归是扰了他的清静。整个白岱市，不论是修行者还是妖怪，都没这个胆。

李小白叹了口气，想起有个同学说陈晓菡喜欢附近的一家西点店，偶尔会拐过去买个蛋糕什么的，便决定过去看看，反正来也来了。

西点店就在车站前不远，店后却有一条小巷，放着两个垃圾桶，还堆着一些杂物。难道是在这里出的事？李小白皱了一下眉，集中精神，走进巷子里。

巷内阴暗潮湿，还有股垃圾的腐臭味，十分难闻。

李小白都忍不住掩了鼻子，才能仔细查看。

没有妖气，没有鬼物，李小白正要弯腰细看有没有打斗的痕迹，却听见微弱的脚步声靠近，有人悄悄走了过来。

李小白就势矮身就是一个扫堂腿，来人动作敏捷地跃起闪过，跟着就伸手抓向她，李小白退后一步，抬手格挡。

挡下之后，两个才算正式打了个照面，不由得都怔在那里。

"李小白！"

"周警官？"

来人身材魁梧，方正脸膛，浓眉大眼，正是和李小白打过数次交道的刑警队警官周伟嘉。他这刻浓眉紧锁，脸色十分沉重："你在这里做什么？"

"我只是……"

李小白话没说完，已被周警官抓住手腕向巷外拖去。

李小白被拖得一个踉跄，连忙道："等一下，我自己能走。有话好好说嘛……"

"跟你有什么好说的！根本就不用你来多管闲事。"周警官回头瞪着她，还要再训，突然听到身后有人大叫了一声"放开她"，紧跟着一道拳风已呼啸而来。

周警官正回头跟李小白说话，一时不防，结结实实挨了一拳，身体被打得偏了一偏，抓着李小白的手自然也就松了。

李小白重获自由，抬眼去看帮忙的人，一看之下，不由又是一怔。但情况却没有给她发怔的时间。

那人一拳得中，跟着就揉身而进，再次出击。而周警官则往旁边一闪，一伸手已把枪拔了出来。

"等等，等等……"李小白连忙抢进两人之间，抓住后来者的拳头，卸了他拳上的力道，将他往后一推，又转过身抬手挡住周警官的枪口，"误会误会！大家都住手。"

"怎么回事？"周警官先问。

李小白讪讪笑了笑，站在两人中间做了介绍："这位是市刑警队的周警官，这个……是我的同学范海辛。"

周警官揉着挨了一拳的地方，微微眯起眼来打量对面的高大男生："搞什么？现在的高中生真是一个个都胆大包天，小子你刚刚可是在袭警啊！"

"我……"范海辛只说了一个字，转头看了看李小白，轻哼了一声，闭了嘴。

李小白只好又笑了笑，道："周警官你大人大量，不用和我们小孩一般见识嘛。何况你穿着便衣，刚刚又凶神恶煞地拖着我……"

"凶神恶煞？"周警官的嗓门立刻就大起来，"你这丫头到底知不知道好歹啊？你知道这是什么地方吗？这里可能就是那个女生失踪的现场，你捂着脸在这里鬼鬼祟祟……"

"我只是捂着鼻子。"李小白争辩。

"有什么区别！"周警官继续教训她，"一个女孩子家跑到这种地方来，你到底知不知道有多危险？已经有三个女孩失踪了，你想变成第四个吗？"

"我才不会……"

"少废话，赶紧给我回家！"周警官打断李小白的话，继续把她从巷子里拖了出去，又回头看了一眼仍然呆站在那里的范海辛，"还有你，放学了就快点回家，不要随便跑出来学人家英雄救美瞎逞能。"

范海辛哼了一声。

英雄救美？

她也配！

李小白到家之后显得很不开心，沈凤夜从电脑后面抬起眼来看了看她："怎么？又跟你那个猎魔人同学吵架了？"

"不是，"李小白摇了摇头，"我放学之后去调查陈晓菡的事，碰上了周警官，被骂了。"

"骂得好。"沈夙夜淡淡应了一声。

李小白有点委屈地看着他,小声嚷嚷道:"你什么都不知道,就说好!"

沈夙夜鄙视地瞟她一眼,淡淡地说:"猜都不用猜,难道不是你又乱逞能?我只是让你在学校问问,你到底又跑到哪里去多管闲事了?"

"阿夜你也这样!"李小白很不高兴,"虽然我也知道周警官是怕我出事。但是,如果真的找上我的话,不是正好吗?刚好可以……"

"你想都不要想去做饵!"沈夙夜斩钉截铁地打断她的话。

"为什么?这种事阿夜明明也常常做!"李小白不服气地争辩。

"那不一样。之前我们每次都是先调查清楚再制订计划,那才是诱饵行动。像你这样连自己要对付的是什么都不知道就一头撞上去,那叫送死行动!"沈夙夜冷哼了一声,转回头去。

"好嘛。"李小白重重叹了口气,放弃了,却又凑到沈夙夜跟前来,"那不如你先查查这到底是怎么回事?"

"我已经在查了。"沈夙夜挪动了一下,让李小白看电脑显示器,"这是三个失踪女生的资料。"

李小白凑过去,看到一排三张照片,陈晓菡排在最下面,中间是一个脸圆圆的有点胖的女生,另一个则是染着一头红发的清秀少女。不论是身份、背景、生活环境,这三个女生都完全不一样,失踪的时间也似乎毫无联系,唯一的共同点,就是他们都是十六岁。

李小白一边看着资料一边皱起了眉:"你觉得是同一个案子,还是巧合?"

沈夙夜摊手道:"警方目前也没有进一步的消息,如果没有更多的共同点,很难确定这一点。"

李小白歪了歪头,突然想起一件事来,激动地叫了一声:"生日!查查她们的生日!"

范海辛那天是在听说陈晓菡和柳红隽同一天生日才突然在意起来的,也许她们的生日才是关键。

沈夙夜没有多问,便动手去查,没过多久结果就出来了。

这三个失踪的女生,果然是同一天生日。

"就是说,有人专门在抓这些同一天生日的女孩?"李小白又皱了一下眉,那么她悄悄引诱犯人现身的计划根本行不通了。

沈夙夜道:"也算是一个方向吧。"

这样说起来，范海辛特别注意柳红隽，也许并不是因为她是班花，而是因为她的生日可能会让她成为目标。所以在听说有个和她一天生日的女生失踪之后，他才会那样失态，又交待柳红隽绝对不能独自行动。

李小白想着范海辛从转学来之后的种种表现，决定明天直接去问问他。

7 你真的不考虑用我的办法？

第二天的午间休息，李小白把范海辛叫了出去。

范海辛老大一脸不情愿，但还是跟着去了。

李小白开门见山地问："关于最近的女生失踪事件，你是不是知道什么？"

范海辛戒备地盯着她："关你什么事！"

李小白有点无奈："我只是想帮忙。失踪的陈晓菡是我朋友的朋友，负责这件事的周警官也算是我的朋友……"

"不要假惺惺地装得好像事不关己！"范海辛打断了她的话，哼了一声。

"本来就跟我没关系啊。"李小白也有点来气，"你这个人真是油盐不进啊。我还以为你昨天肯出手救我，应该已经解除误会了，怎么还是这种把我当嫌疑犯的态度，你眼睛到底是怎么长的啊？"

"一码归一码！"范海辛毫不退让，"看到一个彪形大汉欺负一个女生，是男人都会出手。但那不代表你就洗清了女巫的嫌疑！我作为一个猎魔人，当然有义务盯着你！"

李小白一时气结。她长到这么大，虽然不说人见人爱花见花开，但什么时候这样被人天天当贼一样防过！

反正看范海辛这样也没有要告诉她的意思，李小白索性也懒得再说话，哼了一声，转身向教室走去。

她一路腹诽着范海辛，连胡十九迎面走来也没注意，倒是胡十九先叫住她，李小白才回过神来，跟胡十九打了招呼。

胡十九微微偏起头看着她，饶有兴趣的样子："你好像不太开心？还是为了那个猎魔人小子吗？"

"啊，不是。"李小白连忙否认。

上次去请教他，已经被他好好取笑了一番，再说岂不是又遭嘲笑？

见胡十九一脸半信半疑，李小白打了个哈哈，道："只是为了五班那个失踪的女生陈晓菌的事。柳红隽托我帮忙找她，我完全没有头绪，所以才烦呢。"

胡十九也不知有没有接受这个解释，只是挑了挑眉："我听说过这件事。但最近这附近太平得很，想来应该只是普通人做的吧？"

李小白一摊手："不知道呢，阿夜还在查。"

胡十九点了点头，继续向前走去，走了两步，却又突然停下来，转过身向李小白道："那个转校生，你真的不考虑用我的办法？"

李小白打了个寒战，把头摇得像拨浪鼓一样："不，不用胡老师费心了。我自己能处理。"

于是胡十九便斜她一眼，轻笑了一声，施施然走了。

李小白这才松了口气，转身回了教室。

下午范海辛请了假。

李小白回头看着他的空位子，心头的焦虑越来越重。范海辛肯定是知道什么，但他又不肯告诉她，也不知道他请假是不是和这件事有关。好不容易捱到放学时间，才刚下课就接到沈夙夜的电话，让她直接回家，想来是有了什么发现。李小白匆匆收拾书包，又拜托张咏继续接送柳红隽。

张咏自然求之不得，柳红隽却有些为难地皱了皱眉。

李小白拍了拍她的手，安慰她："非常时期，陈晓菌的事情查清楚之前，你也小心点为妙。只要发现有不对的事情，立刻打我电话。"

张咏拍着胸脯应下，李小白便提着书包急急忙忙往家里赶。

进门的时候，沈夙夜正在打电话。见李小白进来，只抬手做了个稍等的手势。

李小白放了书包，走到他身边，只等他电话一挂，就问："怎么样？发现了什么？"

沈夙夜以同一天生日的十六岁少女做线索，扩大了调查范围，才发现失踪的少女并不止三个，而是十个。

"从去年六七月开始，周边县市就陆续有少女失踪了，白岱这边只有这三个。而且这些少女的身份背景相隔太远，地域又散乱，时间也不密集，所以警方也没有并案调查。"沈夙夜在电脑上打开了电子地图，把位置一个一个标出来给李小白看，虽然远近有所不同，但却都是在白岱市周围，最远也不过是半天车程。

虽然说同一天出生的人可能很多，但十个同年同月同日生的女孩都失踪了，怎么看也不像巧合，说不定范海辛就是为了这件事特意转学到白岱来的。李小白皱了一下眉，喃喃道："竟然有这么多！"

"严格地说，出事的其实有十一个。但最开始这个叫吴姗的女生并不是失踪。"

沈夙夜调出资料来，"她是病死的，去年五月。"

李小白一怔，眉头皱得更紧："这样……倒有点像恶鬼找替身，但要不了十个这么多吧？要是附身的话，成功了，总有一个女生会回来。即便没有成功，也该有尸体啊。"

"她的父母因为痛失爱女，想换个环境，在吴姗去世后，吴家夫妇就辞了工作，卖了房子，说是离开白岱了。但是……虽然费了点功夫，我还是查到了他们的新地址，他们根本没有离开白岱。"沈夙夜从电话旁边的记事本上撕下一页扬了扬，"要不要去看看？"

8 居家旅行防狼自卫之必备利器！

吴家夫妇住在郊区，独门独栋的小别墅。

李小白微微眯起眼，打量面前的别墅。天已经黑了，眼前的三层小楼只亮着一盏昏黄的小灯，在摇曳的树影的映衬下，阴森有如鬼屋。

"这么偏的地方，真的藏几个人也不会有人发现吧？"

"现在也还没有定论，先去看看再说。"沈夙夜说着就要走向前去按门铃。

"等等！"李小白一把拖住他。

沈夙夜挑起眉来。

"有动静。"李小白微微偏头，支起耳朵细听了一会，脸色就沉重起来，悄悄向屋后绕过去。沈夙夜连忙跟了上去。

小别墅后面用铁栅栏圈出了一个小院子，还有间小矮房，李小白听到的声音，正是从那间小矮房里传出来的。像是有人在里面撞门，还有些咿咿唔唔的声音，听得并不清楚。

李小白走到栅栏边，就想翻过去，但一伸手，立马缩了回来。

"怎么了？"沈夙夜问。

"有个结界，应该不是普通人的案件。"李小白说着皱起眉来，拿出一道符纸贴在沈夙夜身上，又在墙边的地面上画下几个符箓，然后捏着手诀念出咒语。

符箓发出淡淡蓝光，李小白伸手拉着沈夙夜，向前迈出一步，直接穿越了那道栅栏。在确定没有惊动布下结界的人之后，李小白才松开了沈夙夜，几步走到矮房的门口。这似乎是用来堆放杂物的仓库，连个窗户也没有，门从外面锁着。

李小白从门缝往里看了一眼，里面黑漆漆的，以她的视力，也顶多能看出有个人形物体。里面的人听到了外面的动静，又撞了两下门，唔唔唔地叫着。

李小白回头和沈夙夜交换了个眼色，示意他自己小心，一面拿出自己的小剑，一剑劈断了门锁，里面的人几乎立刻就撞了出来，跌在地上。李小白借着月色一看，不由怔了一怔，这个被捆得像粽子一样、嘴还被胶带封住的人，竟然是从下午就不见人影的范海辛。

"你这是怎么回事？"李小白伸手把他嘴上的胶带撕下来，问。

范海辛一口气还没喘完，便急急向着别墅的方向道："失踪的人在地下室，快去！"

他说得急切，神色也是一片焦急，李小白二话没说，把他交给沈夙夜，自己直接一脚踢开别墅的后门，冲了进去。

沈夙夜解开范海辛身上的绳子，才发现他竟然浑身是伤。好在沈夙夜早已经习惯和李小白一起做这些事情的时候随身带个医疗包，正要给他清洗包扎，范海辛却一把将那些绳子推在一边，挣扎着爬起来就摇摇晃晃地向着被李小白踢开的门走去。

沈夙夜也不拦他，就缓缓跟在他身边，问："你这样子，过去又能做什么？"

范海辛回过头，狠狠瞪了他一眼。

沈夙夜丝毫不为所动，轻轻推了一下眼镜："你还是不相信小白也没关系，但我劝你与其带着这一身伤过去拖她的后腿，不如省点力气把你知道的事情跟我说个清楚，也好确定下一步行动。"

范海辛又狠狠瞪他一眼，但脚步还是停了下来，在门前的台阶上坐下，喘息了几声，才道："我是从去年冬天开始发现这件事的，一直追着这个女巫的踪迹到了白岱。"

李小白不知道地下室的入口在哪里，事情的紧急程度也不容她一个房间一个房间地探查，但她有的是简单粗暴的办法。她双手按在地上，念出咒语，指间绿光闪动，郁郁葱葱的植物瞬间充满了别墅的整个空间。几乎是同一时间，地下某处就传来了一声惊呼。

李小白循声跑过去，巨大的植物根须将伪装成壁柜的地下室入口直接顶开，又迅速退缩，为李小白让出路来。

地下室被布置成了一个阴暗的神殿。中间是一个祭台，四周垂着黑色的布幔，地板上绘着复杂的魔法阵，颜色腥红，散布着不祥的气息。没有灯，只有几支蜡烛，因为刚刚那些突然长出来的植物翻倒在一边，闪烁不定。

陈晓菡被绑在一个倒十字木桩上，双手手腕都有一道还在滴血的伤口，双目紧闭，不知生死。她脚边倒着个银色的杯子，杯座雕成一只只有骨头的手的形状，都已被血染红。显然刚刚有人在用这个杯子接她的血进行什么仪式，却被李小白打断。

李小白一眼看到陈晓菡，连忙跑过去，一面叫道："陈晓菡，喂，你有没有事？你还活着吗？"

冷不防旁边的黑暗里突然蹿出一个身穿黑袍的人，手持利刃，向李小白刺来。

李小白手中小剑一晃，化作三尺青锋，挡下对方的刀，这才看清原来那是个四十来岁的女人，脸色苍白，瘦骨嶙峋，颧骨突出，双目内陷，眼神却十分狂热，就像是两团火，活脱脱就是动画里的巫婆形象。

李小白不由一怔，又觉得有点意思："哎呀，原来世上真的有这样的女巫啊？"

对方可不会理会她的感慨，叽哩咕噜就是一串咒语念出来，然后怪笑道："不管你是什么人，我都不会让你阻止我女儿复活的！"

黑暗里顿时传来窸窸窣窣的声音，就像是重重黑影突然实质化了，变成了无数黑蛇，张着大嘴，露着毒牙，向李小白袭来！

"幻术？"李小白一皱眉，一条蛇已高高蹿起，咬向她的咽喉。李小白抬剑将它劈成两半，腥臭黏稠的蛇血溅了她一脸。

竟然是实体。

李小白一惊，那个穿黑袍的女人的刀又刺过来。李小白飞起一脚将她踢开，群蛇又至，她将一把剑舞得密不透风，也不知斩断多少黑蛇，但那蛇却好像无穷无尽一般，李小白虽然不至于应付不来，但一时也被困在那里脱不得身。

她看一眼那边不知死活的陈晓菡，又想起沈凤夜的调查是夫妇两人住在这里，而这边只有一个女人，也不知道男的是不是去对付沈凤夜了。

她可没有时间继续耗在这里。

李小白咬了咬牙，一次拍出四张起爆符，散在地下室四周，喝了一声："爆！"

这地下室本就不大，爆炸的威力便更为显著。一时间响声如雷，火光冲天，那些黑蛇和之前李小白草木大阵的植物一起燃烧起来。李小白则早已看准时机冲过去踢断绑着陈晓菡的木桩，连人带架子一起背上，顺着爆炸的气流冲出了地下室。

李小白一直冲到院子里，才发现除了沈凤夜和范海辛之外，又多了个昏迷不醒的男人。而范海辛正目瞪口呆地看着她。

沈凤夜则淡淡道："你明白了吧？小白不想跟你动手可不是怕你！"

范海辛干咳了一声。

李小白笑了笑，这才有空试了试陈晓菡的鼻息："还活着。"

沈凤夜很自然就将陈晓菡接过去，将她从架子上解下来，查看伤势，一面指了一下躺在地上那个男人，解释道："这人就是吴姗的父亲。"顿了一下，又补充，"我给周警官打过电话了，警察和救护车很快就到。"

李小白看了地上的男人一眼，又看看沈凤夜和浑身是伤的范海辛，很是纳闷："你们怎么放倒他的？"

沈凤夜掏出一个手机大小的东西来："Taser-805型电击枪，2200KW电压。居家旅行防狼自卫之必备利器！"

9 总有一天，我会把你的狐狸尾巴揪出来

警察们很快赶来，灭了火之后，在地下室找到已经奄奄一息的黑袍女人和一具还没有烧干净的尸骨。检验之后，证实那具尸骨正是那对夫妇的女儿吴姗。

吴家夫妇也对他们试图用黑魔法向魔鬼献祭十二名少女来换取吴姗复活的事情供认不讳。当然，最后定案的时候，黑魔法和献祭什么的自然被当成了这对夫妇因为失去爱女之后发了疯的胡言乱语，但他们手上有数条人命却是证据确凿脱不了罪的事实。

陈晓菡第二天就醒了，身体的伤势也不重，过了几天就回到了学校，还在柳红隽的陪同下来向李小白道谢。

李小白打着哈哈，摆摆手道："其实不关我事啦，是周警官他们救你出来的，我也就帮着通风报信了一下而已。"

陈晓菡当时昏迷着，也不知道实情，只是继续向李小白说了几句感激的话。

张咏却插嘴道："说起来，当日我们还有位猎魔人大大说会去找陈晓菡的，不知道他是不是连自己都搞丢了。"

范海辛的确从那天开始就没来学校，所以张咏抓到机会总要糗他几句。

范海辛伤得那么重，当然没这么快就能来上学。何况，他本来就是为了追那个女巫来白岱的，现在事情既然解决了，他自然也就不会在这里了。

李小白当然也不会为他解释什么，只是咧嘴笑了笑，像往常一样趴在桌上准备睡觉，结果一侧头，就看到范海辛全身纱布缠得像个木乃伊一样出现在门口。

李小白的笑容直接僵住。

范海辛依然一脸阳光灿烂的笑容和同学们打招呼，一面走向自己的座位，路过

李小白身边的时候，刻意停了一下。

李小白忍不住问："你怎么还在？"

范海辛冷哼了一声："不要以为我会放任你这样一个破坏力惊人的女巫不管，总有一天，我会把你的狐狸尾巴揪出来。"

什么狐狸尾巴，够胆你去揪胡十九啊！顺便帮我揪一把狐毛下来做笔也好！

这当然也只是腹诽。看着一脸正气凛然的猎人同学，李小白重重叹了口气，无力地趴在桌上。

"你知道吗？听说只要在樱花树下告白的情侣，都会得到幸福哦。"

每次听到有人在我身边说这样的话，我都很想告诉他们："对不起，我是一棵桃树。"

By 白夜灵异侦探事务所特邀嘉宾桃夭

第二章
十年约

1 你明天有空吗?

周五下午是李小白同学最讨厌的政治课,她听得似懂非懂昏昏欲睡,勉强支撑到下课铃响起来,直接趴在课桌上闭了眼。

坐在她前排的张咏就在这个时候回过头来,对她的同桌柳红隽道:"红隽你明天有空么?"

柳红隽一边收拾课本,一边道:"做什么?"

"那个……我听说翡翠湖公园的樱花开了,要不要一起去看?"张咏小心地说完之后,充满期待地看着她。

柳红隽想了几秒钟,道:"小白去,我就去。"

于是睡得迷迷糊糊的李小白突然被两道充满杀气的目光惊醒。她打了个寒战惊跳起来,就看到张咏正瞪着她,不停地发射必死光线。

"怎么了?怎么了?"李小白茫然地眨着眼,一叠声地问。

柳红隽笑起来:"张咏问明天要不要一起去看樱花。"

李小白转头看向张咏,发现后者的表情十分矛盾,便大致明白他想叫的人不是自己。柳红隽从去年入学以来,就被男生们推选为新任校花,张咏对她的仰慕更是从来也没有掩饰过。十几岁的少年,心情都直接写在脸上。

李小白有点为难地左右看看,叹了口气,道:"我明天有事啊。小红你想去就自己和张咏去嘛。"

张咏立刻就变了副感恩戴德的表情,柳红隽却微微皱起眉来。

李小白笑了笑,搂了她的肩悄悄道:"其实吧,你想去就去,不想去就直接拒绝好了,虽然我不介意帮你做个挡箭牌,但对人家也不太公平啊。"

柳红隽一怔,然后露出几分不好意思的神色来,也轻声道:"我……不是故意的,只是……抱歉。"她顿了一下向李小白道了歉,又抬头向张咏说,"不好意思,我还是不去了。"

张咏的脸立刻就垮了下来，盯着李小白就好像有杀父之仇夺妻之恨。他当然没听到两个女生之间的悄悄话，只直觉地认为是李小白说了奇怪的话。

李小白也不好解释，咧了咧嘴，背着黑锅依然趴到桌上睡觉。

晚上吃饭的时候，李小白把这件事当笑话讲给了沈夙夜听。

"你说他们到底在搞什么嘛，小红答不答应张咏去看樱花，跟我有什么关系？看着我就好像看仇人一样。其实小红也是，去就去，不去就不去，喜欢就喜欢，不喜欢就不喜欢，干脆直接一点不好么？"

她一边吃饭，一边絮絮叨叨，冷不丁听到沈夙夜问："你明天有空吗？"

"欸？"李小白停了一下筷子，抬眼看着他。

沈夙夜面无表情地给她夹了块肉，又道："我听说翡翠湖公园的樱花开了，要不要一起去看？"

李小白一怔，然后扑哧笑出声来："讨厌啦，我只是随口发个牢骚，你不用学那小子讲话来取笑我吧？"

"当然不是取笑。"沈夙夜也抬起眼来，轻轻推了一下眼镜，"是约会。"

"欸？"李小白又是一怔，然后耳根开始泛起绯红。

约……约会？

看着她露出呆相，沈夙夜忍不住弯起了嘴角，又道："这边樱花的花期短，错过这周末，也许花就谢了。你不想去？"

"去！去！去！"李小白连忙一叠声地应下来，然后垂下头来飞快地吃饭。

从沈夙夜的角度看过去，对面的女生似乎连鼻尖都是红的。他索性放下筷子，撑着头看着她，不自觉就对明天期待起来。

洗了澡回到房间，李小白打开了衣柜，然后就纠结起来。

明天要穿什么衣服呢？跟平常一样就好吗？但……那是约会，约会啊！

双颊又开始发烫，李小白一手捂着脸，一手从柜子里的衣服上滑过。要是认真打扮起来，会不会太刻意？搞得自己好像很在意一样，虽然的确是很在意。到这个时候，她才好像有些明白柳红隽的想法。

李小白红着脸，皱着眉，在衣柜里翻来翻去，却发现其实根本就没有沈夙夜没见过的衣服，毕竟住在一起天天见面，她平常又不讲究这些，来来去去就是那几件。

李小白有点泄气地坐到床上，就听到手机响起来，拿过来一看，是桃夭。

桃夭是个小树妖，之前机缘巧合地救了李小白的堂兄李轻墨，跟李小白便亲近起来。

　　李小白接了电话，正想问问她初次约会要穿什么衣服合适，桃夭那边已先道："小白你明天有空吗？"

　　"明天？"

　　李小白一皱眉，正要告诉她要和沈夙夜去看樱花，桃夭又道："能不能帮我个忙？"

　　"明天吗？"李小白为难起来，要是平常，她当然没有二话，但是……

　　"是这样的。翡翠湖公园搞了个樱花节，赏花休闲还有美食什么的。我们也在那边弄了个摊位，结果没想到我们有个服务员病了，想请你替半天班。"

　　桃夭开了家咖啡店，李轻墨也在那里打工。李小白常常去蹭吃蹭喝，听她这么说，一时倒也抹不开情面直接拒绝，只是犹豫着道："但是……阿夜……"

　　"咦？你们明天有案子吗？"桃夭问。

　　"那倒没有，只是……"

　　"没关系啦，只是半天而已。"桃夭诱惑她，"而且我会给你工钱啦，绝对不会像沈夙夜那样一分一厘地克扣的。"

　　最后这句话太有吸引力了。

　　想想也是在翡翠湖公园，又只是半天，还有半天可以约会，何况她和沈夙夜的确也没有说定时间，当然，最重要的是——她还可以赚私房钱！

　　2　那边……闹……闹鬼了……

　　沈夙夜很不高兴。

　　本来依他的计划，是应该周六早上睡到自然醒，然后做早饭，叫李小白起床，一起吃早饭，然后出门，在漫天飞舞的樱花瓣下散步，或者坐下来聊聊天赏赏景；下午去喝个茶，逛逛街，然后吃晚饭，回家，或者中间还可以去看个电影什么的，悠悠闲闲地过一天。

　　结果李小白倒好，也没跟他商量，直接就答应了桃夭去给她帮忙，甚至没等他起来，一大早就不见人了，只在桌上给他留了个纸条。

　　"我先走一步，一会见——小白。"

　　后面还画了颗心。

倒把沈夙夜一口气堵在那里不上不下。

这丫头到底有没有把他们的事放在心上！

沈夙夜上午十点多才到的翡翠湖公园，正是游人最多的时候，他很是费了点时间才找到李小白。

他们的摊位前格外热闹，也不知道是因为位置，还是因为人。

李小白的堂兄李轻墨也在，这位修真世家的大弟子今天一身标准的侍者装束，白衬衫，黑西裤，外面是带着店名LOGO的深灰色马甲，打着红色领结，长身玉立，风姿卓越，一双上挑的凤眼带着笑，目光随便往哪里一扫就是一片女生的尖叫。

李小白则是白色及膝蓬蓬裙，罩着条黑色荷叶边围裙，蕾丝领口用红色缎带系着蝴蝶结，头上也系了蕾丝缎带装饰。与其说是咖啡店服务员，倒更像是动漫女仆。衬着她阳光明朗的笑容，吸引大批顾客不说，甚至还有人在旁边不停偷拍。

沈夙夜有点无言，他们真的是来卖咖啡的么？是来卖萌的吧！

李小白眼力好，这时已看到了沈夙夜，扬起手来叫："阿夜，这里这里。"

沈夙夜沉着脸走过去。

李小白歪了歪头，关切地问道："脸色不太好？还没睡醒么？给你弄杯咖啡？"

沈夙夜有低血压，虽然早上被吵醒就很容易心情不好，可他这时的不高兴显然跟低血压一点关系也没有。

但李小白正忙着，丝毫没有留意到，只往沈夙夜手里塞了杯咖啡，一面给李轻墨递东西，道："小周十二点就能来换班，你等我一会？"

沈夙夜叹了口气，应了声，找了个地方坐下来。

好不容易人稍微少点，李小白空了手，走到沈夙夜身边，正要说话，便听到有人在身后叫了声："小白？"

李小白转过身，就看到柳红隽正向自己走过来，而张咏跟在后面不停斜着眼向她发射必死光线。

李小白有点意外，没想到结果他们还是一起来了。

柳红隽已笑眯眯地拉着李小白的手："原来你说有事是要打工啊。"

李小白搔了搔头："呃，那个……就算是吧。"

柳红隽上上下下打量她，笑道："没想到你穿女仆装还挺合适的，太可爱了。"

"是吗？"李小白笑着应了声，眼光却不自觉向旁边的沈夙夜飘去。

张咏买了两杯奶茶过来，递了一杯给柳红隽，道："小白正忙着呢，我们就不要耽误她做事了。"

李小白才要争辩，就被他一眼瞪过来，只好点了点头，附和道："嗯，今天人挺多的。"

"那我们逛一会再来找你。"柳红隽说着向李小白挥了挥手，向前走去。

张咏又恶狠狠瞪了李小白一眼，李小白笑了笑，向他竖起拇指："加油。"

张咏一怔，哼了一声，扭头去追柳红隽。

李小白吁了口气，转头看着沈夙夜，正要说话，李轻墨那边又叫她过去帮忙。李小白皱起眉，很过意不去地看着沈夙夜。

沈夙夜这时心情倒是平静了，轻轻笑了笑，道："去吧，左右不过一个多小时，我等着你就是了。"

李小白点了点头，继续忙去了。

替班的人提前了十几分钟就来了，李小白把事情一项一项交接过去，走到沈夙夜身边，正要说话，自己却突然顿住："糟糕。"

沈夙夜问："怎么了？"

"我自己的衣服还在桃夭店里，得回去换才行……"

"不用了，"沈夙夜笑起来，拉过李小白的手，轻轻道，"这样……挺好的，很可爱。"

李小白微微张了张嘴，但没说出什么来便先红了脸，半晌才问："那……我们去哪里？"

沈夙夜直起腰，向远处望去。

翡翠湖公园是个依湖而建的公园，有两个地方可以看樱花，一个是湖边，另一个则是畅春亭附近。沈夙夜正在想，眼下已是中午了，是先找地方吃饭，还是索性买了东西去樱花树下一边赏花一边吃的时候，就看到刚刚才见过的李小白那两个同学匆匆跑来。

男生还好点，长发的女生脸色苍白满面惊惶，直接就冲过来抱住李小白，叫道："小白……"

"怎……怎么啦？"李小白吓了一跳，一面安抚她，一面问，"张咏欺负你了吗？"

张咏跑过来正听到这句，不由就翻了个白眼："我哪敢啊。"

"那是怎么回事？"

柳红隽在李小白的扶持下站稳了身子，犹自惊魂未定，伸手向自己来的方向一指："那边，闹……闹鬼了……"

"哈？"李小白难以置信地张大嘴，一面仰头看了看天。

今天天气很好，晴空万里，又是正午，怎么会闹鬼？

"是真的……"柳红隽几乎要哭出来，"那孩子一眨眼就不见了……我给他的饼干还掉在地上……"

她说得断断续续没头没脑，李小白只得挑了挑眉头，看向张咏。

张咏摇了摇头，解释道："这事……的确有点奇怪。刚刚我们在湖那边的樱树林，看到有棵树下坐着个五六岁的小男孩，脏兮兮的。红隽以为是跟父母走散了，就过去问他。他说是哥哥带他来的，让他在那里等，但哥哥一直没回来，又说饿了冷了，红隽就给了他一块饼干。他看起来倒真像饿了，一口就咬掉一大块，但我们说带他去公园管理处帮他广播找哥哥，他却不肯走。我想抱他去来着，一伸手，他就不见了，咬掉一半的饼干掉在地上。红隽就吓坏了……"

张咏看起来脸色虽然也不太好，但好歹算是有条理地把事情说了。今天不是愚人节，这两个平素也不是爱捉弄人的，既然吓成这样，只怕真的有事。

李小白皱了一下眉，又拍拍柳红隽的背道："别怕，我过去看看。"

沈夙夜觉得额头有点发紧，昨天跟小白约的时候，真是忘记了翻黄历。今天是个不宜约会的日子吧，看这都是些什么事！

3 遗弃是什么？

李小白把柳红隽留在咖啡店的摊位让李轻墨帮忙照看，叫张咏带路去那个小孩在的樱树林。

路上张咏犹豫着道："你觉得……真的会是闹鬼吗？这世上……真的有鬼怪这回事吗？"

李小白打了个哈哈，道："谁知道呢，先去看看，也许只是你们看错了。谁听过鬼会在中午出来的？"

张咏当然也宁愿相信这种说法，便没再说什么，领着李小白和沈夙夜向前走去。

沈夙夜扫了李小白一眼，轻轻问："你这样直接过去，没问题么？"

她身上是一身女仆装，平常的法剑符纸一概没带，要真是闹鬼……

"没事没事。不要小看我啊。"李小白不在乎地挥了挥手，然后也压低了声音，"听起来也不是什么恶鬼，不然他们两个也不可能囫囵着回来。再不济……"她伸着拇指往李轻墨那边一指，"那不是还有大哥在嘛。"

张咏没听清，回头问了句："什么？"

李小白打个哈哈掩饰了几句，说说笑笑就到了张咏他们看到小男孩的地方。

这时阳光明媚，春风和煦，周围繁花似锦，游人如织，实在没有什么闹鬼的气氛，但张咏伸手一指，李小白便果然看到一棵树下坐着一个小男孩。

五六岁的样子，穿一身黄白相间的毛衣外套，的确很脏，脸上都是灰泥，头发也打着结，一绺一绺纠结在一起，一双深棕色的大眼睛盯着来往的游人，可怜兮兮的。看起来流落在外的时间已经不短了。

张咏指过去的手指微微有些发抖，连话也说不出来。

李小白皱起眉，走过去站在小男孩面前，笑了笑："你好。"

小男孩抬起眼看着她，脸上虽然脏，眼睛却水灵灵的，招人疼爱。

"我叫小白，你是谁？"李小白一边问，一边向他伸出手。

"我叫豆豆。"小男孩子坐在那里没动，却乖乖把右手伸出来，放在李小白手里。

李小白握了握他的手，笑道："你在这里做什么呢？"

"等哥哥。"豆豆回答，目光越过李小白看向那边的人流。

"哥哥叫什么？"

豆豆偏起头，有些疑惑的样子："哥哥就是哥哥啊。"

张咏忍不住皱了一下眉，悄悄向沈夙夜道："这孩子是傻的吗？一般知道自己的名字，也应该知道哥哥的吧？"

李小白也皱了一下眉，又问："那哥哥什么时候来接你？"

"以后。"豆豆说，"哥哥说，以后有大房子就来接我。"

小男孩奶声奶气，一派天真，但说出这句话让李小白不由得一怔，张咏更是忍不住叫起来："这算什么？难道没有大房子就不接他回去了？这是遗弃啊！"

他这么一叫，小男孩便看向他那边，偏了偏头，问："遗弃是什么？"

"遗弃就是……"张咏话没说完，已被沈夙夜打断。

沈夙夜看着他，摇了摇头，示意他交给李小白处理。

张咏皱了一下眉，还是忍不住轻声道："这事不对，我看要报警才行。"

李小白又问："你记得家住在哪里吗？"

豆豆点了点头，李小白便道："我送你回家好不好？"

豆豆却摇了摇头，道："不行。"

"为什么？"

"哥哥说豆豆不能自己回去。"

李小白握紧了豆豆的小手,柔声道:"那哥哥来之前,你先和我在一起好不好?"

豆豆看了她半晌,点点头:"好。"

李小白松了口气,道:"我们家有电视有玩具可以玩游戏可以看动画片,还有好多好吃的,我带你去好不好?"

沈凤夜眼角不由得抽了一下。这好像是在拐骗儿童,亏他还觉得应该交给她处理。

谁知道豆豆竟然又摇了摇头:"不好。"

"为什么?"

"豆豆答应哥哥不走的,豆豆就在这里等着哥哥。我们约定了。"

李小白有点恼火,这是什么哥哥啊。她有点不死心,又道:"但你刚刚也答应我要跟我在一起啊。"

豆豆点点头:"我们就在这里玩,我陪你在这里玩。"

好嘛,到底谁陪谁?

李小白耐着性子,又问:"那你告诉我你家的地址,电话也行,我去叫你哥哥来接你。"

豆豆又一歪头:"地址是什么?电话又是什么?"

李小白很无言地回头看了一眼沈凤夜。

张咏道:"我们还是报警吧?至少,也该叫公园保安过来。"

李小白点了点头,道:"也好。就麻烦你跑一趟公园管理处吧。"

张咏应了声便转身走了,沈凤夜却皱了一下眉,道:"你支开他是……这小孩的确是……"

李小白点了点头,比了个手势,就是说这小孩的确是个鬼魂。

但是有点棘手。

李小白抬头看了看天色,现在还是中午,是一天中阳气最盛的时候,能在这个时候出现的鬼魂,毫无疑问是强大的。而且看这小家伙坚持守在这里,也知道他的执念有多重。虽然他看起来的确没有伤人的意思,但要超度他,只怕也没那么容易。

唯一的办法,就是完成他的遗愿,让他了无牵挂,才能离开这个世界。

但是,这小家伙只记得自己的名字,又不肯离开,还不知道电话地址是什么,要怎么办呢?

张咏很快就带着个保安回来了。

保安是个中年大叔，一脸的不耐烦："樱花节以来，这都第五回了。老是有人来报告说湖边有个无家可归的小孩，我们去看就连个鬼影子都没有……"他走到李小白和沈夙夜的位置，那个叫豆豆的小孩果然已经不见了，保安的脸色更加阴沉，"你看，哪有什么小孩？"

"明明刚刚还在的。"张咏走到那边的树下，"就在这里。小白你一直在这里的，他哪去了？"

的确是刚刚还在的，但是远远看到那个保安的影子，豆豆便消失了，李小白本来就因为意外而有些发怔，张咏这时问起来，她抬起眼来，一时有点反应不过来："啊？"

沈夙夜连忙接道："他家人领走了。"

"咦？"张咏一怔，"真的？"

李小白看了沈夙夜一眼，便点了点头，道："你刚刚听到他有多固执啦，要不是他家里人，怎么可能离开这里？"

张咏还没反应过来，保安大叔就开始发飙，狠狠教训了他一顿，叫他以后不要小题大作信口开河。张咏只好应声道歉。等保安大叔走了，才重重吁了口气。

李小白笑道："怎么，被骂还好像松了口气？"

张咏道："我是觉得……还好是我们弄错了。不然，不管是真闹鬼，还是真有小孩被遗弃，都让人挺不舒服的。"

眼下豆豆虽然已经不见了，但肯定不是像沈夙夜说的那样被家人领走了。他只是觉得，既然跟鬼怪有关，还是不要让普通人涉入太深比较好。

李小白也同意这一点，又笑了笑，道："那这里没事了，我和阿夜要去吃饭，你呢？"

他当然也要去跟柳红隽一起吃饭，好不容易才把柳红隽约出来，难道还要跟他们在一起啊。

于是索性就直接在湖边分道扬镳，张咏自顾自回去接了柳红隽。而沈夙夜和李小白这一对，只能苦逼地继续去调查豆豆的事情。

4 你没发现……它……不是人么？

李小白他们就在公园里随便买了些东西填饱肚子。在湖边转了一圈，又回到那片樱花林。

豆豆又出现了，还是坐在那棵树下面，眼巴巴看着来往游人。

李小白走过去，笑着打了招呼："豆豆。"

豆豆看起来很高兴，向她这边移过来一点，侧过头在她手上蹭了蹭。

"你刚刚去了哪里？"李小白问，"怎么突然就不见了？"

"躲起来了。"

"欸？为什么？"

"怕怕。"

"怕什么？"李小白皱了一下眉，这小家伙作为一个鬼，连太阳和法师都不怕，竟然还有什么让他怕到躲起来？

"那个人。"豆豆回答，"有棍子，打在身上很痛。"

他说的显然是保安大叔，而且眼睛里都泛起了泪光，完全不像说谎的样子。

保安大叔拿棍子打他？想来也是在豆豆生前的事，变成鬼魂的他是不可能怕棍子打的。那保安是变态吗？这么小的孩子，怎么可能用棍子打？

李小白睁大眼，不可置信地问道："他打你？！"

"嗯，"豆豆点了点头，"他要豆豆走，豆豆不走，他就用棍子打豆豆。"

有没有搞错！

这小鬼到底碰上了些什么人啊？一开始是自己哥哥因为房子小把他扔了出来，他守在这里不走，还要被人打！

李小白深吸了口气，才平复了情绪，给沈夙夜打电话告诉他这件事。然后再次蹲下身来，摸了摸豆豆的头，道："乖，别怕，以后他都不可能再打你了。"

事实上也打不到了。

豆豆像小狗一样在她怀里蹭了蹭，好像突然就开心起来，道："小白我们来玩吧。"

"玩什么？"

"豆豆喜欢赛跑，豆豆还喜欢飞碟，还喜欢扔球！"小男孩眨着两只水汪汪的大眼睛，兴高采烈的样子。

"飞碟？球？"李小白有点为难地皱起眉，这一时间到哪里去找这种东西，何况……飞碟是什么？UFO吗？赛跑倒可以考虑，但她今天一身女仆装，跑步什么的，好像不太妥当。

结果还没等她回应，豆豆自己又垂下头来，声音里满是失落，"但是豆豆不能离开这里，不能乱跑，豆豆和哥哥约好了。"

看着他这副可怜的模样，李小白忍不住暗自握了拳，等找到他那个"哥哥"，她非要狠狠揍他几拳不可。

　　沈夙夜正在假装一家当地小报的记者，对公园的工作人员和游人进行采访。
　　当然，大部分的问题还是围绕着樱花节来的，樱花花期啦，客流量啦，各种节目啦，觉得火候差不多的时候，他推了一下眼镜，半开玩笑问："关于樱花，翡翠湖公园有没有什么特别的传说？"
　　正在被采访的是个五十来岁的清洁阿姨，有点不解，问道："什么传说？"
　　沈夙夜笑道："比如，日本那边说起樱花，总会有些什么樱花树下埋着尸体花就开得特别艳丽之类的……"
　　"哎哟，现在有年轻人就喜欢这些神神叨叨的东西。"阿姨笑着打断他，"我们这里可没有。从翡翠湖公园建成，我就在这里工作啦，从来都没有听说过奇怪的传闻呢。不要说什么树下埋着尸体啦，就算普通的命案也没有。不然谁还敢来玩啊。"
　　"其实还真有。"旁边的人搭了腔，"最近这几年隔一阵总会有人说在湖边看到一个走失的小男孩。但每次我们让保安过去，都没看到有人。一开始还有人觉得是游客故意开玩笑，后来发现每次来说的游客都不一样，但每次都是同一个地方。"
　　沈夙夜笑起来，道："啊，这个，我今天好像还听说了呢，有个保安大叔很生气的样子，骂报告的人无中生有。"
　　"也难怪啦，保安们接到报告也不能不去看，白跑的次数一多，难免火气会大一点。"那个阿姨解释着，"但其实，公园里人这么多，谁家的小孩走散都很正常，也许一会自己就找着了，也不算什么奇怪的事吧。"
　　沈夙夜应了声，跳过了这个话题，又问起他们的工作来，拐弯抹角地提到了之前见过的那个保安，却发现他在同事之间的口碑竟然意外的很好，都说他认真负责又热心。
　　沈夙夜皱了一下眉，道："没有发生过什么暴力事件吗？"
　　"看你说的，怎么可能呢？"对方笑起来，"我们现在可都是以人为本，服务为本，怎么会有什么暴力事件。"
　　"就是啊，别的不说，就你刚刚提起那个老王吧，早先还有游客特意表扬他见义勇为，助人为乐呢。"
　　"哦？"沈夙夜连忙追问："到底是什么事情呢？"
　　"我记得好像是从野狗口里救了小孩。"
　　沈夙夜皱了一下眉："这里还会有野狗啊？"

"大概就是不知从哪里跑来的流浪狗吧。"

沈夙夜又七七八八多问了几句，估摸着也问不出更多东西，便道了谢离开。

沈夙夜查了查翡翠湖公园的历史，又查了查这几年失踪和意外死亡的小孩，再回到公园的时候，已到了黄昏。

李轻墨已经收了摊，跟沈夙夜一起去找李小白，路上听他把情况简单说明了一下，不由笑起来，道："我还以为……"

他顿住了没往下说，沈夙夜抬起眼来看着他。

李轻墨咳了一声，道："小白本来对你们下午的活动很期待的，中途碰上这种事，我还以为你们会放一放明天再说，没想到这就调查起来了。"

沈夙夜嘴角撇过一丝苦笑，"你还不知道小白么？没碰上就算了，碰上了，她哪还有心思玩。还不如速战速决，早点解决掉。"

"也是。"李轻墨应了声，远远已看到李小白的影子。

她还在那棵樱花树下陪小男孩玩。豆豆好像很开心，在地上打滚撒欢，呼呼地笑，不时把头拱在小白怀里蹭几下，还伸出舌头来舔她的手。

李轻墨不由皱了一下眉。

李小白看到他们，起身迎过来，向沈夙夜问："怎么样？查清楚了吗？"

"没找到符合的小男孩。"沈夙夜又把自己调查的结果简略说了一次，说到那个姓王的保安时，李小白几乎跳起来，"什么助人为乐又热心啊，这么小的孩子，他竟然忍心用棍子打耶，这种人哪里热心了？"

"小白。"李轻墨打断她，指向那边一脸茫然看着他们的豆豆，不太确定地问，"你没发现，它……不是人么？"

李小白好笑地看着他："废话，他当然已经不是人了。"

李轻墨咳嗽一声："我是说，它生前……也不是人啊。"

"欸？"李小白怔了一下，"明明是个小男孩啊。"

"但你仔细感觉一下，这不该是人类灵魂的灵力波动。"李轻墨顿了一下，补充着，"就刚刚它那一串动作，怎么看都不像是人啊……"

李小白又怔了一下，再次走到豆豆身边，伸手拉过他的手，闭上眼，仔细用灵力探测了一下，然后就一脸黑线，机械地转过头来："那它是什么？"

沈夙夜也是一脸黑线，但想想这丫头有分不清神仙和妖怪的前科，也就不足为怪了。他迅速在脑中整理了一下自己已知的线索，叹了口气，道："我想我知道它是什么。"

5 我要在这里等哥哥来接我

沈夙夜领着李家兄妹去找了那个姓王的保安。

王保安正准备下班，看着这一行人，一点好脸色也没有。

沈夙夜陪着笑道："我们只有一件小事想问王大叔。"

"什么事？"

沈夙夜道："王大叔还记得你打跑一只野狗救了个小孩的事么？"

王保安的脸色变了变，似乎有几分不安，道："你问这个做什么？"

"我只是想知道，那只狗后来怎么样了？"

王保安皱起眉，问道："那是你的狗？"

沈夙夜也皱了一下眉："不是野狗么？"

"不是，戴着项圈呢。"

王保安看起来对那只狗还记得很清楚，沈夙夜连忙追问："那它后来怎么样了？"

王保安叹了口气，道："死了。那只狗其实也挺奇怪的，在这里好多年了。也不知道从哪里来的，一开始我怕它伤着人，赶了几次，打都打不走，就一直守在那片林子里。它戴着项圈，我本来以为会有主人来找的，还拍了它的照片出去贴《寻狗启事》，结果一直没有人来。大家觉得可怜，也有人想收养它，但它一直不肯离开那片林子，想强行带走的话，还会咬人。只好轮流去喂上一口，前几年冬天下大雪，就冻死了。"

听他这么说，李小白心里不由得一片悲凉，问："它的尸体呢？"

"我们想着它既然不肯走，就在那林子里挖了个坑，埋了。"

"那你还记得具体埋在哪里吗？"

沈夙夜这么一问，王保安便突然警觉起来："你们到底想做什么？"

沈夙夜道："只是想送它回到它该去的地方。"

王保安眯起眼来打量他们。沈夙夜又道："王大叔您还记得中午有人说那个无家可归的小孩吗？"

王保安道："那和这件事又有什么关系？"

沈夙夜轻轻道："您仔细想想，狗没死的时候，可曾有人说在那里看到小孩？而且每次看到小孩都是在那里，您就不觉得奇怪吗？"

王保安静了一会，两道浓眉纠结起来，道："我才不信这些怪力乱神的东西。"

沈夙夜笑了笑，道："您信不信其实也没什么关系。不过，让我们把那只狗带走，您也没有什么损失。"

王保安考虑良久，才道："我可以带你们去挖，但要等到闭园之后，免得惊扰游客。"

李小白回了趟家，换上比较方便活动的衣服，顺便带上一干可能会用到的符纸法器，和沈夙夜一起匆匆吃过晚饭，便又回到了翡翠湖公园。在门口会合了李轻墨和听说这件事之后非要来帮忙的桃夭。

他们径直去了那片樱花林，豆豆果然还在。豆豆看到李小白很高兴，几乎是立刻就跑到她身边来："你又来了。"

"嗯。"李小白应了声，轻轻摸着小男孩的头，"我不是说好会陪你玩的吗？"

豆豆的眼神暗淡下去，轻轻道："嗯，我们说好的。说好就会做，所以哥哥很快就会来接我的。"

李小白听得心头一酸，甚至不忍心看他，扭过头去看着沈夙夜，轻咳了一声，掩饰道："你说一只狗，灵魂怎么会变成一个小男孩呢？"

沈夙夜想了想，道："就像有些生物会把第一眼看到的东西当成自己的父母。在它们心里，那就应该是自己的样子。豆豆也许就是这样，一直觉得自己就是一个人，主人就是它哥哥。你看，网上以前不是也有个贴子，说如果宠物会发贴的话，它们会说'长到三岁才知道我原来不是主人生的'之类……"

李小白只是随口一问，没想到沈夙夜竟然会说上这么多，又提网上的搞笑贴，哪里不知道他是想逗自己开心。她轻轻笑了笑，道："可惜这主人……真不是东西。要真的不想要它了，也不该和它说那些话，让它在这里等这么久算什么呢。"

"那也是因为豆豆真的通灵性吧。"李轻墨道，"你看死后都这样懂事。"

他这么一说，李小白便对那个主人越发不满起来，恨恨说要是找到他，一定要狠狠教训一番。

几个人说话间，保安王大叔已打着手电、扛着锄头过来了。打过招呼，也没多废话，便指出了埋狗的地方。

李轻墨便抡起锄头开挖，没多久便挖开一个深坑，一具狗的骸骨便出现在众人面前。

豆豆本来在王大叔过来的时候又躲了起来，但是李轻墨把它的尸体挖了出来，他便又重新出现了，也不说话，就站在那里，目光从众人身上扫过，眼睛里满是犹疑。

王大叔是第一次真的看到之前被人报告过无数次的"小男孩"，就那样凭空出现在眼前，他不由骇得脸色发白，惊叫起来。

旁边的桃夭连忙在他鼻端弹出一缕香风，看着他昏迷过去瘫软在地，一面道："我看还是先把这个大叔送回去吧。"

李小白点了点头，桃夭便化作一股夹着桃花的风，将王大叔卷起来，瞬间便不见了。

沈夙夜看看坑里的狗骨，又看看豆豆，问："接下来怎么办？"

李小白也跟着看向豆豆，轻轻道："豆豆，我们送你回家好不好？"

豆豆摇摇头，语气失落，低声道："我要在这里等哥哥来接我，我们约好了。"

李小白皱起眉，李轻墨也皱了一下眉，压低声音道："要不然，直接……"

虽然说豆豆可能因为本来就身具灵性，又因为对那个约定的执念而在死会变得格外强大，甚至都敢在正午出现。但李轻墨和李小白都是修真世家的优秀子弟，来硬的也未必不能消灭它。

像是感觉到李轻墨的敌意，豆豆原本水灵灵的眼睛竟然闪过一丝阴恻恻的光。

李小白却摇了摇头，道："要直接动手，中午就该动手，还省几分力气，又何必做到这一步。而且……"她苦笑着伸手摸了摸豆豆的头，"跟他玩了一下午，他又这么可怜，我下不了手。"

"也许还有别的办法。"沈夙夜弯腰从坑里捡出一个心形的吊坠。看起来本来应该是项圈上的，埋了这么多年，锈掉了。沈夙夜拿在手里，擦干净之后，扭了一下，竟然打开了。

"是个照片盒。"他说，一面从里面把照片拿了出来。

很小的一张照片，大概因为多了这重保护，虽然又黄又旧，倒还没坏。李轻墨拿手电照过去，见上面是一个男孩抱着一只还没睁眼的小奶狗。笑得十分灿烂。照片背面还有一行小字——贺孙鹏飞十岁生日。X年X月X日。

"有姓名有生日有照片，只要这个人还在白岱，应该不难找。"沈夙夜掏出了手机，开始打电话发信息上网查询。

运气不错，不多时，便找到了这个孙鹏飞现在的地址。

李小白当即便道："我去揪他出来。"

"你在这里守着，孙鹏飞没有来之前，总该有人安抚住豆豆。而且这个坑和狗骨被人看到也不好。"沈夙夜道，"而且以你现在的火气，真把人打坏了怎么办？我

看还是我和李轻墨走一趟吧。"

李轻墨点了点头。

李小白也不好反驳，只能闷闷地跟着点了头。

6 可以回家了

沈夙夜和李轻墨到孙鹏飞家的时候，已经晚上十点。来应门的青年看着他们，一脸的莫名其妙。

"请问您是孙鹏飞吗？"沈夙夜问。

那名看起来二十四五的青年点了点头："你们是……"

如果是小白过来，一定会问他"你还记得翡翠湖畔的豆豆吗"，不知道为什么，沈夙夜脑海中突然出现了这样无厘头的想法。他一定是被李小白的不着调影响了。

轻轻叹了口气，沈夙夜问："孙先生小的时候，是不是养过一只叫豆豆的狗？"

孙鹏飞怔了一下，然后睁大了眼睛："你们到底是什么人？"

沈夙夜掏出一张名片来给他，道："我们受豆豆的委托，来请你去接它。"

孙鹏飞扫了一眼名片上的"灵异侦探事务所"，脸色已经有些发白："这怎么可能，豆豆十年前就已经……"

"是的，它已经等了你十年。"沈夙夜打断他的话，轻轻道，"你难道还想让它继续再等下去吗？"

"我……"孙鹏飞嘴唇蠕动着，却半晌没能说出什么来，但看着沈夙夜他们的眼神，还是有几分怀疑。

于是沈夙夜把那张从照片盒里拿出来的小照片递了过去。

一看到那张照片，孙鹏飞整个人都几乎要崩溃，亏得李轻墨手快扶了他一把才没有摔倒。他死死盯着那张照片，再抬起眼来时，眼眶里已有了泪光，但神色却十分复杂。似乎又怀念，又后悔，又害怕，好一会才问："它……还活着吗？"

沈夙夜摇了摇头。

孙鹏飞讷讷道："那它一定是来找我报仇的，它那么相信我，我却把它扔在那里……它一定恨死我了……"

沈夙夜又叹了口气，道："它没有恨你。它依然相信你，依然在等着你去接它。这是你们约好的事情，该是你践约的时候了。"

孙鹏飞呆呆看了他半晌，才将那张小照片握在手心里，缓缓点了点头："好，我去。"

李轻墨松了口气。

他本来都做好了把孙鹏飞绑过去的打算了。没想到他还是挺合作的，看起来孙鹏飞对豆豆也还是有感情的。

结果倒是豆豆看着孙鹏飞的时候愣了一下，歪着头打量他，好像并不认识这个人。

孙鹏飞看着豆豆也十分纳闷："这孩子……是豆豆？"

若不是刚刚亲眼见过孙鹏飞看到照片时的反应，李轻墨几乎都要以为他们找错了人。而李小白看了看孙鹏飞和豆豆，就直接问出来："你确定真的是这个人？"

"确定。"沈夙夜推了一下眼镜，"毕竟过了十年，他从小孩长成了大人，豆豆一时拿不准也正常。豆豆这个形态，想来孙先生也从来没见过，自然也认不出。"

"没找错就好。"李小白沉着脸走过去，一拳便打在孙鹏飞脸上，"你为什么要遗弃豆豆？"

孙鹏飞莫名其妙挨了打，一时像有些发蒙，也没有还手，只争辩道："我没有办法，我也不想的。豆豆还没睁眼就跟我在一起，是我用豆奶喂大的，我怎么舍得丢掉它。但是没有办法，我妈妈得了哮喘，家里房子又小，豆豆一换毛，她就得过一次鬼门关。你以为我当年做那样的决定就不心痛吗？"

李小白愣在那里，豆豆也有些发愣，一双眼直勾勾看着这个既熟悉又陌生的人。

"有苦衷又怎么样？"李小白哼了一声，过去一把揪住了孙鹏飞的衣领，"你可以因为条件不允许不能继续养豆豆，但为什么要跟它说那些话，还信誓旦旦保证会来接它？你知不知道它就真的傻傻在这里等了十年？十年啊！你知道十年的等候有多久吗？"

"因为它实在太聪明了。"孙鹏飞苦笑了一声，"当年我把它送走好几次，它都自己回来了。甚至我爸把它卖给狗贩，它也逃回来了。没办法，我只能跟它讲，你不要自己回去，等着我来接你，只要妈妈的病好了，只要我们能有大房子，我就回来接你，这样它才没有回去……"

怪不得它明知道家住哪里，也不肯回去，竟然就真的在这里守到死。

李小白心头的火腾地蹿上来，扬起手便又要一拳打下去。

孙鹏飞索性闭上了眼。

但李小白拳头还没落下来，就听到一声低沉的咆哮："不要打哥哥！"

李小白一回头，只见一条狗向她扑来，那狗身形几乎比牛还大，身体是半透明的，

黄白相间的皮毛上似有一层火焰翻滚，突出的獠牙就像一把锋利的刀，眼睛发着阴森森的寒光。

情急之时，豆豆终归还是显了本相，一口就叼住了李小白的手腕。

"小白！"

沈凤夜和李轻墨几乎同时惊叫出声，李轻墨甚至直接就拨出了宝剑。

"没事，它没用力。"李小白连忙抬起另一只手来阻止他。

豆豆甩开李小白的手，一爪子将她推开几步，横身拦在她和孙鹏飞之间："就算是小白，也不可以伤害哥哥。"

李小白抬起头看着它："他刚刚说的你也听见了，这样的人还有什么值得你维护。"

"他是哥哥！"

豆豆这么说着，低头伸出舌头，轻轻舔了舔完全愣在那里的孙鹏飞。

李小白闭了嘴。

孙鹏飞这时才颤抖着，轻轻唤了声："豆豆。"

"汪。"豆豆欢快地应了声，摇着尾巴就往孙鹏飞身上蹭。

孙鹏飞哪里受得住这么大一只狗的扑蹭，直接就被按在了地上，他倒也没躲，反而伸出手，抱紧了豆豆。

"豆豆乖，我来接你了，我们可以回家了。"

豆豆伸出舌头舔着他的脸。巨大的身体发着光，开始慢慢缩小，那光芒里就像有着无数画面。

小小的奶狗被小男孩珍宝般捧在手心里。

小男孩用吸管给它喂奶。

蹒跚学步的小狗撕咬男孩的鞋带，引来男孩一阵大笑。

几个月大的小狗欢快地追逐着男孩的脚步。

寒冷的冬夜，小狗偎在男孩身边，听他念故事书。

一人一狗趁妈妈不在，偷吃冰箱里的香肠。

小狗飞跃而起叼住半空里的飞碟，交回男孩手里。

……

数不清的画面，像是在播放豆豆的一生。但是，只有它和孙鹏飞在一起开心的时光，孙鹏飞遗弃它的时候，之后独自守候艰苦度日的画面，一个也没有。

从始至终，它一直只记着他的好。

直到今日，它也从未恨过他。

豆豆越缩越小，变成了一只刚出生的小奶狗，蜷在孙鹏飞手心里，小小的一团。

孙鹏飞捧着它，将它贴在自己心口。小狗呢喃着发出亲昵的声音，又蹭了蹭主人，终于化成一团金光，和那无数欢乐的记忆画面一起，在空中消散。

孙鹏飞终于忍不住，用刚刚还抱着小狗的手捂住了脸，放声大哭。

7 对了，还有件事忘记说了

把那个哭得稀里哗啦的青年交给李轻墨，沈夙夜自己过去查看李小白的手。

李小白似乎还沉浸在豆豆消失的震撼中，有点呆呆的，一动不动地任沈夙夜卷起她的袖子查看她手腕的伤。

豆豆的确没有用力咬，但她的手腕上还是有了几道擦伤。

沈夙夜用随身带着的医疗包帮她处理了一下，见她眼中依然满是伤感，便轻轻道："不知道被狗的鬼魂咬伤，要不要打狂犬疫苗？"

李小白回过神来，笑了笑，道："阿夜，今天第二次了。"

沈夙夜问："什么第二次？"

"第二次有意逗我笑了啊。"李小白笑起来，道，"平常都板着脸吼我，'给我正经点'的。"

听着她压着嗓子学自己的声音，沈夙夜不由得也笑起来，道："今天不一样。"

李小白挑起眉来："什么不一样？"

沈夙夜推了一下眼镜，淡淡道："约会的时候，男生总是要想方设法逗女生开心的。"

"约……约会……"李小白重复了一次，嘴角有点抽。

她完全把这档子事忘记了！

李小白红了脸，用眼角的余光悄悄瞟向沈夙夜。沈夙夜的表情很平静，也看不出来到底有没有介意。

李小白越发忐忑起来，轻咳了一声："那个……"

话没能说出来，沈夙夜已经握住了她的手。他本来就拉着她的手在上药，这时只是顺势握在了掌心。感觉着他手心里传来的温度，李小白的脸不由得更红了，连耳根都在发烫。

"去走走？"沈夙夜提议。

李小白轻轻点下头："嗯。"

公园已经闭园了，除了他们之外，再没有其他人。

翡翠湖边一片静谧，柔和的月光洒在湖面上，反射出一片清辉。偶尔有樱花花瓣被夜风吹起，飞舞旋转着，飘落在水面上，泛起一串串涟漪。与白天的艳若云霞相比，夜晚的樱花看起来另有一种风味，月光下带点清冷，带点神秘，格外妖娆。

李小白不由得赞叹道："真美，怪不得每年这么多人来看。"

沈夙夜牵着她的手，沿着湖边的石子路，缓缓走着，轻轻道："其实我刚刚说谎了。"

"欸？"李小白偏过头来看着他。

沈夙夜笑了笑："不管什么时候，我都不想你不开心。"

李小白怔在那里，沈夙夜伸过手来，从她头上轻轻拈下一片不知几时落上去的花瓣，目光如水，动作温柔。

李小白顿时又觉得脸上烫了起来，不由得皱起眉，转移话题道："阿夜，你有没有听过，凡是在樱花下告白的情侣，就一定会幸福哦。"

"嗯。"沈夙夜停下了脚步，突然叫了一声，"李小白。"

他突然连名带姓正经地叫这么一声，倒让李小白一愣，跟着就听到沈夙夜轻声道："我喜欢你。"

李小白连心脏都漏跳了一拍。

怎么办？她想，被喜欢的人告白害羞到脑充血或者心律失常死掉这种事情也太丢人了吧？

不管怎么说，至少也该扳回一城再死。于是李小白踮起脚，飞快地在沈夙夜脸上亲了一口。

然后如愿以偿地发现沈夙夜的脸也红了。

很好，她想，现在他们都一样，心理就平衡了。

结果沈夙夜又道："对了，还有件事忘记说了。"

李小白抬起眼来看着他："嗯？"

"你穿女仆装的时候，真的很可爱。"

这算什么？回击吗？李小白虽然这么想，但心跳还是不由自主地快了起来。跟着就听到沈夙夜又道："记得提醒桃夭，把工钱打到我账上来。"

欸？好像有什么不对劲？

"等等,为什么是打到你账上?"

沈夙夜推了一下眼镜,一本正经道:"作为今天那只狗的调查费。"

李小白整个人僵在那里。

原来这才是回击!

"要怎么样才能实现愿望呢?"
"……收集七颗龙珠?"
"……"   By……谁知道是谁说的呢?

第三章 许愿池

1 期中考试的成绩单呢？

期中考试的成绩发下来，澄空附中高一（三）班跌破了一地眼镜。

因为排在第一名的，既不是柳红隽，也不是方瑜，而是平常毫不起眼的宋晶晶。

当时就有同学议论，是不是有人作弊什么的。虽然没点名，但目标自然非常明显。老师们也很意外，教数学的何老师甚至还把宋晶晶叫去办公室，当场出了几道难题，守着她做完。结果的确没错，这才平息了考试舞弊的谣言。但大家看宋晶晶的目光，自然便有几分不一样。

"看不出来嘛。"

"原来真有人能在这几个月内进步这么快。"

"也许一开始就藏私了吧？"

"这有什么好藏的。"

宋晶晶听着大家的议论，平素就总垂着的脑袋不由得埋得更低，好像恨不得整个人都缩到地下去。

她是个长相普通性格内向的女生，总梳两根麻花辫，留着厚厚的刘海儿，戴着一副黑框眼镜，平常基本上连说话都不敢大声，突然成了大家瞩目的焦点，自然各种不习惯。

张咏就很羡慕："真好啊，我也想考个第一看看。"

"就你？下辈子吧。"李小白毫不给面子地喷笑出来。

柳红隽也道："宋晶晶平常成绩也不差，自己悄悄努力加把劲就赶上来了，你那么贪玩，怎么可能考到第一？"

张咏想想也是，宋晶晶以前虽然说没考过前十，但好歹也是在班里的中上游徘徊，不像他，就差垫底了。但还是有点不服气："那我努力一把，难道就不可能赶上来吗？"

柳红隽倒也没取笑他，反而正经地点点头，说："加油。"

张咏突然觉得自己动力满满："明天就努力！"

"明……天……"李小白眼角抽了两下，拍了拍他的肩膀，"加油。"

比起要从明天才开始努力的张咏同学能不能考到第一，李小白更关心自己这次的成绩能不能过沈夙夜那关。

那毕竟是跟自己的零花钱直接挂钩的。

当她忐忑不安地打开家门时，发现自己的房东兼合伙人兼临时监护人沈夙夜正专心地盯着电脑上的股票走势，似乎根本没注意到她回来。

李小白松了口气，捏着自己的成绩单，小心翼翼地准备溜进房间毁尸灭迹。就在离自己的房门还差一步的时候，却听到沈夙夜的声音传过来。平常有如穿林微风一般让人舒缓宁静的声音，在这一刻听来就像一道催命魔咒。

"期中考试的成绩单呢？"

再一次被无情地克扣了零花钱的李小白同学，第二天早上无精打采地走进教室之后，才发现原来她还不是最痛苦的。

方瑜同学一整天都没来上课。过了两天，大家才知道原来他是住院了。起因么，也是因为期中考试的成绩。

方瑜的成绩一向都很好，学习也很用功，从入学开始，大考小考都从来没出过前三名，这次竟然一下子掉出了前十，变成了第十一名。只一名之差，他昨天回家之后，就挨了父母好一顿批评。可能骂得过分了点，方瑜一时间接受不了，觉得受了委屈，就出门走走散散郁气。

他满怀心事，过马路的时候就没太注意红绿灯，发现的时候已经走到路中间了。

一辆跑车为了避开他，转了个急弯，直接就跟旁边的卡车撞上了。

方瑜运气好，只是跌在地上受了点轻伤，跑车司机当场丧命，卡车也侧翻在一边，货物撒了一地。

等放了学，班上派了几个代表去医院看他，方瑜还脸色苍白，惊魂未定，不停喃喃说："要是我不出门就好了。"

同学们只能安慰他说只是巧合，又说了些好好养伤，不用担心功课，大家会帮他抄笔记之类的话。

虽然觉得有点对不住方瑜，但有他作比较，李小白顿时觉得自己只是被扣了零用钱真是没什么大不了的。

回家之后，本来想把这件事情告诉沈夙夜，以警示他不能对自己的成绩太过苛

求，以免造成意外，结果却发现沈夙夜似乎有点不在状态，心情很低落的样子。

"发生了什么事情吗？"李小白只好先问他。

"没什么。"沈夙夜道，"只是我前阵子买的一支股票可能会跌。"

"欸？"李小白虽然对股票不太懂，但还是很相信沈夙夜的眼光的，不由得追问了一句，"为什么？"

"那家公司的老板前两天出车祸死了，公司的形势看起来不太乐观。"沈夙夜叹了口气，"本来还以为是支潜力股的，没想到会有这种意外。"

李小白似懂非懂，但不好继续再说方瑜的事情，便自己去开了电视来看。

本地新闻正在播报一桩杀人案。被害人一家三口，都被杀死在自己家里。新闻上说是入室抢劫，但那家的男主人只是普通工人，女主人则是名扫街的清洁工。

李小白皱了眉："有没有搞错，这样的人家也抢？"

沈夙夜跟着看了一眼，道："最近治安似乎的确变差了，街上不三不四的人也多了些。"

"那你出门要小心点啊。"李小白叮嘱，"最近坏事真多。"

李小白在说这句话的时候，根本没有意识到，这还只是个开始。

过了几天，沈夙夜说的那支股票果然大跌，他还算好，出手得早，不少人赔了大钱，甚至还有人因此跳楼自杀。

跟着就有新闻说雨后街发生大规模械斗，疑似黑帮火拼，一役死伤十几人。

接下来又是高速公路的隧道塌方，警方破获特大贩毒案，校车坠河……林林总总的事件层出不穷，就好像把几年份的意外都集中在这半个月了。

李小白默默估算了一下死亡人数，心头不由一沉。

"情况好像有点不对头啊。"

2 这里的地气乱了

"李小白！"

趁着中午，趴在桌上补眠的李小白被人叫醒，没好气地抬头看着那个人。

是那个叫范海辛的高大帅气的男生，一个半调子猎魔人，之前因为追踪一个女巫，转学到李小白的班级，之后不知为什么就一直没走。

李小白充满怨念地盯着他，他脸色也不太好，左右看了看，道："跟我来。"

李小白没理他，继续趴在桌上，将脸侧向另一边准备继续睡。

"李小白！"范海辛咬牙切齿地吼了声，索性伸手抓着李小白的胳膊就往外拖。

他从小进行猎魔人的训练，力气大得很，李小白也懒得跟他硬扛，只张开嘴叫起来："救命啊，非礼啦……"

"喂！"范海辛吓了一跳，连忙伸手去捂她的嘴，"别乱叫！"

午休时间，教室里虽然安静，但也并不是没有人，当下好几个同学都扭头看向这边。范海辛窘得不行，连忙松了手，涨红着脸，恨恨地盯着李小白，"你胡说什么！我只是有些事要问你！"

李小白斜眼看着他："怎么个问法？是请教呢？还是审问？"

要是目光可以杀人，李小白早已经被范海辛杀了一万遍，他很努力地压制着自己的火气，才从牙缝里挤出几个字："是商量。"

好吧，以这个一直把她当女巫的猎魔人来说，这已经算是比较上道的态度了。

李小白也就耸了耸肩："早这么说不就得了，去哪？"

范海辛把李小白带上了平日人迹罕至的天台。

李小白靠在栏杆上打了个呵欠："到底什么事？"

"最近那些事情，跟你有没有关系？"一离开群众的视线范围，范海辛的态度立刻就变得咄咄逼人。

李小白皱了一下眉；"什么事？"

"别装傻！"范海辛哼了一声，"叫你出来，当然是为了那些亡灵的事！是不是你又搞了什么邪术……"

原来这家伙还是在把她当女巫，李小白很无言："怎么可能跟我有关系啊？你都不看新闻吗？最近事故这么多，又什么黑帮斗殴，又什么塌方……横死的人比平常多出好几倍，不跑出厉鬼才怪。"

范海辛怔了一下，但依然气势十足地瞪着李小白："那你就想这样放任不管置身事外吗？"

李小白指了指自己的黑眼圈："大哥，你给我扣帽子也讲点良心，我看起来像是置身事外的样子吗？三天来我总共都没睡足十小时。"

"呃……"范海辛被噎了一下，稍有点心虚，半晌才轻咳了一声，"这到底是怎么么回事？"

李小白摇了摇头，说道："谁知道呢，我们已经查过了，这一系列的事件背后，并没有你所希望的邪术因素。我倒是也想呢，真要是有人在捣鬼就好了，抓到主谋

第三章 许愿池

就一了百了。但现在根本没有任何法术的痕迹，所有的事故都是意外或者人为的原因造成。偏偏这些'意外''巧合''自杀''人祸'……还在继续发生，就像滚雪球一样越滚越大。我们能做的也就只是解决那些厉鬼，治标不治本，累都累死了，但每天还在继续死人。只怕过些日子都能凑出个百鬼夜行……"

看着面前的少女说着说着，整个身体都趴到了栏杆上，眼见着站着就要睡着的样子，范海辛心里涌起一种复杂的情绪，不由得就道："我也可以帮忙。"

"哦，那还真是多谢了。"李小白笑了声，"你能做什么？"

她的语气让范海辛十分恼火："不要小看人！我对付亡灵也有几手的！"

李小白正想要不要考验一下他的时候，手机响了起来。

沈夙夜来的电话，一接通便直接道："赶紧回来，摧城的情况不太对。"

摧城是把上古宝剑，由一头睚眦炼制而成。在历经杀戮之后，激发了睚眦本身暴戾凶残的妖性，反而侵染了宝剑的剑灵，使之变成了一把出鞘便要血流成河的嗜血凶剑，被一位前辈高人封印了千年。

李小白在机缘巧合之下得到这把剑，但因为实力相差太远，怕控制不住，所以一直没敢用它，只能好好地供在家里。

这时听到沈夙夜说摧城的情况不对，她吓了一跳，挂了电话就往家里赶。

范海辛一头雾水，一面问"怎么回事"，一面跟在后面追了几步。

李小白丢下一句"帮我请个假"，人便从他视野里消失了。

情况没有李小白想象中糟糕。

虽然屋子里桌椅翻倒，乱得好像遭了贼，连窗户玻璃也破了几块，但沈夙夜站在一个角落里，毫发无伤。

除了他之外，房间里还有另一个人，身材高大，一身红衣，红色的长发像火焰一般在身后飞舞，正是那个因为被妖性侵蚀而变成双重性格的摧城剑灵之中暴躁的那一个。李小白叫他红摧城。平常已经足够暴戾凶残了，这时看起来更加可怕，甚至连本来威武英俊的面孔都已经扭曲，两颗尖锐的獠牙突出唇外，在房间里焦躁不安地踱步，不时将挡路的东西踢飞，却每次都在接近沈夙夜的时候强行停下，生硬地扭开头不去看他，强迫自己走开。

李小白匆匆跑回来推开门，叫了声阿夜，见他没事之后，才松了口气，转过来看着摧城，这种情况她一时间也不知道应该怎么办，不由得就愣在那里。

上次摧城暴走，直接拆了隐宗好几座房子，今天他好像还没有到失控的地步，

只是看起来……也差不多了。（详见本书《番外一·岁考》）

李小白本人完全不是这把上古凶剑的对手，之前能压制住他，一方面是剑灵自己的选择，另一方面则是有狐妖胡十九帮忙。

李小白正在想现在打电话给胡十九也不知道还来不来得及的时候，红摧城便走到她身边来，道："血！"

李小白想都没想，直接就把自己的手伸过去。

红摧城咬破她的中指，然后将她的手指按在自己眉心，道："跟着我念。"

李小白意外地眨了眨眼，还没反应过来，就听到红摧城念出一句咒语。

红摧城见她愣愣的没吭声，便冷冷瞪她一眼，喝了声："念！"

李小白连忙收拾好思绪，静下心来，跟着他重复咒语。念了几句之后，就觉得不对了："等等，这是……封印咒语？"

红摧城很鄙视地瞟了她一眼："虽然以你的修为还学不到这么高深的咒语，但总该能分辨出来是做什么用的！"

"但，但……你这是要……"

摧城曾经被封印过上千年，那对他而言是最黑暗最屈辱的历史，所以"封印"这两个字本身就是他的忌讳。连那个温顺可爱的人格都十分反感，更不用说这个冷酷暴躁的了。

但他竟然要教李小白封印他？

李小白睁大了眼看着面前的剑灵，十分不解。

"废话！"红摧城道，"不把我封印起来，你是想看着这一城的人去死吗？趁着我现在还有理智，别让我念第二遍。"

"等一下。"李小白道，"这到底是怎么回事？你为什么会变成这样？"

红摧城的面容更加扭曲，不耐烦道："这里的地气乱了，只怕很快就会变成凶煞之地，刀剑对血气本来就敏感，何况我……"

红摧城说的地气，是指一方土地山川的灵气和风水，李小白本来还只担心白岱最近死人太多，只怕晚上会不太平，听他这么一说，心不由一沉，要是整座城的地气乱了，那可就不是她或者任何一名法师能单独处理的问题了。她不由得追问一句："但是为什么会这样？"

"我怎么知道？"红摧城不耐烦起来，"总之你快点动手，如果睚眦之力被煞气所冲，彻底觉醒，就算叫那只狐狸来也是送死……"

看来李小白一开始想向胡十九求援的事也没瞒得过他的眼。李小白见他也说不

出什么来了，便点了点头，依然将自己流血的手指按在摧城眉心，跟着他一句句将咒语念完。

只见摧城脚下发出一阵强烈的白光，将整个房间都照得明晃晃的刺眼。

沈凤夜忍不住微微眯起眼来，等白光散去，摧城已不见了，只有一把古旧长剑掉在地上。而李小白的身体晃了晃，像是连站都站不稳。

"小白。"沈凤夜惊叫了声，连忙几步赶过去，伸手扶住她。

李小白本来就好几天没睡好，又被摧城引着用了远超过自己能力的封印术，全身的力量几乎都被抽光，只能软绵绵地靠在沈凤夜身上。

沈凤夜心头抽痛，伸手将她抱起来，送回房间，让她在床上躺好，帮她拉被子的时候，李小白才抬起手拉住他的衣服，声音虚弱："你把刚刚的事告诉轻墨大哥和胡老师。"

"嗯。"沈凤夜点头应下，伸手摸了摸她的头发，柔声道，"你好好休息，天要塌下来也不差你这一觉的时间。"

李小白没有回答，她已经闭着眼昏睡过去。她眼下本来就有了黑眼圈，这时脸色苍白，越发显得憔悴。好在呼吸均匀，心跳平稳，的确只是累了。

沈凤夜把她的手放回被子里，在她床前站了一会才出来，看着客厅里满室狼藉和地上那把剑，长长叹了口气。

这次问题可大了。

3 天时……也乱了

李轻墨给李小白带了李家隐宗秘制的丹药，又帮着她打坐调息，等胡十九到的时候，李小白看起来已经好了很多，靠在床头和李轻墨说话。

几个人便索性在李小白的房间里讨论起来，反正客厅也实在没什么地方能坐了。

李小白把中午封印摧城的事说了一遍，李轻墨跟着道："我也正想跟你们讲这件事。桃夭今天也病了，白岱的地气的确出了问题。"

对于天地灵气的感应，妖精本来就比人类敏锐，何况桃夭是树妖，反应更为直接。

胡十九却皱着眉头沉吟，道："但是不应该啊。按说要改变一个城市的地气风水，非得移山填海这样的大工程不可，而且还得有日积月累的漫长过程。没道理就这么几天之间突然说乱就乱了。"

李小白偏了偏头，声音还是有些虚弱："是不是最近死的人太多，煞气太重？"

"死人的煞气要重到能改变一座城市的地气，除非是死过成千上万人的战场。"胡十九摇了摇头，"最近的伤亡人数还远远不够。"

沈夙夜本来一直没说话，他只是个普通人，他们说这些他也插不上嘴，听到胡十九说起战场，才皱起眉来，缓缓道："白岱……从古到今，的确发生过很多场战役，还曾经被屠过城。"

李轻墨也跟着皱了皱眉："但要这么说的话，上下五千年来，没有打过仗、没死过人的地方还真是不多。这种陈年旧账哪里都有，也没见过哪里会在几天之内有这么大变化吧？"

"普通的生老病死只是自然轮回，当然不会对地气有什么改变。但这次……"胡十九猜测道，"也许是最近横死的人太多，机缘巧合之下，新煞勾动旧煞……便一发不可收拾。"

"又是机缘巧合么？"李小白叹了口气，"最近的巧合是不是太多了一点？"

想着最近各种层出不穷的事件，几个人不约而同地静了静。

门铃就在这个时候响了起来。

沈夙夜去开门，站在门外的竟然是范海辛。

之前他一直怀疑李小白是女巫，盯着她不放，沈夙夜也因而见过他几次，还给过他一张名片，没想到他竟然真的会跑上门来。一时间也猜不出他的来意，便只站在门口挑了一下眉。

范海辛自然也看出来自己不受欢迎，勉强笑了笑，但还没说话，就先打了个响亮的喷嚏。

沈夙夜皱着眉往后避了避，却也跟着打了个寒战，觉得身上有些发冷。

"怎么突然就变冷了？"范海辛这么嘟囔了一句，然后才试探性地问，"李小白她……没事吧？"

"你找她有事？"

"呃，我就来看看……中午她走得匆忙，不知道发生了什么事情。顺便给她送书包来。"范海辛提了提手里的书包，他比沈夙夜高，很轻易就看到沈夙夜身后一片狼藉的客厅，两道浓眉不由得就皱了起来，"这是怎么了？"

"跟你没有关系。"沈夙夜堵着门，完全不想放他进去，只伸过手去接李小白的书包。

沈夙夜平常自然不会这样强硬失礼，不过李小白现在还虚弱得很，虽然说李轻墨和胡十九都在，没必要怕这个浑小子，但沈夙夜还是不想这个时候跟这家伙纠缠。

第三章 许愿池

范海辛当然对他这种拒人千里的冷淡有点郁闷，但想想自己好像还真没做过什么让人家有好印象的事，只好又讪讪笑了声，却拿着书包不松手："最近这么多事故，我也想看看能不能帮上忙。"

沈夙夜本想再次拒绝，但想着李小白累成那样，又有些犹豫。

他还没决定，范海辛又打了个喷嚏，自己连忙捂住口鼻，很不好意思的样子。

沈夙夜便叹了口气，拉开门："先进来吧。"

范海辛进了门，看看屋子里乱成一团的家具，又看看墙上挂着那块"白夜灵异侦探事务所"的招牌，嫌弃道："你们被人踢馆了吗？"

只是踢馆倒好办得多。

沈夙夜也懒得跟他解释，引他到李小白房间门口，冲里说了句"小白，你同学来看你了"，便先回自己房间去加衣服。

李小白正在跟胡十九和李轻墨说摧城的事："如果睚眦觉醒的话，真的没办法控制？"

胡十九斜了她一眼："废话。睚眦那是什么？是龙子，上古神兽，又有通灵宝剑的几千年道行在，要真的发起飙来，谁能控制？"

李小白还没回话，就听到沈夙夜的声音了，跟着一抬头，见站在门口的竟然是范海辛，不由得有些意外："欸？你怎么来了？"

"你这是怎么了？"

范海辛几乎在同一时间开了口。他本来只是担心李小白中午匆匆离开是不是跟白岱最近的事情有关，但看她这样虚弱地靠在床头，想着她说好几天没睡觉，担心的话便冲口而出。

李小白笑着挥挥手："没事没事，就是有点睡眠不足加脱力，躺一会就好。"

见她能说能笑，范海辛也就松了口气，这才发现，原来胡十九也在："咦？怎么胡老师也在？"

他虽然是个猎魔人，但水平实在不咋样，根本就没有觉察出胡十九不是人。

胡十九当然也不会主动跟他解释，只温和地笑了笑，道："家访。"

范海辛有点怀疑。他刚刚虽然被李小白虚弱的样子吓了一跳，但他们之前在说的话倒也听了一耳朵，怎么听都不太像普通家访的内容吧？

他猎魔的水准虽然偏低，但并不傻，当下看看李小白，又看看胡十九，便皱起眉来，正想追问时，沈夙夜过来了。

他穿了件厚外套，还给范海辛递了件，顺便给这边几个人带来个不太好的消息。

"外面下雪了。"

房间里顿时安静下来。

今天五月十三号,怎么算都该是初夏,下雨还算正常,怎么可能下雪?

李轻墨走到窗前拉开窗帘看了一眼。外面果然是在下雪,而且还是鹅毛大雪,眼见着地上树上屋顶上都白了。

李轻墨缓缓回过头来,看了看胡十九和李小白,张了张嘴,却什么也没能说出来。末了还是胡十九轻轻叹了口气,碧青的眼眸透出掩饰不住的忧虑。

"天时……也乱了啊。"

4 事出反常必有妖

李小白到白岱以来,不,应该说,她长这么大以来,第一次碰上这么大的难题。白岱市在短短半个月内,天时地气都乱得一塌糊涂。

凶杀事故频发,与古代战场留下的怨气撞煞,激发了地气变化,跟着就影响了天时。而天时地气一乱,这个区域内的生灵事物自然跟着就会受到影响。最明显的例子就是桃天生病,摧城暴走。指不定其他的地方还有李小白他们不知道的事情发生,这些事情肯定又会让天时地气的恶化加剧……总之,都不用占卜换算,便知道在未来的一段时间内,白岱肯定就陷在这种恶性循环里了,至于最后的结果,李小白连想都不敢想。

"那现在怎么办?"就算平常自称天才的李小白,也没了主张。

李轻墨道:"我联络一下家里的长辈。"

胡十九点了点头:"把白岱所有的妖怪和修士都联合起来,大家一起想想办法,看看能不能破这个局。"

胡十九虽然这么说,但心里也是没底。眼下白岱的天时地气虽然乱了,但那也是天道本身的变化,他们想破这个局,就是要逆天而行。

不说逆天的本事,就这份逆天的勇气,也不可能是什么人都有的。

几个人便开始商量联络人和想破局的办法,说了好一会,才发现沈夙夜坐在一边没吭声,只对着电脑打字。

李小白便问:"阿夜你在做什么?"

沈夙夜没有抬头:"看看这天气反常是只有我们这边,还是更大范围。"

"结果呢?"

"只有我们白岱，邻市都很正常。"沈凤夜皱了一下眉，"这是为什么？"

李小白也很纳闷："按说，就算是天道，也讲究因果的，这种情况，总得有个起因吧？"

"起因就是之前那些的事故了。"

"但那些事故，都是意外和巧合啊……"

"巧合也太多了一点。"沈凤夜道，"也许我们可以查一查，看看这一串事故之间，到底有没有联系，也许可以找到最开始的那个'意外'。"

李轻墨凑过去看了一眼电脑屏幕上那一排本地新闻眼睛都要花了："这么多，又五花八门的……你打算怎么查？"

沈凤夜微微皱了眉，推了一下眼镜，无奈道："先一个一个滤一遍吧。总比你们要做的事情容易。"

说得也是，这世上再没有什么比想逆天而行更难了。

李轻墨露出个苦笑。

"我也来帮忙。"略显粗犷的少年的声音就在这时响了起来。

大家这才想起来，旁边还有个一直被忽略的范海辛。

李小白扭头看着他。

范海辛一直没说话，但听到现在，对目前的形势总算有了个大致的了解，当下也就抛开了对李小白的成见和对胡十九的怀疑，十分诚恳地说道："虽然你们说的法术什么的，我不太明白，但要调查事故，我总帮得上忙，我们猎魔人多少也有一些自己的渠道。"

这一点沈凤夜倒不怀疑。之前那个女巫事件，范海辛甚至还比他们先到一步。虽然说范海辛着手的时间比他们早，但能查到那个地址也算是他的本事。何况现在这么多事，时间又……根本不知道还能有多少时间！今天都下雪了，谁知道明天会不会有洪水地震。沈凤夜只怕人手不够，就算范海辛不开口，他也要想方设法把这少年拖下水，何况他如此上道。当下便点了头，招手叫他过去，两人把最近的事件列了一下，各自分了工。

大家分配好工作，胡十九和李轻墨便起身告辞，范海辛自然也就跟着出去了。走到客厅的时候，胡十九扫了一眼，皱了一下眉，伸手打了个响指。范海辛只觉得有一种无形的力量，涟漪般从胡十九身上荡开，等他回过神来，原本一片狼藉的客厅已变得窗明几净，家具电器丝毫无损，摆放得井井有条。

范海辛张大了嘴。旁边李轻墨和沈凤夜则完全不以为然的样子，沈凤夜也就轻轻道了声谢。

胡十九笑了笑，开门出去。

范海辛的嘴依然没能闭上，当时他看到李小白的神通，已经足够吃惊了，没想到胡老师才真的是深藏不露的高人！

李小白休息了一晚上，第二天上学的时候，已经神采奕奕元气十足。反而是他们班的同学，因为昨天骤然降温，一下子病倒了十几个。

今天虽然没下雪，但天气还是很冷，昨天的雪还没化，天地间一片银装素裹。

对这样反常的天气，大家的反应也都不太一样。有人战战兢兢地害怕，也有人猜测说："是不是有什么大冤案啊？你看小说里都写，有冤案就会六月飞雪，三年大旱什么的。"

"那种东西你也信啊？我看只是环境问题进一步恶化啦。"

"不是说什么臭氧层空洞啊，温室效应啊，都会导致气温上升吗？怎么反而还下雪了呢？"

"谁知道啊，也许《后天》是真的吧？"

"那还不如《2012》呢，多少还能有几艘船。"

"有船你也上不去啊。"

……

同学们毕竟都是十几岁的少年，又根本不知道问题的严重，聊几句之后，话题就不知跳到哪里去了。

还有张咏这种神经大条的，课间还跑出去玩雪，捏了个雪兔子进来跟柳红隽献宝。

柳红隽虽然很喜欢那只莹白可爱的雪兔，但却忍不住忧心忡忡，向李小白道："你说这样的天气会持续多久？"

"谁知道呢？"李小白也没有了平常的洒脱。如果他们解决不了这个难题的话，谁知道之后会怎么样呢？

柳红隽叹了口气，道："这要是在古代，突然下这种雪，庄稼什么的就都完了吧？"

张咏笑起来，道："你想得真远。"

"是因为这事太奇怪了，谁见过五月份下大雪呢？"

"俗话说，事出反常必有妖。"张咏张牙舞爪地扮鬼脸吓唬她，"你怕不怕？"

柳红隽就抓起刚刚的雪兔向他砸过去。

没错，事出反常必有妖，但问题是这"妖"在哪？

李小白懒得看他们打闹，侧过身去看向另一边，不经意间就看到了前不久考了第一名的宋晶晶。

她坐在窗前，正皱着眉看向窗外的大雪，眉宇间似乎愁绪万千。

看到她，李小白就想起自己被扣掉的零用钱，虽然说在这种大事跟前，零用钱什么的根本不值一提，但她还是有些愤愤。

宋晶晶如今已是老师们的新宠，成绩又好，又不像她私下还得担心些奇奇怪怪的事情，真不知道她在愁什么。

到放学的时候，范海辛来找李小白："我跟你一起过去。"

李小白抬眼看看他脸上两个大大的黑眼圈，也就懒得跟他抬杠，一面收拾书包，一面问："熬夜了？有发现？"

"嗯。"范海辛就在旁边等着，又把手边一个袋子向上提了提，"顺便把衣服还了。"

昨天他们走的时候还下着大雪，胡十九和李轻墨倒没什么，修行之人不太在乎这点气温变化，范海辛就不行，直接把沈夙夜的外套穿回去了。

李小白点了点头，跟柳红隽挥挥手，就和范海辛一起出了教室。

张咏有点莫名其妙："他们……什么时候感情这么好了？明明前几天还跟对头似的。"

柳红隽看着他们的背影，道："最近让人意外的事情还真多。"

张咏附和着点了点头。

不要说五月下雪这种事，就算他们身边，宋晶晶考了第一，方瑜出了车祸，唐杰的妈妈跳了楼，李小白竟然跟范海辛一起回家了……让人意外的事情的确太多了一点。

5 你果然很危险！

范海辛跟着李小白回了家，便和同样顶着两个黑眼圈的沈夙夜凑在一起，整理分析两人各自调查出来的线索，最后把突破口圈定在两件事上。一个是一家三口被破门抢劫杀害的事件，另一个就是两大黑帮斗殴的事情。

李小白给他们泡了茶过去，问："这两件事有联系吗？"

"有。"沈夙夜道，"抢劫杀人那个，就是你那天说连清洁工都抢真是没天理那桩。"

"哦？"李小白记得那件事，"那案子结了吗？是什么人做的？真的是为了抢钱吗？"

"目的肯定不是抢钱。"范海辛道，"你要想，他们都敢杀人了，抢个什么商店银行不比抢那家油水足？"

"那是为什么？"

"目前还不清楚，但是这个案子的嫌疑人之一……"沈夙夜顿了一下，手指点在他们圈出来的另一件事上，"死在了这次斗殴里。"

"就是说，那次入室抢劫……其实也是黑帮做的？"李小白明白过来，"只要搞清楚这两次事情的动机，就可能会有进一步的线索？"

"嗯。"沈夙夜点点头，"这个黑帮，叫黑龙堂，为首的是一个叫丧彪的，人称彪哥……"

他话还没说完，李小白便噗地笑出声来。沈夙夜就顿住了话头，微微一挑眉。

李小白止不住笑，声音都含含糊糊："丧……丧彪，哈哈哈，一个黑道老大叫这种名字，也太衰了吧？"

大家本来都严肃认真地沉着脸在讨论，被她这么一笑，紧张的气氛一扫而空。连范海辛也不由得跟着笑出声来。沈夙夜抄起手边的笔记本，拍在李小白头上，轻斥道："给我正经一点。"

李小白这才收住了笑容，揉了揉脸，摆出一脸正经来："是，长官有什么吩咐？"

这下连沈夙夜都绷不住，嘴角弯起一抹轻笑："我们要了解那两件事情的真相，最快最直截了当的办法，就是把这个人找出来问。"

"那你们查到他在什么地方了吗？"

"找到他在什么地方倒不难。"范海辛皱了一下眉，"问题是，他是个黑帮老大，身边肯定有一批打手，要把他弄出来问话，很不容易。"

李小白又笑了笑，拍了拍他的肩膀，道："这个你就不用担心了，我来。"

虽然范海辛说丧彪的行踪不难查，但还是到了第二天，他们才确定了地址。

因为之前黑帮斗殴的关系，警察也在找这帮人。加上丧彪在之前的斗殴里受了点伤，现下正躲在一处窝点养伤。

等李小白他们辗转找到那个地址，不由得都吃了一惊。

那个地方竟然是守卫森严的高级住宅区。出入都凭证件，小区门口二十四小时保安站岗，四面围墙比寻常小区高出一半不说，还带警报器，就不用说随处可见的摄像头和四处巡逻的保安了。

李小白不由得咋舌："他不是黑道老大吗？怎么会住在这种地方？"

"只有电影里的黑道老大才会整天待在赌场酒吧。现在都文明社会了，他们当然也得提高追求。"

"所谓大隐隐于市，这样反而比较能蒙蔽人们的视线。何况，在这种地方养伤才安全。"

几个人正大光明地做了访客登记，就进了小区。

在电梯里的时候，李小白兴致勃勃地问："要不要制订作战计划？是像海扁侠那样，冲进去直接开打？还是先礼后兵，以德服人？"

沈夙夜一头黑线地看了她一眼："你给我少看点奇奇怪怪的电影！"

哪有奇怪嘛。李小白不满地嘟哝着，跟在沈夙夜后面出了电梯。

沈夙夜直接去按了门铃。

里面有个男人的声音问："干什么？"

沈夙夜直接道："我们想见一见彪哥。"

里面的人便喝问："你小子是什么人？"

沈夙夜道："只是有两个问题想请教一下。"

里面的人毫不客气地大吼："你找错门了，给老子快滚。"

这人是傻的吧？要在上一个问题说找错门了，说不定还有人信。

沈夙夜向李小白使了个眼色。李小白稍一点头，手指掐着法诀，默念了一句咒语，便直接从旁边的墙壁穿了进去。

只听到门里一声惊呼，然后噼里啪啦几声响，便安静下来。

跟着门就开了，李小白笑眯眯站在那里，道："一共五个人，我不知道哪个才是丧彪，都放倒了。"

沈夙夜点了点头，走进去查看。

范海辛跟着进去，见门口倒着一个染了金发的男人，客厅沙发上也有一个昏迷不醒的男人，电视机旁边倒着了一个，进卧室的门口也有一个。

"还有个在厕所。"李小白解释。

范海辛扭头盯着她。这么短的时间，她一个人竟然放倒了五个成年男子！更不用说刚刚那一手穿墙之术了。

李小白被他看得有点发毛，皱了一下眉："干吗？"

范海辛只是死死盯着她："你果然很危险！"

李小白有点无力："拜托，这个时候难道不应该坦率点夸我很强吗？"

"是的，你很厉害。"范海辛点点头，"但谁能保证你不会用这力量来做坏事？"

"……"李小白被噎了一下，十分无奈。

范海辛一脸郑重其事地盯着她："我会继续监视你！只要你敢乱来，我就不会放过你！"

那也要看你有没有那个本事啊。

对于范海辛这种偏执，李小白无奈叹了口气，索性甩下一句"随你便"便跑去帮着沈凤夜审问丧彪。

这位黑道大哥一开始还想要横，但在李小白压倒性的实力威胁下，很快就吓得几乎连小时候偷糖吃的事情都交待得一清二楚，审问得很顺利。

丧彪交待了那个一家三口的案子的确是他们的人做的，为的是一包毒品。

他们费了很大功夫，才把一种新型毒品混在一车货物里运进白岱，没想到货还没到他们手里，就出了车祸。运毒的货车被一辆跑车撞了，货物倒了一地。虽然车祸并没有揪出他们贩毒的事，但他们运进来的毒品却不见了。

丧彪当然不甘心，就命令手下追查，结果发现是因为掉在附近的绿化带里，回收翻倒货物时没留意，第二天被贪小便宜的清洁工和其他一些货物一起捡了回去。他们就派人上门索要，但那家人也起了黑心，跟他们谈条件，还要分成。丧彪一怒之下，就下了狠手。杀了那家人，把毒品抢了回来。

但之后进行交易的时候，却跟他们的老对头起了点龃龉，矛盾越闹越大，就发展到各自叫齐人手狠狠打了一架。弟兄们各有死伤，又被警察抓了不少。而且警察还顺藤摸瓜破了贩毒案，他只好像丧家犬一样躲在这里。的确有够丧的。

沈凤夜仔细整理了一遍，觉得确实也问不出什么了，这才作罢。

李小白看了看丧彪和依然昏迷着的其他四人，问："这些人怎么处理？"

沈凤夜跟着扫了一眼，道："给周警官打个电话吧。他想必会很高兴看到这些人。"

6 我……我好害怕……

之后沈凤夜继续回去调查，李小白则被李轻墨叫去帮忙对付恶鬼。没有什么厉害的家伙，但架不住量多，而且还不止一个地方闹。等李小白拖着疲惫不堪的身体回到家的时候，已经后半夜了。

沈凤夜房间的灯还亮着。

李小白就敲了敲门："怎么还没睡？"

沈凤夜盯着电脑屏幕，一只手在旁边的笔记本上勾画："我想我找到新的线索了。"

"哦？"李小白应了声，走到他身边去。

沈凤夜把自己一晚上的成果展示给她看。

"被黑龙堂杀害的那个清洁工负责的是这一段路。从他们被杀往前推一个月之内，这个路段只出了一桩交通事故。跑车因为急转弯，撞上一辆货车。那个开跑车的，就是之前我跟你说以为是潜力股结果车祸死了的老板。而这桩交通事故的起因，是因为一个男生突然走上了马路。"沈凤夜顿了一下，"这个男生是澄空附中高一的学生，叫方瑜。"

"不是吧？"李小白惊呼出声，一瞬间倦意全消，"我们班那个？"

沈凤夜点了点头，道："这就是我们能找到的，最开始的巧合了。"

"不，不是。"李小白想了想，否定了沈凤夜的话。"方瑜会心事重重走到马路上也不自知，是因为他期中考试掉出了前十名，他父母骂他，他想不通，他成绩本来很好的。"

沈凤夜皱了一下眉："你是觉得，他成绩下滑还另有原因？"

"我觉得他成绩还是很好。之所以掉出前十，是因为有一个本来成绩一般般的人，突然考了第一。"李小白说着，自己又怀疑地皱了一下眉，"但不会吧？因为宋晶晶考了第一，所以本来应该在前十的方瑜就变成了十一名，于是他想不通出去散步，就引起了车祸。然后货车里刚好装了毒品，掉出去被扫街的清洁工捡了，又引发了后面一串血案？"

"还有另一边，因为那个老板车祸死掉，公司出了很多状况，还影响了股市，也算是另一个层面上的血案吧。"沈凤夜叹了口气，"真是一只亚马逊的蝴蝶扇动几下翅膀，就能在德克萨斯引起一场飓风。"

"我还是觉得这种蝴蝶效应有点离谱。"李小白有点不敢相信，"因为一个高中生偶然考了个第一，就能把整个白岱的天时地气搅得一塌糊涂？"

她这一问，沈凤夜也不敢确定，只好道："明天去找那个同学问问看吧，看她的考试成绩到底是怎么回事，是真实的，只是巧合，还是另有蹊跷？"

"嗯。"李小白应了声，抬起眼来，看着沈凤夜眼下两抹青印，不由得就皱了皱眉，"阿夜你赶紧睡觉啦，再熬夜要变熊猫了。"

沈凤夜看着她，轻笑了一声："你在这里，我怎么睡？"

"欸?"李小白一愣,然后唰地红了脸,飞快地从沈夙夜的房间退出去。关上门才听到沈夙夜的声音带着笑,慢悠悠地传出来:"晚安。"

李小白靠在墙上,摸着自己发烫的脸,叹了口气。

真是的,她到底在脸红个什么劲!

第二天李小白按时去了学校,一进教室就留意了宋晶晶。

宋晶晶和平常并没有不同,依然低眉顺眼的,上课并不主动回答问题,下课也不和同学们聊天说笑,就坐在自己座位上,撑着下巴看向窗外,表情沉郁伤感。

李小白便找了机会去跟她搭讪:"宋晶晶……"

宋晶晶像是吓了一跳,甚至整个人都缩了一缩,眼神就像受惊的小鹿。

李小白大受打击,摇了摇头:"我看起来这么可怕吗?"

"不,不是……只是……"宋晶晶期期艾艾,半晌才道,"很少会有人来找我说话……"头已经几乎埋到课桌底下。

李小白笑了笑,索性就在她前面的位子坐下来,道:"我是来跟你取经的啦。"

"嗯?"

"上次考试啊。我有三科不及格,被家里好好教训了一顿呢。"李小白挂上谄媚的笑容,"你进步那么快,有什么快速提高的办法……"

李小白话没说完,宋晶晶却猛地站了起来,连撞到课桌也没察觉,只脸色苍白地盯着李小白,嘴唇蠕动着,半天没有说出话来。

李小白被她的反应吓了一跳,跟着站起来,向她伸出手:"怎么了?有没有撞痛?"

宋晶晶却一把打开了她的手,甩下一句"跟我没有关系",就直接从教室里跑了出去。

李小白被她这答非所问的一句话弄得一头雾水,但有一点很明确,就是宋晶晶上次考试的成绩的确有问题,不然也不会这么大反应。见她跑了,李小白自然跟着就追过去。

宋晶晶看着不声不响,跑起来倒是很快,李小白一直追到公教楼后面的小树林才追上她。

宋晶晶显然是跑不动了,扶着一棵松树重重喘息,哈出的热气给自己眼镜染上一片白雾,看不出表情。

"你跑什么啊?我又没有恶意,不过就是问一声……"李小白一面说,一面伸

手去拉她，扳过她的身体，才发现这女生已经泪流满面。

李小白反而怔住："哭什么？"

宋晶晶只是哭，抽噎着，一句完整的话也说不出来。

李小白叹了口气，伸手搂过她，扶着她在旁边的长椅上坐下。她们匆匆忙忙从教室里跑出来，她身上也没带纸巾或手帕，索性就拉起袖子帮宋晶晶擦了擦眼泪，握着她的手柔声道："别哭了，有什么事情，先跟我说说看，我们一起来解决。你看这么冷的天，再哭下去眼泪结冰鼻子冻掉怎么办？"

也许是她说得有趣，也许是她手掌的温度让宋晶晶稍稍心安，宋晶晶慢慢便平静下来，虽然还是偶尔抽泣，渐渐也能说一两句话了："我……我好害怕……"

"怎么了？"李小白握着她的手又紧了一紧，"你怕什么？"

"上次的考试……"宋晶晶抿了抿唇，犹豫了半晌，最终还是说了出来，"不是我自己考出来的。"

李小白皱了皱眉："不是说老师又给你出了题重考，你都做出来了吗？"

"嗯。"宋晶晶点了点头，"因为我许的愿望是以后考试都得第一名，所以再考也是一样。"

"等等，"李小白眨了眨眼，"许愿，跟这次考试有什么关系？"

"你还不明白吗？"宋晶晶看着李小白，"我许了个愿，要考第一名，结果我就考了第一名啊。跟什么悄悄努力，什么快速提高，根本没有关系。"

"你是说，这只是……愿望实现了？"李小白愈加不解，"一般来说，那不是好事吗？你在怕什么？"

她这么一问，宋晶晶的眼泪又滑了下来，半晌才道："一开始我也很高兴，就像做梦一样，觉得自己以后都可以扬眉吐气了，再不用被老师父母同学看不起。但是，但是……跟着方瑜就出车祸了。然后又开始下雪，我就想起许愿的时候，那条龙说的话……"

还有龙？难不成还是《七龙珠》版本的愿望？

李小白急切地追问："说什么？"

"我许愿的时候，就有一条龙出现了，它说，你确定不管怎么样都要实现这个愿望吗？我说，是……"

这次轮到宋晶晶话没说完，李小白就唰地站起来，咬着牙，脸色铁青，握着宋晶晶的手就像一只铁钳。宋晶晶的手被她抓得生痛，却也没有挣扎，只咬了咬自己的唇，哭泣的声音里全是懊悔："是我的错，这一切真的都是我的错。我怎么会那

么傻？我怎么会相信……这世上真的有不用代价就可以实现的愿望？现在怎么办呢？我该怎么办呢？"

李小白连续做了好几次深呼吸，才把自己辛苦了半个月积下的那股子邪火压下来。根本不用再回去跟沈夙夜商量，也可以确定，面前的宋晶晶的确就是那只无意间扇动翅膀的亚马逊蝴蝶。但对着这样自责懊悔又害怕的女孩，她也实在是发不起火来，重重叹了口气，才问："你是怎么见到那条龙许的愿？"

宋晶晶抽了抽鼻子，小声说道："在宏福寺的许愿池。"

7 神威？

宏福寺是白岱郊区一个很有名的古寺。

所谓的许愿池，原本是寺里的放生池，以前总有些善男信女会买些鲤鱼乌龟在那里放生。后来不知从什么时候开始，就有游客香客往里扔钱了，现在里面鱼虾乌龟都不见了，放眼看去池底就是一片亮闪闪的硬币，五毛一块的纸币，偶尔还有十块二十块的大面额。

池子并不大，建在一眼山泉之上，用汉白玉栏杆围着，池底也是铺的汉白玉，雕成了游龙戏水的纹样，龙头就是泉眼，清澈的泉水从张大的龙嘴里汩汩冒出。

李小白他们一行人到那里的时候，正好还听见旁边有游客在说："听说只要能把钱丢进龙嘴里，就能实现愿望哦。"

李小白的脸色当即就是一黑。

沈夙夜看着龙头附近明显比别处更多的硬币，叹了口气道："这池子，就是这么被叫成了许愿池吧？"

龙头在池底中央，龙嘴里又冒着泉水，要把硬币丢进去，的确不容易，但看着龙嘴里不时有东西在阳光下反射着银光，大概也不是没有运气好的人。

至少就有一个宋晶晶。

现在他们是知道整个事情的起因，但对于怎么解决，却依然毫无头绪。

李小白道："不知道把龙嘴里的硬币再抠出来，事情能不能退回去？"

沈夙夜无奈地瞟她一眼："你觉得它实现一个人的愿望的报酬真的就是那么小小一枚硬币吗？"

李轻墨皱了眉，道："其实我纳闷的是，这个实现愿望的力量，到底是什么？这里也没有什么妖气。"

"灵气倒是比别的地方充裕很多呢。"李小白说着俯下身去,把手伸进池子里搅了搅。

她这一搅,一股仿佛来自远古苍茫肃然又不怒而威的磅礴气势,突然就向池畔的三人一妖迫压而来。

李轻墨和李小白在这样的威势下,几乎动弹不得,连胡十九也不由得退了一步。

反而是沈凤夜不避不闪,腰杆依然挺得笔直,似乎完全不受影响,但脸上的神色却变了,一变再变,然后就皱起眉来。

李轻墨几乎在同时皱了眉道:"池底的龙……刚刚好像眨眼了。"

胡十九没说话,但平常那种轻松随意的悠然态度已经一扫而空,有点不确定地道:"神威?"

"龙?神?"李小白这时反而扶着栏杆,顶着这股压力缓缓站直了身子,咧嘴笑了笑,"开什么玩笑!玩弄别人的愿望,无视众生的性命,甚至搅乱一方天地,算哪门子神仙?这种东西也配要人敬仰俯拜?"

她认识的神仙,可不是这路货色!

她这么一说,胡十九便微微眯起眼来,看看李小白,又看看沈凤夜,然后仔细又看了这池子一眼,唇角勾起一抹自嘲的笑意,跟着就招呼大家先回去。

李小白虽然跟着走了,但还是很不乐意,嘟着嘴道:"胡老师难道真的觉得那是条神龙?这事咱们就不管了?"

"当然不是。"胡十九笑了笑,"说来惭愧,我刚刚都差点被它骗了。"

"骗?"

"刚刚那个气势,学得挺像不是吗?"胡十九倒也不以为意,"把我吓了一跳,要不是李小白和沈凤夜,差点就真的以为是神威了。"

李轻墨怔了一下:"难道不是?"

胡十九也不答话,只是带着点笑容,斜眼看着李小白和沈凤夜。

李小白有点不明所以地眨眨眼:"我不知道啊,只是觉得……不为我们着想的神灵,就算是真的,也没必要尊敬吧?但那个气势的真假,是怎么分辨出来的?"

这家伙和一位山神一起厮混了十几年,却一直当人家是妖怪,指望她分辨神威的真假,真是指望错人了。

沈凤夜叹了口气,几个人之中,只有他因为曾经跟山神子郢正面抵抗而感受过这种威严肃穆、浩然如山的力量。却又觉得有些不同,相比于那次要用尽全力咬紧牙关才能站稳,这次简直是太轻松了。

但他也并不想仔细解释那次的事，只淡淡道："我和小白都见过真正的神灵。"

胡十九看了一眼李小白，想起她那个可笑的婚约来，嘴角的笑意不由就有几分暧昧。

李轻墨却不明就里，只是皱了一下眉，问："那刚刚那个，到底是什么？"

胡十九道："你有没有听说过庙里佛像显灵的事？你觉得那是什么？"

李小白撇了撇嘴，道："庙里的佛像不过是木雕石塑，偶尔有了灵性，又被信徒每天拜祭，听着听着，就信以为真，觉得自己真的是神是佛了。其实，器物通灵，还不就是妖……"她说到这里，突然顿下来，回头看了一眼宏福寺的方向，微微眯起眼。

胡十九点了点头："没错，那也是一样的。那个许愿池里的石龙，利用人类许愿时心底那种强烈的执念，扭转因果，破坏天地灵气本身的流向来蕴养自身。而我们之所以没有察觉，是因为它只推动了最初那个微小的愿望，之后的连锁反应，则根本就是自然的因果轮回，当然看不出法术的痕迹。"

沈夙夜也道："这样说来，就像是火车扳道一样。他只是在道岔上动那么一小下，火车就开向了完全不同的方向。"

看那龙嘴里也不止一枚硬币，也许在别的地方也发生过类似的事情，只是动静没这么大，他们不知道而已。又或者宋晶晶就是那根引起质变的最后的稻草。

李小白忍不住愤愤道："真是太狡猾了。那胡老师为什么还叫我们走？我们应该直接除了它才对。"

胡十九挑起眉看着她，嘴角扯出一抹轻笑："除了它？你觉得你能把它怎么样？"

李小白闭了嘴。

胡十九继续道："就算是我，也没有把握能做得到。虽然说它的神威是假的，但力量却是真的。我看，也许要不了多久，它就能真正飞升化龙了。"

说这句话的时候，胡十九的语气很沉重。

言下之意也不用解释，几个人都听得懂，那妖龙本来就在吸取白岱的灵气，它要飞升，白岱会变成什么样子根本想都不用想。

李小白便问："难道就没有办法了吗？"

"办法当然有，但我们得回去做点准备。"

"什么准备？"

胡十九道："除掉妖龙之后，天地灵气必然会再乱一次。我们得布个大阵，把乱掉的灵气导回去。好在之前也已经在准备了，稍微修改一下就行。李轻墨你带着修士们也来帮忙，李小白就负责用摧城去斩龙……"

李轻墨点了头，李小白却皱起眉来，打断了他的话："等等，摧城要是暴走了怎么办？"

"就是要他暴走。"胡十九笑了笑，"要对付这条未飞升的妖龙，还真非得他那个上古龙子不可！"

"那要是他杀了妖龙，还停不下来怎么办？"

"只要天地灵气归原，摧城就应该会跟着平静下来吧？再不济，他不是还教了你封印他的咒语吗？"

李小白点了点头，半晌突然又叫起来："糟糕，摧城只教了我怎么封印，没有教我怎么解啊。他现在还被封着呢。"

所有人一头黑线。

胡十九叹了口气："到时我去解。但这样的话，你就要多拖一刻钟，等我回阵眼。"

李小白估计了一下双方的力量，又想想暴走的摧城，脸色有点发白，但看了看天上飘落的鹅毛大雪，咬了咬牙，点下头。

沈凤夜没说话，只是伸过手去，紧紧握住了李小白的手，目光温柔而坚定。

李小白便咧开一个灿烂的笑容。

"这一次，就放开了拼命来闹一场吧！"

8 辛苦了

白岱市这个五月，真是怪事频发。之前层出不穷的事故不说，又是下雪，又是地震，还发了山火，郊区的宏福寺被烧黑了一半。好在僧人们撤离得早，并没有伤亡。但就在地震和山火的第二天，天气就好转了，变回了明媚的初夏。

澄空附中不知愁的高中生们，依然把这些事情当成笑话在讲。

"昨天晚上的地震得有七级吧？"

"胡说，七级地震得多厉害啊。都没听到哪里的房屋被震塌，哪来的什么七级地震。"

"可是你不觉得可怕吗？昨天晚上那个动静，简直就是天崩地裂啊。"

"你太夸张了，不过我听说有人看到巨大的怪兽耶！"

"那不是更夸张？有奥特曼吗？"

"但那个声音真的很像怪兽的吼声啊。"

"只是山火的声音吧?"

"那火也起得很奇怪啊,明明还下着雪呢,怎么就能烧得起来?"

"昨天后半夜就不下雪了。我睡觉的时候还开着电热毯呢,到半夜就被热醒了。外面雪都全化了。"

"反正最近奇怪的事情就是很多!"

"哈哈哈,2012年了嘛。"

"你们买了船票没有啊?"

……

听着同学们七嘴八舌地曲解着他们昨天晚上的战斗,李小白趴在桌上打了个哈欠,连根手指都不想动。

崔城果然就是属大爷的,请他动一次,百分百就是她自己伤筋动骨,再用一次,说不定就得脱力而死。

一瓶牛奶递到她面前。

李小白侧了眼看过去,就看到范海辛站在旁边。

对着她,少年俊朗的脸上还是没什么好脸色,却别开了眼睛,低低说了声:"辛苦了。"

李小白怔了一下,然后就拿起牛奶来喝了一口,笑得眉眼弯弯:"不客气。"

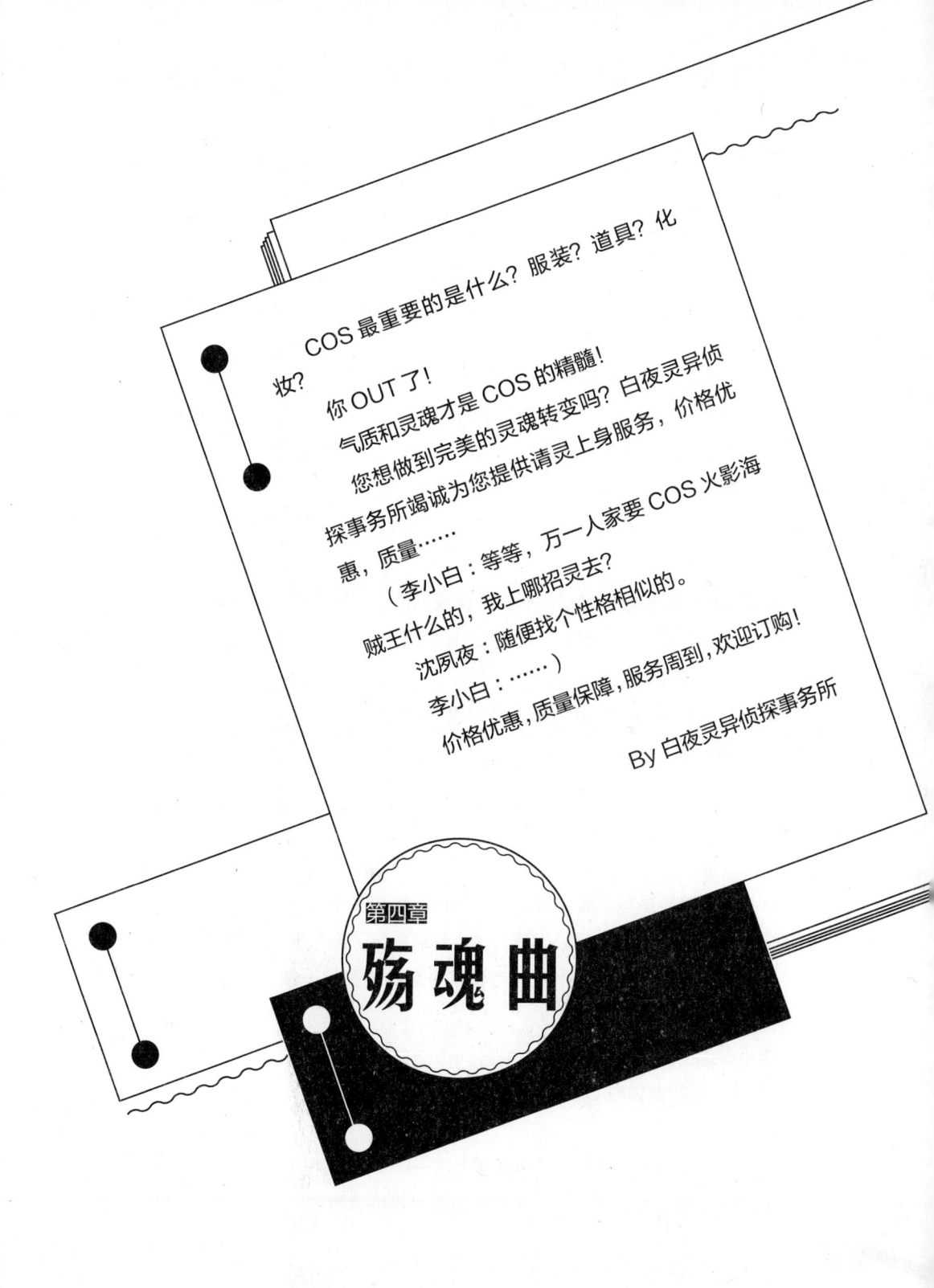

1 不知道你对COS有没有兴趣？

李小白这几天在学校总觉得有点不太对劲，似乎一直有人在鬼鬼祟祟地盯着她，起先是一个，后来是两三个，但她每次回头去看，那些人又装作若无其事的样子。

虽然都是普通的学生，并没有什么不对劲的地方，也不像是发现她有什么异常的样子。饶是李小白平日里也不太想多生事端，也架不住每天被这么神神秘秘的打量。这天放学，她就索性直接走过去问："几位同学，你们到底为什么每天这么看着我？"

那几个学生似乎有些尴尬，一时间也没回话，互相交换了一下眼色，又互相推搡了一会，才有个脸圆圆留着齐耳短发的女生上前了一步，向李小白道："那个……我们是水银灯COS社团的。"

李小白身为一个ACGFAN当然知道COS是怎么回事，她只是有点不明白，怎么突然有COS社团找上她。

"哦？"

"我叫王雅玲，是水银灯的团长。"圆脸女生做了自我介绍，向李小白笑着伸出手，"你好。"

李小白虽然还是有点莫名其妙，但她也不是冷漠小气的人，何况王雅玲笑起来时脸上还有个小酒窝，又亲和又可爱，她也就笑着握了握王雅玲的手："我是李小白。"

"啊，我知道你是谁啦。"王雅玲看了身后的团员们一眼，笑道，"事实上，我们是想找你帮忙来着。"

李小白歪了歪头："什么？"

"那个，不知道你对COS有没有兴趣？"

"欸？"

"是这样的，我们想在下次动漫展上出一个COS剧。里面有一个人物，团里的人都不太合适，我们……"王雅玲显出几分不好意思的神态来，像是斟酌了一下

用词，"观察了很久，觉得由你来扮演的话应该会不错，如果你有兴趣的话，我们想请你客串一下。"

原来如此，怪不得一直盯着她看。

李小白一直就喜欢动漫游戏，也看过 COS 表演，但却从来没想过自己去玩，她有点迟疑地指向自己："欸？我可以吗？"

"可以的可以的。"王雅玲连忙点头。

她身后几个人也跟着附和道："李小白你个子高，长得又好看，再合适不过啦。"

"就是说啊，比一般的男生要帅多了呢。"

等等，好像有点不对劲。

李小白犹豫了一下，问道："你们……想找我客串什么人？"

"哦，是一本小说里的人物。"王雅玲很兴奋地说，"你看过《盗墓笔记》吗？"

李小白点点头，其实比起看小说，她更喜欢漫画一点。但这么大红大紫的小说，她还是看过的。

"看过就好说啦。我们想找你 COS 小花，就是解语花。"

李小白眨了眨眼："我没记错的话，那好像是个男的。"

"对啊对啊。"王雅玲双手合在胸前，一脸花痴陶醉，"小花又帅又萌能打能唱，我最喜欢了。"

"但……"李小白指了指自己，"我是女生。"

虽然她平常大大咧咧不拘小节，总算还记得自己的性别。

"有什么关系嘛。"王雅玲挥挥手，"COS 界女生扮男生的多了，我们团里也没几个男生。而且你知道，小说里的小花是唱戏的，还是旦角。我们的剧里也安排了一场他穿戏装唱戏的剧情。我们团里的男生，要不就是不够帅，要不就是扮戏装不够妩媚，我看来看去，就小白你最合适了。"这姑娘看起来是个自来熟，说着说着不但已经开始亲昵地直接叫李小白的名字，还热络地挽了她的手，"你就答应吧，COS 很好玩的，来试试嘛。"

李小白本来就有些好奇，被她这么一缠，便兴致勃勃地答应了，当场就被拖去社团里试装。

李小白个子高挑，就算站在同年龄的男生里也不算矮，眉目又俊朗，带着种中性的英气，一双眼尤其有神，有如出鞘的剑光。她被社团里负责化妆造型的团员捯饬一番，又换上件解语花标志性的粉红色衬衫，一边玩着手机，目光斜斜挑上来，语气平淡说了句："遇到王八邱，直接打死，算我的。"

旁边一众花痴女就尖叫起来，一时间桃心和粉色泡泡飞了个满天。

于是李小白参加 COS 剧表演的事情，就这么定了下来。

李小白最近回家都很晚，还一直哼哼一些奇怪的调子，甚至还会对着镜子摆各种奇怪表情。

沈凤夜觉得有些奇怪，忍不住问了声："你最近在忙活什么？"

"咦，我没跟你讲吗？"李小白倒一点隐瞒的意思也没有，"我们学校的 COS 社团要排一个 COS 剧，我在里面客串一个角色。"

沈凤夜摇摇头，他一点风声都没听到，而且他对 COS、戏剧什么的兴趣都不太大。但看李小白这么热衷，不由追问了一句："你要 COS 什么人？"

"一个小说人物，叫解语花。"

沈凤夜对小说虽然也没有太大热情，但作为"监护人"，李小白看的小说漫画，他多少也会扫一眼以确定内容是否健康。所以对这个人物有点印象，记得是个表面上唱戏，实际上是盗墓世家的子弟。

他皱了皱眉："这好像是个男的？"

"对啊，反串。"李小白把自己的头发往后梳了梳，摆了个阳刚气十足的 POSE，"帅么？MAN 么？"

沈凤夜一头黑线。

这丫头平常就已经很没性别观念了，现在竟然还问他"MAN 么"，到底有没有身为他女友的自觉？

虽然没有得到热切的回应，但李小白眼下对这个 COS 剧热情正高，丝毫也不在意沈凤夜的脸色，继续一边照镜子一边哼哼奇怪的调子，十分自得其乐。

沈凤夜不高兴了，听什么都不顺耳："哼些什么东西，难听死了。"

"哦，花鼓戏。你知道么，解语花就是唱这个的。"李小白就等着他问呢，很开心地凑到他身边去，"我学这个可费了老大劲呢，我唱给你听呀！"

沈凤夜虽然心情不太好，但是难得李小白兴致这么高，还特意想唱给他听，就点了点头。

李小白就咳了两声，清了清嗓子，开唱："我这里，将海哥好有一比呀。"

沈凤夜的眉梢忍不住一跳。

虽然沈凤夜和时下的年轻人一样对戏曲都没什么了解，也不爱听那些咿咿呀呀，但毕竟也是有悠久历史，当年也是有群众基础的东西，怎么也不至于难听成这样吧？

李小白同学毫无自知，唱得兴高采烈："我把你比牛郎，不差毫分哪……"

沈夙夜默默地转身回了房间，还把门关上了。

2 行头不对

过了几天，王雅玲就跟李小白说，打算周末出外景拍宣传的照片，问她有没有空。

李小白问了沈夙夜，确定没有其他的安排之后，就答应了。

外景拍摄的地方在静园。据说以前是个有钱人家的宅院，后来成了向市民开放的公园。里面亭台楼阁，假山莲池，花木扶疏，风景雅致，更巧的是还有个小戏台，正适合王雅玲他们的 COS 剧。

水银灯 COS 社团的人早早就在静园门口集合。除了 COSER 之外，还有服装、道具、化妆、摄影，一行十来人，大包小包搞得似模似样。

李小白是第一次参加这样的活动，格外新鲜，左看右问的，还差点闹了笑话。

王雅玲觉得她外形好，性格也好相处，很想拉拢她正式参加 COS 社团，倒是解释得格外细致。末了还跟她大打包票："小白你放心，我今天可是带了秘密武器，绝对会把你拍得漂漂亮亮，一炮走红。"

李小白对一炮走红没什么兴趣，倒是对秘密武器很好奇，兴致勃勃地问道："什么秘密武器？"

王雅玲就打开自己的包，拿出一个大纸袋，又献宝似的从纸袋里捧出一个盒子来，展示道："当当当，大家请看！"

李小白笑了声："什么东西还这么宝贝包了一层又一层？"

"可不就是宝贝么？"王雅玲打开了盒子，拿出里面的东西一抖开，周围的人不由得都睁大了眼。

那是一套戏衣。

淡青缎帔绣着华丽的凤穿牡丹，光彩夺目；湖色绉裙飘逸如行云流水；素白的水袖则尽显灵动绰约。虽然看起来已有了些年头，风采魅力却丝毫不减，而且用料之考究，做工之精美，实在令人叹为观止。

"是我们家祖上的收藏，据说当年可真的是名伶穿过的。我磨破嘴皮才跟我爷爷要来的。"王雅玲的语气里有些显摆的意思，"只能今天拿出来拍个照，漫展时再用一回，就要继续收藏起来了。"

李小白看着那套戏衣，有点发怔。

"怎么了？"王雅玲推了她一把，"看呆了吗？"

李小白这才回过神，打了个哈哈："是啊，真是太漂亮了。"

"可惜没有配套的头面了。"王雅玲拿出另一个盒子，"只有借来的假货，不过好在够闪亮，应该也不至于穿帮。"

李小白应了声，目光却没有从戏衣上移开，就好像这华美绚丽的戏衣上有什么东西牵引着她的思绪一般。

照片拍得很顺利，李小白先是被安排拍了几套西装衬衫的现代装，又和其他几个COSER合拍了一些照片，然后就被套上戏服扮装起来。

戏服看着华丽，上身却有些厚重，今天天气又好，艳阳高照。王雅玲一边看着负责化妆的团员给李小白贴片子插头饰，一边用扇子给她扇风，安慰她："热么？不要紧，很快就可以拍好的，一会卸了妆我请你吃冰淇淋。"

李小白随口应了一声。

其实她并没有觉得热，反而觉得周身都笼在一种阴凉里。她觉得有点不太对劲，但运起灵力四下查看的时候，却并没有发现什么异常。或者只是老宅院旧戏衣，多了些陈旧气息罢了，李小白这么想着，也没太放在心上，装扮好，便在王雅玲的指示下上了戏台。

一上台，便忽地失了神。

恍惚间似乎听到鼓点琴音，她便踩着那节奏，轻移莲步，款摆腰肢，袅袅娜娜出了场。水袖飞扬，俯仰转身，亮相，且傲且媚，绝代风华。

一举一动，如行云流水，浑然天成。就好像她已经做过无数次一样。

粉面含春，目如秋水，她启了朱唇，嘤嘤地唱："梦回莺啭，乱煞年光遍，人立小庭深院。炷尽沉烟，抛残绣线，恁今春关情似去年……（昆剧《牡丹亭》）"

却是字正腔圆有如莺啼的一口昆曲。宛转悠扬，情意无限。

李小白似嗔似喜地看向对面的看台，却并没有看到本该叫好的观众，身体便不由一滞。

"等等！"王雅玲在下面叫停，她向李小白伸出拇指，"看不出来呀，小白你就好像专业演员！只是……戏唱得好像不对，我们不是说好唱《刘海砍樵》么？"

"《刘海砍樵》？"李小白便停下来，微微一皱眉，语气清冷倨傲，"行头不对。"

"呃……"王雅玲被噎了一下。其实她也知道，但他们不是个业余团么？能搞到的正经戏装也就这一套。事实上，花鼓戏她的确也是只知道那一出。她犹豫了一下，不太确定地回头看向身边的团员："那个，其实小花也唱别的剧种的吧？"

"应该是唱的,书里说他在北京也有好多粉丝,我看北京人不一定喜欢听花鼓戏。"

"也许是在北京的湖南人?"

"其实,不用这么认真吧?这种戏和那种戏又有什么关系,反正大家对戏又不感兴趣。我们只是在COS啊。"

"COS也应该认真考证吧?"

"但我看原作都不一定搞得清他到底是唱什么哩。"

……

台下的人你一言我一语地争论着,台上的李小白却僵在那里,似乎什么也没听见。

她有些恍惚,似乎忽然之间,竟然不知道自己到底是谁。

是李小白,解语花,还是别的什么人……

3 你该不会是被什么附身了吧?

吃晚饭的时候,沈夙夜觉得李小白有点不太对劲。

当然她从开始参加COS剧,就不太对劲,只是这时似乎又严重了。倒不是她有什么疯狂的举动,正相反,李小白端端正正坐在饭桌前,目不斜视,小口小口地吃着饭,细嚼慢咽,静默无声,表情矜持,动作优雅。

真是太淑女了。

沈夙夜觉得自己的心情有点矛盾。

他平常其实偶尔也会希望李小白能娴静一些,但这时却有点想念那个大碗吃饭大口吃肉,嘴里嚼着还要盯着沈夙夜碗里的肉的小白来,忍不住问:"小白,你是不是不舒服?"

李小白的动作停了一下,抬起眼看了他一眼,目光犹嗔似怨。

沈夙夜被电了一下,后面的话都没能说出口。

李小白默默吃完了自己的饭,放了筷子,优雅地用纸巾擦了嘴,然后才缓缓道:"食不言,寝不语。阿夜你也要注意点才好。"

沈夙夜差点没被一口饭噎住。但也不好说什么,闷闷低头吃完了饭。李小白已先一步起身收拾桌子。

平常也没见她这么勤快,沈夙夜越发觉得不对劲。

李小白洗了碗，又去泡了茶，温度正合适的时候放到了沈夙夜旁边，不近不远，就在他一伸手就能拿到的地方。

自己也没去打游戏看动画，就拿了本书坐在沈夙夜身边看，偶尔抬头看他一眼，眉梢眼角，俱是脉脉温情。

虽然也不是不受用，但沈夙夜还是很奇怪地打量着身边的少女，好像在看一个陌生人。

像是感受到他的目光，李小白嘴角微微扬起，笑容温婉，轻声问道："吃苹果吗？我帮你削？"

沈夙夜忍不住就打了个寒战，他几时见过这样温柔体贴的李小白？

"李小白，"他皱起眉看着她，"你到底怎么回事？"

"嗯？"李小白微微偏起头，"什么？"

沈夙夜伸手去摸她的额头，并不烫，没有发烧。

"你今天去拍照……发生了什么事吗？"

李小白回忆了一下，答道："没什么奇怪的事情啊。"

都变这样了，还不奇怪么？

沈夙夜就叹了口气，道："从头到尾，仔仔细细说给我听。"

李小白应了声，就乖乖从头开始讲，声音软和，语气轻缓，虽然只是在说今天拍照的琐事，却像是绝世名伶的优美吟唱，令人心醉神迷。一直讲到她穿上那套旧戏衣登上戏台，李小白突然停下来，微微一蹙眉："然后我就唱了一段……等等……我什么时候学会唱昆曲的？"

明明之前唱花鼓戏都唱得鬼哭狼嚎，何况昆曲？

沈夙夜还没来得及吐槽，李小白已开口清唱起来："原来姹紫嫣红开遍，似这般都付与断井颓垣……"（昆剧《牡丹亭》）

只短短两句，却已尽显缠绵柔美，婉转悠远，抑扬顿挫间颤颤地动人心弦。

沈夙夜怔在那里，他还记得前两天李小白唱花鼓戏，他还特意去网上搜了名家唱段来听，证明了不是戏曲难听，根本是李小白唱得荒腔走板，但今天这两句……就算沈夙夜对戏曲一窍不通，也能听出绵长的韵味来。

李小白也怔了一怔："有些奇怪。"

是太奇怪了吧？

沈夙夜皱着眉："你该不会是被什么附身了吧？"

"不会的。"李小白依然轻言细语，"我是修行之人，没那么容易被附身的。何

况青天白日，又那么多人，真有鬼魅的话，随便挑哪个都比附在我身上容易得多。"

虽然她分析得很有道理，但沈夙夜还是觉得不对。

若是平常的李小白，听到那句话，早该跳起来指着他的鼻子叫"有没有搞错""本姑娘这种天才怎么可能被附身"之类。

李小白平静镇定，目光清明，也清楚地知道自己是谁，记得自己做的事情，的确不太像是被附身的样子。

但为什么会这样？

沈夙夜给李轻墨打了电话。

听到李小白不太对劲，李轻墨很快就来了。

沈夙夜去开的门，但李小白跟着就迎上来，微微低着头，半垂着眼眸，声音轻缓，态度恭敬地叫了声："大哥"。

李轻墨一时没反应过来。

当然不是李小白叫错了。他们的确是亲戚，但血缘有点远，何况李小白是李家世宗，他是隐宗的，宗门长辈彼此看不顺眼，指望晚辈相亲相爱就有点不现实。虽然说他到白岱之后，和李小白的关系比别人亲近了不少，但从一开始李小白就又是限制打压又是下套取笑，对他这远房堂哥哪里有半点尊敬！

突然这么叫了一声，李轻墨忍不住轻轻拍了拍耳朵，他没幻听吧？

李小白并不在意他的动作，将他迎进去，请在沙发上坐下，又泡了茶双手奉上，然后就端端正正坐在下首，安静乖巧地等着李轻墨发话。

李轻墨神色复杂地扭头看向沈夙夜。

沈夙夜无言地叹了口气。

李轻墨就问："多久了？"

"之前我没太注意，晚饭时才发现的。"沈夙夜道，"估计下午就开始这样了。"说完让李小白把白天的事复述一遍。

虽然前不久才说过一次，但李小白也没有不耐烦，仔仔细细又说了一遍。

听着李小白用前所未见的软和声音把事情娓娓道来，李轻墨打量着这小堂妹，神色越发复杂。

"我觉得……八成是那旧戏衣的问题。"沈夙夜补充着说了自己的猜测。

李轻墨拉着李小白仔细查看了一番，末了皱起眉道："但，真不像是被附身啊。"

李小白嗔怪地斜了沈夙夜一眼，娇嗔道："我早就说过不是了。"

李小白自己那么说就算了，现在李轻墨也看不出来。李轻墨的法术虽然向来中正平和，却是李家隐宗这一代最出色的弟子，心法也是走的阳刚正气一路，正是魑魅魍魉的克星，他都这么说了，看来李小白的确不是被鬼魅附身了。

沈夙夜的脸色就沉下来："那你难道是故意的？"

"故意什么？"李小白像是不解，跟着反问。

"自然是……"沈夙夜顿了一下，才淡淡道，"装淑女有什么好玩？还是觉得这样耍我们很有趣？"

李小白闻眼抬头看向他，轻轻咬了自己的下唇，本来明亮的大眼睛里像是笼上一层雾气，声音泫然欲泣："我什么时候想过耍你们？我到底做错了什么？"

沈夙夜反而答不上来。她不过就是乖乖吃饭，勤快地去洗碗，又体贴地帮他泡茶削水果，还唱了两句戏，要说错，真是什么错都没有。

只是……

沈夙夜皱了一下眉，还没说话，李轻墨已拦在李小白前面，也沉了脸："你凶小白就能解决问题了吗？"

他哪里有凶？沈夙夜冤得都不知如何辩解。

李轻墨已转头去安慰李小白："没关系，不用管他，凡事有大哥在。"

"嗯，大哥最好了。"李小白的泪光还在眼眶里打转，却伸手轻轻牵了李轻墨的袖子，柔柔地撒娇。

李轻墨的心都软得要化掉了。

哪个男生不想要这么个小小软软乖巧听话的可爱妹子啊？可惜不管是隐宗还是世宗，李家的孩子不分男女都从小修行，个个强势，哪里有人会跟他说句软话？更不用说眼泪汪汪拖着他的袖子撒娇了。

他伸手摸了摸李小白的头，声音都柔和下来："没事的。我们慢慢来，总会找到原因，就算不能恢复也没关系。"

你就是想她不能恢复吧？

沈夙夜有点后悔，也许他不该给李轻墨打电话的。以前怎么就没看出来这家伙竟然是个妹控呢？

4 不要身在福中不知福

第二天李轻墨又来了，还给李小白带了礼物。

看着李家大哥掏出一堆蕾丝长裙，粉色发带，还有配套的首饰提包鞋子，把李小白打扮得好像个洋娃娃一样，沈夙夜就知道这个人完全靠不住了。

其实倒也怪不得李轻墨，现在的李小白的确已经变成了一个模范完美女生。乖巧听话，安静娴淑，又细心体贴，就像一株名贵的兰花，柔弱又优美，是人都会想把她放在心尖上疼爱。

但沈夙夜却总觉得不对劲，他想念小白。想念那个时常大吼大叫的家伙，想念那个蹲在电脑椅上打游戏的家伙，想念那个吃饭会吃得饭粒粘在鼻尖上的家伙……

那才是他的小白，也许不够淑女，不够完美，甚至不够靠谱，但却那样生动美好，就像一团明亮的火焰，会让他从心底温暖起来。

沈夙夜决定再找别人来帮忙看看。

他找了胡十九。

胡十九也来得很快。

不过，相比起李轻墨是血脉相连的关心，这狐妖心里显然是看戏的成分更多。一进门就笑眯眯问："小白呢？我看看变成什么样了？"

沈夙夜有点无言，真是一个两个都不靠谱。

李小白正坐在窗前，托腮望向窗外，目光迷蒙如梦，一片幽思。

沈夙夜正要叫她，胡十九却伸手拦了拦，目光里闪过一丝意味不明的光影，开口竟然是唱了出来："月色溶溶夜，花荫寂寂春。如何临皓魄？不见月中人。"（与下句唱词同出《西厢记》）

那边李小白似乎反射性就接了上去："兰闺深寂寞，无计度芳春。料得高吟者，应怜长叹人。"唱完才突然一怔，转过头来，看着胡十九，便连忙起身，规规矩矩行了礼，叫一声"胡老师"。

又嗔怪地瞪了沈夙夜一眼："老师来了也不提醒我。"

胡十九表面上的身份是澄空附中的老师，他虽然是只狐妖，但帮过李小白好些次，道行又深，李小白向来是真把他当老师敬重的，但她平素不拘小节随便惯了，表现得这样毕恭毕敬倒还是头一次。

胡十九嘴角微微弯起，就伸手鼓了鼓掌，调侃她："咦，听说你突然会唱戏了我还不信，没想到还真是张口就来啊？唱得真不错。"

李小白脸上又有一丝迷茫。昨天唱那几句已经出乎自己的意料了，这时胡十九随口唱一句，她竟然根本不用想就能接上来，就好像她已唱过千遍万遍，烂熟于心。

她怎么会对这些这样熟悉？难不成真的不知不觉中被王雅玲说的那个名伶附了身？那怎么李轻墨也看不出来？

李小白抬起眼，询问般看向胡十九，惶恐地问："胡老师？我真的被什么附身了吗？"声音颤颤的，配上那有些惊惶，又全然信赖的目光，着实惹人怜爱。

胡十九却只是淡淡微笑，道："你要是被附身，还能问我这种问题吗？"

"那这是……"

胡十九道："只是被什么过于深刻的情绪影响了而已。"

李小白微微一皱眉："您是说，那戏衣果然有问题？"

"也许是戏衣，也许是戏台，或者别的什么，你应该知道的，年代越久的东西，承载的感情就越多。"

"但那天那么多人，为什么偏偏只有我会被影响？"李小白依然不解地追问。

"只有你扮了戏装上了台啊。"胡十九又笑笑，"何况，情绪这种事，本来就因人而异。就像同一本书，有人读完会感动得泪流满面，有人却完全无动于衷。也要讲机缘的。"

李小白便轻轻抿了唇，没再说话。

沈凤夜又问："要怎么样才能恢复？"

"一样，看机会吧。"胡十九打量着眼角似有些哀怨，却安静温婉坐在一边的李小白，嘴角又挑出惯性带点戏谑的轻笑，"不过，我觉得她这样，也挺好嘛。"

沈凤夜很无语地看着他。

"你看，小白她意识清楚，神智正常，又没病没痛，还变得这样温柔体贴，你到底有什么好不满的？"胡十九伸出手来，拍了拍他的肩，"不要身在福中不知福。"

这算哪门子福？

沈凤夜被噎在那里，但看到羞红了脸，避嫌般背过身去的李小白，一口气最终还是没有叹出来。

算了，不指望这些家伙了，他自己去查。

沈凤夜问明了那件旧戏衣的来路，又问了王雅玲的联系方式。

李小白虽然告诉了他，却多看了他几眼，欲言又止，悄悄地就红了眼圈。

沈凤夜从没有见过她这样小意委屈，不由也有些心痛，放柔了声音，问："怎么了？"

李小白哀怨地看着他，声音哽咽："你嫌弃我？"

这指控可真严重。

沈夙夜连忙解释："怎么可能？没有的事。"

"但你分明就不喜欢。"李小白咬了咬自己的下唇，幽幽地轻叹了一声。

胡十九说得没错，李小白的性格虽然有点变化，但神智并没有受影响，沈夙夜对她的感觉，她也看得出来。

沈夙夜一时倒不知道如何解释。

李小白便轻轻道："你不喜欢我照料你？不喜欢我帮忙你身边的事？还是不喜欢我唱戏？我以后会注意的，不会再……"

"不，不是这样。"沈夙夜叹了口气，打断了她的话，"小白你不要误会，我不是那个意思。"

李小白抬起一双水汽氤氲的眸子来看着他，我见犹怜。

沈夙夜便轻轻握了她的手，耐心地解释："我没有嫌弃你，也没有不喜欢你，只是……你这变化来得太突然，我不确定你做这些事是不是真的发自本心。"

李小白抿了一下唇，没说话，眼泪已经滑出来了。说到底，他还是不相信她。

第一次看到她哭，沈夙夜整个人几乎僵在那里，半晌才手忙脚乱地扯了纸巾来帮她擦拭："不是你想的那样，不要多心。"

李小白抽抽噎噎地回了一句："人家都还没有说话……"

"就你那点小心思，根本连猜都不用猜。"

是的，不论是之前爽朗的李小白，还是现在温婉的李小白，她的心意，他都明白的很。沈夙夜只是没想到，她的眼泪对自己而言会有这么大的杀伤力，每一滴都能在他心上砸出个洞来。

他索性搂过李小白，将她的头按在自己胸口，轻轻道："傻丫头，我承认我是有点不习惯。但谁让我喜欢你呢，之前那样也好，现在这样也好，只要还是你就行。我只怕你陷在什么奇怪的事情里面，并不是由自己的本性行事，要是真的就这样放任不管，那才真是委屈了你……"

以前李小白少根筋，大大咧咧不拘小节，他倒是喜欢绕着圈说话逗她。但现在她变得细致敏感，他也就只能跟她明明白白讲大实话。

没办法，谁让他摊上了。

李小白也没再钻牛角尖，安静了一会，慢慢收拾了情绪，抬起眼来，目光已然清澈："那我和你一起去。"

5 是被人下了毒

王雅玲见到李小白的时候，吓了一跳。

当然人还是那个人，脸还是那张脸，但气场却完全不一样了，以前她是阳光爽朗的中性美人，现在却浑身都透着一种有如江南水乡的温婉韵味，这样可还怎么去COS一个男人？

等到她看到李小白身后的沈凤夜，顿时又觉得眼前一亮。

比起李小白来，这个才是真正的美人啊。而且看起来温和清雅，就像秋夜的月色，竹间的轻风。

王雅玲当即就像发现猎物的恶狼一样直接盯着沈凤夜问："你对COS有兴趣么？"

若不是这女生拖着李小白玩COS，还惹不出这场麻烦来。

想到这点，沈凤夜脸色就有点不好。李小白则上前一步，不动声色地隔断了王雅玲的目光，为他们做了介绍。这次并没有用以前那些"房东""合伙人""管家""助手"之类的头衔，而是直接给他戴上一顶"男朋友"的帽子。

小丫头吃醋了。

虽然情况有点特殊，但是感觉到这一点，还是让沈凤夜心里甜滋滋的，也就按下了刚刚那点不快，微笑着跟王雅玲说明来意，希望能再看看那件旧戏衣。

王雅玲虽然有点犹豫，但看在是美人相求的份上，还是带着他们去见自己的爷爷。

王爷爷倒是很随和又热情，一面说着"现在年轻人很少有对戏剧感兴趣的了"之类的话，一面向他们展示了自己当宝贝一样收藏的戏衣。

再见到这件戏衣，李小白的情绪表现得更加明显，她手指颤抖着抚上戏衣的面料，像是怀念，又似痛苦，眼睛便又蒙上了一层水汽。

王爷爷并没有觉察到她的异常，兴致勃勃地跟他们介绍："你看，这面料用的是绉缎，亮丽平滑，手感又好，上面的花都是手绣，这样的平金针法，现在会的人可不多了……要知道，以前这戏子们的行头，可就是他们的脸面，就是他们的派头和身价，那是一丝一毫也马虎不得的。"

听他提到戏子，沈凤夜顺口就跟着问："我听说这件衣服当年也是名伶穿过的？不知是什么样的人物？"

"哦，那个啊，他叫杨洛仙，当年真是红透了整个白岱。"王爷爷顿了一下，露

出一脸仰慕怀念的神色来，连人都好像年轻了几岁，"扮相好，嗓子也好，都说就算真的洛神娘娘临世也比不上他。戏园子只要挂出杨洛仙的水牌，那就是万人空巷啊……"

追星族这种东西，还真是哪个年代都有。沈夙夜也不知道该不该打断王爷爷的陶醉，微微侧了头去看李小白。

果然一听到杨洛仙的名字，李小白便似乎有点不太对。她身体似乎畏寒一般微微颤抖，脸色惨白，咬了自己的下唇，眼睛却黑漆漆的，冰冷死寂。

若说之前她唱戏的时候不经意间流露的是哀怨幽思，那现在则满心满眼都是恨意。

沈夙夜有点意外。

照常理来说，戏衣是杨洛仙的，那个附身或者说影响李小白的人，就应该也是杨洛仙才对。

那么为什么会对杨洛仙这个名字有这样的反应？自己恨自己？

沈夙夜轻轻唤了李小白一声，伸手去握了她的手。

手心传来令人安心的温度，李小白才回过神，短暂的茫然之后，便向沈夙夜露了个"不用担心"的微笑，反而自己开口问了王爷爷："那这个杨洛仙，现在还活着么？"

王爷爷像是没想到她会问这个，反而怔了一下，偏着头回忆了一下，才不确定地道："不知道。"

"他不是很有名吗？像明星什么的，是生是死总会有消息吧？"

王爷爷皱了一下眉，道："还真是不清楚。杨洛仙当年真是红极一时，但后来突然就不唱了，听人说是生病坏了嗓子。怪可惜的，那个时候，他大概也就二十出头吧。再之后，就没有人知道他的下落了。"

李小白心底再次生出寒意。

不能唱戏的戏子，只一转身，昨天还在为他欢呼喝彩的观众，今天就已将他忘在了脑后。

沈夙夜没再说话，只是握紧了她的手。

虽然王家爷爷只是个普通戏迷，对杨洛仙的事也说不出更多有用的东西来，但有这个名字，就算是有了个方向。

沈夙夜回去之后，便立刻开始了调查。

好在杨洛仙当年的确是红透白岱的角儿，就算时间久远，还是留下了不少东西。有唱片、照片、新闻，还有不少不知真假的八卦文章。

杨洛仙是个孤儿，从小在戏班里长大，长得好，又用功，十三岁初登台就赢了个满堂彩，不但戏园里场场爆满，而且还时不时被人请去唱堂会，一时风光无限，拥趸无数。又因长相俊美，性格温柔，倾倒无数怀春少女，据说连不少名门闺秀也曾芳心暗许。但又有传说他和从小一起学戏的师兄秦如海关系暧昧，台上是郎情妾意的才子佳人，台下也是出双入对焦不离孟。

音箱里放着杨洛仙当年的唱段，沈夙夜坐在电脑前看着杨洛仙的各种资料，不由得就在想，难不成……这也是个《霸王别姬》一样的故事？

李小白就坐在他身边，帮着整理他随手记录下来的东西，偶尔跟着音箱里的音乐哼唱两句。唱腔韵味，与那位数十年前的名伶别无二致。

气氛温馨静好，沈夙夜甚至在想，其实一直这样下去也不错。

但李小白的目光不经意间扫过电脑屏幕上一张照片，却又开始失神。那是张看起来很古旧的黑白照片，甚至有些地方已经破损，模模糊糊看不真切，却还是可以看得出来，照片上的人穿的正是王雅玲当日拿出来的那套戏衣。

李小白怔在那里，似乎那照片渐渐有了颜色，人也慢慢鲜活了起来。

看到这人，才觉得自己之前那番妆扮不过是东施效颦。再浓的彩妆，也掩不住那人的倾世容颜，气质静婉，温润如玉，明眸顾盼间，如宝光闪动，熠熠生辉。

他站在一处似乎有些熟悉的戏台上，身段迤逦灵动，唱腔婉转缠绵，高处如云裂天外，低时则似露润花枝，唱到情深处，听者无不随之落泪。

待下了场，后台有已扮好妆的小生接着，微笑着递过一杯茶："来，润润嗓子，下面还有好几场呢。"

他笑吟吟接了："多谢师哥。"

旁边有人催促秦老板候场，他便匆匆跑上前："我先过去了。"

"看这个人，都是角儿了，还像小时候一样。"杨洛仙取笑了一句，微笑着喝了口茶。一边自有人过来帮着他换衣，但衣才换到一半，杨洛仙突然伸手扼住了自己的喉咙，惊恐地睁大了眼，嘴角跟着就溢出血来。

旁边的人尖叫了一声，杨洛仙已软倒在地，嗓子里发出咯咯的声音，竟是一个字也说不出来了。

李小白跟着惊叫了一声，这才发现沈夙夜正在唤她，声音虽然温和，目光里却少见的有了担心和焦虑。

"小白你怎么了？"

"我没事。"李小白摇了摇头，握住了沈夙夜的手，脸色发白，声音颤抖，"杨洛仙他不是生病，是被人下了毒！"

6 果然还是三角恋吧？

杨洛仙戏唱到一半就中了毒，偏偏那杯茶又是从秦如海手里递过去的，戏班子顿时乱了套，班主匆匆将杨洛仙送去医院，对外只说是犯了急病，好不容易保下一条命，嗓子却哑了，不要说唱戏，连话也说不了。

当年这件事也曾闹得沸沸扬扬，也有不相信班主说辞的人提出了中毒论，但却并没有追查下去。毕竟在那个时代，戏子是最卑贱不过的职业，而已经唱不了戏的戏子更是一点价值也没有，根本没有人会花时间精力去为他报仇雪冤。不久之后，甚至连杨洛仙这个人也彻底被遗忘了。

怪不得他会怨会恨，甚至数十年之后，人都做了古，这怨恨还留在人间。想要化解这股怨恨，首先要做的，自然就是查明当年杨洛仙中毒的真相。

事情过得太久，当日在场的不是早已去世，就是已经七老八十了，要查起来并不容易，现在沈夙夜唯一的线索就是李小白失神时恍惚看到的那段画面。

秦如海是和杨洛仙一起长大的，据说小时候在戏班那群小孩里并不算出挑，师父也不甚喜欢，总是被师兄弟们欺负，还是杨洛仙替他出头。秦如海感恩，就人前人后像仆人一样侍候着杨洛仙，对他言听计从说一不二。就算后来出息了，这习惯也没改。每次杨洛仙下场他都会亲自端茶过去给他润嗓子，那天也并不是第一次，所以当时杨洛仙喝那茶，谁也没觉得不对。

"那他为什么要害杨洛仙？"李小白有些不解，"从小一起长大，又一直是戏台上的搭档。"

"也许是不想再受杨洛仙的辖制，也许是嫉妒他的名气，也许是被人收买……"沈夙夜一口气说了好几个可能，却又跟着叹了口气，"但我也觉得不是他。以他和杨洛仙的关系，和他对杨洛仙的了解，要让杨洛仙出点'意外'又把自己摘出去太容易了，犯不着选择自己亲手把毒茶递过去这么笨的办法。"

"但也许，说不定只是因爱生恨。"李小白迟疑着，轻轻道，"不是有八卦消息说杨洛仙很受姑娘们的青睐么？也许秦如海爱着杨洛仙，但杨洛仙却有了心上人，所以秦如海就想'我得不到也不会让别人得到'，就下了毒……"

沈夙夜一皱眉，突然抬头看向李小白，沉了脸，语气不悦："你是不是背着我又在看那些奇怪的耽美漫画了？"

"才……才没有！"李小白小声分辩，脸上却禁不住飞起两团红云。

沈夙夜决定等把杨洛仙这事解决之后，一定要好好地搜查一下这丫头的房间！但眼下还是叹了口气，继续说正事："如果像你说的那样，杨洛仙就不可能只是被毒哑，更狠更快的毒药有的是，他根本都撑不到医院。"

李小白歪了歪头："也许他没想让他死，只是想让他不能唱戏，这样就没有经济来源，只能依附于他，他就可以为所欲为了。"

沈夙夜差点没被她"他"来"他"去地绕晕，压制着现在就去把她那些奇怪的书一把火烧掉的冲动，又叹一口气："算了，我再去查一查秦如海后来怎么样再说吧。"

秦如海的事查起来倒很简单。

因为在杨洛仙中毒之后不久，秦如海就做了件惊天动地的事，当时白岱的大小报纸都有报道。

他绑架了总督大人的独生女，结果被当场击毙。

这个结果让沈夙夜大为意外。他本来以为，若是秦如海和下毒的事情有关，那么要不就是飞黄腾达，要不就是兔死狗烹。若是没有关系，那就可能会黯然神伤或者发奋图强连杨洛仙的份儿一起唱下去之类，没想到他竟然会去犯罪。

而且还是选的总督大人的独生女。

他一个卑微的戏子，怎么可能跑去总督府绑架？他哪来的胆子？哪来的底气？是因为金钱，还是因为爱恨？或者……只是因为愤怒？

这位总督小姐，和他有什么关系？和杨洛仙是不是也有关系？

沈夙夜这样问着，就看到李小白的眼睛微微亮起来，带了点暧昧的兴奋。

"果然还是三角恋吧？"

看起来，不管是什么性格，爱八卦还真就是女人的天性。

沈夙夜只好叹了口气，转而去调查这位总督小姐。

这位小姐叫蒋宜静。总督府上好几房妻妾，却只生了这一根独苗，向来宠得跟眼珠子似的，要星星不给月亮。吃穿用度自然不说用，还专门给她盖了个消暑的园子。

蒋小姐爱听戏，还是杨洛仙的戏迷，据说在戏园听了一回就迷上了，隔三差五就要请回家来唱，还专门为他在园子里搭了个戏台。

当日秦如海绑架这位蒋小姐，也正是借唱堂会的机会混进去的。只可惜秦如海

当场就死了,蒋小姐受了惊,没过多久也病死了,而当年参与的人,竟然没有一个活到现在的,事情的内幕就再也无人知晓。

查到这里,所有的线便都断了。

沈凤夜把所有的资料都汇总在一起,打算从头再看一遍,看能不能再找出点蛛丝马迹来。

李小白却微微皱了一下眉,试探性地问:"那个园子,莫非就是现在的静园?"

沈凤夜点了点头,说:"不错。而且,杨洛仙的最后一场戏,也是在那里。"

所以当她穿上杨洛仙的戏衣,站在静园的戏台上,便不自觉地感受到了他的情绪,代入了他的角色。李小白抿了抿唇,抬起眼来看着沈凤夜:"我们再去一趟吧,也许能再'看'到点什么。"

7 我想在这里唱完那出戏

公园的大门已经关了,但这对李小白来说完全不是障碍。就算性格变了,本事还是没少,她带着沈凤夜轻轻松松就跃过了静园的外墙。一路走到戏台,连只猫都没惊动。

晚上的静园和白天比起来,别有一种清幽静谧的味道。素白的月光洒在戏台上,有如盛大演出的开幕灯光。

李小白才一踏上戏台,目光就变了。

沈凤夜担心地上前一步,但最终还是什么都没说。

李小白站在戏台中央,全身沐在月光里,微微仰着头,目光悠远,就像回到了数十年前。

那位昙花一现的绝世名伶的一生,如走马灯一般,在她眼前重演,等她想细看时,却只能抓住廖廖几个片段。

八九岁,杨洛仙笑吟吟地将一个半大少年从地上拉起来,又悄悄塞过一只温热的红壳鸡蛋。

少年不肯接,一脸倔强,眼中却隐隐噙了泪。

"师哥别犟了,趁着师父不在,赶紧吃点东西,一会回来还不知要罚到什么时候呢。"杨洛仙柔声轻哄,一面自己细细剥了蛋壳,送到师哥嘴边。

少年这才吃了,闷声道:"我一辈子记得你的恩。"

十三岁，杨洛仙刚刚出道，常常会被一些无赖纨绔轻薄骚扰，秦如海为了保护他被人打成重伤。

杨洛仙守在他床前侍候汤药，秦如海偶尔醒来，迷迷糊糊却只交待双眼红红的杨洛仙："别哭，仔细坏了嗓子。"

十五岁，杨洛仙已是红遍白岱的名角，秦如海只是个龙套，人前人后都自惭形秽，与杨洛仙保持着距离。杨洛仙却拖着秦如海，就在戏班简陋的后院里，撮土为香，月下盟誓。

"我杨洛仙愿与秦如海结为异姓兄弟，从此以后，祸福与共，肝胆相照。不求同年同月同日生，但求同年同月同日死。有违此誓，天诛地灭。"

十七岁，杨洛仙终于能与秦如海同台。是《牡丹亭》的杜丽娘与柳梦梅，是《西厢记》的莺莺与张生，是《长生殿》的杨妃与明皇，是《桃花扇》的李香君与侯朝宗。

台上配合默契，台下手足情深。

二十岁，杨洛仙坏了嗓子。在医院里看到秦如海绑架总督小姐被当场击毙的新闻，已是他死后第三天。

已不能出声的名伶哑然失笑。

结果到最后，他与他都没有守住当初的誓言。

他端给他一杯毒药，他却在他死后依然偷生。他到死都想知道秦如海为什么要害他，但能够回答他的人却已经先他一步死了。这怨念便一点一点积得铺天盖地。

"为什么？"李小白喃喃问出声。

"为什么？"就这个戏台上，似乎有另一个人也在问同样的问题。

李小白转过头，看到一个年轻的女人，一身华丽的旗袍，满头珠翠，精致的面容因为怨恨而有些扭曲。

李小白对这个女人没什么印象，却认识她对面那个男人。那是秦如海，并没有上妆，俊朗的脸上一片悲痛。

很显然，这依然只是一段虚像、一段记忆。

原来不止是戏衣，连这个戏台，也记录着数十年前的那段往事。

"自然是为了你。"女子虽然一脸怨愤，声音却依然温柔，"我对你怎么样，你

难道还不明白？你要我说多少次才够？"

秦如海退了一步，低下头来："在下也已经说过多次，在下身份卑贱，配不上蒋小姐……"

蒋小姐轻笑了一声，打断了他的话："你从来就没有觉得自己配不上我，你是觉得我配不上你。不管我怎么做，都永远达不到你心里的要求。"

"你心目中那个完美的女性，在这里！"蒋小姐跺了跺脚下的戏台，"是戏台上的杜丽娘、崔莺莺和李香君。以及完美演绎了她们的那个人！我那样爱你，你从不曾多看我一眼，却永远与那个人眉来眼去，深情唱和……"

秦如海皱了一下眉，开口说："那是戏……"

蒋小姐却根本不听，歇斯底里："我恨这些戏！我恨他，也恨你……有多爱你，就有多恨你！所以，我要让你亲手毁了他，毁了这些戏……"

原来如此。

三角恋是三角恋，却和李小白原来想的大不一样。

原来这位总督小姐迷上的，并不是杨洛仙，而是秦如海。戏班子在静园唱戏，她要趁机下毒自然是一点都不难。至于秦如海最后拉着蒋小姐是要去向杨洛仙解释，还是要给他抵命，已经没有人会知道了。

沈凤夜看着李小白站在那里僵了半天，终于还是忍不住过去抱住她，轻唤了一声："小白？"

李小白回过头来，嘴角扬起柔和的微笑。

"我想在这里唱完那出戏。"

依然去找王雅玲借了戏衣头面。

没有场面没有龙套，李小白装扮好之后，独自上了台。

台下的观众只有沈凤夜。

李小白迤逦出了场，水袖一扬，眼神轻抛，俨然就是当年红遍全城的绝世名伶。就算只有一个观众，也丝毫不曾怠慢，每个动作，每个眼神，每一句念白，每一段唱腔，一丝不苟。

这出戏，本来就只是为自己而唱。

但渐渐地，台上却似多了一个人，影影绰绰间，与她一起舞动唱和。

最后一句长长的尾音落下，整个戏台都笼在一片柔和的银白光芒中，沈凤夜微微眯起眼，恍惚间似乎见一对俊美生旦相携谢幕。

但等他一定神,却只见李小白独自站在戏台当中,泪流满面。

"小白。"

沈夙夜叫了一声,匆匆跑上戏台。

李小白转过头来看看他,顺手擦了一把眼泪。她上了戏妆,被眼泪沾湿,这时伸手一抹就满手红红黑黑的污渍,李小白眨了眨眼,大笑起来:"哎呀,这下可变成花脸了,不如我改唱包公吧?"

沈夙夜松了口气,他的小白回来了。

8 把我家温柔可爱的软妹子还回来!

动漫展的时候,澄空附中水银灯COS社团的COS剧如期上演。

表演很成功,拿了个三等奖。

沈夙夜觉得之所以能有这个成绩,王雅玲最后决定不让李小白亲自开口唱花鼓戏,改放录音配口型的英明判断占了很大的功劳。

李轻墨则在看着那些对着COS成解语花的李小白尖叫飞吻、要合照要签名的小女生们叹气。

他听说李小白要演戏时可开心了,觉得自家妹子就算不演公主小姐,那也该是俏皮亮丽的小红娘呀,结果等他带着礼物兴冲冲地挤过来,就看到李小白一身男装在那嚣张冷漠地说:"直接打死算我的。"

他那叫一个郁闷,只恨不得抓着沈夙夜叫"把我家温柔可爱的软妹子还回来"。

偏偏沈夙夜扫了一眼他的礼物,还悄悄提醒了一句:"不想被小白取笑的话,还是赶紧去把这个洋娃娃处理掉吧。"

李轻墨就重重叹了口气。

想要个乖巧听话的妹妹怎么就那么难呢?

在月圆之夜会对着月亮嚎叫的,除了狼和狼人,还有有追求的狗!汪!

By 白夜灵异侦探事务所特邀嘉宾甄小黑

第五章
圆月夜

1 起床了，小子！

早上七点，甄小黑睁开眼，伸了个懒腰起床。自己去了洗手间，跳上盥洗台，打开水龙头，伸头过去洗了个脸，然后照了照镜子。

镜子里的小黑狗皮毛油光发亮，耳朵精神地竖起来，眼睛上方的两块椭圆的小黄斑炯炯有神，龇了嘴露出满口白牙。

很好，甄小黑对自己今天的仪表非常满意。

它跳下了盥洗台，甩了甩水，跑到了客厅，翻出自己的小篮子，又在抽屉里叼出几枚硬币放在篮子里，就叼着篮子出了门。

甄小黑要去买早餐。

今天星期五，星期五吃小笼包。

卖小笼包的店就在街口拐弯第三家，甄小黑很快就跑到了，站在柜台前面，放下篮子，汪汪叫了两声。

"哟，小黑来了啊。"

都是街坊，对这只小黑狗熟悉得很。

甄小黑也很欢乐地摇了摇尾巴："汪汪，汪汪汪汪。"

意思是："照旧，两笼包子。"一笼给甄言，一笼给自己。

柜台后面胖胖的老板娘就弯腰提起甄小黑的篮子，拿出里面的钱，放进两笼用食品袋装好的包子，又多拿了一个递给它，笑着说："来，照例，附送给你的。"

甄小黑汪了一声，接了包子就趴在那里，摇着尾巴吃起来。

所以说它最喜欢来买小笼包了。

这一幕熟客们都见怪不怪了，第一次看到的人却很新奇。

"哎呀，这小狗还会买包子呢？"

"是啊，就前面小甄家的，每周来一次。"老板娘就笑眯眯地介绍，"不要

看它小啊，可机灵着呢，少一个包子，少一毛找零，它都能看出来，会赖着不走呢。"

"是吗？真聪明啊。"

"可不是吗？它还不止来我们家呢，周一是张大姐家的油条，周二是于老头家的豆花，周三是小山东的炊饼……"

"嘿，聪明成这样，那不得成精了么？"

可不就是成精了么？

甄小黑吃完了包子，也不理会食客们，向老板娘汪汪两声道了谢，就叼起篮子回了家。

把包子丢在客厅的桌上，甄小黑洗了脚，撞开了卧室的门，跳上甄言的床，用还在滴水的爪子，一掌踩上那个还在睡梦中的男人的脸。

"起床了，小子！"

甄言揉着眼睛迷迷瞪瞪爬起来去洗漱的时候，小黑已经把自己那份包子吃了，然后打开了甄言的电脑，伸出自己的小爪子，敲着键盘开始打字。

"你在干吗？"甄言问。

"你是瞎子吗？"小黑毫不客气地反问。

于是甄言只好摸出眼镜戴上，凑过去看，小黑打的是一份请柬。

"兹定于六月十五日晚上八点整，在沿江路四十八号举办赏月会，有重大事情公布，届时敬请光临。"甄言念着文档上的内容，皱了一下眉，"沿江路四十八号，不就是我家吗？"

小黑点了点头："对。"

"你要请什么人来我家？做什么？什么重大的事情？"甄言一连串的问题问下来，小黑却只是瞪了他一眼："到时你就知道了。"

"你要在我的地方办什么赏月会，我难道一点提前知情权也没有？"甄言哼了一声，"小心我让那天没月可……"

"闭嘴。"小黑飞起一爪将桌上的鼠标砸向他，气势十足地大吼，"你个乌鸦嘴言灵就不要乱说话了，你爷爷的爷爷的爷爷见了本大爷还得恭恭敬敬，借院子用用那是给你面子。还想要什么提前知情权，你想得美！"

甄言手忙脚乱地把鼠标接下来，小黑已经叼着一叠打印好的纸出去了。

甄言叹了口气，认命地坐下来，开始吃小黑买回来的包子。

2 小黑这是想干吗？

到了六月十五，天一擦黑，甄言家就开始有各种客人陆续前来。但小黑自己竟然不在家。

甄言只好撑着一脸的笑容，敞了院门让他们进来，让他们在院子里自由活动。

倒不是甄言不好客，只是，这些"客人"他实在也不知道要怎么招待。

严格地说，就没有一个是人的。

都是平常和小黑有交情的小妖怪们，细柳街的小蝶妖，岱江的老乌龟，甚至连向来和小黑不对盘的那只花皮猫也来了。

其中有几个修为跟小黑差不多，勉强能说一两句人话的倒也罢了，那些根本只会叽叽叽和喵喵喵的，甄言就算真的有心招呼，也实在不知道如何交流。

而妖怪们更是完全没有把这个头发乱糟糟束成一把，戴着厚厚的黑框眼镜，长相平凡，身材普通，看起来一点灵力也没有的男人放在眼里，根本连个招呼都懒得打，就自顾在甄家的小院子里自娱自乐起来。

甚至还有妖自己带了酒，都不等身为主人的甄小黑现身，就直接喝上了。

看着那堆妖怪，甄言忍不住叹了口气，一头黑线。所以，等到李小白和沈夙夜过来的时候，甄言就重重松了一口气。

不管是修真世家的优秀弟子也好，不知道为什么还没倒闭的奇怪灵异侦探事务所老板也好，面前这个身材修长，有着小麦色肌肤，留着利落的短发，笑得神采飞扬的少女，总算是个人。

他今天晚上可算是见着人了。

李小白没理会他那好像他乡遇故知的表情，伸手勾了他的肩，扬起手里那张纸，贼兮兮压低了声音说："来，先透露一下，小黑这是想干吗？"

甄言扫了一眼那张普通的打印纸，上面只有短短几句话，"兹定于六月十五日晚上八点整，在沿江路四十八号举办赏月会，有重大事情公布，届时敬请光临。"下面是小黑的签名，一只黑色的狗爪印。

可不就是之前他看到的那个请柬，原来小黑不但请了妖怪们，也请了李小白啊。

但对于李小白的问题，甄言也就只能一摊手："不知道。"

"欸？怎么会？"李小白挑起眉来，很吃惊的样子，"小黑不是你的狗嘛，他要做什么你不知道？"

说到这个，甄言就郁闷："别提了，我才问了一句，他就搬了我好几位爷爷出来。"

李小白只好同情地看了他一眼，闭了嘴。

没办法。虽然名义上说起来，甄小黑的确是甄言养的宠物，但事实上，不要看那小黑狗小，它可足足已有了三百岁高龄，是甄家真正的老祖宗。不要说甄言，就算是他父亲他爷爷他曾爷爷，那也都是在小黑的小狗爪子下面长大的。

只要小黑把这个辈分一抬出来，那还有什么好说的？

虽然发请柬的甄小黑不在，但它请来的小妖怪里却有不少是李小白认识的。

李小白是修真世家的子弟，到白岱来念书的时候，自然就先把白岱的修真者和妖怪梳理了一遍。她甚至还做了一个妖怪花名册，以便随时找人。

李小白思想开明，对不为恶的妖怪她一向采取和平共处的方针，加上性格开朗，为人爽快，在这些妖怪们中间风评也还不错，就算有些不喜欢的，也要给李家几分面子；实在不想给面子的，也早就被她打得不敢不给面子。

所以李小白一出现，院子里闹腾的小妖怪们立刻就消停了不少，有些凑上来跟李小白打招呼，也有一些悄悄扫一眼她旁边的沈凤夜，却识相地避得远远的。

沈凤夜站在李小白旁边，微微垂着眼在玩自己的手机，漂亮的眼睛藏在镜片和长睫毛下面，看不清神色。他是个非常漂亮的少年，这时淡淡的月光下，整个人都散发着一种清冷高华的气质。

他本人并不是修真者，也没有灵力，体质却有点特殊，向来最受魑魅魍魉们的"欢迎"。但现在，他身为李小白的房东兼合伙人兼临时监护人，最近还变成了男朋友，就算还有点心思的小妖怪也会聪明地选择敬而远之。

沈凤夜对自己倚仗李小白的力量这件事情非常坦然，反正从一开始，他就明白这个差距根本就不是人力可以弥补的。人么，总是各有所长。他们的侦探事务所向来李小白是战斗先锋，沈凤夜包揽其他事务，分工明确，合作愉快。

有李小白在，他不怕这些妖怪，当然也就懒得理会，自顾用手机上着网，反正他对妖怪的聚会本来也不太感兴趣，今天来也只是被李小白拖来看热闹而已。

说到热闹，李小白正在问："小黑到底在搞什么？他有什么事情要宣布？"

这问题她刚问过甄言，没有得到答案，所以转而去问小妖怪们了。

甄小黑算是李小白来白岱认识的第一批妖怪，三百年修为，说长不长说短不短，在白岱也算老资格了，但这还是它第一次给大家发请柬搞聚会。

李小白好奇得很。

小妖怪们也没有头绪，就有妖试探地猜："他生日？"

"不可能吧？他怎么可能记得自己的生日？"立刻就有妖反驳。

说得也是，出生的时候，小黑还是只连"生日"是什么都不懂的普通狗，等它开了灵识，早都过了不知多少年，它怎么可能记得？

"他得了宝贝？"另一个猜测。

照妖怪界的习俗，得了宝贝免不了要向亲朋好友炫耀一番，比如《西游记》里也讲过"袈裟会""钉耙会"什么的。

众小妖对视几眼，神色就各不相同。

"不会吧？小黑哪来的那种狗屎运？"

"就是说啊，眼下的法宝是越来越难得一见了，哪里轮得到他？再说，他要得了，我们怎么一点风声也没听到？"

"我也觉得不是，要真得了宝贝，他还不嘚瑟到天上去？我看他这几天也没什么跟以前不一样的地方嘛。"

正七嘴八舌讨论着，门铃又响。

甄言转身向门口看去，却是李轻墨、桃夭和胡十九一起到了。

李轻墨是李小白的堂兄，也是修真世家子弟中的翘楚。桃夭则是个小树妖，之前曾经跟甄小黑一起落在一些心怀不轨的修道者手里，算是患难之交。小黑请了他们，甄言也可以猜到，但胡十九，这只狐妖到白岱的时间虽然不久，但凭那身深不可测的修为，说他是如今白岱的妖王都不为过，小黑甚至每次一提到他的名字都会发抖——他竟然也来了。

甄言后脑发麻，小黑这家伙，是打算把白岱所有的修真者和妖怪全部请来么？那他的院子可装不下。

胡十九当然不知道甄言的顾虑，也没理会一院子突然就噤了声的小妖怪，只微微挑起眉，扬了扬手里那张"简易请柬"，声音里带了点饶有兴趣的意味："那只狗呢？"

大家又彼此看了一圈，都安静下来。

没有人知道小黑在哪里。

3 再吵把你们统统做成火锅

甄小黑也不知道自己在哪里。

它此刻正在一个笼子里，这个笼子里还有另外两条狗。周围似乎还有不少这样

的笼子，外面一片漆黑，偶尔会摇晃碰撞，大概是在车上。

小黑昏昏沉沉的，有点搞不清状况。

它记得它只是像往常一样出去散个步，顺便在相熟的餐馆后面讨肉骨头，结果一块骨头还没啃完，突然觉得背上好像被什么叮了一下，就什么也不知道了。醒来已经在这个笼子里。

"怎么回事？这是哪里？"小黑问。

和它关在同一个笼子里的狗抬起头来看看它，眼神里带着戒备，但并没有要理它的意思。

那些只是很普通的狗，想来也指望不上。小黑伸出爪子，推了推笼子的门，笼子是不锈钢的，很坚固，外面还加了锁。看起来没那么容易能破坏。但它这推门的声音，却在周围引起了一阵骚动。

本来都安安静静的狗们，听到有动静，纷纷叫起来。

"救命。"

"放我出去。"

"呜呜呜，我要回家。"

当然，在普通人听起来，也就是一阵此起彼伏的狗叫声。前面就有人在车厢上重重敲了两下，恶狠狠地大吼："叫什么叫？再吵把你们统统做成火锅。"

又有人笑道："你跟着叫什么？还指望那些狗能听懂你说什么吗？"

前一个人也跟着笑起来："我管它们听不听得懂，总之把它们交到地头就不关我事了。"

其他的狗听没听懂不知道，但甄小黑听得明白。

它这是……被绑架了？

"区区几个人类，竟然敢绑架本大爷？"小黑很愤怒，一面大声骂着，一面伸长了爪子去抓笼子上的锁。

够不到。

"可恶！放我出去。"小黑大叫着，一面跳起来，撞向笼子。

但也没用，笼子和笼子之间的间隙很小，它这一撞只是让自己的笼子靠上了旁边那个，根本没有翻倒的空间。

有些狗有样学样地抓挠起来，吠叫得更起劲，开车的人被吵得不耐烦，索性停了车，打开车厢的门，往里面喷了一些气体。

"啊，停下来了。"

"放我出去。"

"这是什么？好难闻。"

"好难受。"

"没力气了。"

狗狗们的声音渐渐就低了下去。

"催眠瓦斯。"甄小黑见多识广，但这时身陷牢笼，就算闻得出来，也避不开。它虽然比普通狗的抵抗力强上许多，也渐渐使不上力气。

"要不是买主一定要活的，老子才懒得听你们这些狗乱叫，一刀一个宰个干净。"那个人喷完了催眠瓦斯，重新锁上车门，骂骂咧咧地往前面驾驶室去了。

甄小黑乏力地趴在笼子里听着车子重新开动起来。

竟然被凡人绑架了，真是奇耻大辱。小黑愤愤地想，等本大爷出去了，一定要好好收拾这帮不知天高地厚的凡人！

但它要怎么出去呢？

要是小白或者甄言在就好了。

自己被抓有多久了？也不知道甄言有没有在找它？

它不在的话，甄言那小子可怎么办呢？没有它的话，他连自己起床都做不到，更不用说和人交流了。

小黑忧心忡忡地想着。

4 小黑一定会回来的

请柬上写的时间是八点整，现在已经到了。甄家小院里灯火通明，热闹非凡，但身为主角的甄小黑还是没有露面。

"小黑到底在搞什么？"李小白忍不住又一次问。

"他不会是在外面玩疯了，根本就忘了这件事了吧？"桃夭搭腔。

"会不会本来就骗我们玩的啊？"

"今天又不是愚人节。"

"应该不会。"甄言为小黑辩护。

甄小黑平常虽然有点不靠谱，又贪吃又贪玩，但还不至于会开这种玩笑。何况别的小妖怪也就算了，它今天可是连李小白和胡十九都发了请柬的，怎么敢忘记？就它那种看见胡十九就夹尾巴的德性，有几个胆子敢放胡十九鸽子！

"有什么事情耽搁了吗？"

"是不是还没准备好，不敢出来啊？"

一群人和妖纷纷提出各种猜测，沈凤夜也终于把目光从手机上移开，看向甄言，问道："你最后一次看到小黑，是什么时候？"

小黑是只妖怪，又是甄家的老祖宗，行动自然不受甄言管束，就算甄言锁上门，它也有一万种办法溜出去。所以它的行踪，真是不好掌握。

甄言想了想："今天上午吧。"顿了一下，皱了一下眉，"它不会又被人抓……"

"闭嘴！"他话没说完，就被李小白和沈凤夜同时喝断。

李小白就算了，连沈凤夜都这样没礼貌，实在是少见。偏偏他们一吼，明明年纪比他们还大上好几岁的甄言就乖乖闭了嘴，一点不忿之色也没有，似乎早已习惯了一样。

胡十九一双碧清的眼便斜过来，嘴角带着笑："真是难得看到沈凤夜失仪啊。"

沈凤夜很乏力地叹了口气。

李小白跟着叹了口气，指着甄言解释："没办法，这家伙是个言灵。"

"哦？"胡十九挑起眉来，打量甄言，却看不出他有修行的样子，"哪一种？"

"就是……他说什么，就会以某种方式实现。"

因为李小白的关系，胡十九也曾见过甄言几次，倒是第一次听说这件事，不由得就怔了一下，然后迅速回忆了一遍自己跟甄言那寥寥几句对话，不确定地追问："什么都可以？"

"也不是啦。"甄言有点不好意思地搔了搔自己的一头乱发，"灵言如果实现的话，事后都会付出某种代价。若是超过我的能力，或者说可以承受的范围，大致上就不灵了。"

这是一种天赋，并不是修炼出来的，甄言也没什么灵力，不管怎么看都和普通人一样。

胡十九松了口气。还好有限制，不然这能力也太逆天了。

"关键是，这家伙还是个乌鸦嘴！张口就没好话。所以，看他要说什么，大家都是能打断就打断。平常他跟小黑在一起，都是小黑代表他发言的，对外都说他在用腹语。"李小白鼓着腮帮气呼呼道，"胡老师你不知道，之看我看《火影》的时候，这家伙跟我说卡卡西要死，之后卡卡西就死了。"

"喂喂，这不能怪我，他后来不是又活了吗？"甄言连忙为自己辩解。

"那我看《柯南》的时候，你说秀一要死，结果不也死了吗？"

"现在还没确定是不是真的呢。"

"那《海贼王》呢，你说艾斯要死，结果就真的死透了！"

这个甄言没办法反驳，索性就要赖："这些都不关言灵的事，只是普通的提前剧透而已。"

"谁说不是，就是，就怪你！"

沈夙夜又叹了口气，索性不理两个动漫宅的讨论，将话题拉回小黑身上来，问道："它这几天，有什么异常吗？"

甄言想了想，摇头道："也没有吧，跟平常一样。"

"没有晚归或者突然狂暴化之类的么？或者身上有血腥味……"

"等等，"李小白打断了沈夙夜的话，皱起眉，"你在怀疑什么？那是小黑。"

虽然说有三百年道行，但甄小黑还是条狗，而且还是条彻头彻尾的家犬，文艺一点说，那就是人类最忠诚的朋友。平常撒泼打滚耍赖唬人吹牛是有，说它要是做什么血腥的坏事，打死她都不信。

"唔，想起之前有条新闻。"沈夙夜用手机翻了翻，递给李小白看，"据说白岱市郊有大型犬科动物出没，已有人畜受伤。就现场痕迹看来，怀疑是狼。有关部门提醒广大市民注意安全。"

李小白又皱一下眉："白岱……有狼么？"

要是四明山说不定还有，白岱市郊？这种只有钢筋水泥高楼大厦的都市周边，哪里还有野生动物的踪迹？

沈夙夜果然回答："动物园就有。"

"所以你怀疑是小黑狂暴化了？"甄言的语气很肯定，"不，绝对不会是它的。"

"我也不信会是它。"李小白点头附和。

"不管怎么说，先把那只狗找回来问问今天到底什么事吧。"胡十九说着看了一眼甄言，"这个时候言灵管用吗？"

"小黑一定会回来的。"甄言很认真地说，目光灼灼。

大家静了一会，但好像什么也没发生。

甄言搔了搔头："也许需要一点时间才会灵验？"

"我还是先去那个据说发现狼的地方看看到底是什么吧。"李小白是行动派，说走就走。

沈夙夜没说什么，默默跟了上去。

"我也去。"甄言跟着也起了身。这院子里只有四个人，一下子走了一半，剩下

的李轻墨他又不太熟，与其在这里对着一院子妖怪，还不如跟着去看看。

5 这不还有只精神的嘛

关着甄小黑的笼子被抬下车，放在一个好像仓库的地方。几个穿着白大褂的人一个一个笼子点了数，拿了一叠钱给那运狗的司机。

为首的一个白大褂冷冰冰道："你们今天到的太迟了，下个月要是不能在指定的时间送来，我们就要扣你们的工钱了。"

司机嗯嗯地应着，低着头数钱，倒是他的同伙为难地皱了眉："真不是我们故意的，只是附近的流浪狗都差不多被抓完了，我们也很难办啊……"

白大褂继续冷冷道："想赚这个钱就自己想办法，不行我们就找别人。"

司机连忙道："行行，怎么不行。"

只要有钱，哪里不能弄几只狗？他的同伙也就附和着点点头，看了那些狗一眼，忍不住又问："你们要这么多狗做什么？"

这里已是城乡结合部的范围，这一片都是厂房，说荒凉也说得过去，想来不是什么狗肉馆子，而且看这些白大褂的样子，也不像是厨师。他就有点好奇。

白大褂却沉了脸，声音更加阴沉："不该你问的就不要多嘴。"

司机也连忙拉了同伙一把，两人匆匆走了。

白大褂指挥着几个人把装狗的笼子搬进去。

甄小黑受之前那些催眠瓦斯的影响，身体还不太听使唤，但脑子已经清醒。刚刚的对话它听得清清楚楚，不由得也有点好奇，听起来这些人一直在抓流浪狗，不知道到底想做什么。

几个人把狗笼搬到了地下室，大概是怕被咬，往身上套了一层厚厚的防护服之后，才一个个地打开笼子。

但狗狗们并没有立刻出来。

"怎么回事？"有人问。

另一个弯下腰提起一只狗看了看，答道："大概是喂了什么安眠药麻醉剂之类。"

先前给钱的白大褂冷冷哼了一声："抓几只狗而已，他们竟然还要用安眠药。而且连这种小狗崽子也要抓来凑数。"他指着小黑，"我看下次真的要换人来做这差事才行。"

"那个以后再说啦，但这些狗都这样软趴趴的，今天晚上的实验怎么办？"另一个人很为难,"博士那边可不会听我们解释。"

"拿凉水泼一泼看看能不能精神点。"

白大褂说完就有人拿了水管过来,水龙头对着狗狗们就一顿猛冲。

有几只狗惨叫起来,小黑也被冰冷的水冲得打了个激灵,倒真的恢复了几分。它这时可恼火着,身体一能活动,甚至都顾不得甩身上的水,直接就向拿着水龙头的人扑了过去,冲着他的手腕直接就是一口咬了下去。

小黑是条小型犬,嘴也不大,按理说根本咬不穿防护服,那人本来也没太在意,但真的被咬上的那一刻才发现自己错得离谱。

小黑的牙的确没有穿透厚厚的防护服,但那巨大的咬合力,直接就让他听到了骨头断裂的声音。手腕传来一阵剧痛,水龙头随即掉在了地上,那人惨叫了一声,用另一只手托着自己的手腕退开了一步,叫出了声:"我的手!"

小黑也懒得理他,松开他的手,在空中一个转身,已扑向门口的另一个人,一面汪汪叫着提醒同类们:"跑,快跑。"

其他的狗狗们这时也有恢复过来的,大声吠叫着就跟着它就往外冲。小黑一头将门口的那个人撞倒在地,踩着他的身体跑了出去。那人还没爬起来,就有好几只狗跟着从他身上踩了出去。

几个人听到同事的惨叫,又看着狗狗们突然开始行动起来,一时竟然有些反应不过来。他们对付这些流浪狗的时间也不短了,但还第一次碰上这种情况。

白大褂脸上倒是闪过几丝兴奋:"哦,这不还有只精神的嘛。我之前还嫌它小,真是看走了眼。"连忙掏出对讲机来,向那边下命令,"马上关闭各出口。对,是有狗逃出去了,你们把住门,调整通道,直接把它们引向斗兽场。"

甄小黑一边跑,一边回头看了看,跟着它跑出来的,大概只有七八只狗,那些反应慢点,或者吸入催眠瓦斯太多的狗还是被截了回去。

甄小黑很不高兴,扭头就往回跑。既然它在这里,怎么能对这些狗见死不救?

但它还没跑出几步,就听到前面的狗狂叫起来。

"没路了。"

"门关上了。"

"怎么办?"

"不要慌。有我在这里,不用怕!"小黑大声叫着,安抚着这些狗子狗孙,只能又跑到前面去看。

小黑体型虽然小,但毕竟已经修炼成妖,而且刚刚又带领着大家跑出来,在狗群中自然有一种威信。它一开口,狗群就安静下来,甚至默默给它让出了路。

它们进来的门的确被关起来了。

厚重的铁门,闭合得一点缝隙也没有。小黑抓了两下,确定根本不是它能够打开的。要是小白在的话,也许可以用摧城劈一劈,它的小爪子实在有点不够看。

小黑在门口转了转,想起刚刚路过的岔道,便一挥爪子,带领狗子狗孙们跑过去:"走这边。"

虽然不知道那个岔道通向哪里,但不管怎么样,总比被堵在这里等着被那些人抓回去的好。

而另一个房间里,之前的白大褂正和一个干瘦的老人从监视器的屏幕里看着小黑带着狗群东奔西跑。

"呵呵,今天这只小黑狗,看起来很不错嘛。"老人笑了声,一双眼盯紧小黑的身影不放。

"是的。"白大褂点头附和,"这只狗看起来很聪明,动作敏捷,力量也不错。我看不用测试都可以用。"

"还是试一试吧。"老人摸了摸下巴,目光中有几分狂热,"把三号放到斗兽场。"

"但是三号的力量太不稳定了,而且完全不受控制,万一真把小黑狗咬死了怎么办?"白大褂有点犹豫,难得碰上一个他觉得有戏的实验材料,要真的就这么死了,未免可惜。

"三号已经失败了,就让它去测试一下那只小黑狗真正的能力。你叫上两个枪手盯着,要是真的危险了,就直接击毙三号。"老人命令。

白大褂点了点头:"是,博士。"

6 难不成是狼人……

李小白、沈夙夜和甄言在去案发现场之前,先去了医院探望被那个"疑似大型犬科动物"咬伤的人。毕竟事情已经过去一段时间了,可能现场留下的线索还不如受害人多。

那是个四十来岁的中年男子,一张国字脸,身材虽然微微有点发福,看起来也算得上强壮,但此刻却躺在病床上,左肩到胸口都缠着纱布,左手打着石膏吊着,

右腿甚至少了一截。据说是生生被咬断的。

李小白回头看了沈夙夜一眼。

这样的成年男子，被伤成这样，就算真的是狼，那也是只非常厉害的狼了。

沈夙夜问起那天的事情，中年男子还一脸心有余悸的惶恐表情。

这人叫徐安国，是一个家具厂的工人，那天他在厂里加班到晚上十点多才回家。家具厂在城郊，那一带都是些小厂房，有些在用，有些空置着，晚上有些荒凉。但他住的地方也不算远，何况他一个壮年男子，走个夜路也没什么好担心的，可没想到走到半路就出了事。

他也不知道那东西到底是个什么。

晚上光线暗，那东西速度又快，从背后蹿出来冲着他的脖子就是一口。好在他听到声音的时候避了避，那一口落在了肩膀上，把他的肩胛骨和锁骨都咬断了，要是真咬实了脖子，只怕他当场就没命了。

徐安国一面和那东西搏斗，一面大声呼救。惊动了附近另一个小厂里值班的保安，好几个人一起跑过来，那东西就被惊走了。

李小白再次打量着徐安国身上的伤，问："真的是狼吗？"

徐安国皱着眉，仔细回忆了一下，有些犹豫道："那东西全身是毛，耳朵竖在头上，长嘴，尖牙，眼睛还发绿光，长得的确是很像狼。"

"很像？"

"我也不确定啊。它站起来比我还高，又大又重，而且爪子还和人手一样，手指可以分开……"徐安国脸上再次出现那种惊恐的表情，"最可怕的是，它最后是用两条腿跑的……"

徐安国虽然躺着，但身高还是可以看得出来，目测有一米八左右。

比他还高……

李小白一行人沉默下来，彼此对视了几眼，都没开口。

"你们也不信吧？我这么说的时候，警察也不信，说我是受伤后产生了幻觉。"以为李小白他们不相信他，徐安国激动地分辩，"我可以指天发誓，我说的都是真的，绝没有一句假话。"

"我们并不是不相信你，只是这样一来，事情的性质就不一样了。"沈夙夜说着，看向了李小白。

如果只是从山上或者动物园跑出一只狼来咬伤了人，那还算是普通事件，不是他们负责的范畴。但要是一只长得像狼，攻击方式也像狼，却有一米八高，还能直

立行走的生物……

李小白还没说话，甄言先开了口："难不成是狼人……"

"闭嘴！"李小白没好气地吼了声。

虽然她也在想这个可能，但被甄言这个具有言灵能力的人说出来，就算本来不是，说不定也会真出现了。这家伙是嫌情况还不够复杂吗？小黑不见了，又出现了双腿直立行走的怪物，他还要扯狼人！

甄言乖乖闭了嘴，沈夙夜叹了口气道："我们先去案发地点看看吧。"

徐安国被袭击的地方，在城乡结合部的一片厂区中间。虽然也修了水泥路，但却没有路灯，周边有些厂房，也不知是空置的，还是已经下了班，一片漆黑，看不到灯光。好在今天晚上月色好，视野也还算勉强。

这种地方本来就脏乱，厂区又车来车往，早几天留下的血迹早已经看不出什么了。以李小白的视力，仔细检视了一番，才在地上找到了一处抓痕。不太深，但的确是什么在水泥路的地面抓出来的，细细的五条。

甄言伸手比了一下，倒跟他的手差不多大小："我觉得狼爪子抓不出这种痕迹。"

沈夙夜四向看了看，点了点头，道："这里离白岱山挺远的，也没什么林子，大概的确不是什么野生动物。"

"等等。"李小白却像又发现了什么，抬起手来，示意他们安静。

两个男人对视一眼，乖乖闭了嘴。

李小白像在感应什么，静了半晌，皱了一下眉："我感觉到小黑的妖气。"

她到白岱之后，做了个妖怪花名册，让自己碰到的妖怪都抽了一丝妖气在上面签名。对签过名的妖怪的妖气，大致都有些了解，何况甄小黑跟她这么熟。

甄言脸色当时就一变："你是说……"

他自己说到一半就顿下来，求助般看向沈夙夜。他是有所猜测，但事关小黑，他不敢直接说。

沈夙夜也皱了眉，帮着甄言问出来："你是说，这里有小黑的妖气？它来过这里？不会真的是它吧？"

"不，不是这里。"李小白伸手指了一个方向，"在那边，不远。他应该还在那里。"

李小白感应着甄小黑的妖气，领着沈夙夜和甄言走到不远处的一个厂房。

这里看起来似乎已经废弃了，没有灯光，也没有人，铁门都生了锈。李小白带着沈凤夜从围墙上跃了进去,又回头帮了笨拙地爬上了墙头的甄言一把,三人都进了院子。

这里面积很大,但到处都空荡荡的,三人一圈转下来也没碰到人,也看不到什么机器设备,甚至门窗都积了厚厚的尘。

"明明应该就在这附近的。"李小白皱起眉,"怎么会找不到呢?"

"他们说这附近的厂房有不少是闲置的,说不定这个也是呢?"甄言猜测。

"不,这里有人。"沈凤夜语气很确定,"你们看,这地上的车轮印还是新的,而且……"他走到那个疑似仓库的房子前面,"这附近的灰尘比别处少很多,也没有那边随处可见的蛛网,门把手还很干净,一定有人经常出入。"

这个仓库装的是卷闸门,甄言拉着门把手,试着提了提,是锁着的。

李小白摩拳擦掌:"要武力突破吗?"

沈凤夜白了她一眼:"先等一等,我先查查看这个工厂到底是什么背景。"说完便掏出手机,连上网,忙活起来。

李小白的积极性虽然有点受到打击,但也没放在心上。沈凤夜查厂房的背景,她就运气将自己的神识铺开,探查小黑的踪迹。的确应该就在这附近,但这种被阻隔的感觉,像是在地下?

李小白微微皱眉,神识突然感应到另一个陌生的气息。这里除了她和沈凤夜、甄言之外,果然还有人。而且她的感官远比普通人灵敏,这人却避开了她的耳目,悄无声息地进了这座厂房,显然不是一般人。

"有人!"李小白提醒,一面收聚了神识往刚刚感应到的方向跑过去。两个男人连忙也跟过去。

但那人的反应也很快,他们这边一动,那边跟着就跑向了相反的方向,速度十分惊人,似乎并不想被他们发现。李小白追来追去都没看到那人的影子,反而是沈凤夜和甄言累了个够呛。

甄言喘了口气,索性拉住李小白:"我来吧。"

在自己不熟悉的地方和一个速度这么快的对手捉迷藏实在不是什么有趣的事情,李小白点了点头。

甄言掏出一张小小的符纸,往自己舌头上一贴,舌绽春雷,大喝:"那个鬼鬼祟祟的小子,给我站出来。"

这是他受了某个动画的启发研究出来的新招式,用符咒的力量在短时间内提升灵言应验的速度与准确度。

他话音才落没几秒钟，对方果然就出现在他们的视野里。

那是个年轻男子，身材高挑，一头几乎垂到腰际的银发随意地披散着，在月色下闪闪发光；面目俊美，却带着拒人于千里之外的冷峻，而他那双眼睛竟然是暗金色的，冷冷扫视着李小白三人，最终落在李小白身上，微微眯起来，已露出刀锋般锐利的战意。

他在第一时间选择了最强的目标。

李小白也不由自主地戒备起来，对面的男子虽然看不出有多强壮的肌肉，但却浑身都显示着一种随时可能爆发的野性力量，不是可以随便应付的对手。

战斗一触即发。

但先开口的是沈夙夜。他推了一下眼镜，问对面的银发男子："这位先生，请问你是什么人？跟着我们做什么？"

银发男子的金眸斜过来，声音低沉悦耳，语气却森寒刺骨："不是你们在跟着我吗？还用奇怪的力量强行控制我的行动。"

"呃……"似乎他说得也没错，李小白摇了摇头，解释，"我们……也不是故意要追你的。只是我正在找人，你却悄无声息突然闯进来，我当然就……"

沈夙夜则继续问："那你半夜三更跑来这里做什么？"

银发男子冷哼了一声："没必要向你们解释。"

李小白看向沈夙夜，压低声音问："现在怎么办？"

这人显然不是一般人，又不愿意告诉他们来这里的目的，也不知道和他们今晚调查的事情有没有关系。李小白不想打莫名其妙的架，但显然也不能就这样放任不管。

他们还没拿出方案，那银发男子却没耐性等他们，转身就走，正是仓库的方向。

"等等。"李小白一面叫着，一面已上前几步，伸手去抓银发男子的肩。

银发男子显然没那么老实，由得她叫等就等，她想抓就抓，一闪身就让过了她的手，并且一手抓着她的手腕向前一拉，另一只手已经用手刀切向她的后颈。

他想打晕小白，哪有那么容易。就算不用灵力，李小白那也是武术冠军啊。当即就还了手，短短两分钟，两人已互斗了数十招。李小白灵活敏捷，滑不溜手，银发男子的拳脚基本上都近不了她的身，反而是自己挨了好几下。

他痛得咧了嘴，再次架住李小白的拳头时，便沉声道："我没空和你们在这里纠缠，你还是乖乖退下的好。"

李小白也咧了咧嘴，却是在笑："明明在挨打的人，却说出这种话来，不觉得

好笑吗？"

银发男子没理会她的调侃，从喉咙深处发出一声低吼，脚下就激起一阵气浪，银色长发随风狂舞。

李小白搞不清状况，不敢硬来，当即就向后一跃，退出了三四步。再抬起眼来，之前那俊美的银发男子已经不见了，取而代之的是一头巨大的狼。银鬃金眸，眼神凌厉，声音低沉，语气冷酷："别挡道！"

李小白一怔，却下意识直接看向了甄言。

沈夙夜也看着甄言。

甄言捂着自己的嘴，天地良心，他真的不是故意要说是狼人的！

7 你才小四，你全家都小四！

甄小黑一进门，就觉得不太对。这房间又高又宽敞，而且什么家具也没有，显然不可能是出去的路。果然，它一回头，就看到自己来时跑过的门已经关了起来，和之前那扇门一样，厚实的铁门，把来路封得严严实实。

跟着它的狗群们又开始骚动起来。

甄小黑抬起爪子让它们安静下来。车到山前必有路，何况跑了这么一阵，它的力气也渐渐恢复得差不多了。三百年的修为也许在李小白、胡十九他们眼里算不得什么，但那不代表它连几个普通人也对付不了。

汪的，小黑大爷不发威，你当咱是小京巴啊。

它们这边才恢复了秩序，对面的门便缓缓打开了，一只怪兽摇摇晃晃地走出来。

"那是什么？"

"怪物！"

"真丑啊。"

"发育不良吧？"

"我听说人类的幼崽喝了奇怪的奶粉就会长得畸形，这只一定也是。"

"你们看它走路，太可笑了。它以为它是人吗？"

有甄小黑这老祖宗撑腰，它身后的狗群也不像之前那样慌张了。虽然有几只下意识往小黑身后缩去，但几只胆大的甚至就直接汪汪汪地讨论起那只正走出来的怪物。

跟小黑比起来，那怪兽几乎算得上是庞然大物。小黑觉得它大概比甄言还高，

长得的确很像中途长歪了的犬科动物。浑身粗硬的深灰色长毛，三角形的耳朵竖在头顶，长而突出的口鼻，又长又尖的獠牙，布满血丝的眼睛死死盯着面前这一群狗，闪着疯狂的绿光，甚至还流着口水，就像要撕碎眼前所有活物一样。。

狗狗们觉得它畸形，是因为它的四肢并不太像狗。它的前爪像人类那样分了叉，锐利的指甲闪着寒光，而它的后腿也远比狗们粗壮，它甚至是只用两条后腿走路的。

狗狗们毫不留情地取笑着那只怪兽。甄小黑却没有说话，它的心情很沉重，甚至连眼睛上方那两块黄斑都纠结起来。

它能看得出来，面前这怪兽，绝不是自然的产物。而且，它在那怪兽身上嗅到了重重的血腥气，那巨大的身躯，那尖牙利爪，可不是摆设。

"退后！"小黑向狗群下了命令。

它声音才刚出口，那怪兽就加快了速度，向这边冲过来。狗群惊惶地奔逃，小黑则直接冲向怪兽，跳起来，撞向它。若是一个人，这一下大概会撞断一两根骨头，但怪兽被撞翻在地，却很快便爬了起来，小黑跃上它的背，直接一口咬了下去。怪兽晃动着身子，想把小黑甩下去，又伸过爪子去抓它。

这怪兽的爪子的确比狗的灵活，但却远远比不上人类，根本就抓不住跳来跳去的小黑。

怪兽嘴里发出愤怒的咆哮，行动更加疯狂，索性也不管小黑了，直接向退到墙角的狗群冲过去。

小黑不知道这东西到底是什么，也不知道是什么人制造出来的想做什么。但是，它明白，像这种东西，最好还是不要存在比较好。何况，有人把它引到这里，又把这怪物放出来，显然就是为了让它们争斗，不打倒这个怪物，说不定它们就出不去。

见怪兽改变了目标，小黑也就不再留情，咬住怪兽的后颈一仰头，生生撕下一片血肉来。怪兽的惨叫未落，小黑又高高跳起，用上全力往怪兽腰间重重一踩。

怪兽应声而倒，脊椎已经断了，它再也不能向前一步。

小黑又蹿上了它的身体，敏捷地避开它胡乱挥舞的爪子，一口咬断它的喉管。

干净利落。

在楼上观战的瘦老头博士和白大褂惊得目瞪口呆。他们本来还担心那只小黑狗会被怪兽咬死，特意叫人备好了枪，随时瞄准怪兽，只要情况不对就射杀怪兽把小黑狗救下来，结果小黑狗竟然三下五除二就把怪兽搞定了。

要知道，前一阵他们不小心让那怪兽逃出去，可是费了九牛二虎之力才弄回来，没想到它在小黑狗面前，竟然这样不堪一击。

博士半晌才回过神来,两眼就开始发光:"好,太好了,这才是我想看到的完美的力量,这次的实验材料真是太棒了。"

白大褂也很激动,连手指都在发抖:"这次一定能够成功地制造出真正的狼人,找到它们基因变化的关键。"

博士重重地点头:"到时候,人类便可以再一次进化了。"

白大褂转头命令助手:"往斗兽场放催眠瓦斯,一会去把那只小黑狗带到实验室,三号的尸体处理掉。其他的狗关回去。"

甄小黑没听到上面的对话,但一听到房间四角嗞嗞嗞的气体声,就有点火冒三丈。

又来这招?

在车上那是地方小,黑大爷又没防备,不然怎么可能被区区催眠瓦斯放倒。一而再再而三地这么玩,叔可以忍婶也不能忍啊!

但看看这房间四面高墙两扇铁门,小黑觉得还是先忍一忍。它总要从这里出去,才能找那些家伙算账不是么?于是小黑屏住了呼吸,跟其他那些狗一样,摇摇晃晃地倒下了。

果然过了一会,门就打开了,几个穿着防护服戴着口罩的男人走进来,分成了几组,一组去抬那只怪兽的尸体,一组把昏睡过去的狗狗们扔上一个推车推走,另一个则抱起了小黑,把它送进了另一个房间。

这个房间看起来虽然没有刚刚那个大,但密密麻麻摆满了各种仪器,还有十来个透明的培养槽,里面漂浮着形状不一的标本。头一个里的东西,看起来还像是一只狗,一个个推移过去,便一个比一个更加高大强壮,体形也渐渐发生了变化,到最后一个时,已经十分接近小黑刚刚咬死的那个怪兽了。

小黑的眼睛悄悄睁开一条缝,打量着这些标本,心里又是悲伤又是恶心,但更多是的愤怒。

刚刚那个东西,就是这样被制造出来的吧?

他们抓来普通的狗,一点一点把它们变成那样的怪物!

小黑被放在一个实验台上,四肢用皮带固定,嘴上也套上了嘴套。一个又干又瘦的老头,带着狂热的表情,走到实验台前,声音里透着兴奋。

"太好了。我有预感,我们今天晚上一定会成功的。你是我的狼人基因改造实验第二阶段四号实验品,看你这么小,就简称小四好了。"

看着残害狗狗们的元凶出现在眼前，甄小黑忍无可忍，一挥爪子就挣断了束缚它的皮带，将老头扑倒在地："你才小四，你全家都小四！"

8 你们也是为那件事来的？

看着面前银鬃金眸的大狼，李小白其实有点兴奋。

狼人啊！

这在各种电视电影小说里出没频率和吸血鬼一样高的传说中的怪物，她还是第一次看到。不得不说，比起江明那只又二又八卦的吸血鬼来说，面前这只狼人真是有范太多了。

相比小白的兴奋，沈夙夜要冷静得多，他打量着面前的狼人，在心里和徐安国的描述做了一下比较，觉得有点不太对，如果袭击徐安国的生物有这样华丽的皮毛，他不可能不记得，这特征太明显了。

沈夙夜皱了一下眉，索性直接问："前几天那桩野兽伤人的事件，跟你有没有关系？"

李小白这才记起正事，连忙跟着问："是不是你咬伤了那个中年大叔？"

狼人很明显地一怔："你们也是为那件事来的？"

也？

李小白咧了咧嘴，看起来他们之前打那架，真是完全没有必要。

沈夙夜正要再问，脚下的地面突然一阵摇晃，伴随着一声巨响，像是从地下深处传来的。

"怎么了？"甄言扶着墙站稳，下意识问，"地……"话没说完就收到沈夙夜冷冷的一瞥，生生把那个"震"字咽了回去。

狼人则完全不再理会他们，转身就径自跑了。

变成狼之后，他的速度至少快了一倍，李小白他们跟着跑到之前的仓库那边时，仓库那个坚固的卷闸门已被撕开一个大缺口。仓库里面有个暗门，也已经破得不成样子，露出通向地下的楼梯。

看着那些明显是用爪子抓出来的痕迹，李小白想着自己刚刚竟然是空手在和这种东西打架……忍不住心有余悸地咽了口口水。这简直就是金刚狼吧。

沈夙夜拍了拍她的肩，语重心长道："下次不要再轻敌。"

李小白点了点头，全神贯注提着小心走进那个通道。

一路上所有的门都被破坏了，偶尔有几个人也早已经瘫在地上不知生死，至于武器，根本就被揉成了一团废铁。

李小白的眼角抽了一下，这位狼人大哥，还真是所向披靡。

沈夙夜检查了一下地上的人，道："都还活着，没什么致命伤。"

这还是手下留情了么？李小白暗自下了决心，下次再碰上这种东西，一定不要逞能留手，上去就应该直接上符咒法术法宝招呼。

一行人继续向前走，除了中间碰上一群四处逃窜的狗之外，什么阻碍也没碰到。顺着狼人沿路留下的"标记"，他们很快就到了一个好像实验室的地方。

这个实验室里简直就是一片狼藉，地上湿漉漉的，也不知道是水还是什么，沿墙一片被打破的培养槽，玻璃碎片到处都是。所有的仪器都已经停止了运作，有几台不知是什么的机器甚至还在冒烟，不时闪一闪火花，周围一片焦黑。地上还有几个穿着白大褂好像研究员的人，看不出有什么明显的外伤，但很显然，每个人的精神都完全崩溃了，有两个甚至都失禁了，弄得污秽不堪。

狼人已经恢复了人类的形态，面无表情地站在那里，一言不发。

李小白不由乍舌，问："这也是你干的？"

狼人瞟了她一眼，冷冰冰甩过两个字："不是。"

沈夙夜也道："刚刚我们在上面听到那声巨响，应该就是这里发生了爆炸。"

就是说狼人下来之前，这里可能已经变成这样了。

李小白正在纳闷，就看到一条小小的黑影，不知从哪里窜了出来，直接就扑进了他们身后的甄言怀里，一个他们熟悉的声音中气十足地大叫起来："甄言你这臭小子，竟然这个时候才来救我！太忘恩负义了！你对得起我帮你买的早餐吗？"

……甄小黑。

李小白看了看那只趴在甄言肩头不停诉苦抱怨的小黑狗，又看了看这个被破坏得彻彻底底的实验室，突然不知道该说些什么。

——到底是谁需要被救？

趁着甄小黑颠三倒四地说着自己的遭遇的时候，沈夙夜"打扫"了一下战场，找到了一本研究笔记。

原来工厂不过是个幌子，只是为了掩饰这个地下研究基地。

而他们研究的方向，就是如何通过基因改造，让普通人类得到像狼人那样的体质和力量。当然，他们不可能用人类来做实验，也不太能找到那么多狼，就用了狗。

让狗们互相争斗，挑出最强壮的来做实验。袭击徐安国的生物，就是他们的研究成果。"

李小白咧了咧嘴，本来想说还真有人相信狼人这种东西，但有个活生生的狼人就在眼前，便改了口，道："亏他们想得出来，下一步是不是就该追求像吸血鬼那样的永生了？"

"不，他们认为吸血鬼比较低级。"沈凤夜看着那本笔记，很正经地回答，"不能照到太阳和必须依靠吸食血液才能生存，都是致命的缺陷。他们觉得可以像正常人一样生活，但必要时又可以爆发出超人力量的狼人才是最完美的生命形态。"

李小白忍不住转过头去打量那只狼人。这样俊美华丽的外表，变成狼之后又有那样可怕的力量，似乎的确令人称羡，怪不得那群科学狂人会为之疯狂。

但那狼人却不无讽刺地冷笑了一声，不予置评。

甄言叹了口气道："也不知道他们继续搞下去，会发展成什么结果。"

"怎么可能让他们继续搞下去！"李小白看了一眼破掉的培养槽里留下来的已经被变异的尸体，咬了咬牙，"不管他们出于什么目的，这样毫无敬畏地恣意玩弄生命，就绝对不能容许！"

甄小黑点头附和："绝对不能！而且他们还欺负我了！"

这后一条，甄言盯了它一眼，觉得这个研究组织其实是倒了八辈子霉才把小黑抓了过来。

"那现在怎么办？这里怎么处置？"

"烧了。"银发的狼人这时开了口，声音不像之前那样有敌意，但还是很冷淡。

沈凤夜点了点头，把那本研究笔记扔在一边："我也觉得，这样的研究还是不要再留在世上比较好，至于这些人……"他看了看依然瘫在地上神智不清的研究人员们……甄言就接了话："我认识一些开煤矿的朋友，也许会不介意接收一些来历不明又不要工资而且终生工作在最艰苦的地方的矿工。"

这是违法的吧！

虽然大家都明白这一点，但这个时候，谁也没有出声反对。不管怎么说，至少欺负小黑的账，还是要跟他们讨回来的。

9 我真的会变人了！

这个地下基地的人还不少，处置起来颇费工夫，李小白索性就打了电话叫李轻黑他们来帮忙。

结果原本聚在甄言家的大小妖怪们就一起过来了。

众妖拾柴火焰高。

没一会工夫，研究所的人就已经全部被抹掉记忆送走。当然，依妖怪们的想法，其实还有更简单便捷的处理办法，只是碍于李家兄妹在，大家也就只敢想一想罢了。

李小白特意布了个障眼法结界，以确保在这个地下研究基地烧光之前不会被人看到跑来救火。她自己也守在这里，以免火势太大烧到别的地方。

妖怪们也跟着留下了，对他们来说，也就是聚会的地方换一换而已，简直就把那座着火的工厂当成了一堆大篝火，又在旁边点了堆小火，喝酒烤肉，玩得不亦乐乎。

甄小黑最兴奋，对朋友们说着今天的经历，当然，把自己的英姿夸张了数十倍，就好像研究所那些铁门都是它搞破的一样。

李小白对这只狗的厚脸皮有了新的认识，竟然当着狼人大哥就敢这样吹牛。她正想把狼人拖过来戳破甄小黑的牛皮，却发现那只狼人已经不见了。

刚刚大家忙着放火，都不知道他什么时候走的。

这个狼人来时悄无声息，走的时候也悄无声息，简直就好像真的只是为了验证甄言那句话一样。李小白叹了口气，看向甄言："喂，你能再把那个狼人大哥搞回来不？"

"为什么？"甄言莫名其妙，他们不是还在怪他多嘴弄了个狼人出来么？

"你不觉得帅哥和帅狼都很养眼吗？"李小白眨着眼，目光灼灼。

沈凤夜很无言，伸手把刚烤好的鸡翅递到李小白面前，堵了她的嘴。

比起狼人，胡十九似乎对另一件事更感兴趣，掏出那张请柬，在甄小黑面前晃了晃："你最好真的有让我特意跑一趟的理由。"

他一说，大家才想起今天聚在一起的原因，纷纷问起来。

甄小黑紧张地跳起来，抬头看了看天上的圆月，大叫："还好还好，来得及。"

"到底什么事？"

"当然是大事啦。"甄小黑仰着头，挺起胸膛，骄傲地宣布，"我可以变人了！"

小妖怪们一片哗然，可以变成人身，那可是妖怪们修行的一大分界点。简直就像人类的成年和未成年一样。

"哦？"胡十九挑起眉，摆明不信。

"真的。虽然还要借助外力，只能在月圆之夜变，但我真的可以变了！"甄小黑争辩。

怪不得它约在今天，又看了月亮才说来得及。

"变一个！"李小白很有兴趣地说。

妖怪们纷纷跟着起哄。

甄小黑当然要变，不然它把大家叫来干什么？所以也不推脱，就走到中间，站在月光下，默念着口诀。银白的月光就像实质化一样笼在它身上，下一秒，小黑狗就不见了，取而代之的是一个十五六岁的少年。

黑色的短发，黑色的眼睛，眉毛有点短，就像他是狗时眼睛上那两块小黄斑，却是唇红齿白粉嘟嘟一张俏脸。身量不高，看来也有些单薄，还似模似样地化了身短皮衣穿在身上。

桃夭噗地笑出声来："你就不怕热。"

胡十九也笑了，伸出手指在他头顶的尖耳朵上一弹，有些嫌弃道："你这也算变成人？"

"就是，还有尾巴呢。"

甄小黑涨红了脸，一手捂着耳朵，一手捂着尾巴，争辩说："怎么不算？我就是会变人了。"

李小白看着那个还长着狗耳朵和狗尾巴的新鲜粉嫩少年被大家耍得团团转，不由也想去捉弄他一下，结果却被甄言抢了先。

甄言看着已经变成"人"的小黑，说："坐下。"

甄小黑就一屁股坐在地上，竟然还是狗狗的坐法。腿蹲着，双手也撑在地上，然后抬眼看着甄言，还摇了摇尾巴。

甄言伸出手："握手。"

甄小黑就抬起一只手，放在他手心里。

"另一只。"

就换一只。

"趴下。"

甄小黑就屈起手肘，伏在地上。

"打滚。"

甄小黑终于觉得不对劲了，唰地跳起来，怒斥："不要把我当狗耍！"

围观的人和妖就爆出一阵大笑，夹杂着甄小黑的哀号。

"我真的会变人了！"

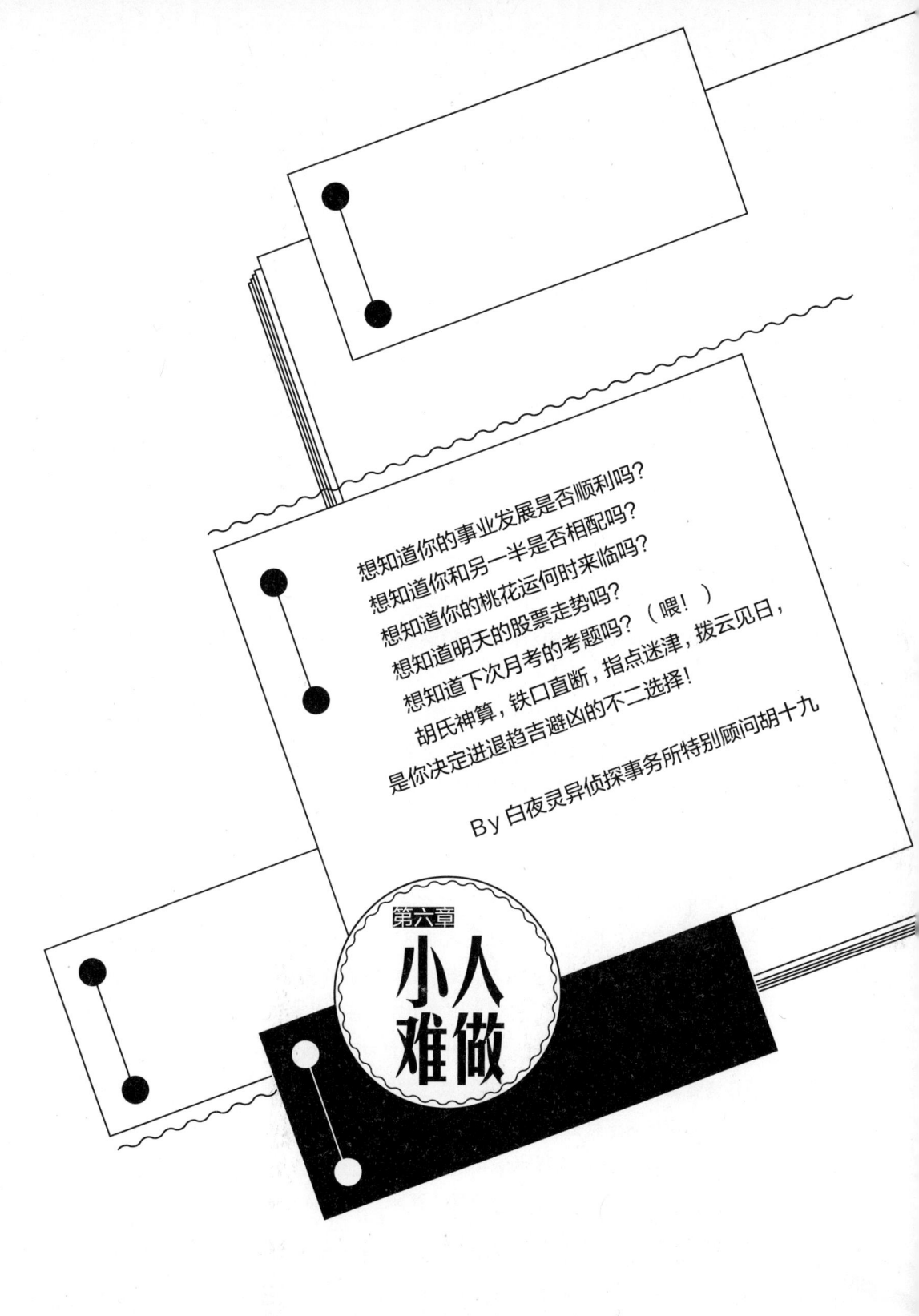

想知道你的事业发展是否顺利吗?
想知道你和另一半是否相配吗?
想知道你的桃花运何时来临吗?
想知道明天的股票走势吗?(喂!)
想知道下次月考的考题吗?
胡氏神算,铁口直断,指点迷津,拨云见日,
是你决定进退趋吉避凶的不二选择!

By 白夜灵异侦探事务所特别顾问胡十九

第六章 小人难做

1 我看你印堂发青……

澄空附中高一（三）班的同学们最喜欢的老师就是教历史的胡十九老师了。胡老师知识渊博、谈吐风趣，甚至不用拿教案，各种野史传说就如数家珍信手拈来，听他的课就像是在听一场故事会，又长知识又有趣。胡老师长得还帅，丰神俊朗，温润如玉。

李小白也很喜欢胡十九，当然，比其他的同学更多一重原因。

那就是胡老师是只狐妖，而且还是只修为深不可测的大妖。不说他明里暗里帮李小白的那些忙，就他无意中对白岱的魑魅魍魉的震慑力，也让李小白省了很多工夫。

投桃报李，李小白对胡十九也一向尊重。

所以，当发现胡十九在下课之后还特意多看了自己一眼的时候，李小白就屁颠屁颠地跟了上去，谄媚道："胡老师有什么吩咐？"

胡十九打量她两眼，道："我看你印堂发青，山根赤红，最近可能会有些不顺，你要小心犯小人。"

李小白听完一怔，扑哧笑出声来："什么嘛，胡老师这是要改行去算命么？"

胡十九耸了耸肩，甩下一句"信不信由你"就转身走了。

李小白皱了一下眉，回教室去向同桌柳红隽借了镜子，自己照了照。

李小白虽然不太擅长相面，但作为修真世家的子弟，各类法术多少也有些了解。镜子里的少女天庭饱满面色红润，哪有什么印堂发青的衰相嘛。

柳红隽看着她照镜子，有点好笑，问："你平常不是都鄙视人家拿镜子照来照去么？胡老师跟你说了什么？这么紧张？"

李小白坦白交待："他说我印堂发青，最近会不顺。"

柳红隽的反应跟李小白一样，扑哧笑出声来："什么嘛，胡老师学人家算命么？"

李小白叹了口气："谁知道他想什么呢？"

"不过胡老师要扮算命的道士,也很合适嘛。"

"嗯,一看就很仙风道骨哩。"

"说起来,他到底怎么说服训导主任让他留着那头长发的?训导主任最古板了。"

"就是,明明不让我们学生染发,也不让穿短裙。"

周围几个同学说说笑笑地把话题扯远了,李小白趴在桌上打了个呵欠。决定睡一觉,晚上还有工作,她得抓紧时间养精蓄锐。

放学回家,李小白就把这件事当笑话讲给沈夙夜听。沈夙夜却很认真,甚至放下手里的事凑过来盯着李小白的脸仔细地看了又看。李小白被他看得有点不自在,向后仰了仰,有点脸红:"干吗这样看我?你又不会相面,能看出什么来?"

沈夙夜这才移开了目光,轻咳了声,道:"胡十九很少会说这种话吧,我看最好还是小心一点为好。"

李小白皱了一下眉,点了点头:"也是。"跟着就回房间去了。不多时就抱着一堆东西重新跑出来,摊在桌上,一件一件地往沈夙夜手里递。

"这些你都拿着。这个是护身符,贴身收好。这个你见过的,是神行符,我改良过了,不用灵力,只要贴在腿上就可以把速度提高一倍。这个是铁藤种子,我用蜡封好的。你只要捏开蜡丸,扔在有泥土的地方,它就能长出一片来。"

沈夙夜接过来:"怎么突然想起给我这些?"

"你说得对。胡老师不会平白无故特意跟我开那种玩笑,我是得小心一点。"李小白很正经,"要是万一我有什么事,有这些傍身你好逃走找人帮忙。"

她给沈夙夜准备的这些东西,的确都是逃命用的。沈夙夜也没拒绝,一件一件重新确定了用途和用法之后,都小心地收起来。

李小白一拍手,又拿出个小瓶子来递给他:"差点把这个忘了,这个也给你拿着。"

普通的玻璃瓶里装着小半瓶暗红色的液体,还没开盖子就闻到淡淡的血腥味,沈夙夜皱了一下眉:"这是什么?"

"黑狗血,直接洒上去就行。"李小白道,"驱邪,可以打断对方的法术,也能让一般的法宝失灵。"

以前只是听说,没想到黑狗血还真有这种功效。但沈夙夜看着那小半瓶黑狗血,不知为什么有点不祥的预感。果然就听到李小白补充道:"这个省着点用,我好不容易才从小黑那里弄来的。"

果然。

第六章 小人难做

上次找狐十九拔毛，这次又找甄小黑要血，这丫头还真是妖尽其用啊。

沈夙夜有点无言，默默地把那瓶黑狗血小心地收好。

2 往下看，再往下一点

白夜灵异侦探事务所这次接的委托是调查一起离奇的失踪案。

委托方是白岱市博物馆。负责接待他们的人叫杨正辉，是个瘦高个的中年人，戴着一副黑边眼镜，文质彬彬的样子。但打量沈夙夜和李小白的眼神却十分不客气，全是审视和怀疑。

他们找上白夜灵异侦探事务所，完全是没有办法，病急乱投医。因为这个月以来，博物馆里已经连续失踪了五个人了。

第一个失踪的是一名清洁工。有人听到动静，跑过去看的时候，就只看到拖把和抹布掉在地上，人已经不见了。跟着是一位负责鉴定文物的专家，在自己的工作间里失踪了，助手去帮他倒杯茶，不过两三分钟时间，工作间里已空无一人，并且还没有任何人看到专家出去过。

博物馆报了警，警察们还没调查出什么名堂来，又出现了第三个失踪者。那是一名负责陈列展品的工作人员，也是在工作时突然就不见了。接下来是在巡夜时消失的保安，最近甚至连一名来博物馆参观的游客也失踪了。

失踪的人之间没有任何关系，失踪时间地点也不一样，唯一的共同点，就是都在博物馆。除此之外，警方也没有任何线索，只能让博物馆暂时闭馆，慢慢调查。

对外当然封锁了消息，但博物馆内部却不免人心惶惶，一时间什么传言都有。有人说这些人都参与了文物走私，从博物馆偷了东西跑了。也有人说可能是被仇家杀了。更有甚者，说是他们对文物不敬，冒犯了鬼神。还有人推测是博物馆里的藏品作怪什么的。

不管怎么样，总不能让博物馆一直闭馆下去。但警方目前又毫无头绪，于是抱着试试看的心态，博物馆方面在一些熟人的介绍下找到了白夜灵异侦探事务所。

杨正辉对这个决定本来是不赞同的。被安排来接待事务所的人本来就不情不愿，结果一看来了两个加起来也没他年纪大的少年，就更加觉得不靠谱了。

不过沈夙夜和李小白都不太在意。从他们开了这家侦探事务所以来，这种目光他们都已经习以为常了。

所以听完简单介绍之后，李小白也懒得废话，直接就说："先带我们到几个人

失踪的地方看一看吧。"

清洁工失踪的地方是一条走廊。事隔多日，这里当然已经什么都没留下。李小白探查了一番，跟沈夙夜摇了摇头。

沈夙夜的目光却落在走廊尽头的大铁门上，指了指问："那是什么地方？"

"是个通道。"

"通向哪里？"

"仓库，用来收藏暂时不会展出的藏品。"杨正辉解释，怕沈夙夜不知天高地厚提出要进去，又补充，"我们保安措施很健全，安全级别不够的人是不可能进去的。"

沈夙夜应了一声，倒并没有非要进去的意思，只向李小白道："先看看别的地方？"

李小白点了点头，杨正辉便领着他们去下一处。

失踪的专家姓张，是专门负责鉴定青铜器铁器这类文物的。办公室一直保持着他失踪时的样子，颇为整洁，书柜上整整齐齐码放着书籍资料，另一边则是工作台，旁边还有些青铜器，杨正辉解释说都是赝品和模型。整间办公室完全看不到有搏斗的痕迹，也没有留下什么信息。

看到李小白再次摇头的时候，杨正辉就哼了一声。要是有什么线索，警察老早就找出来了，哪里还轮得到他们。

沈夙夜又问："张教授失踪的时候，是正在工作吗？"

"是的。"

"他当时在鉴定的是什么？"

这些问题警察们早就问过，所以杨正辉连想都不用想，直接就递给沈夙夜一份目录，说："是一批上个月才到我们博物馆的铜器，现在都还在馆里，并没有失窃。"

目录做得挺详细，还附了照片和简短说明，沈夙夜接过去细细看了一遍，顺手又递给李小白。李小白对这些文字资料向来不太感冒，随便扫了一眼，就催促着往下一个地点去。

第三个失踪的人也是博物馆的工作人员，最后一次有人看到他，是在陈列铜器的展厅附近。沈夙夜打量着周围的环境，正要问什么，李小白却抬起手打断他，径直走进了展厅里面。沈夙夜连忙跟上去。

李小白停在一件展品前面，微微皱起眉，喃喃自语："这东西……有点古怪。"

那是一面铜镜，只有巴掌大，六角菱花形，四朵牡丹构成花形钮座，四周则雕着亭台楼阁的纹样,雕工细致,惟妙惟肖。镜面平滑光亮,纤毫可鉴,边沿雕着缠枝牡丹,还镶了一颗硕大的红宝石。宝石的颜色鲜艳浓烈,闪烁着诱人的光芒。

沈凤夜一眼就认出来,这正是刚刚杨正辉给他那份目录里的一件。它被摆在展厅正中的台子上,周围用围栏隔开,说明也只是很简短地介绍了材质纹样,并没有出处和年代。

沈凤夜皱了一下眉,问出了自己的疑问:"为什么这件没有像其他文物那样收在玻璃橱窗里?"

"这是件赝品。不论是从材质还是工艺上来看,它都只是一件近代的仿制工艺品而已。这颗也不是天然的红宝石,是人工的。"杨正辉指了几处他认为只有现代技术才能做到的地方给沈凤夜看,"放在这里,只是因为它真是很漂亮,而且可以让游客更直观地了解铜镜。"

就是说,每个来参观的人都可以站在这面镜子面前照一照,感受一下古代人对镜梳妆的感觉么?

沈凤夜正这么想着,就发现李小白的情况不太对。

李小白这个行动派已经直接跨过了围栏,站在镜前,伸手摸着镜面,双眼直勾勾地看着那面铜镜,如痴如醉。沈凤夜有点想笑,没想到这丫头也有照镜子照得这么自恋的时候,便轻轻叫了一声:"小白。"

李小白就好像没听见一样。

"小白?怎么了?"

沈凤夜不由得提高了声音,并伸出手去想拉她。那块红宝石就在这个时候亮了起来,里面像是有一道光芒在旋转,然后铜镜就射出一道黄色的光柱,将李小白整个人笼在其中,沈凤夜伸过去的手直接就被弹开了。

沈凤夜大惊失色,大叫了声"小白"便再次冲过去,却依然被那光柱弹开。而这时被笼在光柱里的李小白的身影却渐渐缩小,就像要被吸入镜中一般。

情急之中,沈凤夜想起李小白之前给他的黑狗血,也顾不得她"省着点用"的交待,拧开瓶盖就直接冲着那铜镜全泼了上去。

狗血沾上铜镜的瞬间,那道光柱果然应声而灭,但镜上的红宝石光芒闪烁着,突然发出一阵奇异的咔咔声,然后便爆发出更为耀眼的红光来,充斥了整个展厅。

沈凤夜下意识抬手挡住了眼睛。

红光只持续了几秒钟很快便消失了。除了那面铜镜被狗血沾污之外,展厅里似乎一切都恢复了正常。

杨正辉整个人呆在那里，张着嘴合不起来："这……这……到底怎么回事？"

沈夙夜没工夫跟他解释，刚刚那道光柱虽然被打断了，但李小白还是不见了。他正忙着四处寻找李小白的身影。

难不成李小白会变成第六个失踪者？

一想到这一点，沈夙夜就不由得咬紧了牙。

"阿夜。"

微弱的声音就在这时传进了他的耳朵。

沈夙夜一怔，四下看了看，着急询问："小白？你在哪里？"

"这里。往下看，再往下一点。"

沈夙夜低下头，就看到了李小白。

是的，的确是李小白，面容声音都别无二致，但……但……那个正在拉他的裤脚的小人儿，身高绝对不超过二十厘米。

3 这是"大家来找茬"吗？

"原来胡老师说的犯小人是这么个意思么？"

虽然被那面古怪的铜镜变成了一个巴掌高的袖珍小人，但李小白自己似乎并不是很在意，她甚至还有心情开玩笑。

但沈夙夜可笑不出来，他把李小白托在手心里，举到自己可以平视的高度，问："那现在怎么办？"

"当然先想办法复原再说。"李小白站在沈夙夜手掌上，稍微活动了一下身体，接着脸色就一僵，"啊，灵力好像也被封住了。这可不太好办了。"

沈夙夜跟着提起心来，又凑近了些，道："有别的办法，或者有谁可以帮忙吗？"

李小白点点头："嗯，先回去吧。家里有几件东西，大概可以用来试试，叫轻墨大哥来帮我。"

沈夙夜应了声，又看向那铜镜："那这镜子呢？"

"别动！"李小白急急叫了声，"连我都一不小心都着了道，你千万别去碰这镜子。"

"难道就这么放着？"

"先放着吧。"李小白道，"它在这里放了这么久，也只失踪了五个人，大概还是有触发条件的，何况小黑的血一时半会也还有效。先把这个展厅封起来，不要让任何人靠近，等我恢复了再来处理。"

后面这句话是对杨正辉说的。

杨正辉经历了刚刚那一幕，觉得自己整个世界观都受到了冲击，倒也不敢再不把这两个少年当回事。何况李小白这个要求也是正常的处理措施，他当场就点头应下来。

回家的路上，李小白坐在沈夙夜肩头，扶着他的衣领，左看右看，似乎很新鲜的样子。

沈夙夜有点无言："你变成这样，就一点也不担心么？"

"都已经变成这样了，担心又有什么用呢？想办法恢复就好了。"李小白不在乎地一挥手，乐呵呵地笑着，"我总算知道为什么小孩子都喜欢被架在肩上，原来视野真的不一样啊。"

沈夙夜扭头看着她，忍不住叹了口气。就这一口气叹出来，竟然让李小白的身子歪了歪，连忙揪紧了他的衣领，叫道："别吹我！"

沈夙夜也没想到平常生龙活虎的李小白会变得这样"弱不禁风"，连忙伸手去扶："小白。"

李小白就靠着他的手掌重新坐稳，皱起眉来："原来一阵风就能吹走是真的啊。"

真不知道这丫头到底都在想些什么！

沈夙夜只好道："你还是快点变回来吧。"

他们路上就给李轻墨打了电话，到家的时候，李轻墨已经等在门口了。

"小白呢？"李轻墨跟沈夙夜打了招呼，目光往他身后瞟去。

沈夙夜抬起手，指了指自己的右肩。李轻墨这才看到坐在沈夙夜肩头向自己招手的李小白，惊得睁大了眼，愣了半晌才道："你说的'变小'，原来真的是变小啊？"

"不然你觉得呢？"

沈夙夜一面回话，一面掏钥匙来开门，李轻墨依然有点惊异地试探性向李小白伸过手去，李小白就跳到了他手里站着。

李轻墨把她举到眼前，又是惊异又是好奇地仔细打量着这个变小的小堂妹，末了还伸出一根手指戳了戳她的脸，被李小白没好气地伸手挡开："干吗？"

"第一次看到这种情况呢。"李轻墨道，"除了变小之外，其他都正常？"

"灵力被封住了，不能用法术。别的还好。"像是为了证明这句话似的，李小白在李轻墨手心里翻了个跟斗。动作灵活敏捷，丝毫不受变小的影响。

"这是怎么回事？"

沈夙夜就把今天晚上的事情跟他说了一遍。

李轻墨皱起了眉头："那镜子难不成是妖怪？"

"不，我看倒更像是什么法宝法器。"李小白回忆着当时的情况，"并没有什么妖气神识，就是个死物。那个法术，大概是个自动运行的程序。我当时盯着那颗宝石看的时候就像被催眠了一样，思想一片空白，也不会动。要是没有被打断的话，说不定我就直接变成第六个失踪者了。"

李轻墨再次皱起眉来："你应该直接叫我去博物馆的。既然是因为那铜镜的法术变成这样，最好的办法就是再通过它逆转。"

李小白一摊手："我不是摸不清那东西的底细嘛，我都没反应过来就变成这样了，不做好准备，万一你也着了道怎么办？反正那镜子被泼了黑狗血，我又让他们把展厅封了，一时半会应该也不会有事。"

"你已经有了计划？"

"嗯。"李小白跟李轻墨说些法术符阵上的事情，沈夙夜也听不明白，索性道，"那我先去查一下那面铜镜的来历。"

李小白点头应了声，就拖了李轻墨回房间去准备用具施法。

沈夙夜则拿着之前那份铜器目录坐到了电脑前。

两边的进展都不太顺利。

小小的李小白坐在李轻墨的肩头出来时，正看到沈夙夜摘了眼镜在捏鼻梁。目光交会，要说的话就都顿在那里。

结果还是李轻墨先出声，问："发现什么了吗？"

沈夙夜叹了口气："那个镜子是一个月前到博物馆的，之前并没有任何记录。杨正辉跟我说是赝品，估计博物馆的专家们也没看出什么来历。"

李小白道："法宝法器的材料和炼制方法跟一般的器物本来就不一样，他们用正常的方法鉴定不出来也很正常。"

"不过，要说发现，还真有一点。"沈夙夜指了指电脑屏幕。

李轻墨就把李小白放到电脑桌上，自己也凑过去看。李小白站在显示器前面，看到屏幕上显示的正是那面铜镜的照片。

沈夙夜把照片放大到某一个局部，说道："这是博物馆放出来宣传的照片，这个时候镜子应该已经摆在展厅里了，跟杨正辉给我的目录上的不是同一张。你们看这里。"他指了指照片的一点,又把目录里的铜镜照片拿了放在一边,把放大镜递给李轻墨,"和这里。"

电脑上是铜镜的背面雕着的那幅画上的一个小亭,里面坐着一个人。

李轻墨把放大镜移到目录照片上的同一个地方,却只有一个空亭子。他不由一惊:"欸?这是……"

"很明显吧?"

"嗯,能再放大一点吗?能不能看清是什么人?"

"照片的像素不高,再放大也看不清楚。"

李小白听着两个男生说话,但放大镜在李轻墨手里,她只能直接看照片,也没看出什么来,便跳起来去够李轻墨的手:"什么什么?给我看。到底是怎么了?我也要看!"

看着小小的少女努力往上跳的样子,沈夙夜不由失笑,伸手过去托起她。

"你也有今天!"李轻墨也笑起来,虽然这么说着,却还是移了移放大镜以便李小白能看清照片。

李小白毫不在意他的取笑,看一眼照片,又看一眼电脑屏幕:"哇,这是'大家来找茬'吗?"

沈夙夜很无言,有这家伙在,不管什么时候都别想有紧张感。

但李小白也没有一味玩闹,两相对比之后,就皱了一下眉:"这样说来……那些失踪的人,可能真的是被吸进了镜子?"

"也有可能……现在还在里面?"

三人对视了一眼。

"我们得再去一次博物馆。"

再次站在那个展厅门口的时候,李家兄妹已做好了充分的准备。

因为那面铜镜是要盯着看才会被催眠,所以李小白带了不少自制烟雾弹,往地上一摔就能冒出浓烟,到时什么也看不见,大概可以打断催眠。还准备了一套布阵用的桃木钉,让李轻墨进去之后不要看那镜子,先布一个封灵阵,直接隔断阵内所有灵力的流动,自然就什么法术也用不出来,法宝也一样会失效。到时就可以把它先封印起来带回去慢慢研究。

连杨正辉也拿了两面镜子,准备反射铜镜发出来的光。

几个人又检查了一次,确定没有问题之后,沈夙夜才向杨正辉道:"请开门吧。"

杨正辉应声开了门，跟着就立刻将两面镜子挡在自己身前。他虽然是坚定的唯物主义者，但对于自己亲眼见识过的事情，接受起来倒也挺快。在他看来，只要被那个铜镜的光照到，要么就会像张教授一样失踪，要么就会像李小白那样变小，两种结果他都不想要，自然得先把自己护严实了。

但他缩在镜子后面半响，却没听到展厅里有动静，这才悄悄从镜子的缝隙里看出去。还好，那个戴眼镜的漂亮少年还在。他后来请来做帮手的英俊青年也在，连那个变小的小姑娘也好好地坐在眼镜少年的肩头。

既然三人都在，为什么没人说话也没有别的动静？

杨正辉忍不住问："怎么了？"

沈夙夜就往旁边移开了一步，杨正辉便看到展厅正中的展台上已经空空如也。

那面铜镜不在了。

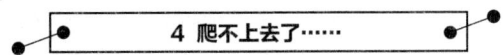

4 爬不上去了……

白岱市博物馆的保安措施虽然不敢说固若金汤，但该有的一样不少。保安、警报器、视频监控，各出入口还有最先进的门禁系统。更不用说这个展厅还被特意封锁了，任何人不得接近。

但从李小白被变小回家求援，到他们再来博物馆，不过短短几个小时，那面铜镜竟然就那样不翼而飞了。

杨正辉也顾不得什么变不变小了，放下镜子就冲过去："怎么会这样？"

那面铜镜的确是不见了，而李轻墨正从原本放置铜镜的架子上，拿起一张金色的小卡片。

那张卡片只有普通名片大小，一个字也没有，只在正中印着一只三只脚的乌鸦。

"这是什么？"李轻墨问。

沈夙夜凑过来看了一眼，摇了摇头。

"三足乌。"说话的反而是杨正辉，神色间有些震惊。

李小白咧了咧嘴，道："那上面印着三足乌大家都看到了，问题是这卡片怎么会在这里？铜镜呢？"

"不，我是说，有个专偷珠宝的贼，代号叫三足乌。"杨正辉解释，"因为他每次偷了东西，都会留下这样一张卡片。"

李小白顿时双眼放光："就像怪盗基德那样吗？"

"我不知道什么怪盗基德。"杨正辉表情很严肃,"但这个三足乌几年间已经偷了几十件珍宝了,从未失手。不论是博物馆还是私宅都如入无人之境,各地警察都拿他没办法,通缉令的赏金一直在加。"

李小白两只眼睛都直接变成了星星,语气兴奋:"就是基德啊!活的基德啊!"

沈夙夜就叹了口气,制止她:"小白!"

杨正辉不知道基德是什么,但三足乌的卡片出现了这件事他得往上汇报,跟三人打了个招呼就出去打电话去了。

李轻墨则从刚刚开始就一直在盯着那张卡片没动。

"怎么?有什么不对?"李小白问。

李轻墨再次拿起那张卡片,确认般仔细看了看,道:"这张卡片上,有妖气。"

"真的?"

李轻墨点了点头,道:"很淡,但我不会搞错的,就是妖气。"

李小白的灵力被封住了,感觉不出来,但她百分百相信自己这位堂哥的修为。博物馆保安设施健全,是针对普通人来说的,妖怪当然自有法门可以来去自如。

李小白当下就哼了一声:"倒是会挑好时机!什么从未失手的怪盗,这次我还非把他逮出来不可!"

精心准备了那么久,结果那面因为泼了黑狗血刚好失效的铜镜反而让一只妖怪捡了便宜;而且这铜镜要找不回来,可能李小白就变不回来了,所以大家都不高兴,决定不管怎么样也要把这个三足乌缉拿归案。

李小白现在灵力被封不能用法术,追踪不了妖气,这方面就交给了李轻墨,她跟沈夙夜从"珠宝大盗"那方面着手调查。

大概是变小的关系,李小白的精力似乎也不如平常,沈夙夜看完一份资料回过头来时,发现她已经伏在鼠标上睡着了。

手还放在鼠标的滚轴上,小小的身体就那样歪在鼠标上,看起来疲倦之极。

今天晚上这么折腾,她还被变小了,的确是累了吧。沈夙夜轻轻叹了口气,放下手里的资料,伸手将李小白抱起来。

李小白被惊动了,但是感觉到自己熟悉的气息和温度,便没有睁眼,呢喃着发出了几个毫无意义的音节,翻过身,将脸贴在沈夙夜手心里,放心地继续睡。

小小的身躯在沈夙夜手掌里猫儿一般蜷成一团,柔软温暖,轻得就像一片羽毛。

沈夙夜心头一动,却一时间有点无所适从。从认识开始,李小白就是独立坚强,

实力强大，永远冲在最前面的那一个。但这一刻，她在他的手心里，小小的、软软的，似乎一根手指就能压断她的骨头。她却睡得那样安宁，毫无防备，全心依赖。

沈夙夜心底涌出一种强烈的保护欲。是的，这是他一生都要捧在手心里呵护的女孩。沈夙夜低下头，轻轻亲了一下掌心里小小的李小白，捧着她送回她的房间，放在床上，拉过毯子盖好，又深深看了一眼才转身准备回去继续工作。

但他才出门，还没走到办公桌，就听到房间里一声闷响，连忙叫了一声"小白"，又匆匆跑回去。

李小白已经不在床上了。

沈夙夜一惊，急急又叫声："小白！你在哪？"

"阿夜。"

小小的回应，来自床头的地板。

沈夙夜蹲下身去看。

小小的李小白坐在那里，睡眼惺忪地揉着自己的头，声音含含糊糊地带着哭腔："我从床上跌下来，爬不上去了……"

第二天出现在胡十九面前的沈夙夜顶了两个足可媲美熊猫的黑眼圈。为了防止李小白再次从床上掉下去，他只能把李小白放在自己枕边，随时注意着，结果就搞得自己一夜都没睡。

胡十九当然不在乎沈夙夜有没有睡好，他比较意外的是沈夙夜会跑到学校来找他。当下就打了个哈哈："哎呀，真是稀客，你怎么会来这里？"

沈夙夜回答："来找胡老师帮忙，顺便给小白请假。"

"哦？"胡十九就皱了一下眉，"那丫头怎么了？"

沈夙夜左右看看没有其他人，就叹了口气，唤道："小白，出来吧。"

李小白就从他胸前的口袋里探出了头，跟胡十九打了招呼："胡老师。"

胡十九看着小小的李小白，一时竟然有点反应不过来，半晌才轻咳了声："这怎么回事？"

沈夙夜就把铜镜的事简短地说了一遍。

胡十九伸手把李小白拎过去晃了晃，打趣她："这不是很有趣嘛。"

有趣个头啊！

李小白一开始也觉得新鲜，但在试过掉下床、拿不动牙刷、拿不动筷子、掉进脸盆，还差点掉进马桶之后，她只恨不得快一点恢复。听胡十九这么说，只能哭丧着脸看着他："胡老师你真是乌鸦嘴。"

"胡说。"胡十九坚决否认，"我很正经地提醒过你了，谁让你自己不重视。"

她其实已经很重视了，不然也就不会把那瓶黑狗血给沈夙夜。

沈夙夜叹了口气，把那铜镜的照片递给胡十九，道："总之，想请胡老师看看，知不知道这个是什么，有没有其他破解的办法？"

胡十九就把李小白顺手一扔，去看那张照片。

李小白哇哇惊呼，沈夙夜连忙伸手接下来，把她放在自己肩头坐好。

"唔，我似乎听说过这件东西。"胡十九看着那张照片，缓缓道，"叫六合摄魂镜，倒是件棘手的东西，只要照过这面镜子的人，就可以整个摄走。"

"那被摄去的人去了哪里？"

"会被囚在镜中。"胡十九屈指弹了弹照片上铜镜背面的画，"你不也发现了这图案会变么？镜中自有空间，若是灵气充足，里面的花草树木还会开花结果。"

"果然。"李小白和沈夙夜对视了一眼，"就是说原本失踪那些人，可能真的都还活着？"

胡十九点了点头，道："这镜子几百年没现世了，也没有主人，这些人应该只是无意中触发了镜子的防护法阵，要是没意外的话，应该还在镜子里吧。至于小白……"他扫了一眼坐在沈夙夜肩头的李小白，"大概也只能先拿到镜子才能变回来了。"

"这就是要求胡老师帮忙的另一件事了。"李小白道，"那个代号三足乌的珠宝大盗是个妖怪。虽然我们还不知道是什么，但肯定是最近才到白岱来的，胡老师有什么线索么？"

胡十九事不关己地摇了摇头。他是很典型的人不犯我，我不犯人的家伙。每天上上课聊聊天，喝喝茶看看书，悠然自在，只要对方识相不来惹他，他才懒得去管白岱是不是来了新妖怪。

李小白他们当然知道他的个性，不好强求，便开口告辞。胡十九当然也没留，只是在他们走到门口的时候，轻飘飘加了句"找到镜子就拿来吧，我来帮你破解"。

要他帮着去跑腿抓贼，他没兴趣，但破解法术也不过就是举手之劳，他也想看看那面失踪已久的宝镜。

李小白当然高高兴兴地应了，道了谢，又缩回了沈夙夜的口袋里。

要是被人看到她这个样子可不得了。

5 学姐，请自重

胡十九答应了拿到镜子之后帮忙破解法术，妖怪那边有李轻墨去追查，李小白灵力被封住，又缩成十来厘米高的小人，根本也帮不上忙，索性就跟着沈夙夜一起去上课了。

当然，是沈夙夜去上课，她窝在沈夙夜口袋里睡大觉。一直到沈夙夜下了课，收拾东西准备回家，李小白才从他的口袋里探出头来，打个呵欠伸个懒腰。

她半边身子趴在袋口打呵欠的样子很有趣，沈夙夜忍不住笑了笑，用手里的笔去逗她。

李小白一把拍开，仰头瞪着沈夙夜："喂，把我当什么呢？"

沈夙夜推了一下眼镜，想了一秒钟，笑道："宠物？"

李小白一怔，然后就呲了牙："小心我咬你哦！"

明明那么小，半开玩笑地做出张牙舞爪的模样来，一点威慑力也没有，简直就是在卖萌。

沈夙夜就笑着把手指伸过去："随便咬。"

李小白哼了一声，借着他的手指攀上他的肩，抱着他的脖子就一口咬下去。有小小的刺痛，更多的却是说不出的酥痒，但沈夙夜很配合地"嘶"了一声，李小白就心满意足地松了口。

沈夙夜轻轻笑着，抬手碰了碰她的脸。

李小白扶着他的脖子，就在他肩头坐下来，轻轻道："阿夜，如果……我是说，如果，那个珠宝大盗在白岱做一票就远走高飞再也找不到，我变不回去了怎么办？"

……你总算开始担心这个问题了吗？

沈夙夜对这丫头神经大条的程度早已经无话可说，但她这时语气里的忐忑不安让他有点心痛，自然也就没有吐槽，只是再次伸手过去，轻轻揉了揉她的头："那我就把你当宠物养一辈子好了。"

李小白嘟起嘴："呸，想得美，我才不要做什么宠物呢。"

"嗯？"沈夙夜侧过脸来，看着她，"那你要做什么？"

李小白怔住，唰地红了脸，哼了一声，扭开头。

沈夙夜又笑了笑，正要说话，门口突然有人笑道："你还没走，太好了。"

于是沈夙夜没说出来的话就变成了"糟糕"，连脸色也变了变。

有人过来，李小白连忙往下一滑，依然缩进沈夙夜胸前的口袋，却忍不住好奇地悄悄抬起头来偷看。

第一印象就是——美人。

正从门口走进来的是个年轻的女人，一头鸦黑的长发，明眸皓肤，琼鼻樱唇，裹在一袭火红衣裙里的身材火辣劲爆。不折不扣是个国色天香的大美人。

如果不是变小了又躲在沈夙夜口袋里，李小白几乎就想吹口哨。

但沈夙夜显然很不高兴，瞬间就换上了彬彬有礼又拒人千里的冷淡面孔："吴学姐找我有事？"

那个大美人走到沈夙夜身边来，声音娇嗲，语气暧昧，媚眼如丝："也没什么，只是想跟你聊聊。"

她凑得很近，李小白缩在口袋里都能闻到她身上的香味。

这个女人不但长得漂亮，更懂得如何表现，神态姿势打扮薰香，将自己的美丽衬托得淋漓尽致。

沈夙夜却退开一步，皱了眉："我跟吴学姐又不熟，没什么好聊的。"

大美人也不以为意，依然笑得甜蜜："多聊几次，不就熟了么？"

沈夙夜索性懒得再说话，收拾好自己的东西，转身就走。

"急什么？"大美人的动作竟然还很快，唰地就伸手拦在他身前，"不如一起去喝杯茶？"

沈夙夜叹了口气，只能再次退开："学姐，请自重。"

大美人笑出声来："自什么重？窈窕淑女，君子好逑。反过来也一样么，追求自己喜欢的人又不是什么见不得人的事情。"

李小白这时才算听明白了，这是有人觊觎她家阿夜啊。

沈夙夜有点无奈："我上次应该已经说清楚了吧？我有女朋友了。"

"那又有什么关系？又没结婚，结了还能离呢。"大美人毫不在乎地一挥手，就好像要赶走那个不知道在哪里的女朋友一样。

"女朋友"本尊不高兴了，碍于现在的情况不太好出现，只闷闷地哼了一声。

沈夙夜也沉了脸："我跟学姐根本就没见过几次，更不用说喜不喜欢了，如果你再继续纠缠下去的话，就不要怪我不客气了。"

"哦？怎么个不客气法？"大美人笑出声来，话尾微微上扬，却带着无尽的诱惑。人也跟着贴近沈夙夜，"我就是喜欢漂亮华丽闪亮亮的东西，从第一眼看到你，就喜欢得不得了。你说这算不算一见钟情？"

她一面说着，一面伸出手来，像是要摸沈夙夜的脸。

当着她的面就敢调戏她家阿夜？李小白又哼了一声就想跳出来，但她还没动，那边的大美人却好像触电一样，唰地收回了手，脸上也闪过一丝惊诧："咦？"

沈夙夜趁她这一惊，赶紧抽身走人。

大美人也没再追过来，只娇笑道："别以为这么轻易就能溜掉。我看上的东西，还没有得不到的呢。"

沈夙夜头也不回地加快了脚步。

李小白从他口袋里爬出来，目光越过他的肩膀看着那个还在向他们挥手的大美人，若有所思。

6 看她还敢碰我的人

偷走铜镜的三足乌一时半会的没消息，所以现在白夜侦探事务所的首要任务是解决变小之后的李小白的衣食住行问题。

她现在这么小，原本的衣服当然穿不了了。而且什么从床上掉下来爬不上去，掉进水盆里差点淹死这些状况要是多出几次，就算人没事，李小白也没脸见人了。

好在现在是商品社会，不用沈夙夜亲自动手缝，商场自然有小衣服卖。当然，是在玩具区，给娃娃穿的。

不得不说，现在的娃娃玩具的确做得精致，有替换的衣服不说，连家具用品也有，小桌小椅小碗小勺，一应俱全。

他们是去给李小白买东西的，但李小白自己显然不在状态，沈夙夜拿给她看，她便随便点点头，完全就是心不在焉，也不知在想什么。

沈夙夜看着她，犹豫了一下，最终还是什么也没说，挑好东西结账回家。进了门，把东西放下，沈夙夜把李小白放在茶几上，自己在她对面坐下来，正正经经唤了声："小白。"

李小白随口应了声："嗯。"

沈夙夜就叹了口气，加重了语气，再次叫："李小白。"

李小白一怔，这才回过神来，抬眼看着沈夙夜，夸张地拍了拍自己的胸口："怎么了？这么严肃？吓得人家小心肝扑通扑通的。"

很显然，这丫头的状态终于回来了。

沈夙夜只好又叹了口气，放软了声音问道："你在生气？"

李小白眨了眨眼："生什么气？"

"我跟那个吴学姐……"沈夙夜顿了一下,觉得有点无奈,明明是他被纠缠,结果他还要回家来跟小女朋友解释,"真没什么。"

"哦?"李小白摸了摸下巴,"她是澄空的学生?"

"不是,前一阵学校从外面请了位教授来讲座,她是跟那位教授的研究生。"

"哦?"李小白又哦了一声,偏起头,"那你们怎么认识的?"

"就那天公开课上打了个照面,甚至根本都没跟她说话,结果第二天她就找上门了。"

"哦?"李小白拖长了声音,"怎么之前没听你说?"

白痴也不会把这种事情拿来跟女朋友闲聊吧?沈夙夜虽然自认问心无愧,但这个时候李小白的反应却让他有点不安。

依李小白的个性,是跳起来指着他的鼻子骂也好,是大大咧咧毫不在意地开玩笑也好,他都能应付,但这丫头却偏偏一反常态,站在那里一脸冷静若有所思地一连三个"哦",到底是想表达什么?

他还没想明白,门铃就响了。

沈夙夜去开门,来的是李轻墨。

李轻墨进了门看到茶几上小小的李小白,便皱了眉:"胡十九也没办法?"

"嗯,说是要先找到镜子。"

"我已经布置下去了,桃夭他们也在帮忙,我还联络了周围城市的李氏弟子,要是那个三足乌离开了白岱,也会有人帮忙留意的。"李轻墨伸手摸了摸李小白的头,声音柔和,"放心,一定会找到的。"

"嗯,"李小白点了点头,"对了,有个人,大哥帮我去看看。"

"什么人?"

"今天跟阿夜去他们学校看到的,叫吴……"李小白顿下来,扭头看向沈夙夜。

沈夙夜心里咯噔一下,这是要告状吗?虽然苦着脸,但他还是接上去补充:"吴雅。"

李轻墨看看他,又看看李小白,似乎嗅到点奇怪的味道:"这人怎么了?"

沈夙夜真是不知要怎么解释:"真没什……"

李小白在同一时间道:"我怀疑她不是人。"

于是沈夙夜的话说到一半就卡住了,眨眨眼睛:"欸?"

李小白看着他僵掉的表情,笑起来,道:"我没有不相信你。"

沈夙夜闭了嘴。

李轻墨的目光再次在他们之间来回游移:"到底怎么回事?小白你的灵力能用了?"

"不能，但除了灵力，我还会用智慧！"李小白一本正经地指了指自己的头。

李轻墨很无言："原来你还有那种东西？"

"阿夜虽然漂亮，但向来都不招蜂引蝶的。他么，只招那种东西。"李小白没理会堂兄的讽刺，解释道，"而且她最后本来不是要碰你，结果却中途收了手么？我觉得不是她不想碰，是碰不得。昨天给你的护身符你应该还带在身上吧？"

沈凤夜点了点头，不由得就松了口气，原来她刚刚一直在想这些。信任危机解除，他自然也就冷静下来，略一沉吟，就补充道："她喜欢漂亮华丽闪亮亮的东西，也许不单指人？而且，她是前些天才来的白岱。"

还有什么能比珠宝更加闪亮华丽，时间也对得上。

李轻墨立刻就站起来："有地址吗？我这就去看看。"

"我也去。如果她真的就是那只三足乌，正好直接灭了。"李小白把自己的手指捏得咯吱作响。

李轻墨还是头一次见到她这样生气，甚至要"直接灭了"，不由得怔了一下："要不是呢？"

"那也得好好惩治一番，最好让她以后看到帅哥就像看到怪兽，一辈子做恶梦。看她还敢碰我的人。"李小白哼了一声，小小的身体却散发着冲天杀气。

李轻墨不由就扭头看向沈凤夜。

沈凤夜还没什么表示，李小白自己唰地就红了脸，干咳了一声，补充道："我是说，我们侦探事务所的人。"

这解释生硬得李轻墨都懒得戳破她。

沈凤夜却笑起来，附和道："那当然，我们事务所任何人都不是外人能动的。"

说得这么公事公办，但他们这见鬼的事务所，从头到尾，从里到外，也就只有他们两个人。

李轻墨觉得自己这灯泡亮得都快要爆了，念叨着："我还是先去看看那个叫吴雅的吧。"

7 我……想起一篇小学课文

吴雅住在澄空大学里的宾馆。

李小白他们刚走到宾馆大厅，李轻墨便停下来，静默半晌之后，向李小白点了点头："果然有和那张卡片上相同的妖气。"

李小白甩了个响指:"Bingo,一猜就对。"

"原来只是瞎猜么?你的智慧呢?"李轻墨扶额无奈道。

"不要在意那些细枝末节啦。"李小白挥挥手,"反正我们现在找到人了。"

几个人商量了一下,决定让沈夙夜把吴雅引出来困住,李轻墨去搜查她的房间。如果能先找到镜子就最好,找不到的话,再回头来抓了吴雅逼供。

引吴雅出来根本毫无难度。

沈夙夜只是在宾馆前台往她房间里打了个电话,吴雅很快就下来了。

她特意打扮过,换了条黑色的吊带长裙,更显得婀娜多姿,无尽诱惑。走到沈夙夜跟前,眉一挑就飞了个媚:"我正想什么时候去找你呢,你就来了,你说我们这算不算心有灵犀?"

沈夙夜只当自己没看见:"有件事情想跟学姐商量一下。"

"哦?"吴雅伸手去挽沈夙夜的手臂,"什么事?"

沈夙夜退后一步避开,伸手向外一引,客气地说道:"请借一步说话。"

吴雅娇笑了一声,毫不在意地走了出去。她根本不怕沈夙夜会给她设什么圈套,一个普通人,能玩出什么花样来。

一直跟着沈夙夜走到一处僻静的小树林,她才停下来,看着地面,轻轻咦了一声。

沈夙夜的脚步跟着一顿,连躲在树后准备封阵的李小白也不由得紧张起来。

吴雅蹲下身来,拂开一堆落叶,看着地上明显是新画出来的痕迹,笑道:"法阵?看起来你也不是一般人嘛。但你这是要做什么?降伏我还是封印我?"

沈夙夜微微一皱眉,没说话。

"何必呢?你看,只要你答应我,我就是你的人了,还不是你说什么就是什么?"吴雅左右看了看,并没有发现其他人,娇媚的声音便转为轻蔑,"何况,你觉得这个破法阵就能困住我?"

"困不困得住,试过再说。"沈夙夜一扬眉,挑衅地道,"你敢进来吗?"

"有什么不敢的?就让你看个心服口服好了。"激将法很管用,吴雅抬腿就迈进了法阵的范围。

躲在树后的李小白看着吴雅走到离沈夙夜只有两步的地方,便吸了口气,将贴满符箓的桃木桩稳稳扎进最后一个阵眼。

淡蓝色的光如灵蛇般从木桩处蹿了出去,迅速在地上画出一个五芒星的形状,直接将吴雅锁在正中。的确是法阵,但却并不是吴雅先前发现的位置。

吴雅一惊,咬牙看向沈夙夜:"原来之前那个简单的法阵只是障眼法?"

"不然又怎么抓得到大名鼎鼎的三足乌？"李小白从藏身之处跳了出来，举起手跟沈凤夜轻轻一击掌。

吴雅哼了一声，想从阵中冲出去，但一连试了几次都被蓝色的光芒迫了回去。

李小白现在是被封住了灵力，但那不代表她之前炼制的符纸法器就会失效，想突破这个法阵可没那么容易。

吴雅冲了几次之后，便停下来，目光也转向了另一个方向，眼睛微微一眯："原来是李家的人，我还真是大意了。"

这也不能怪她，毕竟李小白身上没有灵力波动，又这么小，她之前根本就没发现。就算现在有这么一说，也不是看出李小白的身份，而是因为李轻墨来了。

沈凤夜也不再理会被锁在阵中的吴雅，直接问李轻墨："找到了吗？"

李轻墨摇了摇头："可能在她身上？"

吴雅反应很快，看看李轻墨，又看看沈凤夜身边小小的李小白，就笑起来："你们在找的，是这个吗？"说完手指一翻，就不知从哪里摸出一面铜镜来，正是博物馆失窃的那一面。

李小白三人对视一眼，还是让李轻墨先开口："你老老实实把那面镜子交出来，我饶你不死。"

吴雅笑道："堂堂修真世家，却为了这么件小玩意要谋财害命，你们就不嫌丢人吗？"

"呸，少在那里颠倒黑白。"李小白啐了一口，"明明就是你从博物馆偷来的，竟然还想诬赖我们？"

"那又怎么样？反正镜子现在在我手里。小姑娘……"吴雅把那个小字咬得很重，"不如我们来做个交易。"

李小白哼了一声："一个偷珠宝的妖怪，有什么立场跟我做交易？"

"做不做随便你。"吴雅无所谓地耸了耸肩，"不过，我虽然被你们锁在这里出不去，你们难道就能进来？想拿镜子，你们就得解开法阵，我在那一瞬间就会飞走，相信我，你们追不到的。"

李小白怔了怔，吴雅说得倒也没错。李小白没了灵力，怕打不过吴雅，又怕她逃走，索性就用了这个最坚固的法阵，不解除的话，的确是出不来也进不去。

"而且，这镜子要不要给你们，也得看我的意思。"吴雅笑眯眯的，左手拿着镜子，右手却突然弹出一朵火苗来，"认得这是什么吗？"

那朵火苗的确特殊，并不像平常的火焰一样黄中带赤，而是纯正的金色。虽然只有拇指大小，却有一种至刚至阳的气息，向四周铺散开来。

李小白皱了一下眉："三昧真火？"

吴雅用鼻子对着李小白哼了一声。

"不，是金乌火。"旁边的李轻墨解释，比起"不务正业"的李小白，那朵火苗给一直按部就班修行阳刚正气心法的李轻墨的震撼更大。他怔了半晌，才盯着吴雅道："原来你真的是三足乌。"

李小白有点不解："这不是明摆着的吗？"

"我是说……"李轻墨的话还没说完，李小白突然意会过来，惊叫，"什么？你是说，真的三足乌？太阳神鸟？"

李轻墨点了点头。

三足乌又叫三足金乌，顾名思义，就是三只脚的乌鸦，有些神话里说是给太阳拉车的鸟，有些就索性说是住在太阳里的鸟，但不管怎么说，这个种族都是上古神鸟。

李小白怎么也没想到这事到最后竟然会真查出一只三足乌来。

吴雅见他们知道自己的真身，便又笑了笑，道："既然你们知道三足乌，想来也应该知道这金乌火的厉害喽。"她将右手的火焰凑近铜镜，"如果我毁了这镜子，你们猜那个小姑娘会怎么样？"

金乌火是三足乌这一族的天赋，据说是从太阳里炼出来的火焰，什么都可以烧化，更不用说这么一面铜镜了。

李轻墨倒抽了一口气，问："你想怎么样？"

"很简单，"吴雅伸手一指沈夙夜，"解开法阵，让我带他走，我就给你镜子。"

到了这个时候，她竟然还惦记着沈夙夜。

李小白当即就大喝了一声："做梦！"

"那你是想做一辈子的小姑娘喽？"吴雅右手的火焰又向镜子凑了凑。

"等等。"沈夙夜叫住她。

"阿夜。"李小白回头叫住沈夙夜，"你要敢答应她，我就跟你没完！"

沈夙夜叹了口气，还没说话，那边吴雅又轻飘飘加了一句："要商量就快点，我可没什么耐性。"

沈夙夜拉着李轻墨，往旁边走了几步，压低了声音，也不知道说了什么，中间只看到李轻墨轻轻点头或者摇头。

李小白本想跟过去，但她现在实在太小了，两个男生几步路的距离，她得小跑好一会呢，不由就有点泄气，转过头来狠狠盯着法阵中的吴雅，威胁道："我警告你，

你要是敢打阿夜的主意，我才不管你是什么神鸟还是神鸡，就算逃到天涯海角我也绝对会把你追回来，打到魂飞魄散，永不超生。"

吴雅根本不怕她的威胁，晃了晃指尖的火焰："等你有办法恢复再说吧，'小'姑娘！"

李小白正气得跳脚，就听到一个熟悉的温和声音缓缓道："这么晚了，你们在这里做什么？"

"胡老师！"李小白喜出望外，转头看过去，果然看到胡十九正施施然走过来。

澄空大学和澄空附中不过一墙之隔，刚刚李小白发动法阵的时候自然也惊动了胡十九。本来他的确不想插手抓贼的事，但是这么近嘛，他也不介意来看个热闹。结果一来就看到李小白被威胁被气得跳脚，不由得觉得有些好笑，这才现身出来。

吴雅打量着胡十九，脸上戏谑的表情就收了起来，咋了一下舌："又是李家的人，又是狐妖，这个白岱市还真是藏龙卧虎啊。不过，什么人来也没用。就算你们能杀了我，我也可以在临死前熔了镜子。小姑娘就做一辈子小姑娘好了。"

"别误会了。"胡十九淡淡道，"我跟姓李的可不是一伙的。"

"哦？"吴雅拖长了声音。

李小白也是一怔，胡十九在这个时候跟他们划清界线是什么意思？

"三足乌难得一见，我只是来开开眼界。"胡十九说着，倒是很认真地上上下下打量着吴雅。

吴雅倒也不介意他看，反而飞了个媚眼："满意你看到的么？"

"上古神鸟，果然不同凡响。"胡十九道，"不过，我看姑娘印堂发黑……"

要不是场合不对，李小白就直接笑了。

胡老师这是算命算上瘾了吗？

吴雅也甩了个鄙视的眼神，结果胡十九话锋一转，就道："是沾了灰吧？"

"咦？哪里？"吴雅不信他那相面算命的鬼话，却很在意自己的仪表，顺手就举起手里的镜子照了照。

就在她拿着镜子，仔细看自己脸上到底哪里沾了灰时，镜上的红宝石突然闪过一道红光，然后吴雅的身体就像被定住了一样，一动也不动。

李小白睁大了眼："镜子的法术发动了？"

她话才落音，铜镜上果然又射出一道光柱，笼住了吴雅，然后吴雅便渐渐越缩越小，最终化作一道人影咻地被吸入了镜中。她一进去，那光柱便散了，铜镜失去支撑，当的一声跌落在地上。

亏他们刚刚商量来商量去还气得跳脚,竟然被胡十九这么三言两语就解决了。

李小白怔怔地看着胡十九,喃喃道:"我……想起一篇小学课文。"

沈夙夜的眼角也有点抽:"我想,我们想的是同一篇。"

李轻墨并没有上过什么小学,有点莫名其妙:"什么课文?"

"叫《狐狸和乌鸦》。讲有一天,乌鸦叼了一块肉站在树枝上,有只狐狸就逗它讲话,又赞它歌唱得好。结果乌鸦一张口,肉就掉了,狐狸就捡走了。"李小白简略地讲了一遍,一面解开了法阵。

胡十九伸手一招,地上的铜镜就直接飞到他手里,故事也正好讲完。胡十九挑起眉:"看起来,某人是更喜欢做小姑娘,不想变回去了?"

"哎呀,胡老师英明神武威猛无敌霸气侧漏泽被苍生,我最景仰胡老师了……"李小白直接就扑过去抱住了胡十九的腿。

沈夙夜叹了口气,索性就转过身去假装不认识她。

8 能退货吗?

胡十九逆转了铜镜的法术,恢复了李小白,并且还把之前被铜镜摄入的人都放了出来。除了吴雅。

吴雅趁机还甩了几句狠话。

李小白毫不担心,觊觎阿夜的账,她还没好好跟那只臭乌鸦算呢。吴雅要真能从铜镜里逃出来,她就正好好好跟她算一算。

对于李小白来说,更郁闷的问题,是下午才买回来那些玩具。她翻弄着那一堆完全没用上的小衣服小家具,皱起眉:"这些怎么办?"

"随你。"沈夙夜一推眼镜,淡淡道,"不过这笔钱记在你账上,从下个月的零用钱里扣。"

李小白那叫一个欲哭无泪,委委屈屈说:"能退货吗?"

如果你看到一个人在阳光下变成了灰，恭喜你，你看到了一个吸血鬼。
如果你看到一个人在阳光下像钻石一样闪闪发光，也许你只是碰到了珠宝推销员？
如果你看到一个人被十字架灼伤，恭喜你，你看到了一个吸血鬼。
如果你看到一个人被大蒜薰跑了，也许你只是碰上了一个讨厌大蒜的正常人？
如果你看到一个叫"吸血鬼 JIM"的兽人战士，请给他一万 G。Lok'tar Ogar！

By 白夜灵异侦探事务所特邀嘉宾江明

第七章
幽灵船

1 我好像忘记了什么

旅游大巴开得很快，窗外的景色一闪而过。

大巴的目的地是金沙市，跟白岱相距不远，临海，是这几年才发展起来的旅游盛地。据说海滩特别漂亮，阳光下的沙滩就好像金子铺的一样，也正是市名的由来。

前面几个少年一面看着风景一面聊天，十分热闹，沈夙夜和李小白这边气氛却有些诡异。

沈夙夜脸上并没有什么表情，也不看窗外，也不说话，只拿着手机静静看着电子书，但唇抿成一线，嘴角还绷着，显然就是不高兴了。

李小白也不太高兴，正扭头睁大了眼盯着坐在她后面的少年。

后排长得高大俊朗的少年也毫不示弱地瞪回来，眼睛一点都不比李小白小。

李小白就叹了口气，压低声音道："范海辛，你到底什么毛病？好不容易捱到放暑假了，你也不回去探个亲度个假什么的？老跟着我算个什么事？"

范海辛哼了一声，也低声回答："我的任务就是盯紧你，免得一不注意你又干什么奇怪的事情！"

范海辛是名猎魔人，之前追着一名女巫来的白岱，之后就跟出身修真世家的李小白杠上了，非说她也是个女巫。之前一起经历过几桩事情，李小白本以为他对自己应该有所改观，没想到他还是一直不放心地盯着她。

李小白很无奈地看着他："我还以为我们算合作关系了。"

范海辛眼中飞快地闪过一丝尴尬，却一点也不松口："一码归一码，合作过也不代表你就永远可以相信了。"

李小白咬了咬牙，心头冒了火，声音也跟着提上来："范海辛，你不要得寸进尺，真以为我怕了你不成？信不信我现在就直接把你从这里扔出去！"

她声音一大，周围的人就都看了过来。

虽然前面的话他们声音都很小，大家也没听清楚，但李小白这时看起来分明已

经真的生气了，范海辛也瞪着眼一脸倔强，眼看着就有吵架的趋势。

坐在过道另一边的柳红隽抬起手来拉了拉李小白："好啦好啦，既然都一起出来玩了，就都少说两句吧，大家高高兴兴开开心心的才好嘛。"

后面刘宏伟就去劝范海辛："怎么惹小白生气了？赶紧道个歉，男生大度点不要和个女生计较了。"

几个人左右劝着打圆场，李小白也就没有继续发火，闭了嘴，回眸去看沈夙夜。

沈夙夜已经收了手机，闭着眼靠在椅座上，也不知有没有睡着，但好像根本没听见刚刚的争吵一样。

李小白抿了抿唇，也没再说什么，掏出游戏机来埋头玩游戏。

刘宏伟左右看看，叹了口气，也靠回椅背上，却发现身边的张咏似乎有些心神不宁。

这次海边旅行是他们几个同学去年就预定好的。结果到了暑假，大家的时间又一直都凑不到一起，好不容易才敲定了今天。虽然说李小白和沈夙夜带上了一个叫吴雪怡的十四五岁小姑娘，又多了个自己跟上来的范海辛，但刘宏伟对这次旅行还是蛮期待的，他可不想中途出什么意外。看张咏歪着头在那儿冥思苦想的样子就问："你又怎么了？"

张咏皱着眉道："我觉得我好像忘记了什么，但一时又想不起来。"

刘宏伟就给他提醒："钱包？"

"带了。"

"手机？"

"也在呢。"

"证件？钥匙？充电器？"

张咏翻着包——确认；"都带了。"

"那是家里忘记锁门关窗了？"

"什么啊？我又不是一个人住，我爸妈都在家呢，要我关什么窗。"张咏实在想不起是什么了，索性一摊手，"算了，到要用的时候，总会想起来的。"

他自己这么说，刘宏伟自然也就不替他纠结了。反正就算真的有什么忘记带了，大家借一下，或者再去买一个也不是什么大问题。

一直到下了大巴，他们拎着大包小包站在金沙市的街头，张咏才想起来自己忘记了什么。

"我忘记订旅馆了!"

……果然就是要到用的时候,才会想起来。

刘宏伟很无语,早知道就不该把这种事交给他来办。好在现在才刚过中午,大家找了个快餐店匆匆吃了点东西,就开始分头去找住的地方。

夏天是海滨城市的旅游旺季,几个人分了两组,各自找了大半个小时,宾馆的电话也打了十几通,都没找到合适的地方。要么是没房间,要么就是太贵他们负担不起。最后他们索性让三个女生找个地方原地休息,把所有的行李都让她们看着。男生们轻装上阵,几乎走遍了全城。结果只有范海辛打了电话回来,说找到某机关招待所还有一个空的三人间,问要不要去。

连刘宏伟都想骂这小子。

他们四男三女七个人呢,一个三人间要怎么住?

沈凤夜叹了口气,群发了短信让大家都回约定的地方:"住处我来想办法"。

等人都聚齐,张咏迫不及待地问:"你有什么办法?不会让我们露宿街头吧?"

刘宏伟瞪了他一眼,没好气地说:"就算露宿街头,还不是你害的!当初分工的时候,是谁拍着胸脯保证绝对没问题的?"

张咏讪讪地陪着笑:"我也不是故意忘记的……"

沈凤夜道:"我有个熟人,在金沙郊区一个疗养院工作。我刚刚给他打过电话了,他那边可以住。"

"太好了。"张咏立马拎起自己的背包,"我们怎么去?"

沈凤夜掏出手机来看了一眼时间,又看了看外面的天色,道:"现在还有点早,他大概至少要七点以后才能来接我们。"

"七点?还要两三个小时呢。"

"那不是都天黑了嘛。"

沈凤夜应了声。

有些人……就是要在天黑之后才能出现。

2 他不会让我们住在病房里吧?

虽然大家都对沈凤夜的这个熟人有各种猜测,但是看着对方是开着救护车来的时候,还是吃惊得张大了嘴不知道要说什么好。

结果还是吴雪怡小朋友先出声,带着甜蜜的笑容,欢欣雀跃地迎了上去:"江

医生！原来是你呀！"

范海辛一把拉住她，沉着脸，上前一步拦在大家前面，就像一条炸起毛警戒的狗。

"怎么了？"张咏不解地问。

李小白叹了口气，伸手把范海辛的手拿下来，顺势就抓着他的胳膊没松手，压低了声音威胁："你给我收着点！"

"你知道的？"范海辛蓦地抬眼看着她，"你明知道那是个……"

"闭嘴。"李小白抓着他的手加重了几分力道，凑过去低低道，"那是我和阿夜的朋友，他为人怎么样你可以自己看，要是他会伤人，不用你出手，我就直接灭了他。但你要敢不分青红皂白就动手，就不要怪我不讲同学情义！"

范海辛咬了咬牙，看看李小白，又看看从救护车上下来的人，闷闷哼了声，闭了嘴。

刘宏伟疑惑地看向这边，李小白就咧嘴笑了笑："范海辛只是很少自己出来旅行，有点紧张过度，没事了。"

李小白依然威胁性地抓着他的手，范海辛当然不想直接在这里跟她打架，打不打得过是一回事，这种公众场合打起来他也占不了好，万一打草惊蛇反而被那只吸血鬼跑了，问题就大了。

刘宏伟半信半疑地看了看范海辛，又看了看已走到他们身边的男人。

那个人身材高大，穿了件花里胡哨的短袖衬衫，下面是宽大的沙滩裤，跂着双人字拖，这天都黑了，他还戴了副宽大的墨镜，看起来的确不像什么好人。

"江医生才不是坏人呢。"吴雪怡探头出来为来人辩白，"他是玉和医院的医生，就是他治好我的病，是我的救命恩人呢。"

来人也正将墨镜推到头上，笑眯眯和这群少年少女们打招呼："小少爷好久不见，小白还是这么精神啊！大家好啊。"又摸了摸吴雪怡的头，"哟，小雪怡你康复得很好嘛，都能出来旅游啦。"

这人正是好久不见的江明，原本是白岱市玉和医院的医生。之前吴雪怡因为车祸昏迷不醒，灵魂滞留在梦的世界里，正是他和沈夙夜救了她。带她来旅行也是那时李小白和她约好的。（吴雪怡的故事，参见《白夜灵异事件簿Ⅰ·梦行》）

而江明还有另一个身份，就是只能在暗夜里出没的吸血鬼，真正不老不死的血族。普通人看不出差别，却瞒不过专业的猎人，所以范海辛一见到他，就如临大敌。

江明当然也注意到了范海辛，但他也就只多扫了一眼李小白抓住他的手，便笑了笑，招呼大家上车。

李小白这还是头一次坐救护车，好奇得很，左看右看，这里摸摸那里摸摸。

江明虽然在驾驶室，却好像长了眼睛一样，向后吼了声："别乱碰，弄坏了仪器要照价赔偿。"

李小白也大声吼回去："你怎么就把救护车开出来了？"

"这不是一时没找到别的能装下你们七个人的车嘛。"

沈夙夜："……"

"这算……公车私用吗？"柳红隽有点局促不安地问。

"没问题。"江明的声音毫不在乎。

张咏觉得这人似乎有点不靠谱，悄悄跟刘宏伟道："他不会让我们住在病房里吧？"

刘宏伟面色古怪，想想能开着救护车出来接人的家伙，还真说不准会不会这样安排。

江明工作的疗养院离市区有点远，在海边。环境很好，除了集体病房之外，还有独门独院小别墅专门接待高级病患。

江大医生就利用关系和职权占了一幢。本来只是了为掩饰身份方便，这次李小白他们来倒正好都住进去。虽然说也是"病房"，但比起张咏和刘宏伟之前的想像，已经好了不知多少倍。家具家电齐全，还有网络，唯一美中不足的地方，就是冰箱里除了啤酒之外什么也没有。

不过想想江明一个单身男子，大家也可以理解，由江明陪着去疗养院的食堂吃了顿晚饭，又慢慢散着步走回来。头上是满天星斗，身边花木扶苏，带着海腥味的风迎面吹来，耳边还能听到海浪的声音，说有多惬意就有多惬意。

"这里真舒服。"柳红隽忍不住感慨。

张咏点头附和："说是疗养院，我看度假村还差不多。"

江明就笑起来，弹了弹烟灰，道："你们没听说过休假式治疗吗？"

沈夙夜斜了他一眼，道："跟小孩子说这个干吗。"

江明咧着嘴挑起一条眉来看着他："小少爷已经不算小孩子了吗？"

沈夙夜懒得理他，索性退开几步。

江明又道："不过说得也是，你们不用管这些，放心在这里住着，开开心心地玩好就行。"

刘宏伟他们应了声，向江明道了谢，又问现在能不能去海滩。疗养院的范围内

本身就有一片海滨浴场,江明指了路,几个小的就欢欣雀跃地跑回去换泳衣,准备晚上就去转一圈。

沈夙夜似乎兴致不高,静静走在后面。

江明又多看了他一眼,几步赶上前面的李小白,伸手搂了她的肩,凑过去问:"你和小少爷吵架了?"

李小白扭头看了一眼他那满脸八卦兮兮的笑容,没好气地答:"没有。"

"那就是他明明只想和你两个人出来旅游的,结果你给他叫上了一堆小鬼?"

"不是啦。这次旅行是我们几个同学一早就定好的。"李小白解释,回头看了沈夙夜一眼,"要这么说,他才是那个之后才加入的人。"

江明松开了李小白,伸手摸了摸自己的下巴:"那就是在吃醋吧,比如说明明他就站在旁边,你却去拉其他男生的手之类?"

李小白翻了个白眼给他看:"拜托,我那时要不去拖住范海辛,他当场就会拿大蒜扔你,拿桃木桩子往你心口扎!"

"哎呀,那还真是多谢了。"江明又挑了一下眉,拖长了声音,"那小子果然是个猎人?"

"还是个蠢到家的固执猎人咧。"李小白叹了口气,"他跟我同学一学期了,至今还把我当女巫防着。你自己小心点啊。"

"放心,那种程度我还不放在眼里。"江明笑了笑,把话题拉回来,"那小少爷到底为什么不高兴?"

李小白一摊手:"我怎么知道?"

江明向沈夙夜那边努了努嘴:"那你不该去弄明白吗?"

李小白莫名其妙地眨了眨眼:"欸?"

江明就怔了一下,然后笑着伸手捏了捏她的脸:"小少爷摊上你,也真够辛苦的。"

"什么啊。"李小白打开他的手。

……到底关她什么事嘛

3 这里祭龙王竟然要供奉童男童女?

李小白他们来得很凑巧,第二天刚好碰上金沙市一年一度的祭典。

范海辛在"和大家一起去看热闹顺便监视李小白"跟"留下来监视吸血鬼"之间犹豫了很久,最终还是选择了前者。

毕竟祭祀是白天，吸血鬼也不能活动。何况他昨天也打听过了，除了吴雪怡的证词之外，还有疗养院其他人的评价。大家都公认江医生是认真负责的好医生，医术高明，又细心温和，虽然说这里只是个疗养院，但他也救了不少人。才来这里半年多，锦旗就收了好几面。

可以暂时不动他，看看再说。范海辛这么说服自己，但心里却还是觉得有点不太对劲，他从什么时候开始对这些怪物有所犹豫起来？以他所受的教育来说，分明是只要发现怪物，便应该立刻诛杀。是在不知不觉之间，受了那个女生的影响吗？

范海辛抬起眼看着蹦蹦跳跳走在前面的李小白，皱起了眉，不知道这种改变到底是好还是坏。

金沙市靠海，祭的是龙王。盛大的游行队伍穿过整个城市，一直到海边的龙王庙。一路锣鼓喧天热闹非凡，最前面是数条颜色鲜艳的舞龙开道，后面跟着戴了面具穿着彩衣的舞者，再后面是各式花车，抬着祭品香烛，竟然还有一对纸扎的男女娃娃，做得十分精致，就像一对金童玉女一般。

李小白这一行人都挤在围观的人群里跟着游行的队伍看热闹。吴雪怡年纪小身量也小，几个大的怕她被挤丢了，索性让最健壮的范海辛背着她。她伏在范海辛背上，看得反而更清楚，这时正偏头问旁边的沈夙夜："阿夜哥哥，那两个纸人也是祭品吗？"

"应该是吧。"各地的祭祀风俗不同，沈夙夜也有点拿不准。

"但是，龙王要个纸人做什么呢？"

旁边一个大叔听她问得天真，噗地笑出声来，道："小妹妹你们看着是纸人，龙王爷看着可不是。"

"欸？那龙王看着是什么？"

"童男童女啊。"

吴雪怡还没怎么样，李小白先扭过头来，问道："欸？这里祭龙王竟然要供奉童男童女？"

"是哟。"那大叔促狭地眨眨眼，逗吴雪怡，"就是要像你们这样粉嫩漂亮的少年少女咧，打扮好了送到祭台上，半夜就被龙王爷带到海里去啦。"

"真的吗？"吴雪怡睁大了眼问。

旁边的人就笑起来："什么啊，吓唬人家小女孩做什么？那都多少年前的老黄历了，早就不用真人啦。"

"要我说这都是迷信，祭典嘛，看个热闹就好了，哪里真有什么龙王？"

"可不能这么说。据说中间没祭龙王那些年，可是每年都有小孩失踪的，都说是龙王爷生气了呢。"

"真的假的？那些年世道那么乱，只怕是别的原因吧？"

旁边的人说说笑笑把话题扯远了，吴雪怡拉了拉沈夙夜的衣袖，轻轻问："阿夜哥哥，以前祭祀……真的会用活人吗？"

"远古时候，可能真的会。"刘宏伟插了嘴，道，"你看馒头，不也有最开始是祭祀用的人头的说法吗？"

吴雪怡想了想早才吃过的稀饭馒头，脸色就有点发白，强忍着难受，细声细气地说道："要祭祀的，不都是保佑凡人的神明么？怎么会真的要牺牲人命去祭呢？那也太残忍了。"

见小女孩真的害怕起来，李小白就笑了笑，道："神灵这种东西，离我们这些凡人太遥远，其实大家也不知道他们到底想要什么。也许的确有残忍嗜血的神灵，但大部分情况，还是人类一厢情愿地把自己认为合适的东西拿去做祭品而已。且不说生祭活祭吧，我们那里每年祭山神都要用鸡、鱼、猪，但其实子郢……我是说山神，根本从来就不吃那些。"

吴雪怡果然被转移了注意力："是吗？你怎么知道山神不吃？"

"呃……"李小白被噎了一下，挠了挠头，"你看《西游记》里的山神什么时候吃过那些东西？"

沈夙夜回眸斜了她一眼，这丫头找借口转移话题的本事倒是越来越大了。她分明就认识一个活的山神，还从小跟人家一起厮混长大。虽然一直没发现山神的身份，但对他的生活习惯自然了解得很。

刘宏伟很配合地就把李小白的话头接了过去："《西游记》里要童男童女做贡品的可都是妖怪。"

他这么一说，吴雪怡的身体就微微一颤："真的会有妖怪吗？"

李小白把刘宏伟往旁边一拉，伸手拍了拍范海辛的肩，向吴雪怡笑道："放心，有范海辛这正义超人在，不管是龙王还是妖怪，他都会帮你打跑的。"

范海辛还在介意她包庇吸血鬼的事，没好气地哼了一声。

李小白也不介意，继续笑道："他要不行，还有江明和我呢。"

跟范海辛相比，吴雪怡显然对救过自己一次的江医生和李小白的信心要大得多，重重点了点头，就继续兴高采烈看游行去了。

范海辛有点无言，这小姑娘，好歹还是他背着，真是一点面子都不给。

几个人看了祭祀，又逛了大半天庙会，买了一大堆吃的喝的回去，准备在沙滩上做烧烤。

对于做烧烤这种有吃又好玩的事，大家兴致都很高，何况还是在海边。也不用催促，简单分了工就干得热火朝天。

他们在海滩上撑起两把大阳伞，搬了桌椅，一趟趟把食物饮料挪过去，烧烤架子支起来，一切准备就绪，才发现李小白不见了。

"江医生也不在呢。"柳红隽看了看周围，加了句。

范海辛咧了咧嘴，现在虽然说已经下午五点多，但阳光还挺强的，那只吸血鬼会出现才怪。

"江医生值晚班，白天要补眠的。"吴雪怡帮忙解释。

昨天江明也是用这个来解释他为什么住在地下室，并要求大家没事不要去吵他的。所以张咏他们也没有多在意，他们本来就跟江明不熟，有没有他参加也无所谓，但李小白不在就有点扫兴了。

柳红隽给李小白打了电话。

结果那丫头竟然回了别墅。几个人吵吵嚷嚷地骂她偷懒，叫她马上过来干活什么的。

沈夙夜微微皱了一下眉，李小白向来爱热闹，大家都忙活着，跑去一边偷懒也不像是她的个性。他放下手里正在穿的肉串："我去叫小白，顺便拿些调料来。"

4 明年夏天，我们还来海边玩吧

沈夙夜回别墅找了一圈没看到人，打了电话才知道李小白在江明的地下室里。江明已经醒了，沈夙夜敲了门进去，见李小白正趴在江明背上看他玩游戏。

江明一面操作游戏人物一面挣扎，嫌弃道："别碍事，黏小少爷去，趴在我身上干什么？"

李小白牢牢贴在他背上："你身上凉啊，这种天气还是待在这里舒服。"

江明手一抖，游戏人物就从平台上掉了下去。他咬着牙扭过身，拎起李小白就往沈夙夜那边扔过去："滚，自己开空调去。"

李小白被甩开好几步，靠到沈夙夜身上才堪堪站稳，嘟着嘴，闷闷哼了声："小气！"

沈夙夜伸手扶着李小白，向江明问："烧烤你不去？"

江明头也没回："我这忙着打副本呢，等天黑再说吧。"

"嗯。"沈夙夜应了声，看向李小白，"你现在过去还是等江明一起？"

"这就去吧，不然还不得被张咏他们骂死。"李小白说着倒是先沈夙夜一步往外走去。她临出门，江明才在百忙中抽出手来，向她竖了个大拇指："放心，只要是你，就不会有问题的。"

李小白微微红了红脸，也没回话，反而加快了脚步。沈夙夜回头看了一眼江明，也没多说什么，缓缓跟了上去。沈夙夜提着一袋子调料，和李小白一起往海边走，走出老远都没说话。

气氛有点僵。

李小白干咳了两声，向沈夙夜伸出手，道："我来提吧。免得到时他们又骂我偷懒。"

沈夙夜便把袋子递过去，顺口问："你之前一直在看江明玩游戏？"

"嗯。"李小白应了声，有点心虚，又补充，"就随便聊了几句，问他怎么来了这里之类。"

"他每隔几年总要换个地方的。"

"嗯，想来也是，三五年样子不变还好说，要七八年十几年容颜不改，周围的人就得起疑了。"

沈夙夜的脚步停了一下："你都明白，还要去问他？"

李小白就噎了一下，在沈夙夜面前她果然就撒不了谎，当下就打着哈哈想转移话题："阿夜你这两天为什么一直不高兴？"

原来她还能看出这点来啊。

沈夙夜推了一下眼镜，淡淡道："没什么，只是有些事情一时没想到解决的办法，有些烦躁。"

"什么事？"李小白问，"说来听听，你总让我有什么事拿不定主意就说出来商量的。我们一起想，总比一个人闷着好。"

沈夙夜静静看了她一会，才坦白道："我不喜欢范海辛用那种防备的目光看着你。"

江明还一口咬定沈夙夜肯定是吃醋，看起来根本不是那么回事。李小白半晌才笑了声，道："我又不介意这个。反正我又不是女巫，他爱盯就盯着呗。"

"我介意。"沈夙夜道。看着喜欢的女孩被人充满敌意当怪物般防着，自己却做不了什么，本来就有些憋屈。偏李小白自己还大大咧咧不当回事甚至把范海辛当朋友看，就更让他憋得连说都不好说出来，怎么可能高兴？

"没事啦。说到底，范海辛也不是坏人，只是大家从小受的教育不一样，过一阵自然就……"李小白说到一半看沈夙夜的脸色又变差了，就小心翼翼改了口，"呃，那个，要不咱想办法让他消失？比如把他拿去喂江明？"

沈夙夜本来憋着一肚子气呢，听到这句，几乎整个人都僵在那里。

李小白是什么人，他们在一起这么久难道还不了解？要拿范海辛去喂吸血鬼这种话，无非也就是在哄他开心而已。

李小白这么哄，他真是一时间完全不知要如何回应。

看他没说话，李小白更小心地问："那……就照胡老师说的，索性把他打成白痴？"

沈夙夜又好气又好笑地叹了口气："你能做得出这种事情才怪。算了，还是我再找机会提醒他吧。"

看他表情一松，李小白也就跟着松了口气，也懒得计较他打算怎么提醒了，点了点头就准备继续往前走，结果才迈出一步，就被沈夙夜拉住。

李小白看着显然没打算这么快结束这次谈话的沈夙夜，有点心虚地咧嘴笑了笑："阿夜？再不走的话，又要被张咏他们骂了。"

沈夙夜拉着她的手没放，缓缓道："你之前到底和江明嘀咕些什么？"

"呃……"李小白干笑了两声，"真没什么。"

沈夙夜微微挑了挑眉，摆明不信。

原来之前那么轻易就坦白自己不高兴的原因，是为了在这换她的实话呢。李小白叹了口气，期期艾艾半晌，才轻轻道："那个，之前我看到小红她们换了泳衣……"

都来了海边，自然没有不下水的道理。反正晚饭就在海滩上烧烤解决了，女生们就都提前穿了泳衣在里面，免得来来回回跑。事实上男生们也都换了泳裤，沈夙夜当然也知道，就点了点头："然后？"

"呃……我只带了上课用的运动泳衣……"李小白越说声音越低，后面几个字索性就听不见了。

李小白父母不在身边，作为临时监护人的沈夙夜也很少管她的穿着打扮，除了校服之外，基本都是牛仔裤加T恤。反正她本身的气质也很中性，平常大家都不觉得怎么样。但脱了衣服下海游泳，必然就会被和其他女生放在一起比较。偏偏柳红隽和吴雪怡都是漂亮的美人儿，看着她们换上鲜艳可爱的泳装，也不用别人说什么，自己就生出几分不安来。

沈凤夜想明白这一点，心情就复杂起来。觉得李小白的扭捏有点新鲜，又想感慨这丫头会介意其他女生的穿着是不是可以算是终于长大了，愧疚自己平常对李小白的衣着还是注意得太少，心底隐隐又有几分期待，不由得就跟着红了脸。

李小白低着头，也不敢看沈凤夜的脸色，继续轻轻道："我想着江明和你认识那么多年，也许……可以给我点建议……"

原来她不是介意其他女生的穿着，而是在介意他的看法？原来江明最后那句话是这个意思。沈凤夜忽地一怔，只觉得全身的血液都在往头上冲，一时间却什么话也说不出来，握着李小白的手忍不住紧了紧。

李小白也红着脸，低着头没再说话。

太阳已经偏了西，落到了海那边，在海面上洒下一层暖色的金斑，随着海浪闪动。带着水汽的海风也比白日凉爽，但沈凤夜只觉得热。

脸是热的，耳朵是热的，全身窜动着止不住的躁热，与身边少女相贴的掌心更是炽热得烫人，但偏偏就是不想放手。

一辈子都不想放。

下辈子都不想放。

"小白。"很久之后，沈凤夜才轻轻开了口。

"嗯。"李小白也轻轻应了声。

"明年夏天，我们还来海边玩吧。"

"好。"

沈凤夜侧过头看着她，目光如水，声音温柔："就我们两个人来。"

李小白重重点了头："好。"

5 幽灵船！

沈凤夜和李小白回到海滩的时候，张咏他们已经烤过一轮肉了。果然半真半假地抓着他们一顿好骂，又支使着他们做这做那忙了一圈才算作罢。

沈凤夜在尝过他们之前烤的东西之后，面无表情地把一群少年少女都赶去玩，接过了烧烤的重任。

一群小的简直就在等着他这句话，一开始还说了些不好意思之类的，没几分钟就都跑了。

李小白和范海辛没一会又较上了劲，拖着刘宏伟做裁判比起了游泳。柳红隽带着吴雪怡在浅滩捡贝壳玩沙子,张咏在附近陪着,不时还跑回烧烤架边拿几串烤肉烤章鱼什么的去献殷勤。

沈凤夜一边烤着东西,一边看着他们玩,耳中却还在响着李小白之前的话,有点心动,又有些惆怅。小白现在在海浪里好像鱼儿一般悠然自得,哪里还有半分之前不安的样子。

这丫头的情绪未免也变得太快了一点。

沈凤夜这么想着,不由得叹了口气。把烤好的东西装盘放在旁边的桌上,等着他们回来吃。他才放下盘子,就听到一声惊呼,连忙抬头看过去。

不单是他,这时海滩上所有人都在看向那边。

月亮才刚刚升起来,离海面很近,看起来又大又圆。就在那圆月中央,竟似乎有一艘大船。离岸很远,影影绰绰只能看出个大概的轮廓,像是艘巨大的楼船,飞庐高桅,气势非凡。

"怎么会有船开到这里来?"

"这附近有港口吗?"

"别傻了,你仔细看看,那艘船的式样,现在哪里还会用?"

沈凤夜听着大家议论,不由得微微眯起眼来,仔细又看了看那艘船。的确不是现代轮船的式样,看起来,倒像是秦汉时期的楼船。最重要的是,那艘船显然已经破旧不堪,龙骨都已经裂开,船帆也已经变成了一条条的碎布,绕在桅杆上,看起来阴森恐怖。

"幽灵船!"有人再次惊叫起来。

海滩上顿时一阵骚乱,胆大的叫了人准备开快艇过去查看,胆小的已经直接收拾东西往回跑了。

"欸?哪里哪里?"李小白刚从水下冒出来,听到惊叫,来不及抹一把脸上的水就一面问着一面扭头去看。

海面上只见一轮明月,波光粼粼,刚刚还在那里的楼船竟然已经不见了。

海滩上一片混乱,虽然也有好事的感慨刚刚没能拍照,但还是害怕的人居多,之前吵着要开快艇去看的人也不敢再下水。

张咏自然也护着柳红隽她们回到烧烤架旁,刘宏伟他们也跟着回来了,一面问:"到底怎么回事?"

"是看错了吧?"

"哪有这么多人一起看错的?"

"是海市蜃楼吗？"

"说不定哦。"

李小白用灵力仔细探查了一番，并没有发现什么不妥，才回到沈夙夜身边，伸手拿了串烤肉，一边吃一边道："真可惜，我刚在水里什么都没看到。"

"怪吓人的。"柳红隽还有些惊魂未定，"真的就好像电影里的幽灵船一样。"

"哦？飞翔的荷兰人吗？"

"不是啦，看着像我们中国的古代帆船。"

"欸？"李小白一脸不以为意，别的还说不准，幽灵她可从来就不怕，"我还没听过中国的幽灵船的故事呢。都是外国的，什么船长和魔鬼赌博被诅咒，或者什么全体船员突然消失之类。"

她的轻松像是感染了身边的人，刘宏伟也笑了笑，道："我也听说过一个被处死的水手作祟的幽灵船的故事。"

范海辛盯着刚刚幽灵船出现的位置，也道："我还听说过吸血鬼潜伏在船上杀死了所有船员的幽灵船的故事呢。"

"是吗？幽灵船的故事还真多啊。"

江明吊而郎当的声音突然在他身后响起来，范海辛反射性地跳开了两步，还顺手抄起了桌上一个瓶子当成武器，摆出了个防御架势。

江明好像被吓了一跳，无辜地眨了眨眼："这是做什么？那幽灵船又不是我弄出来的。"

李小白也很无言："你拿的是盐瓶，打算做什么用？"

"是呢。"江明点头附和，"想对付吸血鬼得用大蒜呢。"

"欸？"李小白回头看着他，"真的有用吗？"

江明继续无辜地眨眨眼："我怎么知道。"

范海辛看着他们一唱一合，脸色变得有些难看，重重哼了一声。

旁边张咏却笑起来，上前拍着范海辛的肩膀道："没想到你这么大块头，胆子倒是小，江医生随便说句话就吓到了？"

"是被之前的幽灵船吓到了吧。"江明也笑了声。他到这里的时候，那条船还没消失，刚好看到一眼。

范海辛觉得自己真冤枉。有只吸血鬼无声无息地到了他背后，就在他后颈边说话，谁知道下一个动作会不会就是张嘴咬下来？他怎么敢不躲？但这种话也不知道怎么跟其他人解释。尤其是吴雪怡，江明是她的救命恩人，显然根本就不会信他。

范海辛僵在那里没说话，张咏几个越发觉得他是真被吓到了，柳红隽又打个圆场说那条船真是很吓人之类的话。最后大家都没什么兴致继续玩，匆匆收拾了东西打道回府。

6 范海辛不见了

李小白才睡下没多久，就听到了敲门声。她迷迷糊糊揉着眼睛走去门边，一面问："谁呀？"

"是我。"

沈夙夜的声音。

李小白开了门，问道："这么晚了，有事？"

"范海辛不见了。"沈夙夜也不废话。他刚刚洗了澡，本来想去找范海辛好好聊聊，结果他竟然不在。

李小白第一反应就是："不会去猎杀江明了吧？"

江明在值班，沈夙夜给他打了个电话。

江明并没看到范海辛，又问："他一个人出来的？"

沈夙夜怔了怔，才突然意识到不对："另外那两个小子……我刚找范海辛的时候，去敲他们的门没人应，我本来以为睡着了……"

他话没说完，李小白已经转身向张咏他们的房间走去，敲了门，又大喊了几声，都没有人应，李小白直接一脚就把门踹开了。

房间里没有人。

李小白只静了一两秒，直接就往女生们的房间跑，柳红隽和吴雪怡的房间也一样空空如也。

李小白给他们打了电话，铃声都在房间里响。他们的手机都没带在身上，而且除了手机，钱包钥匙那些零散物件也都在房间里。

沈夙夜皱了眉，这种情况，他似乎经历过。就是他第一次见到李小白的时候，同行的朋友都被一只妖怪掳走，也是这样，无声无息，身边所有的东西都在，只有人消失得无影无踪。

"该死！"李小白一拳砸在墙上，咬紧了牙，"我明明就睡在楼下，竟然连自己眼皮底下的人都没看住！"

沈夙夜的脸色也很不好看，他和李小白黄昏的时候才说过让范海辛消失掉之类

的话，没想到当天晚上他就真的消失了，还带着其他的少年少女一起。

　　江明很快就赶了回来。他甚至还打听了一下，疗养院里并没有其他人失踪，出事的只有范海辛他们几个。

　　沈凤夜便问他在这里有没有听说过有类似的事情，或者其他灵异现象。

　　江明摇了摇头，却偏起头来打量沈凤夜："说起来，小少爷你为什么没事？通常要有这种事，你不该是第一个被找上的吗？"

　　沈凤夜体质特殊，向来都最容易招惹些奇怪的事情。江明这么一问，他倒沉吟起来，今天晚上他真的是一点异常都没有觉察到。

　　江明又问："小白给了你护身的东西？"

　　沈凤夜摇了摇头，李小白的确有给过他护身符，但发现范海辛不见了的时候，他刚好洗完澡出来，并没有带在身上，应该不是护身符的原因。

　　"那就奇怪了，小白是法师例外，在同一个地方，一起来的人，其他人都不见了，偏偏你没事。"江明微微眯起眼来，"他们做过什么你没做？去过什么你没去的地方？还是你跟他们有什么不一样的地方？"

　　沈凤夜仔细回想了一下今天的行踪，大家一直都在一起活动，唯一例外的就是小白回来找江明，他回来找小白，另外就是……他一直在沙滩上给大家烤东西吃，没去游泳。

　　"我今天没下过海。"

　　"童男童女！"

　　本来一直没有插嘴的李小白几乎在沈凤夜开口的同时叫了起来。

　　沈凤夜和江明都抬起眼来看着她。李小白道："你忘记了么？白天我们看的祭典，这里是用童男童女祭龙王的。还有人说之前没祭的时候，就有小孩失踪。阿夜你比他们大，所以不符合祭品的条件了。"

　　"这样说，似乎也有些道理。"江明附和了一声。

　　"但我们今天看到的不是只要一男一女两个吗？数量上不太对吧？"沈凤夜自己倒觉得还有些疑点。

　　"谁会嫌祭品多啊。"李小白道，"不管怎么样，我先去龙王庙看看。"

　　"也好。"沈凤夜点点头，"你自己小心。我去查一查这个祭典的由来，顺便看看以前有没有类似的失踪事件。"

　　分工完毕，李小白迅速地跑去收拾自己的战斗用品准备出门，沈凤夜去开了电脑。

江明也收起了平常吊儿郎当的表情，严肃道："我去附近找找看。也许龙王爷带不动那么多人，会掉一两个在哪里。"

怪不得小白会跟他聊得来，这一脸正经说着二得不着调的话的本事，就像是一个师父教出来的。沈夙夜忍不住叹了口气。

不过，如果范海辛他们真的在附近的话，江明倒的确是搜寻的最佳人选。

这种晚上，有什么人能逃得过一只吸血鬼的眼？

夜深人静，海边断崖上的龙王庙，叠宇飞檐，殿阁森森，黑暗中犹如择人而噬的怪兽。

李小白已经绕龙王庙转了一圈，此刻正站在大殿的屋顶上。大殿里点着香烛，还有不少长明灯，今天的祭品都还整整齐齐摆在那里，包括那两个精致的纸娃娃。正中的神龛上供着披金戴红的龙王爷，两侧各有一排神将，虽然威武庄严，却都是木偶泥胎，不要说神气，就是灵气妖气也没有一点点。

李小白有点郁闷，她已经做了充足的准备，就算真的是龙王爷，她也会想办法把范海辛、柳红隽他们救回来，但这里看起来什么异常都没有，就是个普通的庙宇，反而叫她有点无所适从。

如果不是被抓去做了祭品，那么范海辛他们去了哪里呢？

李小白不甘心地又仔细在龙王庙里探查了一番，还是一无所获。手机铃声就在这时响了起来，是江明来的电话。

只一句话，就惊得李小白差点从屋顶上掉下去。

"那艘幽灵船又出现了。"

7 谁也跑不掉

"醒醒，快醒醒。"

刘宏伟是被人抓着肩膀摇醒的，睁眼只见一片黑暗，身下也不是柔软的床铺，而是带着几分潮湿的坚硬木板。他吓得倒抽了一口气，等眼睛稍微适应了黑暗，才发现范海辛也在身边，这时正在摇着不省人事的张咏。

看来自己也是他叫醒的。

这里是个狭小的房间，没有什么家具，连窗户也没有。只有左上方的墙壁破了个洞，漏下一缕月光，才让刘宏伟能看清环境。这房间里除了他们三个之外，还有几个人，这时正瑟缩地聚在房间的另一边。

"这是怎么回事？"刘宏伟问。他明明已经上床睡觉了，怎么会在这里？做梦吗？

张咏这时也已经醒来，打量了一下环境之后，大概也和刘宏伟一样的想法，直接就掐了自己一把，疼得皱起了眉，问："这是什么地方？姓江的给我们下了迷药？"

这家伙的想象力还真是大得没边，不过，一旦出事，首先怀疑不在场的和不熟的人，也算是人之常情。范海辛有点无语："江明要算计我们，根本不用什么迷药。"

一人一口就解决了。

张咏想了想，也觉得自己的怀疑有点无厘头。刘宏伟却看向房间另一边的人，越看越觉得心里发毛，不由得就拉了拉张咏："你看那些人。"

那边也是几个十几岁的少年，高矮胖瘦不一，却都留着长发，在头顶结髻，一身白衣。刘宏伟对汉服没什么研究，看不出什么名堂，但很显然，那绝对是古装，现代人那么穿，要不是拍戏就肯定会被人当成疯子。

张咏不由得打了个寒战，压低了声音："我们这是穿越了？还是见鬼了？"

"小心点。"范海辛也低声提醒，"那些，都不是人。"

张咏又是一颤："不会吧？这玩笑可开得有点大……"

他话没落音，就听到外面不知哪里传来一声尖叫。

是少女的声音。

张咏当即就跳了起来，小声叫道："是柳红隽，她们也在这里，我们快点去找她。"

范海辛点了点头，虽然他也有点搞不清状况，但女生们要是也被弄到了这地方，不管怎么说也要先会合再说。他警惕地看着房间另一边的那些白衣少年，好在他们也在提防地看着范海辛一行，小心惶恐的样子，似乎并没有攻击性。

张咏和刘宏伟已经走到门口，推了推，门是从外面锁住的。他们正摸索着商量怎么能出去，那边柳红隽又惊叫了一声。张咏心头一急，也顾不上什么害怕，一面撞门，一面高声道："柳红隽，别怕，我们这就过来了。"

柳红隽很快就回了话："张咏？是张咏吗？"

范海辛本来想安静点行动先找到人再说，但现在看来也安静不下来了，索性就让张咏他们让开一点，自己上前一脚就把门踢开了。张咏一边叫着柳红隽，一边听着声音跑过去，范海辛连忙催促刘宏伟跟上，自己断后。屋子里那一群虽然说没表现出攻击性，但毕竟都是鬼。

但即使他们踢坏了门跑出去，那些白衣少年也没有动，只有一个幽幽道："你们跑不掉的。"

一个出声,另一个也就跟了上去,也道:"上了册记了数,都是要送给神仙的,谁也跑不掉。"

"跑不掉的……"

"谁也跑不掉……"

声音渐渐就大了起来,似乎四面八方都有人响应,连范海辛也忍不住有点发毛。

刘宏伟害怕得连牙齿都开始打战:"这到底是怎么回事?我们要怎么办?"

"先找到女生们吧。"范海辛道。

他们似乎是在一个船舱里,中间一条走廊,两边都是房间,柳红隽的声音就是从另一个房间里传出来的。范海辛用踢开了门,下一秒柳红隽和吴雪怡就哭着跑出来了。这个房间里也关着其他"人",都是一些梳着双鬟的白衣少女。跟之前那些白衣少年一样,看着两个女生跑出来,她们也并不追,反而好像比女生们更害怕,缩在墙角惊惶地看着他们。

张咏和刘宏伟安慰了几句,又问:"只有你们吗?小白没和你们在一起?"

柳红隽抽泣着摇了摇头。

"这地方太邪门了,我们得赶紧离开。"刘宏伟道。

"嗯。"范海辛同意,"看起来是在船上,我们先找路上甲板再说。"

还没等他们找到路,就听到一个鸭公嗓的男人呵斥道:"吵什么?都给我闭嘴!"

刚刚还响成一片的"跑不掉"瞬间就停了下来,整个船舱变得鸦雀无声,甚至能听到有人走下来的脚步声。

不止一个人。

这里没有其他的路,也不可能继续跑回那些房间里,范海辛只能上前一步,拦在几个人前面,又叮嘱两个男生保护女生,自己警觉地看着前面的楼梯。如果他的武器装备都在身边,他也并不怕这些幽灵鬼怪,但事情发生得突然,他身上根本什么也没……他口袋里好像真还有个东西。

范海辛伸手一摸,不由喜出望外,是那个盐瓶。早先他躲避江明的时候,顺手抓在手里,后来被张咏他们奚落,倒忘记放回去了,收拾东西回别墅的时候,索性就搁在自己口袋里。

他们是为了烧烤专门买的这种内盖上有小孔的盐瓶,方便洒放。晚上他们并没有烤尽兴,现在里面还有四分之三瓶的样子。范海辛连忙把盐瓶拿在手上,拧开了盖子,对着前面。

张咏看着他,有点不解,问道:"这是那个盐瓶?你还真打算拿它做武器啊?"

"嗯，盐是纯净之物，可以驱邪除灾，净化鬼怪。你们护着女生，跟上我。"范海辛说完就直接向楼梯那边跑去。与其等着那些不知道是什么的东西下来堵住他们，不如他们先冲上去，打对方个措手不及。

楼梯口那里有三个男人，红衣披甲，还带着刀，一副士兵的打扮。

范海辛冲过去，手里的盐瓶对着三人就洒了过去。

张咏本来还想笑话他几句，却见那三人果然在被洒上盐的同时就惨叫一声，像烟雾一般消散了，不由得惊了个目瞪口呆。

"快，跟上。"范海辛也不管他们什么反应，只招招手就领头往外跑。

一路上不管碰上什么都直接一把盐洒上去，竟然真的让他们冲上了甲板。能看到夜空、月亮、海面和远处的海岸，刘宏伟拉着吴雪怡，重重喘了口气："搞什么？难不成这船上就没个活人吗？"

柳红隽也一边喘一边道："也许……这就是我们之前看到的那艘幽灵船。"

"别说那么多了，赶紧跳船。"范海辛说着，一面想办法拆下几块木板。这里虽然能看到海岸，但怎么说也有几十米，只靠他们自己也不知道游不游得过去。

好在船身破损处本身就挺多，拆几块木板并没费多少工夫。张咏把木板递给柳红隽，又帮着她翻出船舷往下跳。

但他们还没听到落水的声音，柳红隽竟然就抱着木板跌落在他们身前，惨叫了一声。

"怎么回事？"几个人连忙上前扶起她。

"不知道啊，我明明是在往海上跳，不知道为什么就跌到这里了……"柳红隽脸色苍白，几乎连话都说不完整。

"怎么会这样？"张咏睁大了眼，索性自己翻过船舷跳下去。果然啪的一声，又摔在柳红隽刚刚跌下来的地方。

"看起来船上有什么古怪，我们出不去了。"范海辛心下一沉，原来那些小鬼念叨的"逃不掉"是这个意思。

这时那些着甲的士兵鬼怪聚集了起来，跟着追上了甲板。几个少年下意识地往后退，却已经退无可退了。

范海辛看了看手里只剩三分之一的盐瓶，显然也干不掉几个了。他索性用盐在甲板上画了个圈，然后叫大家都站进盐圈里，女生在中间，三个男生手执木板站在外围。

刘宏伟看着地上用盐画出来的圈，不太确定地问："这有用吗？"

"也许没有孙悟空画的圈子那么有用。但既然刚刚的确能用盐对付他们，应该可以挡一挡。"

范海辛打起精神来开了个玩笑，但几个人都是又惊又怕，紧张得连心脏都要停跳，哪里还笑得出来。

看着那些打扮得好像兵马俑的家伙果然被挡在盐圈外进不来，只派了个领头的出来喊话，什么只要他们乖乖回舱去待着就不治他们的罪之类，张咏才稍稍松了口气："接下来怎么办？"

"等着吧。"

"等？等什么？"

"等天亮。"范海辛顿了顿，又道，"等李小白。她一定已经发现我们不见了，一定会来救我们的。"

看着几个少年少女都因为这句话露出了安心的表情，范海辛自己的表情却不由得复杂起来。是的，他得承认，在他想到李小白会来救他们的时候，连他自己都多了几分心安和希望。

他本来是要监视她的，但真的碰到了危险，却是从心底信赖着这个"女巫"。

8 对不起，这次你们惹错人了！

李小白没让大家失望。

没过多久，范海辛就听到远远有马达的声音传来。不敢出盐圈，他踮起脚看过去，海面上有艘快艇正向这边开过来，李小白站在船头上，后面驾驶的却是江明。

他看清李小白的时候，李小白也看清了船上的人，不知向江明说了句什么，直接就纵身向这边飞跃而来。

"先别上来，这船上……"范海辛才想提醒她这船上来就下不去的古怪，李小白已一个翻身落在了他们身前，直接就甩出数十张纸符，手捏法诀，清叱一声，瞬间就将甲板上的鬼怪收拾了个干干净净，然后才转过身来，问："你刚说什么？"

范海辛乏力地叹了口气："叫你先别上来，这船上有古怪，上来就下不去了。看你是不是能在外面做点什么，结果……"

"欸？有禁制吗？"李小白这么说着，一面已纵身往外跳去。

果然下一秒就跌回了甲板上。

李小白皱起眉，突然想起江明还在快艇上，连忙跑去船舷边，话还没喊出来，却已经先看到了江明，他正迈着一双长腿，从船舷跳到甲板上。

李小白眼角抽了一下。

范海辛更是扭过头去不想再看。

"怎么了？"江明莫名其妙。

"这船上有禁制，上来就下不去了，跳下去的话，就会落在这里。"李小白指了指自己刚刚跌下来的地方。

"是吗？"江明好像不太相信，伸手一撑船舷，跳了出去。

李小白等着他落到自己指的地方，但却在几秒钟之后听到了落水的水花声。

"欸？不是吧？"李小白吓了一跳，连忙跑到船舷边探头看过去。

江明正从水里冒出来，抹了一把脸上的水，破口大骂："你个死丫头，这都什么时候了，你还有心情开这种玩笑？"

李小白扭头看向范海辛，疑惑道："这是怎么回事？"

范海辛照样一头雾水，索性就从盐圈里走出来，自己跳了一次，依然跌回了甲板上。

"只有江明能下去？"李小白伸手拉起他，"为什么？"

范海辛脸色阴沉："也许因为他不是人。"

"这样倒也说得通。"如果因为江明是吸血鬼才能下去的话，那他们要怎么办呢？李小白正沉吟间，柳红隽突然惊叫起来："那些鬼……又来了……"

李小白抬起眼，果然见甲板上又聚集了不少士兵。还有一个峨冠博带的老头，指着李小白吹胡子瞪眼："大胆狂徒，竟敢擅闯官船，伤我大秦水兵，还企图放走求仙用的童男童女，简直罪大恶极。"

"官船？大秦？求仙？"范海辛皱起眉，"这到底怎么回事？"

"阿夜说这个幽灵船看起来像是秦汉时期的，没想到还真是。"李小白说着移动了位置，拦在几个人前面，又示意范海辛退回盐圈里去。一面又向那老头道："老爷子你醒醒吧，这世上早就没什么大秦。你家秦始皇都死了两千多年了。"

"放肆，竟敢对陛下不敬！真是一派胡言。只要我等完成徐仙师交下的任务，补齐缺的童男童女，带去蓬莱仙山，为陛下求得仙药，陛下自然长生不老，大秦自然千秋万代……"老头说到这里，突然顿了下来，看着李小白，"童女尚缺一名，正好用你补上。来呀，给我把他们都抓起来。"

这幽灵船的来历本来只是沈夙夜的推测，听老头这么说，倒是八九不离十。看

起来的确就是秦朝时跟着徐福出海求长生不老药的人，不知路上出了什么事，带的三千童男童女损耗了，就被派来这里补充。

"原来要什么童男童女做祭品，又有小孩失踪什么的，都是你们做的。"李小白微微眯起眼，手腕一翻，已将自己的剑亮了出来，哼了一声，"对不起，这次你们惹错人了！"

说完手里的符纸就飞了出去，右手的剑光一亮，人跟着也飞掠过去。

范海辛只见几蓬火光爆开，金色的剑光连闪，不过几分钟时间，甲板上的鬼魂再次被清扫一空。张咏和刘宏伟更是看得目瞪口呆。

李小白自己却愣在那里皱着眉，喃喃道："好像……不太对劲。"

"怎么了？"

"太弱了。"李小白道，"要真是两千多年前的幽灵，应该不至于弱到这种程度……"

她话没落音，刘宏伟就叫道："他们又来了！"

果然，刚刚被李小白打得灰飞烟灭的士兵们又一次出现在甲板上，包括那个老头。

"那个老头，刚刚明明被杀掉了，为什么还在？"江明已经再一次上了船，对付幽灵不是他的长项，索性就在旁边看着。

"我觉得……这些都不是实体！"李小白弹出一个火球烧了最近一个士兵才道，"不是幻影就是分身什么的，这样下去怎么杀都杀不完。"

"这幽灵船每次都出现在这里，我想，它的实体应该也沉没在这附近。"江明道，"我下水去看看，不然你们可能都得耗死在这里。"

"嗯，拜托了。"李小白点了点头，把自己的剑递过去，"带上这个。"

江明正愁着万一碰上真鬼不好对付，也不跟李小白客气，接过剑就纵身从船上跃了下去。

9 天快亮了

有李小白在，就算没那个盐圈，那些鬼士兵也近不了张咏他们的身。几个男生虽然还是抓紧手中的木板防备着，但心头却已没有之前那么恐惧。

李小白自从知道这些鬼士兵会重生之后，也不再一片一片地杀，就守在同学们身边，只干掉冲到附近的那些，节省着灵力，等江明的消息。还有空抱怨："这些东西真是永远杀不完，他们到底能重生多少次？"

范海辛道："你该庆幸下面船舱里那些童男童女不会跟着出来攻击，不然你再厉害也撑不住。"

"欸？下面真的有三千童男童女？"

"不知道，我们也没有每个房间去看，但算起来，几百总是有的。"

李小白想象了一下数百鬼魂一起涌上这甲板的情形，不由就打了个寒战："希望江明快点找到真正的沉船。"

没过多久，就听到水下传来一声闷响，船身瞬间就颠簸摇晃起来，几个人一时不防，直接就被甩了出去，范海辛才想提醒大家抓住离自己最近的东西稳住，整艘船却突然消失了。甲板、桅杆、飞庐、士兵……甚至连他们之前抓在手里的板都一起不见了。

几个人直接跌进海里，几乎立刻就被海浪冲散。

范海辛奋力浮出海面，深吸了一口气，直接就向离自己最近的人游去。

那是吴雪怡，小姑娘似乎呛了水，惊慌地双手乱舞，在水中上下扑腾。范海辛一把将她捞过来，将她的头扶出水面，安慰道："别怕，没事的。刚刚江医生开了快艇来，应该就在附近，游过去就没事了。"

那边李小白带着柳红隽也浮出了水面，看到范海辛，顺手就把自己手里的人交过来，指了个方向，大叫道："快艇在那边，你带着她们游过去，我去找找张咏他们。"

快艇被刚刚的海浪冲出了一段距离，好在并没有翻，两个女生也只是刚刚一时吓到了，这时看到了希望，身边又有人帮衬，也不用范海辛多话，都尽力向那边游过去。

等范海辛帮着她们上了船，李小白也领着张咏和刘宏伟游过来了。

看着大家都平安无事，李小白才松了口气，趴在快艇的船头，咧嘴笑了笑："今天晚上真是吓死我了。"

可不管怎么看，她都不像受到了惊吓吧。

不过她这么一说，船上其他人回想起今天晚上的经历，一时间表情各异，有人笑有人哭，但不管怎样，到这时，大家的神经才真的放松下来。

现在他们唯一的问题是——快艇严重超载了。

理论上来说，这小快艇，两个人坐最合适，最大限额也就是容纳四个人，现在船上已经有五人，再加上目前还泡在水里的李小白，范海辛很怀疑他们能不能开回去。

李小白似乎也意识到了这个问题，问范海辛："你会开这玩意儿吗？"在得到肯定的答案之后，她便挥了挥手，"那你们先回去吧，我游回去没问题。"

范海辛犹豫了一下，轻声问："江明呢？"

"放心，你们先走，我下去找找他。"李小白再次挥挥手，"不用担心，他没那么容易死。"

谁会担心一只吸血鬼！范海辛哼了一声，让大家挪了一下位置，自己坐到驾驶座，发动了快艇。

李小白则回身一头扎进了水里。

范海辛把快艇开回岸边，犹豫了一下，向张咏道："你们带着女生先回去，我去接李小白他们。"

张咏点了点头，和刘宏伟扶着女生们下了船，却看到范海辛跟着下来，在沙滩上拿起了一把不知谁丢在这里没收起来的遮阳伞。

张咏忍不住问："你不是要去接小白？拿把伞做什么？"

范海辛看了看天色，低低道："天快亮了。"

"啥？跟天亮有什么关系？"张咏莫名其妙。

范海辛也懒得解释，带着伞重新上了快艇，掉头开出去。半路上就看着李小白扶着江明在往回游，范海辛连忙开过去接着他们。

江明似乎受了伤，半边身子都被血染红了，脸色就越发苍白，脸上却还带着笑，上船之后便抬手向范海辛道了谢。范海辛板着脸没回话，江明也不以为意。

李小白跟着上了船，也顾不得说什么，便拉开江明的衣服，想帮他处理伤口，却发现之前被扎了个洞的地方已经自行愈合，只留下了一道粉色的痕迹。

李小白不由得啧啧道："我说你这恢复力也未免太强大了吧？"

江明道："消耗也很大呢。我现在虚弱得都快死了，你看不出来么？"

李小白上下打量他，摇了摇头道："真看不出来。"

江明笑起来，道："主要还是失血过多，小白你赏我口吃的呗？"

李小白犹豫着问："给你血没问题，但被你咬了之后，会变成吸血鬼吗？"

"还得你接受我的血才行，你想要吗？"江明半真半假地诱惑，"你不想要这么强大的恢复力吗？"

李小白想都没想就直接拒绝："不要。我可不想看不到明天的太阳……"说到太阳，她突然惊叫了一声，"哎呀，天要亮了！"

江明脸上的笑容也瞬间僵住。

天空已经泛起了鱼白色，远远的海天交界之处，也出现了第一抹红霞。

这是在海上，根本没有可以躲的地方。

"怎么办怎么办？"李小白急得团团转。就算刚刚在船上几百个鬼魂一起涌上来，她总还有办法应付，但只要太阳一出来，她真是完全没办法救得了江明。

江明正要安慰她，只听到啪的一声，自己已被一片阴影笼罩。

范海辛撑开了那把大遮阳伞扔过来。

江明连忙接下来，向范海辛道："谢了。"

范海辛臭着一张脸哼了一声，将快艇开到了最快。

9.5 我昨天晚上又做了奇怪的梦

吴雪怡一向起得很早，但是她洗漱完来到客厅时，发现沈夙夜已经做好了早餐，李小白和范海辛正坐在餐桌边狼吞虎咽。连很少会在白天出现的江明也坐在那里一边喝着红酒，一边看报纸。

吴雪怡向大家问了好，便向江明道："江医生，我昨天晚上又做了奇怪的梦呢。"

"哦？什么梦？"江明放了酒杯，微笑着看向她。

"我梦见自己穿越了，还看到了活的兵马俑呢。"

"那有什么？"跟着进来的刘宏伟揉了揉自己一头乱发，打着哈欠道，"我梦见自己上了秦朝的海船，跟着他们去了蓬莱呢。"

范海辛突然停下了往口里扒饭的动作，抬起头来看着江明。

江明笑了笑，用报纸挡了一下，凑过来在他耳边道："是催眠术。有些东西，他们还是不知道比较好。"

范海辛怔怔地眨了眨眼。

江明又道："很好用的哦，你要不要学？"

"不要。"范海辛想都没想就拒绝了，低下头继续吃自己的饭。

住在吸血鬼家里，被吸血鬼救，又救了吸血鬼，已经够让他不爽了，如果还跟着这个吸血鬼学什么催眠术，那他这个猎魔人的面子还往哪搁？

1 有个小孩掉进虎山了

李小白整个人趴在玻璃墙上，睁大了眼在里面那一堆树叶枯枝间寻找标牌介绍上说"擅于伪装"的加蓬咝蝰，还不时发出"咝咝"的声音。

"你在干什么？"张咏在旁边看了她一会，终于忍不住开口问。

"找那条蛇啊。"李小白指了指旁边的墙上镶着的说明标牌。

张咏翻了个白眼："我是说你这'咝咝咝'是什么毛病？"

"哦，我想看能不能引起它的注意，它动一动我就能看到它啦。"

"你以为你是哈利波特吗？学人家说蛇佬腔。"

"蛇有什么好看的。"柳红隽拖住李小白的胳膊，"我们去看别的。"

他们正在动物园参观。白岱市动物园里第一次成功繁育的大熊猫幼仔最近终于可以出来"见客"了，柳红隽一听说这个消息，就非拖着李小白陪她来看。

但熊猫幼仔每天出来活动的时间有限，今天又是周末，熊猫馆简直人山人海，他们好不容易挤进去，没看几分钟就又被人挤了出来。

好在动物园的可爱动物也不只一种，大家一路逛过来也不至于扫兴。

从爬行馆出来是个岔路口，几个人正站在路牌前商量是先去看老虎还是先去看孔雀，就听到虎山那边传来一声尖叫。

张咏他们还没回过神，李小白已率先跑了过去。那边的惊叫声还在继续，随着距离越来越近，也渐渐能听到人们的议论。

"有个孩子……"

"有个小孩掉进虎山了。"

"什么？怎么回事？家长呢？"

"是怎么掉下去的？"

"啊，老虎！老虎过去了！"

"可怜的孩子！真是造孽啊！"

动物园的虎山有一半是室外区域，模拟的野外环境，有山坡树丛岩石，还有个小池塘。外面隔着栅栏，再外面是深沟高墙，中间还有一圈电网，都是为了防止老虎逃出来伤人。而游客就在外面，隔着半人高的围墙居高临下往里看，和虎山的地面相差不下五六米。按理来说是不可能出现游客掉进虎山这种情况的，就算有人不慎掉进去，也只会摔在最外围的深沟里。

但那个小孩竟然出现在池塘边的空地上。

是个小女孩，白白胖胖，光着屁股系了条紫色的肚兜，大概只有一岁多的样子，路还不会走，趴在地上爬。

有只威猛的吊睛白额大虎正守在她身边转圈，不时发出低低的咆哮。

饲养员和在附近的工作人员也赶了过来，有人努力维持现场秩序，又有人在叫："麻醉枪！叫保安处带麻醉枪快点过来。"

另一个人便开始打电话，一面担心地看着虎山里的情况："老虎离小孩太近了，我怕等他们赶来就来不及了……"

他话还没落音，就听到又有人惊叫。

"又有人掉下去了。"

"是跳下去的，那个女孩是自己跳下去的。"

果然有个少女正翻身跃过栅栏。那女生一头利落的短发，健康的小麦色肌肤，身材修长匀称，动作敏捷矫健，可不正是李小白。

但现在可不是欣赏她可堪媲美体操运动员的优美身姿的时候。

"胡闹！"工作人员大叫，"你不要命了！给我回来！"

李小白就当没听见，飞快地跑到池塘边。那只老虎掉过头来，向她咆哮。

李小白释出灵力威压，捏了个手诀，叱了声："退！"

她这一招可是连一般的妖怪都扛不住，何况是普通野兽？

老虎乖乖低下头，俯低身子，向后退开。李小白迅速地伸手抱起地上的小女孩，本想原路返回，却听到饲养员躲在平常喂食用的门后面冲她大喊，招呼她走那边。

她抱着小孩，要翻栅栏翻墙的确不太方便，而且这青天白日众目睽睽，有些超常规的办法她也不好用，于是就从善如流地抱着小孩一溜烟从那边的门口跑出去。

她一出来，饲养员立刻就关了门，然后整个人虚脱一般靠在门上大口喘气："吓死我了。小姑娘你怎么就敢那样跳下去，不怕死吗？"

要怕的该是老虎才对。李小白笑了笑，她怀里的小孩看她笑，竟然也咯咯地笑出声来，露出一口还没长齐的小白牙。

"你还笑！"李小白轻轻拍了她的小屁股一下，"这么多大人都快被你吓死了！你到底怎么跑到那里去的？妈妈呢？"

小孩好像听不懂她的话，只当她逗自己玩，倒是一点也不认生，拍着手，咯咯笑，还亲了李小白一脸口水。

李小白没辙了，求助地看向旁边的饲养员："大叔，叫这孩子的爹妈赶紧来领走吧。"

在见到那个小孩的父母之前，李小白先见到了动物园的其他工作人员，挨了狠狠一顿批评。

毕竟游客跳下虎山，实在不是什么好事。虽然结果还好，但在她真的抱着小孩跑出来之前，谁敢保证她可以毫发无伤呢？本来莫名其妙掉进一个小孩已经够让大家头痛的了，结果还有个自己跳下去的少女，这要万一出了什么事，谁能担得起这个责任？

李小白虽然觉得自己没做错，而且当时情况危急，就算重来一次，她也还是会这么做。但她也可以理解动物园方面的立场。毕竟他们跟她又不熟，要说像她这么个十来岁的少女可以让一头成年老虎俯首帖耳，谁会信？

所以动物园的吴主任一脸担心后怕的表情对她训话的时候，她也就一副恭恭敬敬的样子点头应声，乖乖道歉，保证下次再也不这么做了。她态度良好，又真的把小孩从老虎口中救了出来，怎么也是功大于过。批评完了，吴主任口气缓和了一些，转口表扬她见义勇为什么的。

而在这期间，那个穿着紫肚兜的小屁孩子就一直巴在李小白身上。

不是李小白不肯放，而是其他人想接手，那小孩就会哭闹，但转过来看着李小白就会欢乐地咧嘴笑，所以在她的父母来认领之前，只能让李小白继续抱着她，搞得李小白一身又是口水又是眼泪又是鼻涕，狼狈不堪。这时听到吴主任训完了，也不想再听他的表扬，直接就开口问："她父母到底什么时候来领她？"

吴主任的话头被打断，愣了一下才扭头去看身后几个动物园的工作人员。

一个保安就道："从刚救到人开始就一直在循环广播，让丢失小孩的家长来这里领人。但一直都没有见到人，来的都是些看热闹的。"

可不是吗？被拦在门口那些踮着脚往里看，还不时举着手机想拍照的人，都是从虎山跟过来看热闹的，一个进来认领孩子的都没有。

李小白皱起眉，她是一时好心跑去救了人，可没想要一整天都耗在这里。

"那要怎么办？我总不能一直在这里啊，我还有朋友被拦在外面呢。"李小白说着向外面指了指。柳红隽、张咏他们当然也跟过来了，和那些看热闹的一起被保安拦在外面。

吴主任也有些为难，他怎么说也没有把救人的英雄扣留在这里的理由。只好让人去叫了几个生过小孩的女员工来，拿了一堆食物玩具，好不容易才把孩子从李小白手里哄过去。这才留了李小白的电话地址，说这事有后续的话再联系她。

李小白才懒得管什么后续，她现在最想干的事情就是赶紧回家洗澡换衣。

2 那其实是只肥了一点的猫而已吧？

李小白才洗了澡出来，"功夫少女虎山救婴"已成了网上的热点新闻。

附有视频文件的微博被转发了上万次。视频虽然是手机拍的，但也已经清晰到可以让人确定视频里那个短发少女的身份。甚至还有人顺便就翻出了李小白当年获得武术冠军的照片，以及空手擒贼的新闻。

李小白自己凑在电脑前一一看过去，都不由得咋舌："他们动作还真快，这人肉搜索也太可怕了吧？"

沈凤夜去拿了条干毛巾扔在她头上："先擦干头发，别把水滴到键盘里去了。"

"哦。"李小白应了声，往后退了退，抬手擦着自己的头发，一面道，"你说他们会不会人肉到我们的侦探事务所啊？"

"肉到也没关系，我们又没做什么作奸犯科的事。"沈凤夜开了电视，调到本地台，等着看新闻会不会播，"不过你也太能耐了，去看个熊猫也能看出这么大动静来。"

"有什么办法？难道见死不救啊？"李小白撇撇嘴，"我已经很克制没有弄出别的奇怪动静了。"

想想也是，要是她拿手的那什么符什么咒的都亮出来，只怕就不是网上议论一下这么简单了。

沈凤夜叹了口气："说起来，你家是不是就为了解释这种情况，才会让你去参加什么武术比赛？"

李小白点点头，理所当然道："不然还能是为什么？"

沈凤夜觉得自己问了句废话。除了要拿这个奖杯来掩饰，出身修真世家的李小白还有什么要去和普通人打架的理由？以她的修为，可能说搬山移海是差了点，对付一个加强排的普通人绝对没问题啊，去参加普通的武术比赛根本就是作弊嘛。

反正中国武术博大精深，只要不出格得太厉害，只管往武术上推就是了。当然李小白本身的确学武，那是她打小就练的基本功，所以这幌子最合适不过。

李小白擦干了头发，继续去看电脑屏幕，这么一会工夫，又刷新了不少。竟然还有澄空的校友跳出来说认识李小白，证明她运动万能什么的。

沈凤夜凑过来和她一起看，一面道："原来你在学校的知名度还挺高。"

"当然，我人见人爱，花见花开啊。"李小白顺口答着，一面滑动鼠标翻页。

"等等。"沈凤夜伸手点上一条新闻，"这个打开看看。"

那条新闻的标题是"功夫少女勇救婴孩，老虎妈妈再度失崽"。

李小白嘶的一声："这也太标题党了吧？说得我好像打死只小老虎一样。再度又是什么？"

"有些媒体就喜欢这么吸引眼球。"沈凤夜倒不以为意，"点开看看。"

好在新闻内文还是基本属实的。前半部分是有关李小白跳入虎山营救小婴孩的事情，后半部分则是关于那只老虎的事。

原来出事的老虎前两个月刚好生过一头幼崽，却不幸夭折了。刚好前不久动物园又收到了一只小虎崽，据说是有人在野外发现的，个头只有家猫大小，看起来十分虚弱。像这样的小虎崽离了母亲，一般都很难成活。大家抱着试试看的心态，就送到了那只老虎妈妈那里，结果就那样被接受了。老虎妈妈很用心地照料这只半路捡来的幼崽，一直到今天。

从有人发现那个小女孩掉进虎山开始，到李小白把人救出来，动物园一片忙乱，忙完了才发现，那只小虎崽不见了。

"原来是这么个'再度失崽'。"李小白皱着眉，仔细回想了一下，"但下午我跳进去的时候，虎山里就只有那一只老虎耶。"

"在那之前就跑了？几个月大的幼崽没那种能力吧？"

"大老虎也跑不出来啊。"

两人正说着，李小白的电话响起来，是动物园的吴主任打来的。

"哦，您好。"李小白在确定对方身份之后便问，"那个小孩被领回去了吗？"

"呃，正想跟你说……"吴主任的声音似乎有些为难，"那个孩子不见了。"

"什么？"李小白跳起来，"我走的时候不还好好的吗？怎么就不见了？"

"虎山那件事惊动了一些记者，我当时忙着接待采访，结果回头他们就跟我说孩子不见了。"

李小白冒着生命危险救出来的小孩在他们手上失踪了，吴主任好像觉得有点过

意不去，放低姿态又解释了几句。

李小白虽然觉得他们不靠谱，但毕竟跟那小孩非亲非故，也没什么立场强硬地去追究。

吴主任又道："我们已经报警了，这件事情我们会配合警方解决的。"

那就是说已经跟她没关系了，只是特意打电话来告诉她一声吗？李小白应了一声："嗯，您还有别的事情吗？"

"那个，我们动物园有一头小老虎不见了，本来就养在你跳下去的那个虎山，当时有点乱，不知道你有没有注意到？"

"没有。"李小白照实回答，"我跳下去的时候，里面就只有一只老虎了。网上不是都有人传了视频吗？你可以看一看，根本就没看到什么小老虎。"

"这样啊。"吴主任迟疑了一下，咳了声，清了清嗓子，才道，"另外还有件事情。"

"什么？"

"是这样，我想问一下你有没有接受什么人的采访？"

"没有。"

"那就好。"吴主任听起来像松了口气，又解释，"你不要误会，我只是觉得这些记者太烦人了，要是因为这个影响你的学习生活也不好。不过，我们动物园这边答应了电视台做独家访问，希望你能来一趟。不知道你下午有没有空？"

"下午？"李小白看了看沈凤夜，"倒是没什么事……"

"那我一会来接你吧。有些事情，路上我再跟你说说，免得他们要问你奇怪的问题，你不好回答……"

原来这才是他打这个电话来最重要的目的。想来出了这么大的事，他也怕担责任，所以要特意交待一番。李小白忍不住翻了个白眼，应承道："你放心好了，我不会乱说话的。"

吴主任有些尴尬地跟李小白道了谢，挂掉了电话。

李小白放下电话，叹了口气："这些人真不靠谱。"

沈凤夜却看向阳台的方向，像是没听见她说话一样。

李小白叫了他一声："阿夜？"

沈凤夜没有回头，问："你真的没见过那只小老虎？"

"真没。"

沈凤夜转过脸，眼角有点抽搐，伸手指向阳台："那是只什么？"

他们家的阳台和客厅是用玻璃推门隔开的。从电脑桌的位置可以看得一清二楚。

阳台上有一只比家猫稍大一点的猫科动物，黄褐色间有黑色条纹的皮毛，半圆形的耳朵，额间的花纹隐隐就像一个"王"字，水汪汪的琥珀色眼睛正睁得圆溜溜地往里看。对上李小白的目光，就咧出一嘴小白牙，抬起肉呼呼的爪子开始拍门。

李小白嘴角抽了抽，机械地转过头来看向沈夙夜："那其实是只肥了一点的猫而已吧？"

不论阳台上那只动物是大猫还是小老虎，总之一时半会似乎没有要离开的样子，小肉爪子一下接一下地拍在玻璃门上，大有李小白他们不开门就绝不罢休之势。

李小白有点无奈地走过去开了门。

那只动物嗷呜一声就跳起来扑到她身上，抱着她的脖子，舔了她一脸口水。

李小白揪着它的脖子拎起来，左右看了看："这真的是老虎？"

沈夙夜在电脑上打开了小老虎的图片，两相对比了一下，无言地点了点头。

"但……它怎么跑到这里来的？我们这可是四楼！"

小老虎被她拎在手上，四肢乱划地挣扎了一会，不死心地叫了一声，突然就变成了一个系着紫色小肚兜、一岁左右的小女孩。

李小白手里突然失去了可以揪的地方，那小孩就直接掉了下去，李小白被吓了一跳，一时没反应过来，眼看着那小孩跌在了自己脚边的地上。也没哭，打了个滚就爬了起来，然后伸手抱住了李小白的腿，仰起头，咧嘴对她笑起来。

可不就是李小白从虎山里抱出来那个小孩么？原来虎山里的小老虎失踪的事……还真有她的份儿。

李小白只好再次伸手抱起她，举起来左右看了看，又问沈夙夜："这到底是个什么？"

沈夙夜被问倒了，推了一下眼镜没回话。

李小白只好自己回答："虎妖？不是吧？哪有这么小就能化形的虎妖？看人家小黑，修炼了三百年还只能在月圆之夜变出个带着耳朵和尾巴的正太来。这小家伙连话还不会说呢。"

听到李小白嫌弃她不会说话，小女孩好像有些不满，张嘴就咿咿呀呀一通乱叫。

还真是不会说人话。

沈夙夜只觉得头上有一排黑线挂下来。

不管这小家伙到底是什么，总不能就这样继续交回动物园，也不能当成普通的

失踪儿童，不然她再变来变去，或者发生什么其他的事情可就不好办了。

李小白和沈凤夜商量了一下，就给一众亲友打了一圈电话。一方面是想查证这小家伙的身份，另外李小白一会还要去动物园接受采访，虽然这小家伙目前看起来很喜欢李小白，好像也没什么杀伤力，但毕竟会变老虎，李小白不太放心让她单独和沈凤夜在一起，所以想找人来看着。

她心目中的最佳人选当然是自己的堂哥李轻墨，结果最先赶来的，竟然是甄小黑。

那只眼睛上方有两块小黄斑的小黑狗和小老虎一样是从阳台过来的，有些兴奋地吐着粉色的小舌头，爪子把玻璃门拍得砰砰作响。

"快开门快开门，我听说你们这里今天有肉吃？"

李小白看了一眼自己手中的手机，有点抽搐。

……你到底是怎么听说的？

等李小白从动物园回来，家里已经聚了不少人和不是人的亲友。当然大半都是听说她捡了个不明生物跑来看热闹的。

沈凤夜一边忙着招待，一边问李小白采访的事。动物园的吴主任都交待过，采访从头到尾几乎整个都是照本宣科，也没什么好说的。

桃夭就指了指他们挂在墙上那个"白夜灵异侦探事务所"的招牌："你就没顺便打个广告什么的？"

这桃树妖精自从开店做了老板娘之后，生意头脑真是越来越好了。

李小白翻了个白眼："拜托，我要是真打了广告，到时要是大家不信什么灵异事件，就会把我当神经病关起来；要是信了么……嘿，你们一只也别想跑，全部都会被咔嚓掉。"

想想人类历代来对于"异端"的态度，桃夭也就快快地闭了嘴。

沈凤夜关心的是另一件事："采访没出问题的话，为什么是那个吴主任接你去，却是周警官送你回来？"

因为一些奇怪的案件，沈凤夜可没少接触那位刑警队的周伟嘉警官，所以刚刚他的车停在楼下，他一眼就认出来了。当时心头就是一跳，上午李小白去看个熊猫就招回一只小老虎，下午去被采访，怎么会招来刑警？

"没什么。"李小白解释，"之前吴主任他们不是找不到那小鬼报了警嘛，周警官就去了一趟，碰上我在那里，就顺路捎我一程。"

周警官没跟着李小白上来,大概案件的确是和李小白没什么关系。但沈夙夜还是有点不放心:"不过是个走失的小孩,怎么惊动他了?"

"哦,周警官说最近他在调查一个拐带贩卖儿童的团伙,所以对这种消息比较敏感。我看他这次要是扑空啦,动物园这事跟什么拐带儿童可一点关系也没有。"李小白说着,左右看了看,"那小家伙呢?"

沈夙夜伸手往旁边一指。

只见那只不明生物不知什么时候又变成了小老虎的样子,正跟甄小黑打成一团。李小白看着地上一团黑一团黄不停滚来滚去,道:"看起来小黑很喜欢这小家伙嘛。"

甄小黑停下来,十分不满地扭头看着她。它一停,那只小老虎便回过头来,伸爪抱住它,一口咬在它的耳朵上。

甄小黑就发出一声惨叫:"本大爷哪里看起来像喜欢它了?"

在大家的哄笑声中,门铃又响了起来。李小白跑去开门,来的是胡十九。

大狐妖扫视了一圈,狭长的眼微微一眯,笑起来:"哟,今天这边很热闹嘛。"

甄小黑顿时就僵在那里,就连小老虎又咬了它一口也不敢出声。在这只大妖面前,小黑狗简直连大气也不敢喘一声。但胡十九却偏偏一进门就往它这边走过来,甄小黑瑟缩着伏在地上,连尾巴都夹了起来。

胡十九也没理它,伸手就把还巴在它身上的小老虎拎了起来,像是很新奇的样子:"咦,这东西倒是好多年不见了。"

才刚被拎起来,小老虎就直接变成了小娃娃往胡十九怀里一扑,双手抱上他的脖子,就在他脸上亲了一口。胡十九微微一皱眉,还没来得及说话,就听见那老虎变的小娃娃冲着他响亮又清晰地叫了一声:"爸爸!"

世界瞬间安静下来。

一屋子的人和妖都在那一刻石化了。

爸爸?爸爸!

4 胡老师你怎么会生出一只小老虎?

这到底是怎么回事呢?

明明是动物园跟着李小白跑回来的小老虎,竟然会叫胡十九爸爸!

"什么?竟然是胡老师的女儿?"李小白太过吃惊,看着胡十九和巴在他身上的小女孩，眼睛眨了又眨，半天消化不了，"胡老师你怎么会生出一只小老虎？"

大家都有这种惊诧和疑问，只是除了李小白之外没人有那么大胆敢直接问出来而已。

胡十九脸色果然就是一变，拎着那小女娃就向李小白砸过来："你是瞎子吗？这怎么可能是我生的！亏你还姓李，连这东西也认不出来？真是丢李家的脸！"

李小白手忙脚乱地把小女娃接下来，又很无辜地看向自己的堂哥李轻墨。他也姓李，还号称是李家这一代最优秀的子弟，他也没认出这是什么，为什么只骂她丢脸？

李轻墨索性悄悄扭过头去当没看见。

谁都能看出来，狐狸很生气，后果很严重，白痴才在这个时候冒出来当炮灰。

真靠不住。

李小白没办法，只好陪着笑，谄媚地给胡十九端了杯茶："胡老师消消气，我真不是故意的。我年纪小，见识短，不会说话，您别跟我计较。"

胡十九冷冷哼了一声，却还是接了茶。

李小白松了口气，更加小意地问："胡老师英明神武，见闻广博，您就提点我一下呗？这到底是个什么？"

胡十九又哼了一声："你们家长辈连貙人都没教过你吗？"

"粗人？"李小白皱了眉，"什么粗人？哪个字？"

胡十九无奈地叹了口气，写给她看："貙人。他们这一族，有一种天赋，可以随时在老虎与人类的形态之间转变。"

正说着，小女娃又变回了小老虎，跳上胡十九的膝盖，毛茸茸的脑袋在他怀里蹭来蹭去，欢快地叫了声："爸爸。"

兽形态的发音没有人形态标准，但带着独特的拖音，又糯又软，简直萌死人不偿命。

一屋子人和妖又呆了一下。

李小白同学继续发挥了一不怕死二不怕难的精神，代表了大家开口问："那胡老师你怎么会有个貙人女儿？"

胡十九额角似乎隐隐暴出了青筋："她怎么可能是我的女儿！"

"好吧，我们换个问法。"虽然也有点怕胡十九真生气，但在这一刻，八卦之心占据了上风，李小白问，"她为什么会叫你爸爸？"

"我怎么知道！"胡十九的声音都拨高了。他要真知道一上来就会有只小老虎

扑过来叫"爸爸"，才不会跑来凑这个热闹。

"但，这家伙……从出现开始，唯一说过的话就是叫你'爸爸'呢。"

一屋子人和妖纷纷点头证明。连小老虎似乎也听明白大家在说什么，水汪汪的大眼睛看着胡十九，甜甜又叫了一声"爸爸"。

胡十九伸手拎起它，身上的怒气杀气妖气实体化一般往外飘，小妖怪们直接都被迫退了好几步，甄小黑索性就直接钻到桌子底下去了。

沈夙夜只怕下一秒连自家房子都会被胡十九拆掉，连忙道："你要是杀了它，就真的说不清楚了。"

胡十九这才冷静了一下，扫了在场众人一眼。

这些家伙表面上看起来好像都很正常，但显然人人都在脑补一些什么狐妖和老虎不得不说的香艳离奇的故事。

胡十九哼了一声，扔下了小老虎，又警告一扫了大家一圈，拂袖而去，还重重摔上门。

大家这才缓过劲来。

李小白把被扔在地上的小老虎抱回沙发上，问："这家伙要怎么办？"

"我看，在搞清楚它的身世之前，还是先养着吧。"李轻墨道。

桃夭附和着点了头："说不定哪天胡十九就回心转意想认她了。"

看胡十九刚刚那态度，用脚趾头想也知道不可能会认她啊。

但想想一向云淡风轻优雅从容的大狐妖，被这小老虎闹得头暴青筋气急败坏，沈夙夜就觉得留下这小老虎也不错，点头就同意了。

于是，新的问题出来了。

小老虎毕竟只有这么点大，还不懂事，又喜欢自己乱跑，万一跑出去又变来变去的，也是个麻烦，还是得有人守着照顾它。

但李小白、沈夙夜要上学，李轻墨、桃夭要顾店，其他人也各有工作，商量来商量去，李小白就把甄小黑从桌子底下拖出来了。

"不如交给小黑吧，它最闲了。"

"不干！"甄小黑虽然缩在桌子底下，但刚刚的讨论倒也没错过，使劲摇着头不乐意，"凭什么本大爷要给她做保姆啊！"

沈夙夜道："每天给你一根骨头吧。"

"本大爷才不要骨头！要肉！要两块！"

"好吧，两块肉。"

"这还差不多。"

"那么成交！"

李小白抱起小老虎放到小黑狗背上，小老虎欢快地抱着小黑的脖子咬住了它的耳朵，甄小黑眨了一下眼睛——欸，好像有什么不太对？

5 你知道她是谁吗？

甄小黑虽然很不乐意给小老虎做保姆，但是答应了李小白，又不敢赖账。第二天一早便来了沈夙夜家。

早餐沈夙夜已经做好了，中餐李轻墨会送来，到下午沈夙夜和李小白就差不多回来了。小黑其实并没有太多事，只要看着小老虎好好吃完饭，陪着它玩，不让它到处乱跑就行了。

但小老虎总爱咬小黑的耳朵，小黑没一会就不耐烦起来，把小老虎扔在一边自顾开了电视来看。

但它一集电视剧还没看完，就听到阳台那边一声异响。

小黑竖起耳朵扭头看过去，只看到一根黄色的尾巴一晃就不见了。它唰地跳起来，发现本该在沙发上玩毛绒玩具的小老虎也不见了。

不好，这家伙竟然自己跑出去了。

小黑连忙跟着追出去，它虽然不太喜欢这只小老虎，但要是在它手里走丢了，它可会吃不了兜着走。

幸好，小老虎虽然也能飞檐走壁跳阳台，速度还是比不上三百岁的小狗妖。小黑很快就追上它，叼着它的脖子把它拖到平地上，看看左右没人就开始教训。

"叫你好好待着，乱跑个什么劲？这里又是人又是车的，出了事怎么办？还学人家爬阳台，摔不死你！退一万步讲，就算没有意外，你这样子在外面走，让人看到了怎么办？还不得又把你关到动物园去？"

小老虎被训得耷拉着脑袋，连耳朵也垂了下来，一脸委屈兮兮的样子。听到最后一句，索性打了个滚，就变成了穿肚兜的小女娃，眼泪汪汪看着小黑。

被她这样看着，小黑也不忍心再训，哼了一声："乖乖跟我回去，再乱跑，看我不咬断你的腿！"

小女娃就跟在它后面爬。

没走出几步小黑就停下来。一只小老虎在街上走是引人注目了一点，但一个粉

妆玉裹的小女娃跟着一只小黑狗在地上爬不是更可疑？小黑叹了口气，道："你就不会用两只脚走吗？"

小女娃歪着头看了看它，竟然真的摇摇晃晃地站了起来。

小黑很开心地道："这不是能做到嘛，就这样走回去好了。"

小女娃受到了表扬，也很开心，咧着嘴笑。虽然两步一摔，三步一倒，但扶着小黑，竟然也坚持走出了几百米。

小黑松了口气，不管怎么说，只要能把它平安弄回去就好。

"哟，这不是甄小黑嘛。"

眼看着就快到李小白他们住的小区了，却冷不丁冒出个人来拦了甄小黑的路。

那是个年纪和甄小黑差不多的妖怪，修为比它高一点，已经能变成人了。只是变得这副相貌实在有点不敢恭维，尖嘴猴腮，还长了双小绿豆眼，正眨巴眨巴地看着小黑身后的小女娃。

甄小黑上前一步拦在他前面，没好气地道："干吗？"

"没什么，只是看着甄家黑大爷竟然做起保姆来，觉得有点稀奇就来打个招呼呗。"

"谁说本大爷在做保姆！"自己被人用两块肉骗来照顾小孩这种事甄小黑根本不想被其他人知道，自然大声争辩。

"哦，那就是说这个小孩跟你没关系喽？"对面的妖怪一双绿豆眼里露出贪婪的光芒，"这细皮嫩肉的，正好用来做点心……"

"你敢！"

他话没说完，甄小黑已跳起来。

那妖怪沉了脸："你又不是她的保姆，跟你有什么关系？"

"你知道她是谁吗？你就敢打她的主意！"要真打起来，自己也占不到便宜，甄小黑索性就把胡十九抬出来吓他，"这可是胡十九的女儿！"

"什么？"一听到胡十九的名字，对面的妖怪直接就退了一步，不敢相信地看着小黑和那小女娃。

"你觉得我敢拿胡十九的名字出来骗人吗？"甄小黑继续扯起狐皮做大旗，"她叫胡十九爸爸的时候，小白、桃夭他们都在场呢。我亲耳听见，叫了三声。要真不是，你觉得胡十九会由得她一而再再而三地叫吗？"

提到胡十九的时候，小黑自己也忍不住打了个寒战，但是想想，自己又没撒谎，小老虎的确叫了，大家的确都听见了。至于胡十九认不认，那又不关它甄小黑的事。

所以又壮起胆来，喝问："你竟想动这位小姐，还要不要命了？"

那妖怪顿时面如死灰，他当然不敢去问胡十九到底是不是真的，也绝对相信整个白岱没人敢借胡十九的名字骗人。谁都知道大狐妖最讨厌这个了。

他连忙说着"不敢不敢"，又自动买了些点心糖果来给小女娃赔罪，又特别给了小黑东西央求它不要告状，等小黑假装大度地答应之后，才不要命一般一溜烟跑了。

小黑收了礼物，转头看着抓着支棒棒糖舔得眼睛都眯起来的小女娃，看起来，当这小家伙的保姆，也不是什么好处也没有嘛。

6 你狗血小白剧看多了！

于是狐十九有个小女儿的事很快就传遍了整个白岱。

甄小黑本来还胆战心惊地担心狐十九会找它算账，但回去之后接连两三天都没事。它也就放下心来，甚至主动跟李小白说，小孩子天天关在家里也不好，不如它每天带小老虎出去散个步。

李小白有点意外，但想想它说得也没错，就同意了，只跟小老虎再三强调绝对不可以在外面变来变去。小老虎也巴望着每天出去玩，点头点得跟小鸡啄米似的。

等沈夙夜回来，李小白跟他说了这事："你说它早先一脸不情不愿的，怎么突然就主动起来了？"

"还能为什么？不过是借小老虎的身份耍几天威风罢了。"

"那不是狗假虎威吗？但说到底是借胡老师的威风，应该是虎假狐威……不，是狗假狐威……"李小白假来假去把自己给绕晕了，索性甩甩头，"算了，总之，等胡老师回来就有它好看了。"

"怎么？胡十九不在白岱吗？"沈夙夜抬起眼来。

"嗯，学校里也请了假，今天都是代课老师上课，不知道去哪了。"说到胡十九，李小白就八卦兮兮地压低了声音，"你觉得，小老虎到底是不是胡老师的女儿？会不会是胡老师早年真的始乱终弃抛妻弃女，现在小老虎找上门来，他就逃跑了？"

沈夙夜很无言："你狗血小白剧看多了！"

李小白撇了撇嘴，很不甘心地小声嘟哝："要不是心虚，他跑什么？"

"你不是说是请假嘛，又不是辞职。"沈夙夜叹了口气，"等他回来自然就知道了。"

但还没等狐十九回来，甄小黑那边就先捅了篓子。

小黑每天领着小老虎出去散步，这狗假虎威，虎假狐威的，自有一众大小妖怪前呼后拥，好吃好喝好玩地侍候着，摆尽威风。小黑每天都开心得合不拢嘴，结果乐极生悲，有天一个不注意，小老虎不见了。

小黑自己找了一圈，相熟的妖怪问了一圈，谁都不知道小老虎的下落，这才慌了起来，急急忙忙跑去找李小白。

李小白还在上课，看到甄小黑在窗户外面探头探脑，就装肚子痛跟老师请了个假出来。听小黑说完就皱了眉："什么？又不见了？它还真是乱跑跑出瘾来了吧？"

"现在怎么办？"小黑问。

"再找找吧。看看它是不是又变成小老虎让人逮回动物园了。"李小白并没太当回事，虽然说小老虎还小，但当初也是自己从动物园跑到他们家去拍阳台门的。何况现在全城的妖怪都知道它是胡十九的女儿，也没什么东西敢打它的主意，应该不会出事才对。

"说不定晚一点它自己就回去了。"

甄小黑只好点点头，依言先跑去动物园查看。

等李小白放学回家，就看到沈凤夜在打电话，甄小黑趴在一边眼巴巴看着。

"怎么？小老虎还没找到吗？"李小白放了书包就问。

沈凤夜挂了电话才应了声："嗯。动物园小黑去找过了，我刚刚也给附近的派出所打过电话，并没什么人捡到孩子。"

李小白皱起眉来，道："这都到饭点了，要是自己跑的也该回来了。"说着突然一顿，然后就压低了声音，"会不会是胡老师把它藏起来了，杀人灭口之类？"

沈凤夜道："你不是说胡十九不在白岱吗？"

"说不定是他为了制造不在场证明，做了离开的假象，又悄悄折了回来……"

李小白越说越觉得应该是这么回事，沈凤夜叹了口气，一巴掌拍在她头上："都说你狗血剧看多了，还不在场证明呢。胡十九要杀人灭口，还用得着绕这种圈子？"

李小白想想也是，胡十九真要灭口，不要说那么只小老虎，当天所有人一个也别想逃。

"那要是胡十九回来发现小老虎不见了怎么办？"小黑急得在地客厅里不停绕圈。

"你还好意思说。"李小白敲它的头，"亏你平常吹牛吹上天，说自己多能干多厉害，连这么个小娃娃都看不住！"

"又不是我的错……"小黑争辩的话说到一半，就心虚地咽了下去。

要不是它忙着收礼逞威风,又怎么会连小老虎不见了都没有察觉?

小黑咬了咬牙,挺起胸膛:"大不了我去把它找回来就是了。"

李小白问:"你要怎么找?"

"我……我可以多找些狗,把全城的狗都找来,叫它们把所有角落都搜遍!"

甄小黑算是白岱年纪最大的狗了,想来号令群犬也不是什么难事。这倒也是个办法。但李小白有点担心:"万一她要是被什么妖怪抓去,只怕狗也嗅不到踪迹呢。"

"我觉得,倒并不一定就是妖怪做的。"沈夙夜道,"我记得你好像说周警官最近在查一个拐卖儿童的团伙?"

"嗯。"李小白点点头,"你怀疑小老虎是被人贩子拐走了?"

"也不能排除这种可能。想想看,一个没有大人守护,只有一只狗陪同的小孩,不是很容易成为他们的目标吗?"

"总之,我先去吩咐它们找人,免得隔太久气味不好分辨。"小黑说完就叼起那个小老虎出门前还在玩的毛绒玩具跑了出去。

"我给周警官打个电话问问情况。"沈夙夜再次拿起电话,李小白连忙问:"那我呢?"

沈夙夜道:"不如你联系一下胡十九,问问看是不是他藏起来或者杀人灭口了?"

李小白闭了嘴。当她傻呢,嫌死得不够快才会去问胡十九这种问题。

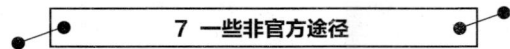

7 一些非官方途径

正在白岱市成百上千只狗展开声势浩大的搜寻活动时,沈夙夜去找警方了解人贩子团伙的资料;李小白则忙着敲打白岱的大小妖怪们,发动大家一起来找,并再次扯出胡十九的大旗,说谁要是敢打这小老虎的主意,或者是知情不报,不但是不给她李小白面子,更是大大得罪了大狐妖胡十九大人,等胡十九回来,可不要怪她不帮忙求情。

先前甄小黑狗假狐威的时候,还有人半信半疑,这时李小白再放出这种话来,哪还有人不信?众妖丝毫不敢怠慢,各展神通,开始全力寻找那位"胡小姐"的下落。

白岱城内一时狗吠妖奔,比什么百鬼夜行还要热闹百倍。

有他们使劲效劳,李小白反而清闲下来,坐在家里等消息。而李轻墨对李小白这次的做法实在不太赞同,担心会有妖怪趁机作乱。

"他们敢！"李小白哼了声，"想着承受胡老师发现女儿失踪的怒气，他们哪还有心思多事。"

李轻墨还是不太放心，又道："其实我们自己去找就是了。你不是有个专门用来找人的法术吗？满天放纸鹤那个。"

李小白摇了摇头："没办法，小老虎身上根本没什么灵力妖气，感应不到，放也白放，还是让他们去找更方便。"

不然她当初也不会真把它当普通小孩从虎山里"救"出来。

李轻墨仔细想了想，也的确想不到更好的办法，也就不再反对。过了一会，又犹疑着问："如果小老虎真的是胡十九的女儿，怎么会没有妖气？"

修为到了胡十九那个程度，自然可以把妖气收敛得干干净净，但小老虎才多大？根本不可能会这一手。

"谁知道呢？妖怪又不能去验DNA。"李小白一摊手。

让妖怪去做DNA鉴定，只怕血缘关系还没鉴定出来，DNA本身就已经引起轰动了。

李小白顿了一下，又道："不过，那天小老虎叫胡老师'爸爸'，可是大家都听见的。"

"嗯。但我总觉得，胡十九不是那样的人吧？"胡十九虽然是只狐妖，但李轻墨觉得他还算光明磊落，不像是能做出始乱终弃，不认自己女儿的事情。

李小白想了想，道："说得也是，那你说这会不会是个圈套？"

"什么圈套？"

"比如有人对胡老师有所图谋，或者想偷他什么东西，但是自己不好接近他，就教唆个小老虎冒充他的女儿？"

李轻墨眼角有点抽："小老虎可是你从虎山里抱出来的。"

也是，如果那样的话，嫌疑最大的人可不就是李小白自己？

李小白只好默默闭上嘴。

过了一会，沈夙夜传回几张照片，说是周伟嘉圈定的嫌疑人。李小白立刻把这个新线索通知甄小黑和大小妖怪们，让他们先注意这几个人。

有了明确的目标，大家的效率就比之前大海捞针要高得多了。不多时就有个妖怪传来了消息，说跟踪一个嫌疑人到了他们的窝点，里面有三四个小孩，小老虎也正在其中。

李小白和李轻墨立刻赶了过去，又给还没回来的沈夙夜打了个电话。

沈凤夜在电话那端沉吟片刻就道:"你叫他们不要轻举妄动,只盯着不要让人跑掉,我马上带着周警官过去。"

"欸?"李小白有些不解,"带他干吗?"

"那群妖怪出手没轻没重,万一搞出人命来怎么办?而且,不是说还有别的孩子,你救完小老虎之后其他人怎么安置?"沈凤夜解释,"反正已经找到小老虎,确保它没事也就不急于这一时。周警官正在调查这伙人贩子,正好送个顺水人情让他人赃并获。而且,既然是团伙作案,肯定还有上下家,这种事情还是交给警方处理比较好。"

李小白转念一想,也是这个道理,就应了声。

沈凤夜又补充:"我们很快就到。你看好妖怪们,别露出什么马脚。"

李小白自然也答应下来。

她和李轻墨赶到时,甄小黑已先到了,在路口迎着他们,领他们过去。

李小白问:"小老虎还在吗?"

"在。"小黑往那边指了指,"我在这里都能闻到它的气味。"

小黑指的是一排看起来就像违章建筑的低矮平房。这时天已黑了,但那边却没几个窗户亮着,也没个路灯,看起来十分阴暗。前后都是小巷,蛛网般四通八达,十分利于藏匿逃跑。

李小白在附近转了一圈,不由得啧了啧嘴:"怪不得警察抓不到他们。"

"放心。"甄小黑扬起头,"我们已经把这周围全堵上了,一只苍蝇也别想飞出去。"

沈凤夜带着周警官和另两个警察很快也到了。

周警官下车一看环境,就皱了眉。有心想叫支援,又怕李小白他们的情报不实,叫了大队人马来要是扑了空不好交待,正犹豫的时候,李小白就凑了上来,笑眯眯道:"我们也可以帮忙的,他们也才三四个人,足够了。"

周警官想了想,点了点头,让一个警察带着李轻墨绕去后门,另一个警察带着李小白堵住路口,自己带着沈凤夜上前敲门。

半晌才有人懒洋洋问了声:"谁啊?"

"警察。我们接到举报……"

周警官话没说完,就听到里面一阵慌乱,又是脚步声,又是家具翻倒的声音,还夹杂着小孩的哭声。

看起来是真的中奖了。

周警官拨了枪拿在手里,直接就开始撞门。

这边撞开进去，就听到后门那边有打斗声，屋子里只剩一个拎着个大包的中年女人，看起来是忙着收拾东西没来得及跑。

里间的床上果然有三个小孩，都是一两岁的样子，其中两个张着嘴号啕大哭，另一个小女孩正睁着一双又大又圆的眼睛四处看，正是失踪了大半天的小老虎。

周警官进门扫了一眼，上前就先把那个女人铐了起来，招呼了沈夙夜一声，就往后面追出去，正碰上绕去后门的警察押了一个人进来，道："有一个跳了窗户，还有个翻墙的，小李追上去了。"

周警官应了声，转头跑向窗边，刚从窗户翻出去，就看到那个逃跑的人贩子被粘在一张巨大的蜘蛛网上，正在死命挣扎。

周警官两步赶上去，手到擒来。

安置好犯人又赶出来支援的警察吓了一跳："天呐，哪来的这么大的蛛网？"

周警官也觉得奇怪，但还没等他开口，就听到前面的巷子里传来一阵狗叫。他连忙把手里抓着的犯人交给后面的警察，往那边跑过去。

果然看到李轻墨站在巷口，巷子里有个染着金发的年轻男子躺在地上惨叫，身边围了七八只狗。其中一只大黄狗还咬着他的大腿没松口，另有只小黑狗站在他身上，伸爪将他的头摁在地上。

周警官一过来，小黑狗就往旁边一跳，叫了一声，其他的狗也跟着都跑了，瞬间便消失在黑暗中。

周警官一边走过去，一边啧啧称奇，向李轻墨道："这些狗是怎么回事？"

"不知道呢。"李轻墨笑了笑。他早得过李小白吩咐，只要不方便回答的事，一概称不知道。

周警官也就没有多问，过去把还在捂着腿惨叫的金发男拎起来。人齐了，他们找了多日的四个嫌疑人，一次性全部落网。

周警官很高兴，忍不住拍了拍沈夙夜的肩："好小子有一套啊，我们找了大半个月都没有线索，你是怎么发现他们的？"

沈夙夜推了推眼镜，道："通过一些非官方途径。"

"哟，还保密！"另一个警察也笑起来。他们忙着押犯人回局里，倒也没多追究。

沈夙夜看着跟在李小白脚边的甄小黑，叹了口气。

不是他想保密，是真的没办法讲，也讲不清楚啊。

8 什么也没发生

把小老虎领回家之后，李小白照着它的小屁股就拍了两下，教训："你丢不丢人啊，竟然被个人贩子给抓走了，闹得我们人仰马翻。亏你还叫胡老师爸爸，就算没他那么大本事，难道还不会变个小老虎跑回来啊？"

小女娃趴在她腿上，扭头看着她，眼泪汪汪，委屈兮兮地咿咿呀呀了两声。

"嘿，你还觉得委屈？"

李小白还要再骂，沈夙夜打断她，道："算了，本来也是你要她答应在外面绝对不能变老虎的。"

小女娃连忙点头。

李小白还是板着脸："那也要看情况啊，就不知道随机应变吗？胡老师怎么会有个这么死板的女儿？"

"它还小……"

"谁说它是我女儿！"

沈夙夜和胡十九的声音几乎是同时响起来的。

李小白回过头就看到胡十九带着两个人正走过来，很急切的样子，连门都懒得敲了。

看着胡十九一脸怒气，想想自己这几天好像没少编排他，李小白就有点心虚，咳嗽了一声："哎呀，胡老师您回来啦，怎么也不提早说一声？"

胡十九斜睨了她一眼，也没理她，先指着她身边的小女娃对自己身后的人道："看看是不是你们家丢的。"

李小白这才注意到他身后的人，一个是二十来岁的女子，长头发，瓜子脸，皮肤白净，看上去十分柔美。旁边站着一个四十来岁的彪形大汉。

胡十九一指，那柔美女子就扑过来，一把抱住了小女娃，叫了声"小晨"，眼泪就流了下来，泣不成声。小女娃倒显得又开心又兴奋，抱着那女子的脖子咯咯笑。

李小白眨了眨眼，问："这位是？"

胡十九道："当然是那个小貙人的妈。"

李小白扭过头来看着他，拉长了声音："哦……原来胡老师你果然认识她妈！"

胡十九一时气结，只恨不得一掌把她打出十万八千里，不悦道："我要认识，还能花这么长时间才找到？"

"欸？"李小白一愣，"原来胡老师你这几天请假是去找小老虎的妈妈了？"

"嗯。"胡十九应了声，在旁边的沙发上坐下来，支使着李小白，"倒杯茶来。"

虽然应得轻巧，但他这几天跑去找人打听貔人的行踪，又找到貔人的族长，问清丢失小孩的事，几乎跑遍了全国，累得连口水都没顾得上喝。好在貔人本来就稀少，每一只族里都有数，不然他还不知要找出多久，只怕一年半载也回不来了。

李小白连忙去泡了茶，又问："这到底是怎么回事？"

胡十九抬了抬眉，旁边那个彪形大汉连忙开了口。原来他是那个年轻女人的父亲，而小老虎是他的外孙女。两个月前小老虎出门玩耍，就一去不返。他们一家人四处寻找都没有下落，直到胡十九找上门来，才知道原来已经辗转到了白岱。

为了让李小白他们相信，他们还当场变成了老虎。小女娃一见，也就地一滚变成了小老虎，跑过去绕着母老虎撒欢。

看着那三只相亲相爱的老虎，李小白忍不住又看向胡十九："那……跟胡老师有什么关系？小老虎为什么叫他爸爸？"

听她这么一问，小老虎又撒着欢跑去蹭胡十九的腿，甜甜叫了声"爸爸"。

胡十九一头黑线地拎着她甩开。那边虎妈妈连忙变回了人身，接下小老虎，红着脸，十分窘迫的样子："是我的错，对不起。"

李小白的目光在胡十九和虎妈妈之间游移，一脸暧昧。

胡十九终于忍不住一巴掌拍在她头上："不是你想的那么回事。"

虎妈妈连忙解释："我……小晨她爸爸去世的早，她总是被别的小孩欺负，总有人骂她是没爸的孩子。我就安慰她说，一定会给她找个最强大的爸爸，保护她再也不被人欺负。这孩子就……对不起，都是我的错，我没想到会给你们添这么大麻烦。真是对不起。"又抱着小老虎连连给胡十九鞠躬道歉，"我以后一定会好好管教孩子，再不让她闹这种误会了，对不起。"

原来只是小老虎一厢情愿啊。

李小白有点小失望。不过这小家伙眼光倒是准，一眼就看出谁才是最厉害那个。

虎妈妈领着小老虎千恩万谢地走了。

费了好大的劲，绕了好大的圈子，终于证明了自己清白的胡十九总算舒了口气，可以坐在那里安心地喝杯茶。

李小白送客回来，胡十九已经恢复了平常悠然自在的样子，看向她淡淡道："我不在这几天……"

"啊，我突然想起来作业还没做完，胡老师再见。"李小白根本不等他把话说完，

行了个礼就唰地溜回了房间。

　　胡十九反而愣了一下，转过头去看向沈夙夜，接着道："发生了什么事情？"

　　沈夙夜很努力地绷着脸不笑出声来："什么也没发生。"

1 老实交待，外面那个是你什么人？

门铃响了很久。

李小白终于忍不住从游戏里切出来，一面叫"阿夜，去开门"，一面抬起头，却看到沈夙夜已经站在门口了。只是站在那里，并没有要开门的意思，而且脸色看起来十分不好。

"怎么了？谁在外面？"李小白有些意外，三步两步就跑过去，挤开沈夙夜凑到猫眼边往外看。

外面没有妖魔也没有鬼怪，只是一个普通男人。

年纪看起来大概二十四五，瘦高个，浅灰色西装，白衬衫，系着领带，提着个公文包，一副成功人士的打扮。头发梳得很整齐，皮肤白净，面容……

李小白唰地扭过头来看着沈夙夜。

门外的男人生得极英俊，长眉浓淡适度，眸子漆黑明亮，薄唇抿成一线，表情十分冷峻。最重要的是，这人长得和沈夙夜至少有七成像。连清冷的气质都相似，只有程度上的区别而已。如果说沈夙夜是带着淡淡疏离的初雪，那这人就是冻死人不偿命的冰山。

整个的就是……沈夙夜完成形态。

李小白看一眼沈夙夜，又看一眼外面的男人，啧了啧嘴，勾着沈夙夜的肩，压低了声音八卦兮兮地问："老实交待，外面那个是你什么人？"

沈夙夜把她的手拉下来，冷冷回答："什么人也不是。"

"哦？"李小白挑高了眉，"那我开门让他进来了啊？"

沈夙夜没回答，哼了一声扭头走开了，李小白就伸手开了门。

外面的西装冰山男看了她一眼，问："白夜灵异侦探事务所？"

虽然冷淡，倒不显倨傲，声音还很好听，清越如山间鸣泉。

李小白连忙点了点头，把他让进门："有什么需要我们帮忙的事吗？"

他还没开口，沈夙夜已先冷冷道："我不会回去的。"

西装冰山男扫了他一眼："我不是来找你的。"一面已向李小白递过名片，"想必这位就是李小白小姐了？"

沈夙夜被噎在那里。

李小白很带着点"你也有今天"的笑容咧着嘴看过去，却被沈夙夜冷冷瞪回来。想想晚上还要他做饭，李小白就怂了，打着哈哈去看那西装冰山男递来的名片。

原来他是玉和医院的医生，叫沈晨暝。

沈晨暝，沈夙夜，连名字都是一个系列的，要说没什么关系，真是鬼都不信。

李小白的好奇心瞬间爆棚，连忙请沈晨暝坐下，又倒了杯水，然后才问："不知道沈先生来找我，有什么事呢？"

沈晨暝道："是这样的，我们医院最近收治了几位病情异常的患者，目前的正常医学手段完全不能治疗，就有人向我们推荐了李小姐。"

没想到他还真有正事，李小白就暂时把看热闹的心情放在一边，问："他们的病情具体是怎么个异常法？"

"是失忆症。"沈晨暝从公文包里拿出一份文件递过去，"最开始的一个是上个月来的。突然之间就出现了记忆缺失，而且是从最近的日子开始逐步向前忘记所有的事情。比如说，上午十点，他还记得三十岁之前的事情，到了中午十二点，可能就只记得二十岁的事了。最终，病人甚至会忘记如何吞咽和呼吸，以致死亡。过程长短因人而异，大致上就是七到十天的样子。"

像是怕李小白看不懂文件上的医学术语，沈晨暝又通俗地解释了一遍，然后顿了一下，补充道："到昨天为止，我们已经收治了十一位这样的病人，死亡三例。"

失忆症这种病，本来就比较玄乎，李小白也听说过还有什么十分钟记忆，只记得白天不记得晚上之类的。但连吃东西和呼吸这种身体本能也忘记了，那也的确失忆得太彻底了一点。何况失忆症又不是什么传染病，没道理一两个月里就出现十几个。

李小白皱了眉，手里的文件还没翻完，就被人从后面抽走。

她扭过头，见沈夙夜站在那里，一面翻看文件，一面问："这些人之间有联系吗？"

一副公事公办的样子。

李小白咧了咧嘴。

对面的沈晨暝也不可察觉地弯了弯嘴角，声音却一点波动也没有："没有。病人有男有女，有老有少，身份和发病的地点也各有不同。"

"除了失忆之外，他们还有其他不同寻常的地方吗？"

"没有。其他身体各项指标都正常。"

沈夙夜看完了病例文件，也皱起了眉："失忆难道还会传染？"

"我们之前也有这种怀疑，对病人进行了隔离，但这一个多月以来，接触病患的医护人员中并没有出现类似症状。我们医院一位对特殊传染有特别研究的同事认为可能属于你们的领域。"沈晨暝道，"如果可以的话，你们可以去医院看看。"

"请我们去没问题。"沈夙夜合上文件，顺手就将文件夹指向对面的墙壁，墙上挂着"白夜灵异侦探事务所"的招牌。

下面有两行小字：专业素质，诚信服务。价格公道，订金先付。

"我们按小时收费。"沈夙夜补充说明。

"没问题。"沈晨暝爽快地从公文包里拿出一叠红彤彤的钞票递上去，"多退少补。"

嘿，这完全是有备而来啊！

李小白又咧开了嘴，以前每次都是沈夙夜看她的笑话，这次终于可以看回来了。

2 因为那边那个，是大少爷

到了玉和医院，李小白才明白为什么沈晨暝会准备得这么周全。原来那个所谓推荐李小白的同事，是他们的老朋友——吸血鬼江明。

江明在电梯口迎着他们，笑眯眯地跟李小白打招呼。

李小白看了一眼手表，还不到下午四点，不由就压低了声音问："你这个时候出来，没关系么？"

"不出门不晒太阳就没事。"江明虽然这么说，但还是看得出脸色不太好，比平常还要苍白，甚至带着丝憔悴。

李小白有点担心，追问："真没事？"

江明笑了笑道："没事，只是最近忙着研究那些失忆症的病例，没休息好，等事情完了好好睡一觉就行了。"

"啊，我正想问呢。"李小白道，"你专程为这个回来的？"

江明是吸血鬼，外貌永远不会变老，所以过几年就要换个地方换个身份。暑假的时候，他还在金沙的疗养院呢。

"是啊，谁让我是特殊传染病的专家呢。"江明倒是毫不谦虚。不过看那个像冰

山一样的沈晨暝并没有什么表示，大概的确是有两把刷子。

想来也是，说到特殊传染，他作为一个吸血鬼，也算得上是被传染的受害者了，在这方面多下些功夫也在情理之中。

李小白也就顺着竿爬："那么专家先生你有什么发现？"

"要么，就是以前没有发现过的新病毒，要么就该是你的领域了。反正肯定不是巧合。"江明耸了耸肩，"你们还是先过去看一眼吧。"

于是沈晨暝领头，带着沈夙夜、李小白往隔离区走去。

李小白落后了一步，拖住江明，冲前面那两个互不搭理，却偏偏连冷淡的表情都很相似的家伙努努嘴，压低声音问："这是怎么回事？"

江明笑了笑，也压低了声音："你不是一直想知道我为什么叫阿夜小少爷么？"

李小白露出了然的表情。

江明也向前面的人努努嘴，证实了她的猜测："因为那边那个，是大少爷。"

"哦……"李小白拖长了声音，"阿夜他哥？"

"亲的。"江明再次确认。

"那他们两个怎么会这种态度？"

江明嘿嘿笑了声："这种家庭隐私，还是等他自己告诉你吧。"

李小白想想沈夙夜肯定有他自己的理由，也就应了声没追问。江明偏又凑过来继续八卦兮兮问："你看到大少爷的时候，吓了一跳么？"

"有点意外是真的，还没到吓一跳的地步。"

"欸？这世上可没多少人能提前看到自己男朋友几年后的样子。你就没有时空错乱一下？"

李小白翻了个白眼："你怎么知道阿夜几年后会长成那样？"

"因为大少爷几年前就是小少爷现在的样子啊。"江明说得十分笃定。

李小白一时还真不知道怎么反驳。以这吸血鬼和沈家的关系，只怕沈家这几代人都是在他眼皮底下看着长大的，他来说这种话真是太权威了。

李小白抬眼看了看沈晨暝，沈大哥这个样子，帅虽然是够帅，但也太冷了一点。她可不想阿夜以后变成一座冰山。

他们两个虽然是压低了声音在说话，但架不住这里是医院，本来就安静肃穆，小护士们连走路都轻手轻脚不带出声的，所以他们聊的这些八卦，前面两个姓沈的可是一字不落地全听见了。

沈晨暝什么表示也没有，连眉梢都没动一下。沈夙夜却忍不住推了一下眼镜，

扭过头来冷冷盯着江明。

江明闭了嘴，不停给李小白使眼色。

李小白斜着眼看着走廊里的墙壁，一副"我什么也没说"的样子。

沈夙夜忍不住想叹气。

医院的墙壁是白茫茫一片，难不成还能看出朵花来啊？

3 我们得去趟医院

玉和医院眼下还有八位失忆病人，五男三女。年纪最大的五十四岁，最小的只有十三岁。

病情最轻的还能活蹦乱跳在病房间串门玩扑克，最严重的已经卧床不起了，据说是忘记了怎么走路。

沈晨暝说这已经接近晚期了，下一步就是忘记说话，跟着就会忘记进食，再是呼吸和心跳，然后死亡。

李小白进过每一间病房，见了每一个病人，同他们说了话，又借握手的机会放出灵力探查了他们的身体，但什么发现也没有。

看着她皱眉，江明就摸着下巴道："看起来，还是病毒的问题。"

"问题是到底是什么病毒？传染源是什么？传染方式又是什么？"沈晨暝接了上去，"这些不搞清楚的话，肯定还会出现新的感染者。"

"这些人看起来虽然身份各异，但肯定是有某种联系的。"沈夙夜也道，"也许是去过同一个地方，坐过同一辆车，或者用过同一种产品之类。"

江明拍了拍他的肩："这就是侦探的工作了。"

是自己的工作范围，又已经收了订金，沈夙夜也不推辞，点了点头应承道："我来查。"

他点头，江明就很放心："那我就只要专心研究病情就行了。"

李小白道："虽然没有感觉到什么妖气，但我还是去道上打听一下好了，看看有没有谁知道这种情况。"

沈晨暝没有意见。

于是兵分三路。

虽然不知道沈夙夜和沈晨暝为什么看起来关系那么僵，但沈夙夜对这次的委托倒是很认真。在医院里仔细询问了病人和家属，记录下病人们每天上学或上班的路

线，亲自跑了一圈。又一家一家走访，结结实实忙了两天。

李小白半夜起来喝水，还看到他正对着从病人家借回来的两台电脑不知捣鼓什么。

"还没睡啊。"李小白打着呵欠问了声。

"嗯。找到点线索。"沈夙夜敲着键盘，头也没回。

李小白走过去看："什么？"

"那些人在发病之前，都用过电脑。我正在排查他们是不是浏览过同一个网站，或者接触过同一个人。"沈夙夜说完顿了顿，抬眼看了看李小白，"你继续睡吧，说不定明天就能告诉你结果了。"

李小白知道在这方面自己实在帮不上忙，她连屏幕上不停滚动的字母都看不懂，也就乖乖应了声，回房间去继续睡觉。

李小白醒得很早，照常在房间里运了气练完功才出来洗漱，却发现沈夙夜已经在厨房做早餐了。

她有点意外。

沈夙夜有点低血压，起床对他来说是件郁闷的事情。一般如果没课都不会早起，今天可是星期天。

李小白有点担心："阿夜你不是整晚没睡吧？就算你看重沈大哥的委托，也不用这么拼命吧？"

沈夙夜把煎好的荷包蛋盛出来才扭头看向李小白，有点莫名其妙，问道："哪个沈大哥？"

"还有哪个？不就是你哥沈晨暝吗？"

沈夙夜的脸色突然就是一变，微微眯起了眼："你怎么知道他的？他来找过你？"

"欸？"李小白一怔，突然意识到不对，几步走过云，拉住了沈夙夜的手，急切地问，"阿夜，你是不是忘记了什么？"

"我忘记了什么？"沈夙夜皱了眉，想了几秒钟，表情就有点迷茫起来。

"对啊，那天沈大哥来找我，你不是也在场吗？他说医院里收了几个奇怪的失忆症病人，你还收了他订金。然后我们就一起去了医院，你就开始查那些病人……"李小白抓紧了沈夙夜的手，一面说一面不由得紧张起来，"阿夜，这些事，你都忘记了？"

沈夙夜看着她，又去看了看客厅里挂着的日历，看看那两台明显不属于自己的电脑，再次皱起眉来，缓缓道："我不记得这些事。"

他从书桌上拿起自己的记事本，从后往前一页页看过去。

李小白也不敢打扰他，就在旁边静静等着。

沈夙夜往前翻出十几页，才停下来，道："这是我的记事本，都是我的笔迹，是我自己写的。但我只记得写到这里。后面这十几页……我都没有印象了。"

就是说，他的记忆……已经往前退了好几天了。

李小白再次拉起他的手："我们得去趟医院。"

沈夙夜作为第十二名病人回到玉和医院的事，实在出乎所有人的意外，连沈晨暝的冰山脸也绷紧了。

江明一边替沈夙夜做着检查，一边叹了口气："说起来，你倒真的能干，这么两天就把病源给找出来了。"

沈晨暝冷冷道："就是太能干了一点。"

病源是找出来了，但他自己却中了招，跟着就把整件事情忘记得一干二净，到头来还是回到了原点。

沈夙夜忘记了委托的事，对沈晨暝的态度倒是一点都没变。根本就不搭理他，等检查完，也住进了隔离区的病房，才跟李小白道："你回去一趟，把我的记事本和几台电脑都搬来。"

李小白有点不乐意："你现在是病人，难道还想继续查？"

"只是不记得这几天的事情，趁现在智力还没有什么损伤，我得把那个病源再找出来。不然再过几天说不定就来不及了。"看李小白一脸担心低落，沈夙夜便伸手摸了摸她的头，"别担心，我能找出一次，就能找出第二次。何况这次有之前做的笔记打底，我本身也已经中招了，再差也差不到哪里去。"

"可是……"

"你是对自己没信心么？"沈夙夜问。

李小白抬眼看着他，怎么扯到自己身上来了？

"我把目标找出来，接下来就是你的事情了。我相信你一定会在我病情恶化之前解决掉的。"沈夙夜迎着她的目光，温柔地微笑。

李小白就重重点下头，郑重说道："我会的！"

4 你！你欺负我了！

沈夙夜虽然说能找出第一次，就能找出第二次，但实际操作起来，却远不如说

得轻松。

最大的问题是他随时都在失去自己的记忆。有时候甚至看着屏幕上的数据滚过,手指还放在键盘上,突然就会忘记自己正在做什么。好在沈晨暝专门安排了护士照顾他,一看他愣神,便提醒他发生了什么。

沈夙夜有些郁闷,但也并没有泄气。他必须将那个感染源找出来。他用了最简单原始的办法,把自己每一个步骤都在笔记本上写下来。又让人去找了录音笔,把整个过程录下来。免得护士多费唇舌又耽误时间。这样他每次忘记了,总还能在最短的时间内接上之前的工作。

但进展还是很慢。

而且他这样,也只是能保证手头上这件工作能够继续下去而已,其他的记忆,依然在慢慢消失。

到了晚饭时间,他看着端着餐盘进来的李小白,竟然忽地眼中一亮,惊喜地叫了声:"欸,你是……李小白?"

李小白愣在那里,连手里的餐盘也忘记放下。

沈夙夜起身接过餐盘放在旁边的小桌上,问:"怎么会是你?你什么时候来的?一个人来的?"

李小白怔怔看着他,不知道要说什么。

沈夙夜自己便有点不好意思,道:"抱歉,我只是有点意外。虽然收到过你说要来白岱念高中的短信,但真没想到你来得这么快。"解释完,顿了顿,看向李小白的目光便渐渐柔和,"好像……长高了?"

她跟他说要来白岱念高中已经是一年多前的事了。虽然沈夙夜看她的目光依然柔和,但李小白却满心苦涩,鼻子一酸就红了眼圈,这一年多时光,他已经统统不记得了。

不记得他们住在一起,不记得他们开了一家侦探事务所,不记得他们一起出生入死,也不记得他教她做题,给她做饭,还扣了她无数零花钱……

李小白从来没有这么难受过。

她从没想过被沈夙夜忘记心口会这么痛,这么痛。

眼泪不受控制地滑落下来。

她一流泪,沈夙夜便跟着怔在那里,好一会,才试探性地伸了手,犹豫着抚上她的脸,帮她擦了擦眼泪,柔声问:"怎么了?受了委屈?谁欺负你了?"

"你!你欺负我了!"

李小白抹了把眼泪，直接就扑进沈夙夜怀里，伸手紧紧抱住他。

沈夙夜被扑得退后了一步才站稳，整个人僵在那里，红着脸，抬着手，不知该往哪里放，只讷讷叫了声："小白？"

李小白还在哭，伏在他怀里，声音哽咽着，断断续续说："你竟敢忘记我！说好月考全部80分以上就把扣的零用钱还我的，这还没给呢，你就敢忘记我！想赖账吗？"

小姑娘说得苦大仇深，沈夙夜却不知为何很想笑。嘴角不自觉地上扬，手很自然就落了下来，温柔地搂住了李小白。他不记得他什么时候和哪个女生这么亲密过，但这样抱着她的感觉却很熟悉，又柔软又温暖，舒服得让人不想放手。

他轻轻抚着李小白的头发，道："不会的。就算我忘记了，你也可以提醒我。"

李小白抬起头来，抽噎着说："你还答应给我买最新的PS4。"

沈夙夜嘴角的笑容僵了一下。

就算失忆到智商变负，他也不可能答应这种事吧。

不行，他还是得赶紧把传染源找出来，先把自己失忆这事给解决掉，不然还不知道这丫头会忽悠他一些什么不靠谱的事呢。

李小白从病房里出来，就在走廊里碰上了江明。

吸血鬼啧啧两声："小白你可真够坏的，小少爷都那样了，你还想趁机讹人家。"

李小白没有像以往一样回嘴开玩笑，只是垂着头默默向前走。

江明觉得有些不对劲，连忙跟过去，见李小白虽然没出声，眼泪却依然像断线珠子一样，不停往下掉。

"喂。"江明一把拉住她，"小白？"

李小白抽了抽鼻子，抬起一双哭红的眼看着他，无助道："怎么办？我就是忍不住想哭，但他都那样了，再在他面前哭，他一定更难受。可我一看到他，一想到他不记得我，我就……就忍不住……"

这丫头是真伤心了啊。

江明摸了摸她的头，却不知道要怎么安慰她。到现在为止，他这边的研究也不太顺利，他不确定他到底能不能治好沈夙夜，自然也就不敢对李小白打什么包票。

结果他还没开口，李小白先揪住了他的衣服，凶狠地威胁他道："你要是治不好阿夜，我就灭了你！"

"喂喂……"江明有点哭笑不得，"不带这么迁怒的吧。"

"就要！"李小白毫不讲理，"阿夜要是……我就把你丢到太阳下去烤了给他陪葬！"

江明伸手捂了她的嘴："别说这么不吉利的话啊。"

李小白也知道自己有点无理取闹，可是……她松了手，乏力地靠到了墙上，眼泪再次无声地滑下。

江明叹了口气，拍了拍她的肩，安慰道："别这样，还没到要绝望的时候呢。小少爷自己都还没放弃不是么？他还等着你去揪出罪魁祸首把他的记忆抢回来呢。"

李小白这才意识到自己的确有些反应过度，也是沈夙夜忘记她的事对她打击太大了一点。这时才稍稍冷静了一些，深吸了口气，缓和了一下情绪，眼中却闪过一抹狠厉。

"如果这事是人为的，他一定会后悔来到这个世界上。"

5 离家出走？

第二天李小白请了假，一边在医院里照顾沈夙夜，一边通过自己的途径打听有关这奇怪失忆症的线索。但说是照顾沈夙夜，其实也就只是端茶送水打个饭。甚至大半时间，她都只是和江明一起在外面留意监视器。

她怕自己和沈夙夜待在一起，会再次失控。

早上阿夜看到她，很迷茫地眨了眨眼说"我觉得我应该认识你"的时候，她就已经快崩溃了。

现在沈夙夜的记忆已经退回到了中学时代。变成了那个孤僻、安静、满眼忧伤的少年。

李小白对沈夙夜的过往不是不好奇，但这样的阿夜，她真是不想看到。

至于调查感染源的事，已经被沈晨暝接过去了。

他早上过来看了沈夙夜的情况，检查完就拿起了他的笔记本："你把大方向说一下，其他的我来。"

沈夙夜似乎连和大哥什么时候发生过矛盾也不记得了，乖乖就听从了沈晨暝的安排。一开始还能在旁边指点沈晨暝，但慢慢就插不上话了。

好在沈晨暝找准方向上了手，也并不太依赖他，自己飞快地处理着那些数据。沈夙夜就坐在旁边看着手指如飞的大哥，一脸仰慕。

李小白在门口看着，忍不住叹了口气："他们……看起来真不像是吵过架的样

子。"

"要认真说起来，还真没吵过。"江明在她身边接了话，"顶多就算是意见不合，一拍两散。"

李小白回眸看他一眼："为了什么？"

江明板起脸，一本正经道："为了爱！"

李小白翻了个白眼，不再纠结这个，转移了话题："没想到沈大哥对电脑也很在行嘛。"

"那是。大少爷其实从小就爱这个，小少爷还是他教的呢。"江明道，"要不是沈院长非让他学医，说不定现在早就是国际大黑客了。"

"沈院长是？"

"就是玉和的院长，这两兄弟的爹。"

李小白以前也隐约有点猜测，这时听到江明明明白白说出来，还是很吃惊："那……怎么都没见他来看阿夜？"

明明就在他的医院里住着，又是这样凶险奇怪的病，这做父亲的，一眼也没来看儿子，也太奇怪了一点吧？

"半夜里悄悄来过呢。"江明带着几分嘲弄撇撇嘴，"父子俩一样闷骚。"

李小白想起沈凤夜之前有一阵总是失眠的事情来，只能跟着撇嘴。

可不就是么？她跟沈凤夜认识这么久，从来没有听他提起过家里人。但沈院长生日的时候，他就纠结得整夜整夜睡不着。沈晨暝来找他，他嘴上不说，却显然比一般的委托重视得多。

江明八卦的瘾头上来，也就忘记自己之前还说让李小白去问沈凤夜自己的事了，继续道："小少爷怨着沈院长呢，觉得他太冷血，没人情味，连妻子去世也无动于衷。把儿子当成棋子工具，所以才不肯学医，闹到离家出走去坚持自己的理想……"

他话还没落音，李小白又吓了一跳："离家出走？"

"你觉得不是吗？你看他逢年过节回过家？"江明反问。

李小白一时无语。

看他们这一对，一个是逃婚远遁，一个是离家出走，还真是绝配了。

她静了一会，突然拉住江明，压低了声音道："不如这样，现在阿夜应该已经不记得跟他爹吵架的事了，你去劝劝沈院长，来看看他，说几句好话，说不定就能从此缓和呢？"

江明一拍手："这倒不错。我去劝沈院长。一会再叫上大少爷去敲边鼓。"

就算沈夙夜下一刻又会忘记，但总比他们就真的这样僵持着，明明互相关心，却老死不相往来好。

到了下午，李小白的同学们来找她。

李小白的身体一直都很好，向来很少生病。她打电话向学校请假的时候说得又不太清楚，所以一听说她住院了，平常关系好的柳红隽、张咏等人就吓了一大跳，一放学就跑来玉和医院看她。

李小白也被这些家伙吓了一跳，更意外的是连范海辛都跟来了。

柳红隽他们知道住院的是沈夙夜也就松了口气，毕竟跟他还没那么熟。又听说可能会传染，只隔着窗子看了一眼，安慰了李小白几句，便都回去了。

李小白也松了口气，现在这失忆怪病还在保密阶段，毕竟病因和传播途径都不明，现在要公开的话，可能会引起不必要的恐慌。同学们要细问起来，她还真不知道要怎么解释。

结果她一口气还没松完，范海辛又悄悄一个人折了回来。

李小白不由得就心一紧，这家伙不会又怀疑她怎么怎么样吧？她现在可没心情跟他纠缠。

果然范海辛劈头就问："沈夙夜的病到底怎么回事？"

他在这方向倒是敏感。

但这家伙不是普通人，李小白索性也就不瞒他，带着他做好防护进了隔离区，叫出江明，把这失忆症的具体情况原原本本跟他说了一遍。又带他去看了几个病人。

范海辛皱着眉头沉吟起来。

"我先说明啊，跟我可一点关系也没有。"李小白抢在前面道，"阿夜也是为了调查这些人的病因才中招的。"

范海辛却没像以往一样针对她，而是不知用哪国语言念了个奇怪的词。

李小白从没听过，不由得追问："什么？"

范海辛重复了一遍，李小白还是没听懂，他索性挥挥手，解释道："就当是一种恶魔，有一些异教徒把它当成神来祭拜的。"

"恶魔和邪神？"李小白皱起眉，"跟这事有什么关系？"

范海辛道："这种东西是以人类的记忆为食的。我看这些病人的情况，就跟被当成祭品的人很像。"

李小白跳起来抓住他："你以前见过？"

"没有。"范海辛脸上闪过一丝尴尬，又连忙补充，"但我们有相当完整的资料，详细记录了这种恶魔的来历、习性、能力和弱点，我觉得有八九成把握就是它。"

总比完全没有目标好。

李小白又问："那这个……什么恶魔，要怎么对付？被它吃掉的记忆还能找回来吗？"

"如果能干掉它，祭品就会恢复。当然，那些在干掉它之前已经死了的就没办法了。"范海辛仔细回想着自己从小熟读的《恶魔事典》，脸上的表情越发确定，"但这东西很狡猾，他可以附身在任何生物上，还能随时转移。"

李小白就再次皱起眉，那像这样的大都市，它要逃跑也太容易了。

范海辛看了看她的脸色，补充道："可以用魔法阵来限制它，在魔法阵的范围里，它就不能附身到别的生物上了。但这东西很谨慎的，想让它进入魔法阵很难。"

李小白想了会，问："你记得这个魔法阵吗？大小有差别吗？"

"记得，只要画得准确，大小不会影响效果的。"范海辛猜测着李小白的打算，又道，"画小一点虽然更容易隐蔽，但如果不能完全容纳它的话，就没有限制的效果。"

"这个你不用担心，你教我怎么画就是了。"李小白找了纸笔递过去。

范海辛也不藏私，认认真真把魔法阵画下来。

李小白一边看，一边问："限制它转移之后，就能像对付普通人那样对付它了吗？还是得有什么特殊手段？"

"只要能逮住它，倒不难对付，圣水、纯净的火，或者盐……"

他说到盐，李小白就想起他之前用一瓶盐对付幽灵船上的鬼魂来，忍不住喷笑出来："前一阵食盐涨价，其实都是你们搞出来的吧？"

范海辛如今也勉强能接受李小白这种不着调的个性，只是哼了一声，停下来："你还想不想要魔法阵？"

"想！想！您继续。"李小白立刻就换了副态度。

范海辛有点无语，默默把图画好给她。

李小白接过来仔细看了几遍，然后就拖起范海辛："我们这就去找这个恶魔吧。"

范海辛有点为难："没法找。"

"什么？"李小白停下来看着他，声音大起来，"没法找是什么意思？"

"它附在普通人身上，就真的和普通人没有区别，根本没办法分辨。"范海辛有点无奈地解释，"除非有别的办法锁定目标，否则只靠人的五官是绝对找不到的。"

别的办法……李小白扭头看向了还在电脑边忙活的沈晨暝。

加油啊，沈大哥。

6 真是恶魔会电脑，祭品少不了

李小白再次回到沈夙夜的病房时，他正在看着自己的手。

沈夙夜知道自己感染了一种奇怪的病，正在逐步失去记忆，甚至会忘记正在发生的事情。所以他有意识地记录了一些自己的情况，以备每次回过神来时查看。

他知道自己已经二十一岁，念大二，但自己所有的记忆，却只停留在十三岁的夏天。以一个十三岁少年的心态，看着自己明显已经成年的身体，感觉很怪。他理智的部分能告诉自己，是因为病了，但心里却还是忍不住惶恐不安，甚至有些害怕。

而这些负面的情绪在那个少女走进来的时候，就像阳光下的冰雪，统统消融不见。

看着那个少女，沈夙夜便觉得从心底泛出温暖，忍不住绽开了笑容："小白。"

"欸？"李小白喜出望外，三步并作两步走到床前，"你还记得我？"

沈夙夜摇了摇头。

他不记得自己见过这个少女，但……他低头看向手边的记事本，当中单独有一页，只写了一个名字。

"李小白"。

下面划了一条粗线，名字上面还画了几个圈。

"这一定是一个对我来说很重要的人。"沈夙夜说，顿了顿，抬起眼来看着面前的女孩，"看到你，我就觉得一定是你。"

李小白只觉得心头一酸，伸手抱住他，伏在他肩头，喃喃道："是的，就是我。阿夜你一直记得这点就好……"

沈夙夜吓了一跳，慢慢就红了脸。

已经很久没有人抱过他了。他不记得在他失去的那些记忆里有没有这样的拥抱，但在他还记得的这十三年里，这已是让他陌生得不知道应该如何回应的感觉。

从母亲生病之后，他就再也不曾跟人有如此亲密的接触。父亲是从来就不会做这种事的，就算跟他说句话，也只是冷冰冰机械式的交待。大哥也终于听从了父亲的安排准备考医学院，每天行色匆匆。就算他努力破解了大哥之前得意的程序，拿去给大哥看，也会被不屑地赶到一边。

那是他的家，却每个人都保持着那样冰冷疏远的距离。

沈夙夜收紧了手，小心、生疏，而又贪婪地汲取着女孩身上的暖意，没有说话。

李小白也不再说话。

两个人就那样静静地依偎着。

一直到沈晨暝在外面敲门，向李小白勾了勾手指。

李小白应了声，安慰般拍了拍沈夙夜的手，抽身出去。

沈夙夜低下头，再次看着自己手，然后拿过记事本来，拿起笔在李小白的名字那页又画了个圈……

画到一半，他突然意识到这名字旁边那些着重线和圈是怎么来的了。

沈夙夜忍不住轻笑。

手里那支笔的走向就变了变，从一个圈，变成了一颗心。

是的，就是她。不管他忘记她多少次，只要再看到她，就会知道，那就是她。

沈晨暝发现了一个网站，看起来就像个时下流行的老少皆宜的农场种菜游戏，但却挂了毒，点进去就会中招。

李小白有点不信："就算中招，那也是电脑中毒吧？还能传到人身上来？"

"虽然有点离奇，但这就是我们得出的结论。所以阿夜才会变成那样。"沈晨暝的表情倒没有多少波动。

李小白见过的怪事再多，也从没见过电脑病毒感染到人身上，然后这人的记忆就好像电脑硬盘一样，被一点一点地格式化删除。

但老话说得好，抛开所有的不可能，剩下的那个，就算再离奇，再荒谬，也是真相。

网站是匿名注册的，只能查到服务器是在白岱，但网站管理者就不好说了。

李小白略定了定神，就把范海辛找了来，问他："你说的那个什么恶魔，能做到这种事情吗？"

范海辛想了很久，才皱起眉："不知道。"

李小白也皱起眉，问道："你们那什么相当完整的资料里就没提这个吗？"

范海辛有些窘迫，咳了声，争辩说："时代总是在发展的，谁知道恶魔的手段会不会跟着变化？"

李小白想想也是，这世界日新月异，天天都有新发明，既然法师能飞剑换手机，猎魔人能匕首换枪炮，恶魔们当然也能用上电脑和网络。

李小白叹了口气："真是恶魔会电脑，祭品少不了。"

她倒还有心情开玩笑！范海辛本想说她几句，她自己又抢着道："那这要真是

那家伙干的，顺着这个网站，是不是能把他找出来？"

范海辛点了点头："虽然我也不知道他到底是用了什么手段，但他要吸食被害者的记忆，最开始总会有个连结的。"

"也就是说，这边有人中招的同时，就会暴露他的位置？"

李小白这么一说，沈晨暝立刻就反应过来："我可以写个小程序，只要网站的病毒触发，立刻就进行反追踪。"

"嗯。"李小白拿出范海辛之前画的魔法阵来，"然后就可以用上这个了。"

沈晨暝重新坐回电脑前，开始工作。

范海辛犹豫了一下，道："等程序做好，我来按那个网站吧。"

"欸？"李小白回头看着他，她倒还没考虑过这个人选的问题。

"你肯定要亲自去对付那个恶魔的吧？又不能让无辜的人……"

"我来按。"沈晨暝打断范海辛的话，声音虽然淡淡的，却有种不容抗拒的威势。

李小白皱了一下眉。

沈晨暝自己似乎也意识到了这一点，放软了语气解释："范先生是现在这里唯一熟悉恶魔的人，最好跟李小姐一起去。医院其他的医护人员还得救治病人，我的工作可以暂时先移交给江明。我最合适。"

"但万一我们弄错……"像沈晨暝这样年轻有为前途大好的人，这样以身犯险似乎太冲动了一点。

沈晨暝抬眼看向隔壁病房的方向，那边住着沈夙夜。

"阿夜一直怪我没有勇气，不敢做自己真正想做的事情，这一次……就当让我有个机会可以和他共同进退吧。"沈晨暝笑了笑，回眸来看着李小白，"而且，阿夜相信你，我当然也相信你。"

李小白抿了抿唇，才想说话，江明推门进来，看了看他们，挑了一下眉："看起来你们有了方向？"

沈晨暝点了点头。

江明就道："既然有了线索，那就抓紧时间，动作快点。"他往外指了指，神色凝重，"又送来一个同样的病例。"

7 原来你才真是个危险分子啊

沈晨暝做的追踪程序很管用。他那边一进带毒网站，程序就开始运行起来，很快就在地图上标出了一个位置。

李小白松了口气，还好，看起来那恶魔就在白岱，不需要飘洋过海。

沈晨暝放大了地图，标出了具体的街道和门牌号码。

李小白打了几个电话，找人帮忙去那边看守，又问范海辛："盐好说，圣水去哪里弄？"

"我已经准备好了。"范海辛拉开手边的背包。沈晨暝忙着做追踪软件，李小白忙着照顾沈夙夜的时候，他可也没闲着。

李小白看着里面有一个四公斤装的水壶，另有十几包白色粉末。李小白啧啧嘴："这要被警察看到，一准当成毒品。"

"是提纯过的盐。"范海辛解释。

"需要这么多吗？"

"那恶魔附在人身上之后，只能用圣水和盐来分辨，谁也不知道到时会消耗多少。有备无患。"范海辛道，他甚至还准备了枪和盐弹。医院毕竟还是公众场合，不好拿出来而已。

李小白拧开水壶盖看了看又闻了闻，觉得就是普通的水，并没有什么奇怪的颜色和气味，她甚至好奇地伸出手指沾了些，送到嘴边舔了舔，尝起来似乎也就是水的味道。她皱了眉，有些怀疑："这东西真有用？"

范海辛不由得就想起第一次见面时他泼了李小白一身水的场面来，有点尴尬，轻咳了一声："对恶魔和女巫那样的黑暗生物就有用，它们会被灼伤。"

李小白想起某些电影来，很兴奋地问："会冒烟吗？会嗞嗞响吗？"

范海辛有点无言。

好在这时沈晨暝出了声，他指着电脑屏幕上的那个光点，问："这是什么？"

房间里其他人对视一眼，脸色不由得都凝重起来。

沈晨暝看了看大家的脸色，微微皱了一下眉，道："我也开始失忆了，那就证明我们没有找错地方。"

看起来他还记得自己决定去做发动病毒的触媒的事。

李小白吸了口气，招呼了范海辛一声："那我们去了。"

江明点了点头，道："医院这边就交给我了，如果追踪目标有了变化，我也会马上通知你们。"

这只吸血鬼虽然又二又八卦，但关键时刻还是很可靠的。有他的保证，李小白就很放心地走了出去。

在走廊上碰到了沈夙夜，他穿着白蓝相间的病号服，越发显得干净安宁，静静靠在走廊的墙壁上，像是专程等在那里一样。

李小白的脚步缓了缓，问："阿夜你怎么出来了？"

"我来送你。"

沈夙夜说完自己怔了怔，微微歪了歪头，露出点迷茫的表情来。

"我不知道为什么，就觉得你要走了……"他不知道要怎么解释那种说不清道不明的感觉，就好像是心灵感应。他甚至不记得他认识面前的少女，但却总觉得他们之间有一种亲切又紧密的联系。

少女却笑起来，拉过他的手，握了握，笑道："我会回来的。"

"我知道。"沈夙夜说。

然后自己又吓了一跳。

但接下来的话，却依然清楚坚定："我知道你一定会回来的。所以我只是来送送你，却并没有伤感。"

和总是许下空头愿望却从没实现的父母不一样，面前这个人虽然永远在说着好像不靠谱的话，却从未令他失望。

沈夙夜不知道自己这些想法从何而来，但纵使什么也不记得，却依然这么坚信着。

他轻轻笑起来，声音柔和："我等你回来。"

他的笑容干净明朗，乌黑的眼睛清澈明亮。

李小白重重点下头："等我回来咱们一起吃宵夜。"

追踪到的地址是一家小IT公司。

李轻墨和桃夭已经先到了，李小白在写字楼下跟他们会合，一见面就问桃夭："拜托你的事情做好了吗？"

"当然，不然我还敢来见你吗？"桃夭拿出一块粉红色的手帕递过去。

李小白扫了一眼就递给范海辛："你看看魔法阵有没有画错？"

范海辛接过来打开，见不过是一块边长二十厘米左右的正方形手帕，他也看不出是什么面料，又轻又软，手帕正中画着他教给李小白的魔法阵。

"画倒是没画错，可这么点大……"

"这么点大？你可不要小看了我们白岱的妖怪！"桃夭早听说过这个猎魔人的事，听他挑剔自己的手帕，就有点不高兴，看向李小白道，"小白，你说想要多大？"

李小白一挥手："当然越大越好，最好把整个白岱都罩住！"

"啊？"范海辛有点意外，这是什么意思？

还没等他问出来，就见桃夭嘴里念念有词，把手帕往天上一抛。手帕飘上了半空，见风就长，四下里延伸开去，没一会就铺天盖地。城市与星空之间像是隔着一层淡粉色的屏障，看不到边际。而中间的魔法阵却发着幽幽的蓝光，果然将整个白岱笼罩其中。

范海辛瞠目结舌。

原来之前李小白问魔法阵大小会不会影响效果，他只以为她想缩小，好瞒过恶魔的眼，却没想到竟然是为了放大。也不怪他没往这边想，要把整个白岱市都笼罩的魔法阵该有多大？他几时见过这样通天彻地的法术？

没给他太多吃惊的时间，李小白招呼一声就往写字楼里走去。

现在虽然已经晚上十点多，但整个办公室灯火通明，还有十来个人在加班。

李小白隔着玻璃墙看了看，又放出神识去探查了一番，果然根本看不出哪一个才是恶魔，她就皱了一下眉，问范海辛："想找出恶魔来，只能往他身上泼圣水吗？"

"撒盐也可以。"范海辛回答。

白问，李小白有点郁闷地撇了撇唇。这里加保安差不多二十个人，他们要是冲进去一个一个地往人家身上泼水撒盐，估计还没等找到恶魔，自己就得先被抓起来。

当然也有一些非常规手段。

比如先用定身法把他们定住，然后再一个一个撒过去。这个说起来容易，实际操作却有问题。李小白和李轻墨虽然出身修真世家，毕竟还年轻，定身法这类法术由他们施展起来，能同时定住四五个人，就差不多是极限了。万一恶魔刚好是那个没被定到的怎么办？

也可以用隐身术悄悄潜过去，每人身上洒点盐，估计也应该不会被发现，但这个术法得一直掐着法诀，一只手不太好活动。而且就算找出恶魔来，也会引起骚乱。突然凭空冒出个人来，自己的同事又是什么恶魔，一般人不吓疯才怪呢。他们又没有黑衣人的装备，用光闪一闪就能修改别人的记忆。

李家兄妹商量了一会，也没什么可行又没后患的办法。李小白叹了口气，道："要是有孙悟拔毛变瞌睡虫的本事就好了。"

李轻墨道："再修个一千年吧。"

李小白看了一眼手表，她哪来的一千年时间？

"不行就蒙脸硬闯吧。反正阿夜要是恢复了，肯定会有办法帮我们收拾残局的。"

原来平常沈夙夜都是派这种用场的吗？

范海辛好不容易才忍住了吐槽，道："如果要让所有人都睡着的话，我有办法。"

"欸？"李小白扭过头，看着他在背包里翻找，"难不成你还准备了催眠瓦斯什么的？"

范海辛手下一顿，再次感慨起李小白的想象力："没那种高级货，只是准备了一些速效安眠药。"

听起来要是搞得到，他真的会准备。李小白拍了拍他的肩："兄弟，原来你才真是个危险分子啊。"

8 火遁，豪火球之术！

智瑞信息技术有限公司最近接了个很急的业务，员工们加班加得怨声载道。

这天又加到晚上十点多，就听到前面有人敲门。

前台已经下班了，只好由离门最近的人去看："谁呀？"

"外卖。"门口是两个提着大包小包的年轻男子，左边一个长眉凤目，脱俗出尘，右边那个则浓眉大眼，阳光帅气。正是李轻墨和范海辛。李轻墨如今已经送惯了外卖，一脸职业笑容，老少通杀。

什么时候连送外卖的小哥都长得跟电影明星似的了，让他们这些技术宅男还怎么活。那名员工带着点小郁闷把两人放了进去，一面转头问："你们谁叫了外卖？"

大家互相看了几眼，都摇了摇头。

"不是我。"

"没听谁打过外卖电话啊。"

"是不是送错啦？"

李轻墨和范海辛已经自动找了张空桌子开始往外摆食物饮料。听到有人这么说，范海辛便抬头回答："当然没送错。这里是青山路428号智瑞信息技术有限公司没错吧？就是让送到这里的。"

李轻墨更是一副职业口吻："您点的东西齐了，请慢用。"

两人说完就往外走。

有人连忙叫住他们："哎，你们不收钱吗？"

"已经有人付过了。祝你们用餐愉快。"

李轻墨这么回答，智瑞公司的员工们就热闹地猜测起来。

"哎呀，难道这还是个匿名请客的？到底是谁啊？"

"会不会是老板良心发现请我们吃宵夜啊？"

"管他呢，反正东西都送来了，不吃白不吃。"

加班到这个时候，大家本来就又困又饿了，正好吃点东西休息一下。一面议论着，一面就各自走到桌前，还有人自发地拿过纸杯，帮大家分倒饮料。

李轻墨和范海辛出了智瑞公司并没有走远，到电梯口打了个转就绕了回来，跟李小白一起躲在角落里隔着玻璃墙注意着里面的动静。

加班中的白领们战斗力还是很可观的，一堆食物很快就被风卷残云般一扫而空。特别加的佐料见效也很快，已经有人忍不住呵欠连天了，但却没有什么异常的现象。

李小白不由得轻声问范海辛："是不是圣水加到饮料里会失效？"

"不会的。"范海辛没好气地瞪回去，"你就不能对圣水多一点信心啊。"

"我是对你没信心啊。"李小白毫不掩饰。

想想自己好像的确没在她面前做过什么成功漂亮的事情，范海辛虽然不服气，却也没有足够的底气直接反驳。好在李轻墨轻咳了声打断他们的话。他抬手指了指："有个人一直没过来吃东西。"

李小白顺着堂兄指的方向看过去，果然看到一个人坐在电脑前没动。那是个干瘦的小个子男人，戴着副厚重的黑框眼镜，这时正专注地盯着电脑屏幕，不知在看什么，嘴角还带着得意洋洋的笑容，表情看起来跟那些加班加得苦大仇深的员工完全不一样。

"只有他没吃过？"李小白对这种细致的工作不太自信，又向李轻墨确认了一次。

李轻墨很确定地点了点头。

"我看应该就是这个人了。"李小白说着给守着写字楼各出入口的帮手发了信息，让他们注意不要让他跑掉，又跟范海辛确认对付恶魔的方法，"先泼圣水再撒盐就可以了？"

"嗯。"范海辛把剩下的圣水和盐分给李轻墨兄妹，"如果泼上圣水他有反应，就证明我们没找错。然后就把圣水灌进他嘴里，喝到一定的量时，就能把它从附身的人身上逼出来，然后就撒盐净化它。"

"是不是太简单了一点？"李小白看着分到自己手里的盐包，还是有点怀疑，"还是说这恶魔的本体是什么软体动物？那也太恶心了。"

范海辛懒得理会这个不管什么时候都能扯出些无厘头玩笑的家伙，闭了嘴。

总之这家伙对他就是一点信心都没有就对了。

又过了几分钟，除了那个戴眼镜的小个子之外，智瑞公司所有的员工都已经或趴或躺地呼呼大睡过去。

李小白他们三个悄悄地潜入了办公室，小心地绕过了睡着的员工，李小白打了个手势，三人便散开来，从三个方向把那戴眼镜的小个子围在中间。

那小个子果然警觉，包围圈还没合拢，便跳了起来，盯着李小白三人："你们是什么人？"

李小白没空说话，一边念动咒语，手指一边迅速结印，布下了防止小个子逃跑的结界。

范海辛则直接将手里的圣水对着小个子洒了过去。他干这个可熟练得很，兜头就泼了小个子一脸。

小个子当即就一声惨叫，伸手捂住了自己的脸，但仍然能看到有一丝丝白烟从他指缝间冒出来。

李小白倒抽了一口气："你泼的是硫酸吗？"

范海辛没好气地瞪了她一眼，上前一步，两三下就将小个子掀翻在地，把剩下的圣水往他嘴里灌下去。

李小白连忙过去帮忙按住那小个子，又把自己那瓶圣水递给范海辛，问道："要灌多少？"

范海辛一边忙活一边回答："不知道，灌到它有反应为止。"

怪不得要背上四公斤那么多。

小个子死命挣扎，但有范海辛和李小白两人一起按着，怎么可能挣得掉，眼看着肚子就真的一点点胀了起来。

就算刚刚为了找出恶魔掺了些在饮料里，圣水也还剩下七斤多，这要全灌下去，还不得把人灌成个水球？李小白正担心着，就听到小个子的喉咙里发出一声奇怪的咕噜声，跟着就翻了白眼。

李小白皱起眉来："喂，这样到底行不行啊？会不会把人灌死啊？"

范海辛又瞪了她一眼，还没说话，就听见那小个子"哇"的一声，从口鼻喷出一团黑烟来。

李小白下意识地往后闪了闪，黑烟便飞快地冲了出去，直撞在结界上，又折了回来，在半空里一顿，直接就扑上在一边维持结界的李轻墨。

这一切不过就发生在一眨眼之间，李轻墨本来就距离稍远，还没看清发生什么，

就见一蓬黑烟向自己扑面而来,似乎想从他口鼻间钻进去。

"小心!"

"撒盐!"

李小白和范海辛几乎同时叫出声来。但李轻墨还没来得及有任何动作,黑烟却已越过他,撞上了后面的结界,黑烟里一个暗哑难听的声音似乎很吃惊地说了句什么,李小白没听懂。

"魔法阵起作用了,它不能附身了。"范海辛追过来,手一扬就往黑烟上撒出一把盐。

李小白跟着撒了一把。

黑烟嗞嗞作响地四处乱窜着闪避,虽然连连发出惨叫,但好像并没有太明显的损伤,连速度都没有慢下来。

"好像不太管用呢?怎么办?"李小白问。

范海辛皱起眉,对付这种东西,他这也是第一次实战,老实说,心里不太有底。

李小白索性就把手里的盐袋也交给他,分配道:"不然这样,你一边撒盐,我一边放火,咱们双管齐下试试。"

"好。"

配合着范海辛的动作,李小白堵在黑烟逃跑的方向,双手结印,从口中喷出一团明亮的火焰。

"火遁,豪火球之术!"

黑烟正忙着躲避范海辛撒出的盐,根本没有防备两手空空的李小白会突然放出火来,直接被烧了个正着,整个被那团火焰卷了进去。也没落地,就在半空里熊熊燃烧起来。

火焰中传来凄厉的惨叫,另外还吼叫了一些奇怪的语言。就算李小白听不懂,也知道肯定不是好话,索性又喷了团火焰上去。本来明亮温暖的橙黄色火焰卷着黑烟,颜色就变得诡异起来,不停变幻着,从橙变红,又变成黑色,甚至还夹杂了几丝绿色,最终好不容易恢复了纯净,跳了跳,灭了。

那股黑烟当然也跟着消失了,什么也没剩下。

李小白用西部牛仔吹枪口的表情吹了吹自己的手指,语气十分傲娇:"果然一开始就应该放火烧的。"

范海辛努了努嘴,没有反驳。

倒是李轻墨走过来,问:"你刚刚那不是三昧真火?豪火球之术是什么名堂?"

李小白摆摆手:"招式名称什么的,就不用太计较啦。"

小心人家告你侵权啊！范海辛翻了个白眼。

李小白蹲下身去看那个被他们灌了一肚子水的小个子，他只是昏了过去，并没有死。

李小白才刚松了口气，手机就响了起来。是江明打来的，语气很急切："你们找到那个恶魔了吗？"

李小白瞬间又紧张起来，急急问："医院发生了什么事？阿夜怎么样？"

"刚刚所有的失忆症病人都昏迷了。"

"欸？"李小白抬眼看向范海辛，"不是说干掉它失忆的人就会恢复么？怎么会突然昏迷？"

范海辛也没碰上过这种情况，也有点慌神，猜测着说："也许是记忆突然回去了，冲击太大？"

"那现在……"

"啊，你等等。"江明在那边突然顿下来，像是扭头去跟别人说了什么，又匆匆道，"大少爷醒了，我先过去看看。"

李小白连忙叫道："别挂电话，看他什么情况直接跟我们说。"

江明应了声，开着手机去了沈晨暝的病房。

沈晨暝是医院里最后一个失忆的病人，所以昏迷时间也最短，不过短短一两分钟就醒了过来。

李小白握着手机，听着江明在那边给沈晨暝做检查，问他问题，紧张得心都提到了嗓子眼，屏着呼吸，一点大气也不敢出。一直到听到江明确定沈晨暝确实恢复了，沈晨暝自己又接过电话来，对李小白说了声"你们成功了，谢谢"，她才喘了几下，问："阿夜呢？"

江明拿回了手机，道："小少爷虽然还昏迷着，但既然大少爷没事，他恢复也应该是时间问题了。"

李小白这才长长舒了口气，腿一软就跌坐在地上。

范海辛也松了口气，看着李小白问："放火放到脱力了吗？"

李小白哼了一声，也不争辩，只顺手就把躺在旁边那个小个子的钱包翻出来，问李轻墨："刚那些夜宵总共多少钱？"

9 就这样吧

李小白回到医院的时候，几个病情比较轻的病人都已经恢复了。她匆匆跑到沈夙夜的病房，他还没醒，床边坐着一个双鬓染霜却依然风度翩翩的中年男子正静静看着他。

李小白怔了一下。

中年男子抬起脸来看着她。

如果说沈晨暝沈夙夜兄弟就像是玄冰与初雪，那么这一位就是在冻原上屹立千年的花岗岩了。

李小白马上就猜出了他的身份，拘谨地行了个礼，斟酌了一下称呼："沈……伯父？"

中年男子淡淡点了点头，语气淡淡："你叫李小白？"

李小白连忙点头应声："是。"

沈院长上下扫了她一眼："你很好。"

听起来像是夸她，但语气却依然硬邦邦的。李小白轻咳了声不知道要怎么回答。

"这次多谢你。"沈院长说完这句，就站了起来，往外走去。

"欸？"李小白连忙道，"沈伯父您不多坐一会？阿夜说不定马上就会醒了。"

沈院长脚步顿了一下，却依然没有回头，只淡淡道："就这样吧。"

李小白张着嘴，伸着手，想再叫他，又不知道要怎么开口，半晌才讪讪放了手，叹了口气。

跟着就听到身后有人也淡淡道："就这样吧。"

李小白唰地扭过头来，见病床上的人不知几时已经睁开了眼。

"阿夜？"李小白睁大眼，"你什么时候醒的？一直在装睡？"

仔细想想，沈夙夜应该是倒数第三个失忆的病人，比他严重的都恢复了，他怎么可能还昏迷着。

李小白就咧了嘴，凑到床边去，戳他的脸颊，嘟囔道："你好诈！"

沈夙夜脸上闪过一丝尴尬，将脸扭到一边，轻轻道："只是醒来时发现他在这里，不知道要说什么，只好……"

李小白就跟着把头探到另一边去看他，咧着嘴笑。

沈夙夜伸手拨开她的头，轻轻叹了口气："我知道你和江明的好意，但现在一时说要和好，我们也不知道要怎么相处，还是……就这样吧。"

等等，他的记忆恢复了，而且这几天发生的事情也清楚？

李小白突然有点不祥的预感，忍不住就想往后退。

沈夙夜一把拉住她："想去哪？"

闹不用说，就说前一阵那五月飘雪，天时地气全乱套的事……虽然是被几个小辈修真者和妖怪们抹平了，但若是被人捅上去，他这土地绝对吃不了兜着走。

"不对，若是要来追查问责，自有四方巡界使，轮不到你一个外地的山神。"他自己又把念头转了回来，瞪着对面的青年问，"你小子到底来做什么的？"

"槐公少安毋躁。"子郢连忙跟着站起来安抚他，"我这趟，只是来办一点私事。"

"什么事竟然让你敢私自出山？你胆子未免也太大了。"白胡子老头稍微定了定心，却依然警醒地盯着子郢，只希望他不要牵连到自己头上。

是这小老头胆子太小才对，若是让他知道自己在述职大会时还曾偷溜出来过，不知道会吓成什么样子。子郢虽然腹诽着，面上却依然放低了姿态，道："正要请槐公帮忙。"

白胡子老头果然又跳了起来："什么？我才不想惹火上身！"说着又觉得自己语气太激烈，干咳了声，"你也不是不知道，我们这些小神，那点子神力无非就是靠民间香火供养，如今这世道，哪里还有人供奉土地啊？远的不说，这两年来，也就是李家的小姑娘刚搬来时给我上了一炷香而已。你看有多惨？我这老胳膊老腿的，如今也就真能像个凡人老头一样，每天散散步下下棋，别的可什么都做不了。不是我不肯帮你，实在是有心无力啊。"

子郢笑起来，道："槐公请放心，我只是想请槐公当作没见过我。"

槐公虽然神力低微，但毕竟是一方土地，另有神祇到了他的地盘，他当然不可能不知道。与其等着他找上门来发难，倒不如先来打个招呼。

槐公沉默了一会，这个要求虽然并不难办，但他还是得问个清楚，免得到时不明不白受牵连："你到底是来做什么的？"

子郢叹了口气，道："有个妖怪，偷了我一件东西，逃到这里来了。"

"什么！竟有如此大胆的妖怪？"槐公吓了一跳。虽然说他们这些山神土地不过是敬陪末座的小神，但神就是神，哪容妖怪冒犯？不过，他一转念又想起当年那些动不动把山神土地呼来喝去地使役的传说中的大妖，不由就打了个寒战，"难道四明山又出了大妖？还跑到白岱来了？"

去年白岱来了只有大神通的厉害狐妖就让他战战兢兢了好久，好在那只狐妖还挺安分的，各自相安无事。但这要是再来一只，还是个敢偷山神东西的……

白胡子老槐公忍不住又开始转起圈来。

"槐公不用担心，我自会料理。"子郢只好继续安抚，"只是我来白岱的事情还请槐公代为遮掩一二。"

槐公这才想起之前那茬来，又是惊惶，又是慌乱，忍不住埋怨子郢："你们这些年轻人就是急躁，一点轻重缓急也分不出来。被偷点东西算什么？不过就是丢个面子，你这样巴巴追过来，要叫上面知道了，天打雷劈都算是轻的！"

子郢一脸苦笑，解释道："他偷的是要别的，也就罢了。只是这样东西，我还真是非得追回来不可。"

"有什么东西比命还重要？"

"镇山印。"

"什么？"

槐公今天真是把一百年份的惊恐都用完了。镇山印不单是件法宝，也相当于子郢的官印，更是他身在神位的凭证，这东西要是丢了，不要说什么天打雷劈，只怕就直接魂飞魄散了。何况还是被个妖怪偷了，谁知道会惹出什么事来。

他现在倒是理解子郢为什么要冒险私自出山了。这镇山印要是真丢了，那就是个死。但如果他能在上面发现之前追回去，一路痕迹抹干净，就算要追究他一个擅离职守之类的罪名，比起丢印，也真算不得什么了。

子郢向槐公作了个大揖，道："还请槐公帮我这次。"

槐公沉默良久，才叹了口气，道："罢了，谁让咱们交情好呢，就且帮你瞒一瞒。不过……你可不能在白岱用神力，不然就算想瞒也瞒不住。"

他说这条件的时候，本有点迟疑。那是能偷走镇山印的妖怪，要子郢不用神力去对付它，似乎有点强人所难。没想到子郢竟然好像就等着他这句话一样，爽快地一口应承下来，又向他行礼道谢，说事后必然重礼相谢。

槐公倒也不指望他的谢礼，只希望他能动作快点赶紧把这事解决了回四明山去，不要连累自己就好。

2 不然我就会死

面对门外这位不速之客，白夜灵异侦探事务所的两人表现出完全不同的态度来。

老板兼打手李小白同学一开始是满脸惊喜叫着"子郢"就欢快地扑过去，但是扑到半路，突然想起这个人除了是自己的童年玩伴之外的另一重身份，身形就生生顿下来，脸上也显出几分不安和尴尬来，犹豫了一下才试探性问："你到白岱来干吗？"

而身为事务所的秘书兼财务兼客服兼业务员兼管家兼厨师兼清洁工人的沈夙夜

同学则从一开始就皱着眉头，毫不掩饰地一身戒备与敌意。

没办法，这也怪不得他，谁让这位客人身份特殊呢！

门口白衣长发的俊美青年是李小白家乡四明山的山神子郢，曾与李小白有过"婚约"。那原本是李父的一句戏言，但子郢看着李小白长大，不知不觉便当了真，不时送点小礼物什么的，把不明真相的李家人吓得不得了。李小白神经又大条，丝毫没有觉察到一直以来在山里陪她玩的子郢就是那个山神。子郢一番媚眼都抛给了瞎子，结果反而吓得她匆匆离开了四明山。虽然打着升学的幌子，但显然只是为了逃避不能擅自离山的山神大人。

这段典故当然可算是旧恨，另外还有新仇。之前这位山神大人不知道用了什么办法来过白岱一次，把沈夙夜弄进一个电影里去折腾了一番。不知道是考验还是戏弄，也说不上来是否存有恶意，但那段被迫屠龙的经历，对沈夙夜来说，真不是什么愉快的回忆。

所以，哪怕子郢也算曾经救过他一命，但新仇旧恨加在一起，他再看到这位山神大人，怎么可能给他好脸色。

子郢并不在乎他一张黑脸，只向他们温和地微笑道："来办点事情，顺便来看看你们。"又把手里的大袋子往前递，"来得匆忙，也没备礼，只随手带了点山里的土产，你们拿着偶尔换换口味。"

听到他不是来抓自己回去的，李小白就松了口气，热情地把人迎进客厅，让他坐在沙发上，然后就一脸雀跃地坐在他身边问东问西。

她一年多没有回去，自然有数不尽的事情要问，子郢也很好脾气地微笑着有问有答。

沈夙夜泡了茶来，又把子郢带来的东西提下去，打开一看就有点郁闷。

什么叫出来得匆忙没有备礼？这里大包小包各种他认识不认识的山珍，光蘑菇都有七八种不重样的，还有一对活的山鸡……这是随手就能拿出来的么？也就是小白那种一根筋会信他只是顺便来看看。

所以再回到客厅时，沈夙夜就找机会插了嘴问子郢到底是来办什么事情的。

子郢抬起头来，看了看他们墙上挂的那块"白夜灵异侦探事务所"的牌子，笑道："说起来，这事还真得找你们帮忙。"

"欸？什么事？"李小白小的时候把子郢当成妖怪，跟着他简直可以在四明山里横着走，就觉得他神通广大无所不能。后来才知道原来他是山神，自然更加崇敬，这时听他说要自己帮忙，不由大感意外。

"四明山有个新来的妖怪,偷了我一件东西。"

"什么妖怪这么大胆?"李小白一听就忍不住叫起来。

要知道,再厉害的妖也是妖,再孱弱的神也是神,怎么会有敢主动冒犯神祇的妖怪?就算是胡十九那样的大妖,当初在听说李小白逃婚的对象是一个山神之后,不也乖乖打消了为她出头的念头?

李小白转念又想起自己以前也没觉察子郢的身份,把他当成妖怪好多年,难不成这也是个糊涂妖怪?不过,如果那妖怪真把子郢也当成妖,那就更不可能去偷他的东西了。跟有各种规则制约的人类社会不一样,妖界的规则只有一条,那就是强者为尊,谁的拳头厉害,谁就是老大。就比如甄小黑虽然是白岱城的元老,但见了胡十九也只有乖乖夹起尾巴发抖的份,又怎么敢偷他的东西?

所以李小白不解地皱着眉问:"到底是什么情况?"

"新来的不懂规矩又搞不清状况而已。"子郢轻描淡写地一笔带过,"他现在逃到白岱来了。我虽然追过来,但这里不是我的地盘,我不能在这里用神力,所以只好请你们帮忙了。"

还说什么办点事顺便来探望他们,这不是专程来找他们帮忙的么?

沈凤夜暗自叹了口气,问:"是个什么样的妖怪?被偷的东西又是什么?"

"是只麋鹿。被偷的是一方印章,青玉的,平常一般这么大。"子郢伸手比画了一个十厘米见方的形状,"印钮是螭虎钮,印文是古篆阴文,刻着'四明'……"

他话没落音,李小白就跳了起来,睁大了眼,惊叫:"镇山印?你丢了镇山印?"

李家世代都主持四明山神的祭祀,李小白当然知道镇山印对山神来说意味着什么,不由得就紧张起来,抓着子郢急切地追问:"你怎么会把镇山印丢了?什么时候的事?还有别人知道这件事吗?"

"没什么,追回来就是了。"相比起李小白的紧张,子郢这正主倒是依然气定神闲。

"我这就去问最近新来的妖怪的行踪。"李小白说完就匆匆起身去拿她那个妖怪花名册联系妖怪耳目。

沈凤夜不清楚镇山印是什么,但听李小白的口气,也知道这是个重要的东西。他打量着子郢的神色,不由微微皱起眉。

子郢由得他打量,缓缓喝了口茶,又抬起眼细看墙上的招牌。目光在"白夜灵异侦探事务所"下面那两行"专业素质,诚信服务。价格合理,订金先付"小字上稍停了停,就移到沈凤夜脸上来,轻轻笑了笑:"现金之外的东西收不收?"

他一副正儿八经要委托的样子,沈凤夜索性也就点了点头:"收。"

子郢不知从哪里拿出块玉佩来，递过去："那就用这个充数吧。"

玉珮不大，白玉系着红绳，雕成貔貅腾云形状。年代且不说，这玉佩通体洁白无瑕，质地细腻柔和，触手生温，雕工更是精细，那貔貅鳞羽鬃毛纤毫毕现，甚至有一种要破玉而出的威严气势，令人不敢逼视。就算沈夙夜对玉品古玩不太在行，也看得出这东西绝对价值不菲。

本来的确是打着要宰子郢一顿的主意，但他拿出这玉佩来，沈夙夜却不免有点犹豫："太贵重了。"

"不过就是块玉，扔在那里又没什么用。"子郢淡淡笑了笑。

不过就是块玉！

山神大人这是赤裸裸地炫耀吧？沈夙夜拿着那块玉珮，觉得有点牙痒痒。跟着就听到子郢道："那么镇山印的事就请多费心了，务必要在上面发现之前追回来。"

"不然会怎么样？"

"不然我就会死。"子郢又喝了一口茶，声音依然平静得一丝波澜也没有。

沈夙夜反而怔在那里，心情突然就复杂起来。

3 区区几十年而已，我等得起

李小白一见到那块玉佩，就大叫"好东西"，直接就给沈夙夜挂上了。

"这个避邪再好不过，戴着它就不用再担心你那特殊体质了，一般的魑魅魍魉根本就近不了身。"

沈夙夜本来还想拿个乔，但李小白直接就把订金给用了，又是给他的，所以明知道子郢的镇山印被偷这件事肯定另有玄机，却也不好再多说什么。

李小白很快就把白岱市的大小妖怪都问了一圈。大家都表示最近除了圣诞装饰画上给圣诞老人拉雪橇的那几只之外，没见过什么别的麋鹿。因为子郢丢了镇山印的事不能声张，所以李小白是用别的借口去问的，还被人取笑问她是不是圣诞舞会要扮圣诞老人想找只麋鹿应景。

李小白打着哈哈混过去，眉宇间却不由得笼上一层焦虑，转过头来问子郢："你真的确定它来了白岱？"

子郢点点头："我感应到镇山印的气息，一路追过来的。只是白岱的土地胆小怕事，禁止我在这里用神力，所以没办法继续追了。"

"可是大家也没见过什么新来的妖怪，也许只是路过，没做停留？"李小白这么猜测着,"那可就不太好办了。"

妖怪又不用实名买票,要真的只是打这里路过,这时都不知道跑到哪里去了。

子郢却依然很镇定,拿出几枚铜钱在桌上排开,抛掷了几次,又掐指算了一会,道:"镇山印还在白岱,东南方向,五里之内。"

李小白眨了眨眼:"你不是不能用神力?"

"这不是神力,是六爻卜卦之术。"子郢微微一笑,"是我还没做山神之前学会的微末小技。"

李小白是武斗派的,掐算问卜都不是她的强项,子郢这么一算,她也看不出门道来,只能他说什么就是什么了,反正,只要能把印找回来就行。

当下和沈凤夜摊开白岱市地图,从自己家往东南向划出五里的范围来。以修真者的脚程,五里路倒也算不得什么,但这一块有居民区也有商业区还有学校公园,要找出块不到巴掌大的印章来,却也不是件容易的事。

李小白叹了口气:"看起来只能多叫几个人帮忙分头找了。"

其他人虽然不像山神那样会对镇山印有特殊感应,但镇山印毕竟是件强大的法宝,只要是修行之人靠近了,多少都会有所觉察。

沈凤夜却道:"还是只找亲近可信的人吧。既然是法宝,架不住会有人眼皮子浅见财起意,到时反而多生枝节。"

也是,当年李轻墨刚到白岱时,还有人打他的宝剑的主意,何况是镇山印这种宝贝。

所以最后也只叫了李轻墨桃天甄小黑这么几个信得过的人和妖。李小白倒是打了电话给胡十九,只是一听说是给山神找东西,那边就嗤笑了一声挂了电话。

一方面是因为胡十九懒惯了,没有热闹看只跑腿的事他不会做;另一方面来说,是自在惯了。白岱土地是个胆小的,基本可以无视,大狐妖就坐在白岱金字塔的最顶端,他吃饱了撑着才会来见什么山神伏低做小给自己找不痛快。他跟子郢又没交情,万一一不小心得罪了,可是会有雷劫的。

李小白很理解胡老师。所以虽然有点可惜少了个强援,也没怎么抱怨,大家把负责范围一分就分头出门了。

子郢留在家里。

他不能用神力,也就和普通人差不了多少,跟不上李小白他们的速度。倒不如留在家里,隔段时间卜算一下,看看镇山印的位置有没有变化,再由坐镇家里居中策应调度的沈凤夜通知李小白他们。

这当然是沈夙夜的安排。

他去不了，当然也不想子郢跟上去继续跟李小白"叙旧"。不过，就算他有那么一点子私心，这也是最合理的安排。所以大家都没有反对，子郢看起来甚至很满意。

大家都出去之后，子郢便捧着一杯茶，悠然自得地打量起房间布置来，一面问："小白这一年多都住在这里？"

"嗯。"

沈夙夜在电脑前忙着把这次委托入档，只随口应了声，没想到子郢跟着就轻飘飘来了句："简陋了一点。"

沈夙夜只觉得一口气堵在胸口上不来。

他这里不过是个普通的公寓，家具电器也以简单实用为主，当然算不上什么精致奢华，又哪里入得了这位随手拿出块价值连城的玉佩出来砸人的山神大人的眼！

所以说，高帅富什么的，最讨厌了！

沈夙夜狠狠敲完了那一行字，才平复了情绪，也轻飘飘道："虽然简陋了些，但总算是我们自己一分一厘挣出来的，住着舒服。"

子郢笑起来，转过身来看着他，道："你大可不必对我这样戒备。我对你从来都没有恶意，也没打算现在就把小白接回去。"

沈夙夜挑了挑眉，没打算现在接，就是说其实他并没有死心，只要有机会就会来接？

子郢薄青色的眼眸带着种温柔的笑意，轻轻吹了吹茶杯上的热气，幽幽道："区区几十年而已，我等得起。"

沈夙夜只差没真的一口血喷出来！

这世上还有比这更让人憋屈的情敌吗？

4 果然瞒不过你啊

因为要找的是件法宝，其实比找普通物件容易。他们只要一路用神识扫过去就行，只是灵力消耗就比较快，不时要停下来休息，所以走得反而没有平常快。

接到沈夙夜的电话时，李小白还没走出一公里。

"怎么？有变化吗？"李小白问。

"有点别的变化。"沈夙夜道，"刚我大哥打电话来，说玉和收治了一个交通事故的伤员。准备输血的时候，发现他的血型比较奇怪。"

"欸？熊猫血吗？"

"不，更像是鹿科的……"

"什么？"李小白几乎跳起来，打断沈凤夜的话，"是那个麋鹿吗？"

"不知道，我和子郢正要过去确认，你也一起来吧。那边让李轻墨和小黑他们先找着。"

李小白连忙点了点头，应道："好，我这就回来。"

李小白挂断电话之后又打给李轻墨，说了自己要去玉和医院的事，让他找完后接手自己负责的这部分。然后就匆匆跑回去会合了沈凤夜和子郢，再赶去玉和医院。

沈凤夜的哥哥沈晨暝已经在那里等着他们，也没有废话，直接就把他们往病房领，一面又把情况简短地介绍了一遍。

病人是个十七八岁的少年，因为交通意外送进来的，断了一条腿，三根肋骨，失血严重，一直处于昏迷状态。但做血检的时候，却发现他的血型不是任何一种已知的血型。

玉和医院因为初代院长和一只吸血鬼的交易，对特殊血型向来比较敏感，一发现之后就立刻把病人转移到特殊病房，仔细比对过之后，才发现不像吸血鬼，而更像是动物的血，比如……鹿。

一个人，却流着动物的血，显然不是正常状况，所以才给沈凤夜打了电话。

"我们做了一些应急处理，外伤的血虽然已经止住了，但找不到合适的血液，不敢给他动手术，现在情况不算很好。"

沈晨暝一面说着，一面推开了病房的门。

病床上躺着一个瘦高的少年，一头浅栗色的短发，脸色苍白，双眸紧闭，依然在昏迷之中，身上连着各种仪器，还挂着点滴，旁边有个护士在忙碌。

沈晨暝使了个眼色，护士就退了出去，他才问："你们能处理吗？"

李小白一眼就看出来床上这少年是个妖怪，虽然原形是什么还看不出，但想来十有八九就是他们要找的那只麋鹿。她扭头去看了一眼子郢，子郢点了点头。

李小白就有点哭笑不得，怪不得没人见过他呢，他在这里躺着谁能见得着啊。好歹也是修行几百年可以化人的妖怪，被车撞了个半死不活，送到医院里还找不到可以输的血，眼看就活不了了，这要说出去，也太丢人……不，丢妖了！

沈凤夜也有点无言，静了会才道："先把他弄醒来再说吧。"

李小白走到床前，抓起那少年的手，输了丝灵力进去。

不多时就见那少年反射性地跳起来，眼还没睁开，就挥着手胡乱叫道："不要

杀我，不要杀我，我是吃素的！"

李小白又好笑又好气，一巴掌拍在他头上："谁要杀你了，给我清醒一点！"

那少年愣了愣，像是冷静了一点，睁开眼来打量了一下环境，又看了看周围的人，一双黑白分明的大眼睛蒙了层水汽，好像随时会哭出来，还一边怯弱瑟缩地发抖，像只受惊的小动物一样。

等他的目光一落在子郢身上，就真的哭了出来。那叫一个泪如泉涌，一边哭一边断断续续说话："我不是故意的……只是……没想到城里这么可怕……好多人，好多好多人……还有好多车……声音又大……呜呜呜……好可怕……"

李小白一头黑线，又一巴掌拍过去："你不是连镇山印都敢偷吗？还怕什么人？"

"我没有……"少年悄悄瞟了子郢一眼，又改了口，"不是……那个……"顿了顿好像编不出什么理由，索性不答了，只顾放声大哭，"呜呜呜……好可怕……"

看到这几分钟前还躺那里那半死不活的家伙竟然这么快就能哭得水淹七军，就连沈晨暝那张冰山脸也不免有所动容，这到底是个什么情况啊。

而沈夙夜看一眼病床上的少年，又看一眼旁边的子郢，微微皱了一下眉，嘴角露出一丝讥讽的轻笑。

子郢倒还是那副气定神闲的模样。

装！沈夙夜暗自哼了一声，看你能装到几时！

李小白没理会这些人的表情变化，只又一巴掌拍在那少年头上，恶狠狠道："闭嘴，不然我真杀了你！"

这威胁很有效，少年瞬间就闭了嘴，虽然还在眼泪汪汪地抽噎，但却不敢再哭出声了。

李小白继续恶狠狠逼供："说，镇山印呢？你藏在哪里了？"

这小子因为车祸被送进来，又做检查又做治疗，镇山印自然不在他身上。李小白刚进来就用神识扫了一遍，也完全没有发现医院里有什么法宝。而且子郢的占卜说是在沈夙夜家西南的方向，玉和医院可是正北方。所以李小白首先就认为，肯定是这家伙把镇山印藏起来了。

那少年像是突然意识到还有这东西一样，伸手就在自己身上胡乱摸了一遍，然后一愣，就连李小白的威胁也不管用了，哇地再次哭起来："不……不见了，进城的时候明明还在的……怎么会不见了呢……"

"什么？"李小白皱了眉，难道这家伙碰上的车祸不是意外，是什么人有预谋想夺宝？她不由扭头看向子郢。

子郢不慌不忙地再次拿出铜钱来卜算一番，然后道："还是西南方向，八里以内。"

结合他之前卜那卦来看，镇山印应该还在原地没动过。

李小白出去给李轻墨打电话，问他那边的进展。

沈凤夜留下来继续审问那只麋鹿。但他并不忙着问那少年，而是先盯着子郢，问："你真不知道镇山印在哪里？"

子郢摇了摇头："真不知道。"

沈凤夜半信半疑，指着病床上还在哭的少年，道："难道这家伙不是跟你串通故意带着镇山印跑到白岱来的？"

这么一只会被车撞个半死，看到人就吓到只会哭的胆小妖怪竟然敢偷山神的镇山印？谁信啊？

显然只可能是子郢自己把镇山印交给他带出来，再谎称被盗，这样他就有借口可以私自出山来白岱了。然后故意来找小白帮忙，找到这只妖怪，把镇山印拿回去。这家伙为了见小白，倒是用心良苦。

子郢也没有否认："果然瞒不过你啊。"

"也就只能骗骗李小白那种白痴吧。"沈凤夜叹了口气，"你就不能找个靠谱点的搭档吗？"

"没办法。"子郢说，"四明山里其他的妖怪都不肯。"

白痴才肯吧？

背着镇山印这么重要的法宝，谁知道一个不小心就会出什么事啊？万一中间被其他人抢走呢？万一李小白不明真相一上来就下死手呢？万一哪个环节出错真被当成偷镇山印的贼遭雷劈了呢？万一山神大人事后受罚作为从犯被牵连呢？万一山神大人没有达成愿望迁怒撒气翻脸不认人呢？

也就这头蠢鹿，一看就是个拎不清的，大概被子郢一吓一哄就上了贼船。沈凤夜扫了病床上还在哭的那个少年，忍不住又想叹气："现在好了，弄假成真，镇山印真的下落不明了。你满意了？真是搬起石头砸自己的脚。"

子郢只是淡淡微笑："我相信你们一定能帮我找回来的。"

拿人手短，吃人嘴软，收了订金的沈凤夜同学只能闷闷地闭了嘴。

5 你就放心交给阿夜吧

麋鹿少年能提供的信息很少，基本上就是一问三不知，甚至连自己是在哪里出的事也说不清楚。

沈夙夜只好找沈晨暝问了车祸的地点。

既然麋鹿少年肯定进城之后镇山印还在身上,他再不济也是个妖怪,也不可能遭了普通小偷的道,那镇山印丢失的时间应该是在他昏迷之后,最可能是在车祸现场丢的。

沈夙夜仔细检查了一遍麋鹿少年的随身物品,又叫上李小白去了车祸现场。

那是个十字路口,现在距车祸发生已经过去了好几个小时,现场已经基本上没什么痕迹了。沈夙夜在周围仔细勘察了一番,并没有什么发现,李小白也没感觉到什么残留的妖气。

跟过来的子郢饶有兴趣地看着他们忙碌,等他们停下来休息的时候才问:"白跑一趟?"

"不,"沈夙夜抬起眼来,看向路口的摄像头,"你要知道,人类发明了一个东西,叫做监控录像。"

沈夙夜不知道用了什么办法弄到了那个路口的监控录像,跟李小白和子郢一起看。

车祸的过程被拍得很清楚。

先是麋鹿少年慌慌张张地从人行道跑上了机动道,然后被来往的车辆吓得手足无措。一辆摩托车为了躲他急刹车,向左侧翻倒,载的货物洒了一地。麋鹿少年自己也吓得跌倒在地,但这时显然并没有受什么伤,摩托车手还没爬起来,他就先一跃而起,惊恐地向反方向奔逃,这才一头撞上正开过来的一辆出租车,昏了过去。

李小白看得十分无语,捂着脸说:"这……这真是个妖怪吗?"

沈夙夜斜了子郢一眼,没说什么,将画面放大了又仔细看了一遍。看到第三遍的时候,他才将录像暂停,伸手指了指画面上某处,说:"他第一次摔倒的时候,身上掉了个盒子。"

李小白凑过去:"什么盒子?"

沈夙夜将画面倒回去一点,用慢动作重放了一遍,果然看到麋鹿少年跌在地上的时候,有个拳头大的木头盒子从他口袋里掉了出来。但他自己并没有注意到,跳起来就去撞出租车了。看那盒子大小,倒的确跟子郢说的镇山印差不多。

"果然是在这里掉了。"李小白连忙道,"被什么人捡走了?"

沈夙夜继续播放录像,这次大家便都将注意力集中在那个掉出来的盒子上。只

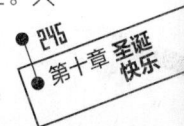

见那个摩托车手从地上爬起来，检查了一下自己身上，便扶起了自己的车，然后就开始捡起散落在地上的大包小包，连同那个盒子一起被捡起放进了摩托车后面载的筐里。

沈夙夜便再次将画面放大，一直到能看清那人的长相。

"要上哪去找这个人？"子郢问。

"他也是这次交通事故的当事人，交警那边应该有记录。"沈夙夜把这人的脸截了张图下到手机里，"而且这人大概是ＸＸ快递的员工，应该不会很难找。"

子郢看着他忙活，又问："你怎么知道？"

"他那些大包小包上不是都贴着快递单么？"沈夙夜解释，"不是快递公司的工作人员的话，一般也没有人会带这么多大小不一却贴着同一家公司的快递单的包裹了吧？"

李小白更是拍着子郢的肩道："你就放心交给阿夜吧，他一定能找到人的。"

沈夙夜很快就确定了那个骑摩托的人的身份，果然是ＸＸ快递公司的派件员。

沈夙夜要到了他的联系方式，打电话跟他约了时间地点见面。那人听说是因为车祸的事，似乎有点不太乐意见他们，再三推脱才不得已答应了，但一见面就先声夺人："我跟你们讲，明明是那个小子自己不看红绿灯到处乱跑的。我又没撞到他，反而自己还摔伤了。"一面说还一面指着自己脸上的擦伤来增加说服力，"你们可不要想找我的麻烦……"

沈夙夜只好打断他的话："你误会了，我们不是来找你索赔的。"

一听不是来索赔的，那人的态度就好了许多："那是为了什么事？"

"是这样，我们那个朋友，在车祸现场掉了个盒子。这么大。木头的。"沈夙夜比划形容了一下，"不知道你有没有印象？"

那人想了想，皱起眉来，回忆道："好像有，但我记不太清了。当时我正在送件的路上，一车的大包小包。因为那小子乱跑，害我摔倒，包裹散了一地。我不太记得是不是连他的东西一起捡回来了。"

李小白连忙问："你当时载的东西现在在哪？看一看不就知道了？"

那人露出为难的神色来："已经送出去了，我们公司的速度可是有口皆碑的。就算我出了事故，也会有同事来接替我工作，耽误不了送件。"

沈夙夜道："但是那个盒子上并没有贴快递单，也没有写地址，应该不会误送吧？"

"也是。"那人点了点头,"我帮你们问问当时接手的同事。"

不一会就有了结果。

原来当时摔倒的时候有个纸箱破了,接手的同事就以为小木盒子是从那个纸箱里漏出来的,顺手就给塞回去,拿胶带重新封上了。就因为这个破洞,他还跟收件人发生了争执,闹得很不愉快,所以一问就想起来了,连地址也记得清清楚楚。

沈凤夜把地址记下来一看,果然是在他家西南方向,而且还不算太远。

李小白便拍着手道:"子郢你算得还真准。"

就算山神大人的占卜再怎么精妙,但想想这一串的折腾都是这家伙没事找事惹出来的,沈凤夜就没有夸赞的心情。

原本还觉得子郢的订金给得太重,现在看来,真是一分钱都没得退!

6 我只想要这个

快递的收货地址是一家卖鲜花、小饰品的小店。

还没进门,李小白就感觉到一股磅礴浩瀚的灵气,里面还夹杂着一种似曾相似的雄峻威势。李小白不由得咋舌,这镇山印果然不愧是神仙法宝,相比之下,她以前见过的大半法宝直接就跌到了地摊货的级别。

她忍不住伸手捅了捅子郢的腰:"真不够意思,咱们认识这么久了,有这种好东西竟然不给我看。"

子郢不知要怎么回答,他以前一直都对李小白隐瞒着自己山神的身份,要是带着镇山印,哪里还瞒得住?

"先拿回来再说别的吧。"沈凤夜轻咳了一声,率先走进店里。

这家店店面不大,只有一个员工,是个二十来岁的年轻女子,正在柜台后面为刚刚买好东西的客人包装,一面忙活一面抬起头来笑着招呼了一声:"欢迎光临,请随便看。"

李小白一进来就盯住了她手里正在打缎带的那个盒子。因为她感应到的那股灵气,正是从这个盒子里透出来的。"这个……"她才伸手一指,旁边就有人打断她的话:"这个是我买下的,都已经付钱了。"

李小白这才看到旁边还站了个十来岁的少年,还不是陌生人,是她同班同学,姓刘,叫刘宏伟,平素交情还不错。

刘宏伟这时正带着点意外的表情看着她:"李小白,是你啊,真巧。你也来这

里买东西？"

李小白松了口气，好在是熟人，要是被不认识的人买了，只怕还要费更多手脚。她马上就换上一副笑脸："你买的这个，是个印章吧？"

"欸？你怎么知道？"刘宏伟挑了挑眉，"你进来的时候，不是都包上了吗？"

"因为我先前就盯上了啊。"李小白随便找了个借口，眼巴巴地看着刘宏伟，"不如你让给我吧？就当帮我个忙？"

这时店员已经把那个盒子包好了，漂漂亮亮的，还打了个蝴蝶结。只是看刘宏伟和李小白说话，一时倒没忙着给他，反而笑眯眯地跟李小白招揽生意："这位小姐喜欢印章的话，我们店里还有别的。寿山石、青田石、鸡血石我们都有，还有……"

"我只想要这个。"李小白打断她的介绍，指着那盒子向刘宏伟道，"要不然我加你钱，或者拿别的跟你换？"

难得李小白有事求到自己头上，刘宏伟本来还想拿个乔多刁难她一下，但看着旁边沈夙夜和另一个跟着李小白进来的长发青年脸色都不太好，一时不敢造次，只伸手拿过那个盒子晃了晃，道："咱们什么关系啊，扯钱也太伤感情了。你要真想要，就看有没有那个运气吧。"

"什么运气？"

"我买这个，本来就打算今天晚上做交换礼物的，看你有没有运气抽中它喽。"

李小白愣愣地眨了眨眼，问："什么交换礼物？"

"不是吧？你竟然忘记了？"刘宏伟夸张地叫起来，"今天晚上的圣诞PARTY啊。不是说好每个人带份圣诞礼物混在一起抽签的么？"

李小白干巴巴笑了两声，她还真忘记了。

刘宏伟头上挂下来一排黑线："那我现在提醒你了，晚上八点，在学校的室内篮球场。不要再忘记啦。"

李小白忙不迭地点头应下。

"至于这个，你就碰运气吧。晚上见。"刘宏伟说完便挥挥手里的盒子出门走了。

李小白追出去看着他的背影，道："不如我蒙上脸，去打昏他抢回来？"

子郢却道："既然有了下落，倒也不急于一时，徐徐图之就好。"

沈夙夜斜瞟了他一眼，他当然想徐徐图之了，若不是追不回来会没命，只怕他还想一直拿找镇山印做借口赖在这里不走呢。

偏李小白不上道，急切地说："那怎么行？镇山印丢了你还得担着干系呢，当然早一点拿回来比较好。"

沈夙夜的嘴角就不自觉有点向上扬。

子郢就当没看见，转移了话题问："他刚说的那个圣诞趴地是什么？"

李小白噗地笑出声来："是PARTY啦，就是聚会、宴会。庆祝圣诞的，其实就是一群人聚在一起吃喝玩乐啦。"

她顺便又把圣诞节来由来和风俗跟子郢简单介绍了一下。坐着麋鹿拉的雪橇从烟囱进来送礼的圣诞老人，圣诞树和圣诞花环，圣诞大餐和圣诞歌……

"我还在床头挂了只圣诞袜呢。"李小白说到这里突然顿下来，"糟糕，我还没买礼物。"

这丢三拉四的丫头。沈夙夜叹了口气，看了看手表："没事，时间还早，我陪你去买吧。"

"不，我自己去，阿夜你不要跟来。"李小白说着就跑向了车站。她没说子郢不要跟来，所以山神大人就光明正大地跟了过去。

沈夙夜眼角抽了抽，最终还是没去，站在那里给李轻墨打了个电话，告诉他找到了镇山印的下落，可以不用再地毯式搜索了。

7 她现在这样，很好

李小白他们的班主任老师年轻开明，一向支持鼓励同学们积极开展各种正当的课外活动，知道他们要搞圣诞PARTY之后，觉得教室太小不够他们闹腾，索性就向学校申请征用了室内篮球场。有其他的老师同学要来凑热闹也来者不拒，只一条，因为有交换礼物的环节，所以来的人都得带份小礼物，进门的时候就交上去，有专人负责编号摆放。所以李小白没费什么口舌就把沈夙夜和子郢一起带进去了。

篮球场已经布置一新，充满了节日气氛。中间竖着一株高大的圣诞树，上面缠着彩灯，装饰着各种小饰品，连两边的篮球架也包上了彩色的缎带，篮筐上系着各色气球，看起来倒别有一种趣味。

李小白进去跟附近的同学打了几声招呼，就开始到处找刘宏伟。

刘宏伟一会有节目，这时正抱着把吉它在调音，见李小白挤过来，也顾不上和她多说什么，只伸手往中间圣诞树那边一指："一会看你运气吧。"

李小白转过头，看到圣诞树下面果然已经堆放了好多大大小小各式礼盒。看这数量，能不能抽中真的很难讲。李小白一面走过去，一面想，果然还是应该当时就把刘宏伟打晕抢走的。

但走到礼物堆旁边,她才发现不对。这里并没有下午能感应到的那种浓郁的灵气。

这距离明明比在那家小店里还要近得多,为什么反而感应不到?李小白皱着眉,正要去礼物堆里翻找,便被一身圣诞老人装的班长拦下来。

"年轻人就是沉不住气。"班长摸着自己的假胡子,压着嗓子老气横秋地说,"不要着急嘛,到时自然有你一份,但想提前捣乱可不行哟!"

李小白翻了个白眼,试探着商量:"就让我先看一眼嘛……"

班长一脸绝不通融的表情将她往外推:"离交换礼物的环节还早着呢,一边玩儿去。"

她可不是在玩啊,李小白有点无奈。万一镇山印真的又不见了怎么办?

子郢微笑着,凑到她耳边轻轻道:"没事的,不用紧张,出来时我卜算过了,今天晚上一定能顺顺利利地把镇山印拿回来的。"

李小白看他一眼,皱了下眉,虽然不是不信他的卜算,但这都感应不到了,怎么可能顺利?

这时对面正有几个女生招着手叫李小白,子郢便轻轻拍了拍她的背:"相信我,你只管去玩吧。"

李小白将信将疑地看他一眼,跟同学应了声跑过去。

PARTY的气氛一直很好,主持人风趣灵活,各种游戏和表演安排得恰到好处。就算李小白心里装着镇山印的事,也玩得十分尽兴。

沈夙夜端了两杯茶,递过一杯给子郢。

子郢握着杯子,靠在墙边,看着李小白被几个女生叫去头对头地说悄悄话,很快又被拖到中间去做游戏。他不由得就扬了扬嘴角:"小白很受欢迎嘛。"

"嗯。"沈夙夜喝着茶,应了声,"先前她帮忙出COS那会,还被追着要签名呢。"

子郢脸上的笑容就更浓了些,但眼中却闪过一丝落寞,轻轻道:"她果然还是应该出来的。"

沈夙夜侧过头去看着他。

子郢的目光却一直胶着在李小白身上,轻声说:"她看起来很开心,果然还是应该要有同龄的朋友才好。"

沈夙夜迟疑了一下,才问:"她以前没有朋友?我是说普通人的……"

子郢又笑了一声:"不然你以为她为什么会总来找我?"

沈夙夜闭了嘴,心头却有点隐隐作痛。

有什么人是天生就喜欢往山里跑找妖怪玩的？

"小白……在法术方面，真的很有天赋，很小的时候，就很厉害了。但是就因为小，性格又直爽，不知遮掩……"子郢顿了一下，唇间溢出讥讽的轻笑，"你知道的，人类对于异类……永远不可能轻易接受。"

沈夙夜也抬眼看看在同学间中嬉闹的李小白，没有接话。

安静了很久，子郢才又轻轻笑道："她现在这样，很好。"

沈夙夜依然没有回话，只点了点头。

现在，将来，永远，他都会让她继续这样开开心心快快乐乐下去。

终于到了交换礼物的环节。

班长拿出个大盒子，里面放着写好编号的字条，每人上去抽一张，然后去圣诞树下拿对应号码的礼盒。

李小白运气实在不好，自己只抽到一个印了圣诞老人头像的马克杯。沈夙夜抽到一个红苹果的立体拼图，子郢抽到一个麋鹿毛绒玩具。

李小白便铆起劲来紧张地盯着那些礼盒，看镇山印落在谁手里，好想办法拿回来。但一直到最后一份礼物抽完，也没看到镇山印的影子。

李小白皱起眉来，又去找了刘宏伟问："你下午拿的那个印呢？真的放在礼物堆里了？"

"真的啊。"刘宏伟左右看了看，伸手一指，"喏，那不是在张荣手里吗？"

李小白过去一看，那个叫张荣小平头男生手里果然拿着一个青色的印章在把玩。形状大小虽然和子郢说得差不多，但显然就是个普通的印章，不要说一丝灵气也没有，连材质也只是普通的青石。

被人掉包了？

李小白心头一沉，转头去看子郢。

子郢倒是依然气定神闲，安慰她道："不用担心，我对自己的卜算很有信心，今天晚上一定能找回来了。"

这礼物都已经送完了，大家都陆续开始退场回家了，镇山印都不知道在哪里。而且跟之前不一样，这次真是连个线索都没有，真不知道他的信心从哪里来的。

眼看着人都走得差不多，剩下的人都开始收拾会场打扫卫生了，李小白才哭丧着脸跟着沈夙夜和子郢从篮球场出来，一面还唉声叹气："这下可怎么找？"

她话没落音，便有个东西挟着破空之声向她砸过来。

李小白眼疾手快，一伸手接了下来，才发现是一方青色印章，不到巴掌大，螭虎印纽，古朴厚重。样子跟刚刚那个差不多，但是质感可就一个天上一个地下了。李小白怔怔地眨了眨眼。这是镇山印？但为什么没有法宝的气息？她试着用了一丝灵气探了探，直接就被弹回来。李小白不由嘶的一声，说出声来："封印？"

　　"只是隔断一下灵气外露，山神大人回山之后随便就能解开了。"

　　随着说话声，一个身长玉立的青年从暗处走出。乌黑的长发松松束成一把，细长的眉眼，俊俏的面容，正是以教师身份住在澄空附中的大狐妖胡十九。

　　原来从中调包的人是他。

　　想想也是，虽然他对帮忙找镇山印没什么兴趣，但既然带到学校来了，就不可能不惊动他。

　　李小白松了口气，笑着迎上两步："谢谢胡老师。"

　　胡十九看起来可不太高兴，向着子郢拱了拱手，转过头来就指着李小白的鼻子骂："你是吃了熊心豹子胆吗？怎么这么不省事呢？镇山印是可以拿来玩的东西吗？这要出了事会牵连多广你到底有没有数？竟然敢什么保护措施也没有就这么让人拿着到处晃？别的且不说，就这法宝灵气，你知道会引来多少人觊觎吗？好在白岱的妖怪平常约束得紧，这要换个地方，只怕早就打得天翻地覆了。你自己不要命也不要连累别人啊！这么大人了，怎么还这么任性呢？"

　　沈夙夜在旁边听着，就忍不住有点暗爽。

　　很明显，这是大狐妖不敢直接跟山神问罪，指桑骂槐呢。

　　被当作"桑"的李小白同学也很自觉，一句嘴也没回，乖乖一一应诺。

　　子郢那副云淡风清的样子就有点摆不下去，摸了摸鼻子，干咳了一声："你不要责怪小白了，都是我的错，以后再不会了。"

　　胡十九便再次向他行了个礼，却依然转头向李小白道："既然东西找到了，就快点回去吧，再磨磨蹭蹭学校就要锁门了！"

　　这次沈夙夜没忍住，笑容不自觉就爬到了嘴角。

　　原来指桑不但可以骂槐，还可以下逐客令！

　　他决定以后要对胡老师再好一点。

8 圣诞快乐

　　送走了子郢，李小白回到家里，就窝在沙发上抱着个IPAD玩起来。

沈夙夜走在后面，关了门转过身来，看着她手里的IPAD，眼角就有点抽："下午买的？"

"子郢买的，他还买了个手机……"李小白说到一半突然反应过来，顺手就把IPAD往身后一藏，结结巴巴解释，"可不是我跟他要的，是他自己要买的，我……我先帮他试用几天……"

沈夙夜只是轻咳了一声，向她伸出手。

李小白扭扭捏捏地拖延了一会，还是乖乖把IPAD交了出去。

沈夙夜扫了一眼，关机，收起来："我先替你保管了，期末考试要是每科都在80分以上再还你。"

李小白怔了一下，便去拉了沈夙夜的袖子，轻轻摇晃着："阿夜你不能这样，咱们再商量一下……"

"90分。"

"嘤嘤嘤……阿夜是大坏蛋！"

李小白装模作样抹着泪跑回自己房间去了。

所以说，高帅富什么的最讨厌了！沈夙夜叹了口气，也回了房间。

一开门就愣在那里。

一条红白相间的长围巾在他床上摆了个心形，中间还放了张粉色的卡片，上面是李小白那歪歪斜斜的字迹。

"Merry christmas！"

下面还有一排小字。

"PS：就算要回去，我也跟你一起去。所以不要不开心啦，笑一个。"

沈夙夜愣了半晌，才轻轻弯起了嘴角。

这丫头，当哄小孩呢！真是的，连个情书也不会写！

他拿起了床上的围巾，一圈圈绕在脖子上，一时间只觉得满心都是温暖。

沈夙夜围着那条围巾，轻轻推开了李小白的房门。

李小白已经睡着了。

沈夙夜把一个小礼盒放进了她床脚挂着的圣诞袜里，然后才走到床头，低下头来看着她。

李小白睡得很安宁，不知道梦到什么好事，嘴角还微微挂着抹笑，甜蜜蜜的。

沈夙夜忍不住俯下身子，轻轻在她唇畔一吻。

"圣诞快乐。"

考试作弊器的使用方法。

第一步：走进考场，在自己的座位上坐下。

第二步：在监考老师不注意的时候，掏出作弊器。

第三步：使用。

特别说明：如在使用过程中发生爆炸，本店概不负责。如在使用过程中发生火灾，本店概不负责。如在使用过程中发生地震，本店概不负责。如在使用过程中被老师发现，本店概不负责。如在使用过程中发生头晕头痛流鼻涕打喷嚏发烧咳嗽等症状……那是你感冒了，与本产品无关，请去正规医院就诊，学习请努力。

友情提示：作弊有风险，学习请努力。

By 白夜灵异侦探事务所

番外二
岁考

1 大哥你好快，是飞来的么？

下了小三轮，沈夙夜的眼角就有点抽。

他知道李家隐宗是在很偏僻的山里，但没想到会偏到这种程度。在他的想象里，顶多也就跟李小白家所在的小镇差不多。结果火车转巴士，巴士下来再乘小三轮，折腾了快两天，下了车还是在这么个前不着村后不着店的野地。放眼望去，四面都是山林，树木荒草，完全没有田地人烟，只有眼前这条小黄土路蜿蜒着，不知通向哪里。

连李小白在四下张望了几眼之后，也咧了咧嘴，一摊手："糟糕，不知道怎么走了。"

沈夙夜有些无语。

现在还是寒假，不知道李家哪位长辈心血来潮，突然一反常例把所有年轻一辈的弟子，包括世宗弟子在内，一起召回本家参加岁考。

李小白接到通知的时候，十分不开心，但父母也打电话来让她去。她没办法，一面闷闷地收拾行李，一面问沈夙夜，要不要一起去玩。

虽然她说得轻松，好像不过是一次旅游，但脸上的表情分明就是"死也要拖个垫背的""要死大家死"之类。

沈夙夜觉得李小白这样子很有趣，就答应了。

但他现在有些后悔。

虽然说城里人每天都在讲回归自然，羡慕悠闲的田园生活，但要真的在这种没有电脑没有网络没有电视，远离现代文明，连根电线杆子也看不到的穷乡僻壤待上十天半个月，沈夙夜觉得自己还真不知道能不能适应得了。

好在电话还能用。

李小白给李轻墨打了个电话。

李轻墨是正经的隐宗弟子，前一阵在李小白所在的白岱市修行，所以跟他们比

较熟。事实上，隐宗的人李小白也就只认识他而已，碰上这种情况，当然只好向他求助。

李轻墨来得很快。

不到十分钟，这位身材修长眉眼俊俏的青年就挥着手出现在他们的视野里。

李小白松了口气，一边也挥着手打招呼，一边问："大哥你好快，是飞来的么？"

"不，"李轻墨伸手向自己来的方向一指，"前面大概一里路左右，就是我们设的接待处了。"

原来是他们下错站了么？

沈夙夜的眼角又抽搐了一下，转头看向李小白。而后者扭开头看向天空飞过的鸟儿，假模假样地吹了声口哨。

李家隐宗的"接待处"是个十来户人家的小山村，而真正的李家还要在更深的山谷里。就算李小白在沈夙夜腿上贴了神行符，他们还是走了两三个小时才到。

已到了黄昏。

暮色四合，天光暗淡，深山中缭绕的雾气越发浓郁，眼前的石阶看起来就像是从云端仙界延伸而来。石阶之上殿堂楼阁鳞次栉比，构建古朴，布列玄妙，隐隐然似依天地之理，自然之蕴，令人不由自主地恭诚肃立。

沈夙夜不由得回头看了一眼李小白。

短发少女脸上依然是那种大大咧咧的笑容，像是看出他的心思来，伸手拍了拍他的肩，道："没事，只是历史久远了一点，不是仙境。"

沈夙夜虽然跟李小白相处良久，毕竟是个普通人，到这种有数千年历史的修真世界，心中自然便有一种敬畏。但被直接这样点破，沈夙夜有些不好意思，轻咳了一声，轻轻推了一下眼镜，道："说起来，你们的岁考，我跟过来真的没关系吗？"

李小白还没答话，给他们引路的李轻墨先笑了笑，道："没有关系，你就当来游玩观礼就好。别人也有带家属的。"

沈夙夜对他这"家属"两个字微微皱了一下眉，李轻墨已引他们进了偏殿。

那里有人专门负责接待这些世宗弟子。为首的是一个身着靛青长袍，绾着道髻，留着三绺长须看起来仙风道骨的中年人。

李轻墨叫他海叔，恭敬地行了礼，然后向他介绍了李小白。

李小白连忙也跟着行了礼叫了声海叔。

海叔却只轻蔑地扫了她一眼，又扫了沈夙夜一眼，眼中的不屑之意更浓，随手甩过一个本子让李小白签了到，然后就叫身边的年轻弟子带他们出去。

那弟子不过十四五岁年纪，也是一身中式长袍，面无表情地将李小白和沈夙夜领到后面一个小院里，开了一个房间的门，像背书一般交待了几句几时去食堂吃饭，明天几时集合准备考试之类的话。整个过程，都没有用正眼瞧过李小白和沈夙夜。

沈夙夜又皱了一下眉，这态度也太差了吧。

李小白也嗤笑了一声："嘿，这样还召我们回来考什么试？我们修为怎么样关他们屁事。"

李轻墨有点无奈地叹了口气。

李家因为观念不统一分成隐宗和世宗。隐宗主张潜心修行以求长生飞仙，在他们看来，世宗就是一些贪恋人世繁华经受不住红尘诱惑的不肖子。而对主张以人为本除魔济世的世宗来说，隐宗就是一些不近人情顽固不化的老古董。彼此看不顺眼已经好几百年了。虽然说隐宗弟子也要入世磨炼，世宗后人也有进山潜修的，偶尔也有合作，对外都会维护李家声誉，但要他们彼此认同？简直就是做梦。

听到李轻墨叹气，李小白转头看着他，又问："说真的，今年到底是哪位老爷子发神经啊？为什么突然想把我们都叫回来？"

李轻墨摇了摇头，道："我也不清楚。老实说，我们也挺意外的。我觉得我们接触的东西，学习的东西，根本就已经完全不一样了。这凑在一起……怎么考？"

李小白耸了耸肩，无所谓道："算了，随便他们折腾吧。反正到时就算交白卷也没什么关系。"

李轻墨却迟疑了一下，欲言又止。

李小白挑了一眉："怎么？"

李轻墨道："这次岁考……奖励挺丰富的。"

"哦？"

"优胜者可以得到一件法器、一把宝剑，还有一部秘笈。"看着李小白一副兴趣缺缺的样子，李轻墨又笑了笑补充，"我知道你是不在乎，但其他人可不一定。毕竟不是谁都有你那种随便拿法器点蚊香的家底，也没什么人有你那种白捡一把上古宝剑的好运气……"

"随时背个不定时炸弹也算运气？当天你也在场，你怎么不去捡啊？"李小白打断了李轻墨的话，愤愤地看了一眼自己的行囊。

李轻墨说的是那把摧城。它的确是上古宝剑，甚至还是开了灵识的宝物。但却是把凶剑，尤其是摧城的剑灵被杀气侵袭，一分为二。一个是温和胆怯的剑灵，一

个却是拥有睚眦的凶残暴戾本性的怪物。李小白机缘巧合得到了这把剑,却还没有能够真正压制它的实力,时时担心它会暴走。(摧城的故事,详见《白夜灵异事件簿Ⅰ·怪谈》)

但她也不得不承认,这个时代,要弄把宝剑真是太难了。

李轻墨刚下山的时候,也是因为不小心把宝剑亮了一下,就引了一群三脚猫修士跟到白岱,不惜杀人夺宝。

隐宗拿出这样的奖品来,大概也是为了杜绝世宗子弟都有李小白这种交白卷也没关系的想法吧。

但是……为什么?

李小白皱起眉。

隐宗既然还是看不起世宗,为什么又要下血本督促他们认真参加考试?

2 我还以为你们都算是亲戚

安排李小白和沈夙夜住的这个房间有前后两间,中间的门以一幅青布门帘相隔。家具很简单,但却无处不散发一种古色古香的韵味。

沈夙夜不由得就想起李小白说过,隐宗里随便摸个什么都是上百年的古董之类的话。他摸了摸自己坐着这张椅子的扶手,心想这不会也是什么清朝明朝留下来的东西吧。

李小白显然更关心别的事情。

她在找电线和插座。

看着那丫头找到插座之后欢呼一声就先把游戏机接上去充电,沈夙夜有点无言,但也不由得松了口气。

还好,至少不用过他原本以为的那种每天晚上点油灯的生活。

这个小院看起来住的都是来参加考试的世宗弟子,李小白和沈夙夜行李还没打开,就有人来串门了。

是个看起来二十四五岁左右的青年,中等个子,穿了件红底白条纹的夹克,脸有点长,眼睛十分灵活地四处乱转,一脸笑容地向李小白打招呼,自我介绍道:"我叫李轩,晏城来的。"

李小白也笑了笑:"李小白,老家月坪。"

"哦……"李轩拉长了声音,一脸钦佩的样子,"原来你就是李小白,久仰久仰。"

李小白咧了咧嘴没回话，继续去整理自己的东西。

李轩又转向沈夙夜，问："这位是……"

"我的搭档。"李小白说。

沈夙夜笑了笑，伸过手："我叫沈夙夜。"

李轩对沈夙夜看起来完全没有对李小白那么热情，敷衍地握了握他的手，目光已落在李小白手里拿的剑上。

只一眼，目光就像被什么粘在了那把剑上，两眼发光："这把剑……真是……"李轩咽了咽口水，像是一时找不到合适的形容词，半晌才转而对李小白道，"你竟然能拥有这样一把剑！真是了不起。"

能被隐宗召回来参加岁考，怎么说也算是有点实力的，自然也能看出摧城的不同寻常。

李小白耸了耸肩，浑不在意："只是刚好运气好而已。"

这个人给她的感觉并不太好，李小白不想跟他多打交道。她表现得很明显，李轩自然也感觉得出来，又寒暄了几句，便告辞了。

沈夙夜看着他的背影消失，微微皱了一下眉："我还以为你们都算是亲戚。"

"嗯，算啊。"李小白应着声，把东西整理好，"俗话说一表三千里，一辈子没见过面的亲戚多着呢。"

沈夙夜笑起来："但看起来你在这些一表三千里的亲戚里名气挺大？"

李小白像被噎了一下，轻咳了一声："我说过吧？我小时候吧，比较顽皮，又爱逞能……反正做过一些蠢事就是了。"

沈夙夜不由有些好奇，到底是什么蠢事能让她出名出到晏城去。

但李小白显然并不想提这些事，打个哈哈就转移了话题。

没关系，沈夙夜想，这里至少有上百个知道的人，他有的是机会打听。

到了吃饭的时候，沈夙夜才发现原来之前李轻墨说"家属"并不是在取笑他，世宗弟子这几桌，的确有不少拖家带口的。

因为这次虽然是召年轻一辈的弟子回山，但却并没有限定必须独自回来。两宗久疏往来，这是第一次召世宗弟子参加岁考，世宗的长辈也很重视，加上有些家长也不放心，所以以单独前来的反而少。有的看起来像是爷爷带着孙子来的，有些看起来是父母陪着女儿，甚至还有一对年轻夫妇抱着个不到一岁的小婴儿。

李小白跟几个认识的亲戚打了招呼，把沈夙夜介绍给他们说是自己的搭档，大

家也并没有大惊小怪。毕竟现在修真道没落得厉害，法力式微，找人合作也是很正常的事情。

但是隐宗那边投过来的目光就很不一样了，九成都是轻视与不屑。他们显然觉得与普通人为伍根本是自贬身份。只有少数年轻人偶尔会用好奇与探究的目光打量世宗这群人。当然，这种好奇，更像是城里孩子第一次看到耕田的牛。

沈凤夜有些不自在。但李小白显然并没有觉得怎么样，其他的世宗子弟也是，大家似乎都早已习惯了当隐宗的人是空气，随意招呼着认识的人，聊自己的天，吃自己的饭。大家来自全国各地，说些风土人情、新闻时事，李小白甚至还找到一个和她在追同一个动画的同好，聊得热火朝天。

这边高谈阔论，气氛融洽。隐宗那边投过来的好奇目光便渐渐多起来。那些人从小就在深山里修炼，哪里比得上世宗子弟走南闯北见多识广？连几个隐宗的长辈也不时看向世宗这边，皱着眉，神色复杂。

沈凤夜一边吃饭，一边留意着身边的这些人，不由暗自感叹，这一大家子，关系还真是复杂啊。

3 你想作弊？

吃完饭回住处的路上，先前见过的那个李轩走在了李小白身边，压低了声音道："你怎么看？"

李小白有点莫名其妙："什么怎么看？"

"这次岁考啊。"李轩道，"你觉得隐宗的老爷子们，为什么要把我们找回来参加？他们什么时候开始在乎我们的功课了？"

李小白抬眼看了看他，并没有直接回答，而是反问："那你觉得是为什么？"

"当然是为了打压我们世宗。"李轩把声音压得更低，"你留意过年轻的隐宗弟子有多少吗？他们现在人数比不上我们了，怕以后用家主的名义也压不住，就想让自己的弟子在岁考里赢过我们来保住威严。反正是在他们的地头，还不是他们想怎么考就怎么考。"

这有什么好争的？都什么年代了，谁还在乎这些？反正她本来都打算交白卷的。

李小白咧了咧嘴，正要说话，旁边沈凤夜悄悄使了个眼色，她便笑了笑，道："别人我不知道，隐宗有李轻墨在，我看他们不用搞什么花样，我们这一批人里也没谁能赢。"

李轩沉默了几秒钟，才轻轻道："所以我才来找你。"

"找我做什么？"李小白一摊手，"我根本不是轻墨大哥的对手啊。"

"但是如果我们联手，未必不能赢他！"李轩这么说着，眼中闪过意味不明的光芒。

"你想作弊？"李小白咋了一下舌。

"嘘。"李轩在唇前竖起一根手指，左右看了看，"不用这么说啦。团结就是力量，合作过关也没什么大不了嘛。"

李小白咧了一下嘴，偏头去看沈凤夜。

沈凤夜只当没看见。

李小白只好打了个哈哈，问李轩："那怎么想起要找我合作？"

"既然要做，当然就是想赢。"李轩朝前面那些人努努嘴，"不找你，难道要找那个连上厕所都要老妈陪的丫头，还是那个儿子一哭就坐立难安的家伙？"

想着自己还没安顿好，李轩就先来串了门，李小白不由觉得有些好笑。看起来，他倒是把上山这些世宗弟子都观察清楚了。但她可不觉得实力才是这个李轩找上自己的原因。

看着李小白只是笑眯眯看着他，并不答话，李轩也就咬了咬牙，道："好吧，既然都要跟你合作，我也不瞒你。我才不在乎隐宗对世宗怎么看，压不压一头也无所谓，反正我们也不在他们手下讨生活。但是我想要这次岁考的奖品。"他顿了一下，补充，"尤其是那把剑。"

李小白又咧咧嘴，就是说嘛。

"这年头想弄把趁手的兵器可不容易，宝剑就更不用说了。"李轩继续道，"但是凭我自己，的确赢不了隐宗的人。找人合作，奖品肯定也得均分。所以……我想，不管隐宗这次拿出的是什么剑，你大概都不会看在眼里吧。"

隐宗的家底再厚，也不可能有什么剑能比摧城更好。

"原来如此。"李小白又笑了声，"但咱们也不知道隐宗的岁考到底是怎么个考法，就算想联手，要怎么做呢？如果他们要一对一的比试呢？"

李轩却胸有成竹地一笑："我已经打听过了，岁考要考三场，一对一比试只占一场。即使输了，也可以在后面扳回来。"

这个人还真是准备充足，势在必得。

李小白皱了一下眉，道："容我考虑一下。"

虽然她也不在乎这个岁考的成绩，但是不想考试和在考试里帮人作弊，那是两

回事。"

她这么说了，李轩倒也不急着催她决定，只是点了点头，道："那么，我明天早上再来听你的回信。"

然后便在院中作别，各自回了房间。

"你要和这个李轩一起作弊吗？"随手关了门，沈夙夜问。

李小白则直接先跑去看自己的游戏机充好电没有，一面漫不经心地反问："你怎么看呢，这次岁考？"

沈夙夜本来觉得这是李家的事情，他不好插嘴，犹豫了一下，然后才发现李小白并没有忙着打游戏，而是坐在那里看着他，一双眼睛闪闪发亮，像是很认真地在期待他的答案。

沈夙夜不由定了定心，坐下来缓缓道："隐宗特意把你们找回来参加考试，肯定是有目的，但是我觉得不光是李轩说的那样。"

"嗯？"李小白放下了游戏机，坐到沈夙夜身边来。

沈夙夜笑了笑，道："李轩不是说其实他根本不在乎隐宗怎么看他么？我看隐宗那些长辈的态度，大概也跟你们差不多。他们并不关心你们是不是真的比他们强或者弱，他们关心的只是隐宗弟子，让你们一起参加考试也是为了促进隐宗的弟子。"

李小白一皱眉："单纯只是为了让他们练习么？"

"也不好这么说。"沈夙夜道，"你注意过那些年轻的隐宗弟子的眼神么？他们大概……在山里待不住了。"

李小白一怔。

也是，现在时代不一样了。外面的世界那么精彩，资讯发达，诱惑众多。真的看破红尘潜心向道的人还好说，年轻一辈的，就算像李轻墨那样出色的弟子，也未必就真能做到心如止水，怎么会不想出去看一看？非要一辈子就待在这深山里，未免有些太为难他们了。

"心思散了，隐宗的长辈们也拘不住，才索性把你们召回来，意在警诫这些小辈。"沈夙夜继续道，"如果他们输了，当然要被教训'连世宗弟子都比不上，还想出山'什么的；如果他们赢了，就会拿你们来做反例，'你们看，贪恋红尘的结果就是如此'之类。"

李小白沉默了几秒钟，一摊手："所以其实输赢都无所谓？"

"看你们自己怎么想了。也许对某些人来说，也不失是一个机会。"沈夙夜笑了笑，

"或者像李轩那样，摆明就是为了奖品，也不错。"

李小白皱了一下眉："我不喜欢那个人。不过，他直接这样跑来找我，就不怕我拒绝了，到时他根本就拿不到奖品吗？"

沈夙夜淡淡道："你以为他只找了你吗？"

李小白想了想李轩来串门那种热络的样子和闪烁不定的目光，闭了嘴。

沈夙夜笑了一声，又问："你打算怎么样？"

李小白又皱起眉来："不知道，总觉得被叫回来参加这种岁考，而且不论是输还是赢，都是在被利用摆布，心里有些不爽。"

沈夙夜看着她郁闷的样子，饶有兴趣地问："不是说有李轻墨在，就赢不了吗？"

"如果靠我自身的实力当然是赢不了。但是如果某位大爷肯帮忙的话……"李小白顿下来，偏过头，目光落在自己的剑上。

三尺青锋静静裹在看起来陈旧的剑鞘里，看起来平淡无奇，只有剑柄上栩栩如生的睚眦雕像散发着令人不寒而栗的森冷气息。

空气中若有若无地传来一声轻蔑的冷哼。

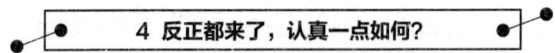

4 反正都来了，认真一点如何？

第二天吃完早饭，李家一年一度的岁考便正式开始。

第一场是笔试。

李小白拿着考卷，从上到下看了一遍，见考题都是些对入门道籍的解析，各种符箓的原理，初级法诀的默写，还有些传说中的妖魔鬼怪的习性特征应对方式什么的。

前半部分她看得云里雾里，后半部分似懂非懂，至于怎么对付妖怪……则根本不是在这里纸上谈兵就可以解决的。她索性就连笔都没提，直接趴在考卷上睡了一觉。

沈夙夜在外面看得十分无语。

他虽然看不到题，但是看着考生们的反应，也知道这种理论知识隐宗肯定比世宗强。毕竟人家从小就只学这些，世宗子弟的学习过程则杂乱得多。就算撇开李小白那种趴在考卷上睡得口水真流的白痴不说，这一场隐宗也稳占上风。

下午是一对一的实战比试。隐宗对世宗，以抽签的方式决定对手。每人都只比一场，显然长辈们的意思只是要看看大家的功夫，并没有在这里就挑出第一名的意思。

　　李小白想，他们也许并不注重实战。毕竟隐宗一直以来都是把修身养性长生飞仙放在首位的。打架什么的，在他们看来不过是下乘技艺。

　　李小白的对手是一个叫李天蓝的隐宗弟子。是个女孩子，看着比李小白大那么几岁，眉目间一派冷淡。

　　李小白咧嘴笑了笑就算打招呼，跟着就去找看哪个运气不好的家伙撞上李轻墨。

　　结果竟然是之前想跟她"合作"的李轩。

　　她早上拒绝了李轩的要求，李轩对她便不像昨天那么热情，只淡淡打了声招呼。倒是李轻墨趁着比试还没正式开始，很关心地凑过来问她状态如何，对手是谁。

　　李小白翻了个白眼："这种考试还要注意什么状态啊。反正输赢都没关系。"

　　李轻墨有些无奈："你还是这样想啊。反正都来了，认真一点如何？"

　　"我很认真啊。"李小白把手里的剑一亮，"看，这不，连摧城都带上了。"

　　虽然剑没出鞘，但她这么一亮，李轻墨还是吓了一跳，伸手就抓住了她的手腕，问道："你不会真的想用它吧？"

　　李小白得到摧城那天，他也在场，摧城暴走时表现出来的凶狠与破坏力他现在还心有余悸，又知道李小白只是在胡十九打伤剑灵之后才勉强收服了这把凶剑，现在看着李小白随便拿着它晃来晃去，不由就紧了紧心。

　　李小白咧嘴一笑："又骂我不认真，又不想让我尽全力，大哥你到底想怎么样嘛？"

　　李轻墨一时语塞，半晌才讷讷道："我只是担心摧城。你确定自己能控制它？"

　　李小白看了一眼自己手里的剑，没说话。老实说，她还真不确定。

　　这时擂台上敲了锣，震天的响声中，担任裁判的长辈宣布第一场比试开始。

　　沈夙夜和李小白一起走回擂台边观战，李轻墨则去了后面准备，他是第二场要比试的。

　　李小白本来想打架这种事怎么说也是世宗占上风的，结果竟然出师不利，第一场就输得一塌糊涂，世宗的少年被那名隐宗弟子直接用三张引雷符逼下了擂台。

　　第二场是李轩对李轻墨，结果根本想都不用想。

　　第三场她不知道是谁，但要真的一开始就连输三场，肯定会大大打击世宗的士气，后面的考试会怎么样也就难说了。

　　沈夙夜看着她皱起眉，不由笑了笑。

　　嘴里说着不在乎，但真的看着世宗完全没有还手之力，她也还是会郁闷吧？

于是沈夙夜轻轻问:"见过你的对手了吗?如何?"

"不怎么样。要打败她不是难事。"李小白回答。

"那么,不如你去找裁判换换次序?"

李小白一怔,扭头看着这样提议的沈夙夜。沈夙夜轻轻一扶眼镜,避开了她的目光:"反正你也不在乎这次岁考,早点了事我们到附近走走。"

如果只是想早点了事,又何必先问她能不能打赢对手?李小白笑起来,点了点头,转身去找长辈们商量。

比赛次序也是抽签决定的,李小白随便找个借口说下午有事,问裁判能不能把她放到第三场,裁判们问过她的对手李天蓝,见没有异议就点头同意了。

第二场比试比第一场结束得更快。

李轻墨才刚拨了剑,那边李轩就直接认输了。

虽然说李轻墨的实力大家都承认,但打都没打就直接认输,还是让台下嘘声一片。

"那个人倒是真识时务。"李小白皱着眉嗤笑了一声,就准备上场。

那边李天蓝也上来了,依然还是一副冷淡高傲的表情,李小白拱手向她行礼,她只是冷冷哼了一声。

这样也好,李小白想,至少打起来不用顾她的面子。

行了礼之后,李小白也就不再客气,起手结了个印,一面喝了一声"多重影分身之术",一眨眼间,擂台上已经出现了七八个一模一样的李小白。李小白们同时念咒,手心朝外,一团团苍蓝色的光球拖慧星般的尾芒,箭一般射向擂台另一端的李天蓝。也不等对方反应,跟着就是一排肉眼可见的冲击波,并且同时还不停叫着"白雷""龟派气功""苍火坠"之类的招式名。

李小白有心振奋世宗士气,一反平常简单直接的风格,一上台就打得无比张扬,招式华丽,声势惊人,整个擂台都笼在她放出的攻击光幕之下。

台下众人连连赞叹,连几个长辈也不免动容,虽然看得出来她是有意卖弄,还是忍不住低声问:"这丫头从哪里学来这些奇奇怪怪的东西?"

沈夙夜在旁边听着,只觉得自己挂了一头黑线。

还能从哪里?听听她那些招式的名字,显然都是从动画里学来化用的啊。

但李天蓝承受的攻击压力远比台下众人估计的小,李小白很多招式都是虚有其表,华而不实,甚至还有不少根本就完全打偏了,并没有对李天蓝造成多少实质性的伤害。

这一点却让本来就心高气傲的李天蓝十分震怒，觉得对手根本就是在有意戏弄她。

李天蓝咬着牙，深吸了一口气，本来忙于抵挡李小白扔过来的各种神通的剑势已变。她手中那把式样古拙的铜剑也不是凡品，这时突然绽放出耀眼光芒，剑身外凝出三颗紫色雷珠。李天蓝一声清叱，人剑合一，挟万钧之势向李小白直冲过去。

这哪里还是比试，分明是拼命的打法！

旁边的裁判一惊，却已来不及阻止。

李小白已拨出了自己的佩剑，侧身格挡。摧城一出鞘，刚刚的满天光华顿时消失得无影无踪，只听到"叮"的一声，金石交鸣。

半截铜剑斜飞出去，掉落在擂台边的地上。

最后这招李天蓝本就倾尽全力，结果不但没能伤人，自己的剑反而被斩断，她怔了一怔，只觉得全身的力气好像瞬间被抽空，脚下一软，便跌在地上。

胜负已分。

李小白却似乎还不肯罢手，手中长剑犹有余力，就势一转，已向李天蓝当头斩下。

"李小白！住手！"裁判大喝了声，一面冲向擂台当中的两人。两边的长辈也上去了几个。

李小白满头大汗，也在大叫："把她拖走，快点。大家都闪开，跑远点！快跑！"

裁判这才看到李小白右手握着剑，左手却是在抓着自己的右手往上抬。当时也顾不得多问，一把拉起跌在地上的李天蓝就跳下了擂台。

李小白又努力向着人少的地方移动了几步，手里的剑这才斩下来。

"轰"的一声，擂台被斩塌一角。李小白自己也跟着掉了下来。旁边的人不明所以，散开了一点，却都各自张望着，看到底怎么回事。

沈夙夜分开众人跑过去，一面大叫："小白，你怎么样？"

"我没事。"李小白狼狈地从一堆碎石废木间爬出来，咳了两声。

李轻墨也跟着跑过来，看了李小白一眼，目光又扫向她手里的剑："真没事了？"

"嗯。"李小白应着声，把手里的剑收回剑鞘，"已经换人了。"

她说的换人，自然是指摧城那个双重人格剑灵的人格转换。若还是那只暴戾的睚眦，只怕没这么容易收起来。

李轻墨松了口气。

沈夙夜过去扶起她，见果然只是些擦伤，也跟着松了口气，低声埋怨："你早知道它是这么危险的东西，就不要轻易用它啊。"

"我也不想用啊。"李小白苦着一张脸,"没看我之前都没拨剑吗?"

"也不怪小白。"李轻墨道,"刚刚的形势,只要是法宝都会自行护主,何况是摧城这种已经形成元灵的级别。"

说是说得轻松,但是沈凤夜的脸色还是很沉重,想想当时台上几乎被剑控制的小白,他的心就像要跳出来一般。

李小白自己显然也心有余悸,咧了咧嘴没说话。

李轻墨拍了拍她的肩,安慰一般道:"话说回来,它既然有这种举动,就代表睚眦那一半剑灵也承认你是它的主人,也算是件好事。"

李小白丝毫没有觉得好受一点。

承认归承认,但如果时不时来这么一下,谁受得了啊?

5 你不是说想去附近走走?

因为李小白他们的意外,考试暂停了一下。长辈们一边让人修擂台,一边商量接下来的比试是不是要在限制能力的范围内进行,而李小白则被几名长老带到后面去了。

沈凤夜本想跟过去,却在门口被拦下来。无奈之下,只得求助般看向李轻墨。

李轻墨回了他一个"放心,有我在"的眼神,跟着进了里面的房间。

长老们对李小白倒并没有特别严苛,只是在追问那把剑的事。身为李家长老,他们当然有认出摧城的眼光,何况就算认不出这把上古凶剑,刚刚那样的情形也不能不过问。

李小白便把自己发现学校里的封印,和摧城剑灵冲破封印在校园里捣乱,她和李轻墨想办法制服了它的事情说了一遍。当然,隐瞒了其实摧城是胡十九打败的这件事。要让这些顽固的老头知道他们跟一头狐妖混在一起,那就吃不了兜着走了。

长老们听到李轻墨当时也在,就一齐看向李轻墨,其中也有人流露出"为什么不是李轻墨得到这把剑"的意思。

李轻墨连忙补充了一下当时的情况,把剑灵自己选择李小白的事情也说了。

长老们半信半疑,但现在也不是再追究当日事情的时候,他们交换了眼色,便开始商量如何安置这把剑。

大家有目共睹,李小白并不能完全掌控这把剑,摧城在她手里,不管对人对己都太过危险了。这一点李小白自己也承认,所以最后长老们提出把摧城交给他们研

究一下，看看能不能在上面加个封印什么的，李小白也没有拒绝，乖乖将剑递了过去。

但来接剑的隐宗弟子却觉得自己就像骤然握住了一块烧红的铁，根本拿不住。剑"哐当"一声掉在地上。

李小白只好自己又捡起来，一面抚着剑身，低声安抚，说些爷爷们只是借来看看，过两天就会还回来，自己绝不是要把它送人之类的话。

众人看着她好像哄小孩一般，不由有些无语。

李轻墨轻轻解释："摧城被封印太久了，剑灵已经退化成了一个七岁左右小孩的样子，不然也不会压制不住眰眦的凶性。"

李小白说话间剑身震了一震，安静下来，李小白重新将它交到隐宗弟子手上也没再出什么问题。

长老们这才相信，的确是摧城选择了这个女孩子。但就算法宝元灵再怎么退化，择主的本能总应该还在，它选择了李小白，就代表它承认李小白有能够使用它的实力，或者说，有那种潜力。

几名长老不由都再次打量面前的少女。

李小白刚把摧城这不定时炸弹送出去，虽然是暂时的，也只觉得身上的压力一轻，正咧着嘴笑着轻松地和李轻墨说笑。

长老们对视了一眼，这个大大咧咧的女孩子，真的有能够驾御摧城的潜力？

沈夙夜一直守在门口，第十七次看表计算李小白进去的时间时，李小白终于出来了。

大老远就笑着跑过来，伸手挽了沈夙夜的胳膊："走吧。"

沈夙夜一怔："去哪？"

"欸？"李小白歪起头，"你不是说想去附近走走？"

原来她还记得比试之前的话。

沈夙夜松了口气，轻轻推了一下眼镜，应了声。没问她被长老们叫去做什么，也没问摧城哪里去了，只是不动声色地拉过了她的手，握紧。

李小白就那样任他握着，轻笑道："我记得上次我来的时候，很喜欢有个叫听松亭的地方。我带你去看。"

沈夙夜眼睛里这才有了笑意，斜斜看着她："你记得？我记得我们来的时候，有人坐车都下错了站。"

"哎呀，那种小事就不要在意啦，毕竟都十一二年没来过了。"

听着李小白这自相矛盾的说法，沈夙夜不由笑出声来。

是的，下错站那种小事有什么好在意的，关键是她没事，好好的在这里。她记得的是听松亭还是听枫亭又有什么关系。

6 要说可疑分子，我倒有一个人选

李小白和沈夙夜就好像真的来旅游一样，在外面游玩了大半天，一直到晚饭时间才回来。一进食堂，就觉得不太对劲。隐宗和世宗还是分席而坐，气氛紧张得说是剑拔弩张也不为过。而且跟之前不同的是，不但隐宗弟子看世宗弟子充满轻蔑，世宗这边回视的眼神更是怒气冲天，感觉上随时都会大打出手。

不会是下午比试的时候真的打出火来了吧？李小白这么想着，和沈夙夜一起在世宗这边找地方坐下。

才刚坐好，旁边就有人凑过来压低声音问："你没事吧？"

李小白本来还以为对方是担心她在比试中受了伤，笑着应了声："嗯，没事。"

那人又问："长老们真的把你的剑拿去了？"

李小白点了点头，还没来得再说，已有一位世宗长辈道："小白你放心，就算我们敬他们是本家，但他们做出这种事情来，我们一定会为你讨回公道。"

世宗弟子纷纷应和，隐宗那边似乎也有些动静。

李小白莫名其妙："等一下，什么事情？什么公道？"

"他们叫你去，不是要拿你的剑赔给李天蓝吗？"

"亏他们有脸称本家，明明是他们要把我们找回来参加考试，明明是李天蓝自己技不如人，说了是比试却一心想致人于死地，剑毁了活该，凭什么要拿小白的剑去赔！"

"分明就是看人家的剑好，想占为己有呗。"

世宗子弟们你一言我一语地说起来，那边隐宗几个沉不住气的也站起来回敬。

"我们才没有做那种事。"

"不要信口雌黄。"

世宗这边有人冷冷一笑："那你说小白的剑哪去了？"

隐宗的人一时语塞，毕竟在这里吃饭的都是中下级的弟子，当时也没人在场，实际情况他们也不清楚，半响才有人道："是她自己把剑交给长老的。"

世宗这边拍着桌子嘘声一片。

"没见过抢人东西还硬说是人家自己送的。"

"要不要脸啊,比试输了就跑去跟长辈哭,又把人家的剑抢走,小白难过得躲了一下午不见人,你们倒好意思说是她自己交上去的。"

"你们要是得了那种好剑,舍得拱手让人啊?"

隐宗弟子向来心高气傲,哪里受过这种埋汰,眼见着冲过来就要动手。

李小白听这么一会,总算听明白了,赶紧跑到中间,伸手一拦,大声道:"等一下,大家误会了。剑真的是我自己给长老们的,下午它不是有点失控么,我求长老们帮我看看,要不要重新祭炼,或者加个封印什么的。"

她这么一说,两边才安静下来。

隐宗弟子们一脸被冤枉的愤慨,世宗这边也一副愤愤不平的样子。

李小白叹了口气,才刚想继续解释,已听到李轩也叹了口气,道:"我知道小白你好心想息事宁人。但如果他们真的没有打歪主意,只是为了帮你,为什么要悄悄做?你父母虽然没来,但我们世宗并不是没有长辈在,为什么连个通知都没有?"

他这么一说,才刚刚安静的世宗弟子们顿时又骚乱起来,一个个随声附和。

"就是啊,这都大半天了,也没看他们出来给个说法,指不定藏到哪里去了呢。"

"说是帮你封印,万一到时候不还你了怎么办?"

对面的隐宗听他们这样说,也跟着又站起来对吼。

"胡说!"

"长老们才不是那样的人。"

李小白有点无奈,只好再次拦住大家,道:"大家都少安毋躁。剑是我的,我当然不会随便给别人,现在只是长老们想拿去看看。怎么说也是一家人,要是过两天他们真的不肯还,我们再翻脸也不迟。"

这时隐宗长老也派了人过来说明下午的情况,安抚世宗诸人,大家才按下火气,勉强吃完了饭,各自散了。

回到房间,李小白有点乏力地倒在床上,重重叹了口气:"早知道会搞成这样,下午应该先跟他们说一声再出去玩的。"

沈凤夜给她倒了杯水,道:"又不是你的错。何况你说不说明,结果都一样。"

"欸?"李小白歪过头来看着他。

沈凤夜道:"你难道看不出来?分明就是有人在两宗之间挑拨。"

李小白回忆了一下当时的情况,点了点头。

虽然说李家隐世两宗不和已久，但像这样剑拔弩张的情况倒还真少见。她本来还以为大家被考试的对立气氛影响了，现在想想如果不是有人煽风点火，这些本来也很少来往的世宗弟子大概也不会为了替她出头就真的要和隐宗翻脸。

"但是为什么？"李小白皱着眉问，"大家真打起来，谁也捞不到好处吧？"

现在在这里的世宗人数本来就少，还拖家带口，真打起来也占不到便宜。至于隐宗，他们的战场在这里，不要说那些上年代的古董，就算是普通物件，被这些修真者火球来奔雷去的一打，指不定得有多大的损失。

"会不会你们有什么世仇混进来了？"沈夙夜自己也觉得这个问题比较狗血，但眼下这种情况，要是真打起来，显然是只有外面的人才能得利。

"不会吧。"李小白想了一会，道，"我没听说李家有什么世仇啊。何况现在修真道上没落得一塌糊涂，也没什么人敢混进来捣乱吧。不过……"她顿了一下，"要说可疑分子，我倒有一个人选。"

李轩。

沈夙夜几乎同时就想起这个人了。

李小白果然也是想到他，又皱起眉道："但李轩是想要这次的奖品，要是把岁考搅黄了，他也就拿不到奖了。"

"也许他就是看没希望拿奖，所以想把场面搞乱，然后混水摸鱼？"

李小白怔了一下。她虽然不喜欢李轩，也不喜欢隐宗，但怎么说也算亲戚，有些难以置信："亲戚挑拨亲戚打架，再偷亲戚家的东西？这也太离谱了吧？"

沈夙夜笑了笑："你自己也说过一表三千里，十几年没来往的亲戚，也难说每个人都还有这个情分。"

李小白一摊手："算了，明天提醒轻墨大哥一声，让他们自己多留意吧。"

反正她对隐宗也不熟，这种防贼的事，还是让他们自己去操心好了。

7 怎么？还要拍照留念吗？

第二天考试继续进行。

岁考的最后一场设在后山，山顶的祭坛上封印了一个盒子，考生们要从山脚开始越过长辈们提前设下的种种障碍，跑到山顶，解开封印，把盒子里的东西拿回来。

这次考查的是考生们的全面素质，而且最后只有一个人能够胜出。虽然担任考官的长辈说最后的优胜要综合三场考试的成绩来评定，但最后这场的影响肯定更大。

所以两宗参加考试的人都暂时把前一天的嫌隙放下，专心准备考试。

李家对这次考试很重视，山脚山腰山顶都有考官坐镇不说，沿路也都安排了人准备应付各种突发情况。尤其是昨天晚上才发生过冲突，长老们担心会有人真的借机打架，几乎把隐宗里所有排得上号的人物都派出去了。

沈凤夜和大家一起在山脚下看着李小白他们出发，然后就找了个地方坐下，掏出随身带的书看起来。倒不是他不关心这场考试，而是反正他也看不到，后山布置了重重障碍陷阱，他这种普通人根本进不去，不如索性干点别的等着结果出来。

李小白对夺冠没什么兴趣，漫不经心地往山上走。李轻墨走在她身边，他有些在意她早上说的关于有人挑拨两宗关系的话。李小白没有证据，长辈们虽然应了声，大半还是不以为然。但李轻墨跟她一起经历过不少事，知道这个小堂妹不是信口开河的人，所以特意想仔细问一问。

"你确定是那个叫李轩的？"

李小白偏头看他一眼："不确定啊。要真是能确定，早就直接把他抓出来了。"

"那你怎么会怀疑他？"李轻墨又问。

李小白叹了口气，把从进山之后李轩过来跟她套近乎，又邀她一起作弊，以及昨天晚上两宗争吵的事跟李轻墨细说了一遍。

李轻墨听完皱起眉，道："我去找他来问问。"

"别去。"李小白一把拖住他，"如果他是清白的，你跑去问，岂不是又要挑起两宗的矛盾？他要是真的想做什么，你又怎么问得出来？"

李轻墨想想也是，但还是有些不忿："难道就这样放着不管吗？"

李小白本来的确不太想管这件事，反正在隐宗这里，也轮不到她出头，提过醒也就算尽到职责了。但看李轻墨这样，却还是有些不忍心，于是叹了口气，道："要不然，我们先暗中盯着他看看吧。"

李轻墨点了点头。两人便开始分头寻找李轩。

没过多久，李小白就接到了李轻墨的电话。

"找到他了？"李小白问。

"不，有点别的情况。我发现了几个普通人。"

"咦？不是说下了禁制普通人进不来吗？连阿夜都在外面等着。"

"他们也在外面，但是……"李轻墨的声音有些迟疑，"那些人带着枪。"

"欸？"李小白一怔，"你在什么地方？我马上过来。"

李轻墨报了方位，李小白便直接跑过去。好在他不在往山顶的方向，一路上都没碰到什么陷阱障碍，很快就到了。李轻墨站在一棵大树上，向李小白招了招手。

李小白连忙三五下爬了上去，顺着李轻墨指的方向望去。果然见那边有四五个人藏在草丛里，都是精壮男子，每人都全副武装，带着冲锋步枪，别着手枪，甚至还挂着手雷。要说是本地的山里人，就算是白痴也不会相信。

李小白看着那些人，啧了啧嘴："就算特种部队，也不过如此吧？"

李轻墨皱了皱眉："现在可不是赞叹的时候。"

李小白笑道："说起来，你是隐宗弟子，这里又是隐宗的地盘，你发现这些奇怪的人，为什么不直接通知长辈们，反而先告诉我？"

李轻墨怔了一下才回答："我觉得，普通人的事情，还是跟你商量一下再处理比较好。"

以隐宗长辈的高傲，在自家后山发现一群荷枪实弹的陌生人，一定会起冲突。虽然说修真者要对付普通人是轻而易举，但他们毕竟也是人，被枪打中一样会死，何况那些人还装备了手雷。

"唔。"李小白应了声，也皱了一下眉，"总之，先弄清楚他们想做什么吧。"

李轻墨点了点头。李小白就从树上跳了下去，直接向那边山谷走去。

"等一下。"李轻墨追过去，"你就打算直接这么去问啊？"

"不然要怎么样？一直陪他们耗在这里吗？"李小白一边走一边道，"李轩那边还不知道会做什么呢？还是速战速决好了。反正这种深山老林，把人抓起来拷问也神不知鬼不觉的，不会有什么严重的后果啦。"

李轻墨虽然有些无语，但还是跟李小白走过去。

结果没走多远，李小白反而伸手拦住他："你在这里等吧。"

李轻墨一皱眉："为什么？"

李小白指了指地上，虽然没有明显的痕迹，但他们都看得出来，那是李家设下的禁制，出了那条线，就是考试范围之外了。

李小白笑了笑："再走一步，就等于放弃考试了。冠军候选人，你确定要去？"

李轻墨平常的表现不说，以昨天那两场的成绩，第一名显然稳稳已算是他的囊中之物了。这个时候放弃，未免有些可惜。

李轻墨却笑了笑，抬腿便跨了过去。李小白也就不再说什么，专心对付那边那群全副武装的家伙。

相比起盘问他们来，抓住他们简直不费吹灰之力。这里天地灵元充沛，他们又占了先机，李小白轻易就发动了草木大阵，无数藤蔓从地下钻出，对方连惊叫都没来得及出口就已经被缠得结结实实，连手指都动不了。

李小白过去解除了他们的武装，问他们是什么人，来做什么，这些大汉却都不肯开口。

这些人也算是见过世面的，又看李小白和李轻墨都年轻，根本什么恐吓也不放在眼里，只咬紧了牙一言不发。

"要不，咱们还是把这些家伙押回去交给长老们处理吧？"李小白有点无奈地和李轻墨商量。虽然刚刚是那么说，但严刑逼供之类的事，她还真是做不出来。

李轻墨点了点头，改用绳子捆住那些人，以便运送。

李小白则掏出手机来，对着他们的脸拍了几张照片。

"怎么？还要拍照留念吗？"李轻墨开玩笑地问。

李小白笑出声来，道："当然不是，只是把照片发给阿夜，看看他有没有办法查到这些人的身份。"

论起调查来，始终还是沈凤夜更胜一筹。他没过多久就回了电话，第一句话就直截了当地说："有两个是被通缉的罪犯，涉及杀人和文物走私。你们小心点。"

李小白一听到文物走私，就大致明白这些人的目的了。原来不只是她一个人惦记着隐宗的古董。但是，连她都会走错地方，为什么这些外人能知道隐宗的位置？

8 他们是坏人！全部都是坏人！

李轻墨以飞剑向宗内传书通报了抓到那批走私犯，隐宗的人颇为重视，派了几名修为不错的中年人过来帮着押送犯人。

李小白想着自己早上提醒他们要注意李轩的时候他们不以为然，不由得撇了撇嘴。这差别待遇还真是无处不在。

不过也可以理解。

隐宗避世几百年，突然出现了一些陌生人在自家后山全副武装、行为不轨，他们当然会又震惊又恼怒，肯定更重视一些。

所以虽然岁考还没结束，他们倒也没有追究李轻墨和李小白擅自离开考场的事情，叫他们跟着一起先回隐宗。结果他们才刚走到山门处，便听到里面轰的一声巨响，火光冲天而起，连地面都一阵摇晃。

"出什么事了？"李小白问。

隐宗的长辈们可没有心情向她解释，留下一个人看守那些犯人，其他人都向声音传来的地方飞纵而去。

李小白和李轻墨对视了一眼，连忙跟了上去。

之前不知道是什么殿什么堂的地方，现在已经东倒西歪，几乎变成一片废墟。隐宗几名长老面色凝重地站在旁边的空地上，李小白之前找得很辛苦的李轩竟然躲在长老们后面，半边身子都是血，一脸惊恐地看着那边的废墟。

倒塌房屋的残余部分还在燃烧，浓烟和火光中隐隐能看到里面还有些人影。

长老们看到李小白他们这些人回来，也没说话，只一挥手。几名隐宗长辈立刻带着现场的弟子在那片废墟前结了个阵。

"怎么回事？有敌袭？"李小白一面问着，一面看向那浓烟中的人影，竟然觉得里面有她很熟悉的气息。

是谁？

她下意识地向前走了一步。

"退下！"有一名长老叫了一声，"那东西不是你们能够对付的。"

像是要应证他这句话一样，废墟里传来一声惨叫，一个蓝色的人影斜飞了出来，跟着又是一阵地震般的震动，房屋的残余部分再次崩塌。

李小白下意识退了一步，抬手挡了挡因为刚刚的崩塌而迫近的火焰热浪，待烟尘散尽，她才发现残砖断瓦间，站着一个人。

高大的年轻男子，一身红袍，火红的长发被狂风与杀气激得灵蛇般在身后飞舞，英俊的面容因为暴戾的杀意而微微扭曲，嘴唇咧开一抹冷笑，露出尖锐的犬齿，闪动着嗜血的光芒。

"摧城！"李小白睁大了眼。

狂暴化的摧城剑灵扫了她一眼，但丝毫没有理会，直接向着拦在他面前的隐宗弟子一步踏出。那名隐宗弟子的修为还不及李小白，哪里受得起摧城全身散发的凛冽杀意，吓得腿一软就跌坐在地上。

李小白飞扑过去，一把抱住摧城："喂，你冷静一点！"

看着她什么准备也没做直接就跑了过去，李轻墨不由得紧张地大叫了一声："小白！"

好在摧城并没有攻击她，甚至连看都没看她一眼，只是抬起手，向着原来的目标凌空挥出一剑。

他被李小白抱着，动作并不自由，所以这一剑稍微偏了一点，挨着那名隐宗弟子劈空，在地上斩出一条两三米长的裂缝。那名弟子被骇得脸色惨白，连自己手臂被剑气划伤鲜血直流都没有发觉。

李小白也吓了一大跳，赶紧连摧城的手臂一起抱住，一面道："我的摧城大爷，你就不要闹了。到底有什么事？咱们先商量一下行么？"

摧城没有挣开，没有继续挥剑，但好像也没有罢手的意思，表情轻蔑冷峻，依然在释放一种强烈的压迫感。

隐宗的人连忙趁机将伤员带出战场，又重新结阵，再派人通知考场那边叫人回来支援。李轻墨则紧张地盯着李小白和摧城那边的动静。

李小白只管抱紧摧城不放手，一面尽力劝服摧城，最后索性"以德服人""先礼后兵"什么的开始七拉八扯地忽悠，连旁边结阵的隐宗弟子都听得一头黑线。

"啰唆！"摧城终于用一脸忍无可忍的表情瞪了李小白一眼，重重哼了一声，消失了。

李小白双手间一空，悬着的心也就放了下来，只觉得浑身乏力，一屁股跌坐在地上。她一口气还没松完，红衣男子消失的地方突然又多了一个七八岁的白衣童子，直接就扑进李小白怀里，抱紧她放声大哭，眼泪鼻涕一起向她身上招呼。

李小白只好又把呼出去的那口气吸回来，拍着他的背安抚："乖了乖了，没事了。我回来了。"

小小的白衣童子抽噎着抬起头看着李小白，一面伸出一只白白嫩嫩的手指向那边的隐宗诸人："他们是坏人！全部都是坏人！他们用法术刺我，那个白胡子老头还想再把我关起来……好痛……小白……他们弄得我好痛……"

听着白衣童子告状，李小白不由有些心虚。长老们提出要给摧城加个封印什么的，她并没有反对，甚至她自己也有这种意愿，因为不想随时都担心摧城会暴走。但看到摧城这样，她心一痛，涌上一份深深的内疚。

她完全忽略了摧城自己的想法，摧城已经有了自己的灵识，她本来就不该再单纯只把它当成一件死物。何况它被封印了千年，自然会排斥抗拒再次封印。她却依然将它交给了长老们。

"对不起。"李小白抱住小小的白衣童子，轻轻道歉，"是我的错，我错了，以后再也不会这样了。对不起。"

白衣童子脸上还挂着泪珠儿，却摇了摇头，反过来安慰李小白，"我不怪你。是我自己不好，我说过要保护你，但却一直让你担惊害怕。我以后会努力变得更强大。

那样小白你就不用怕我了。"

"嗯。我也会努力的,我实力再强一点,你就不用这么辛苦了。我们一起加油吧。"

李小白点了点头,抱着白衣童子站起来,走出那片废墟。虽然摧城原本那种暴戾的杀气已经消失了,但隐宗诸人看着他们向自己走来,还是忍不住向后退了一步,戒备地握紧武器。

"没事了……"李小白正要向他们解释,却看着白衣童子的脸色突然一变,眼神也冷下来。

"怎么了?"她放低了声音,轻轻问。

"那个人。"白衣童子一手搂着李小白的脖子,一手指向众人身后,"他最坏了!"

李小白顺着他的手指看过去,才发现刚刚还躲在长老身后的李轩,这时正悄悄溜向门口。

"他把我从白胡子老头那里拿出来,还试图切断我和你之间的联系,重新祭炼。所以睚眦才生气了,我也很生气……"

白衣童子话没说完,李轩已被两个隐宗弟子抓了起来。原来这家伙才是造成摧城暴走的罪魁祸首。他们对付不了暴走的摧城,对付这家伙可是完全没有问题。

9 是"光轮2000"啊

没过多久,后山那边的支援便到了,大家一起做了善后工作。

李轩则和在后山那几个陌生人一起交给隐宗专门负责处理这种事务的部门。结果发现他们根本就是一伙的。

李轩很早就惦记上隐宗这边的古董了。但是一来他和隐宗没什么来往,也不知道隐宗的具体位置;二来隐宗现在虽然人少了,但实力还在,他根本不是对手。所以以前一直不敢动手,直到这次被召回来参加岁考。他觉得机会来了,就秘密联系了一帮文物走私贩子,打算混水摸鱼。

他一开始说自己是想要岁考的奖品,其实根本就是个幌子,他从一开始就想挑拨世宗弟子们一起对付隐宗。如果有人答应和他一起作弊,他就会利用考试的不公正来挑事。结果刚好出了李小白这事,他索性就挑动大家说隐宗摆明是欺压世宗,要抢李小白的剑。要不是李小白自己拦着,只怕昨天晚上就已经打起来了。

只要打起来,他就好趁机偷东西了。修士之间的大战,破坏力自然非同小可,事后谁还会去清点少了多少碗多少花瓶。

结果昨天晚上没能如愿，他又把主意打到了今天的第三场考试。有昨天的事，今天隐宗长辈们肯定会怕再起冲突，自然大部分人都会派到后山考场。于是他就趁这边人少戒备松懈溜了回来。

本来的计划是他在这里偷好东西就下山交给等在那里接应的人，结果他却在偷窃过程中看到了摧城。

这年头的宝剑的确是太难得了，何况是这样一把极品。一时贪心，他就把摧城也偷了出来。结果在试图重新祭炼的时候，把本来就在长老那里忍了一肚子火的摧城给惹毛了，直接暴走。毁坏了两处偏殿，伤了十几个人。

在这件事里，李轩利用了李小白，又偷了她的剑，她应该算是受害者，但所有的破坏都是她的剑造成的，倒让她的立场变得微妙起来。

最后讨论如何处置李轩这些人的时候，大家看她的目光也十分复杂。说起来，是他们要看她的剑，要给她的剑加封印，又让她的剑被偷走，才会有这样的结果，他们根本不能追究李小白的责任。但想着那些变成废墟的殿堂和躺在那里的伤员……又实在让他们心理不太平衡。

气氛十分尴尬。

末了还有人哼了一声，低声道："我就知道，每次这丫头来隐宗就不会有好事！"

所以李小白在被问到有什么想法的时候，只讪讪笑了声，道："我没什么好说的，长老们做主就是了。"

旁边沈夙夜轻咳了一声，李小白看了他一眼，连忙补充："啊，那个，我们查那些武装分子的身份时，找了警察朋友帮忙，所以可以的话，那几个人可以交给那位警察朋友处置么？"

隐宗的长老们没有意见。他们本来就不想跟凡世间的事务有太多牵连，李小白把这件事揽过去他们求之不得。

于是走私犯由沈夙夜想办法交给了警察，李轩则被隐宗带去家法处置。

李小白没有打听是什么家法，她之前跟李轩说如果再看到他，就直接把他交给摧城处理的时候，李轩的脸色实在是不好看，他也许宁愿一辈子待在隐宗不出去了吧。

被李轩和摧城这么一闹，今年的岁考自然也就不了了之了。

李小白很开心，要不是坐车不方便，她几乎连夜就想下山。第二天天才刚亮，她便收拾好了东西准备回白岱，李轻墨和他们一起走。

临出门的时候，沈夙夜在那片原本是气势恢宏的殿堂的废墟前站了一下，问："这真的是摧城干的？"

李小白点了点头。

沈夙夜突然很正经地交待："以后记得不要招惹胡十九！无论如何也不要！"

李小白怔了一下才反应过来，嘴角的笑容有点僵。旁边李轻墨也是一头冷汗。他们都见过胡十九制服摧城时的情景，虽然胡十九当时也说过那不是剑灵本体，但他毕竟重创了摧城，李小白才能捡到这个便宜。

想着隐宗对抗摧城时的狼狈，和胡十九当日的气定神闲，李小白突然很庆幸自己一直都没有真的得罪过那只狐妖。

回白岱的路上，沈夙夜终于找到机会悄悄问李轻墨："为什么大家都知道小白？而且还有人说果然她去就不会有好事？她小时候到底做过什么？"

"啊，那个……"李轻墨瞟了一眼正在专心致志打游戏的李小白，也压低了声音回答，"小白第一次去隐宗的时候，在三爷爷练丹的鼎炉里煮面，后来把整个丹房搞炸了。"

在鼎炉里煮面！

沈夙夜一头黑线，但是想想家里那些被拿来放胡椒粉和点蚊香的法器……又觉得对李小白来说似乎是理所当然的事情。

"后来就罚她扫院子。"李轻墨继续道，"她就在扫帚上刻了符，结果整个隐宗上空到处都是飞舞的破扫帚……"

"什么破扫帚！"李小白的目光还盯在游戏机的屏幕上，却轻飘飘地接了话，"是'光轮2000'啊。我不是刻了字么？我那个时候最喜欢哈利波特了。"

李轻墨闭上嘴。

沈夙夜转过头去假装不认识她。

这种事传出去怪不得会出名！

记得当时年纪小,你爱闯祸我爱笑。

By 白夜灵异侦探事务所特邀嘉宾子郢

番外二
少年行

1 把她给我送回去

"李！小！白！"

李家隐宗太上长老的怒吼冲破了李家的房屋院落，在整座山头上回荡。听到的人无不胆战心惊、噤若寒蝉。

那个小魔星终于惹到了太上长老头上了。

李家是千年传承的修真世家，数百年前，因为理念不合一部分子弟下了山另立了世宗，行走世间除魔卫道，而仍在山中潜心修炼只求长生飞仙的本家则被称为隐宗。

李小白是李家世宗的后人。今年只有六岁，却已展现了惊人的灵力和天赋，所以才被隐宗的一位长老看中，想接来隐宗亲自教导。

他本来还以为得大费周章，谁知才一开口，李小白的父母便千恩万谢地直接把小孩送来了，一副唯恐他们不收的样子。长老本还觉这对夫妻丝毫不念骨肉亲情，实在有点不像话，早点把孩子带回山里也好。真带回来了，他才深刻地理解了李小白父母的心情。

这哪里是个六岁的小女孩，分明就是魔神转世！上山才不到半个月，已经闹得鸡犬不宁人神共愤。

上树掏鸟下河摸鱼这都还算是小儿科，最让人头疼的是她那些心血来潮突发奇想。比如什么抓根树藤在山间荡来荡去，还学人猿泰山嗷嗷乱叫，引得整个山头飞禽走兽一起躁动不安、鸣叫不休。

又比如在双眼上各贴半只咸鸭蛋假扮奥特曼，把一众堂兄弟姐妹当成小怪兽打得鬼哭狼嚎。当然，同龄人里没有人能打得过她，这一点也是有够让长老们头痛的。

李小白同学还抓了只老鼠涂成黄色，又在它身上绑上蓄电池和引雷符，教它什么十万伏特，结果自己被电得焦头烂额不说，还牵连了一众来救她的人，一时间卷发成了隐宗的流行。

这次更甚,索性就在三老太爷的丹炉里煮方便面,把整个炼丹房炸塌了半边。三老太爷罚她一个人把那里打扫干净,她就找了十几个扫帚,不知道在上面刻了什么符,搞得整个隐宗上空到处都是飞舞的破扫帚。结果炼丹房没打扫干净,被扫到撞到的人却数不胜数,最后还把太上长老刚写好的符扫了个乱七八糟。

太上长老气得胡子都翘起来,指着李小白大吼:"把她给我送回去!有我在一天,就不准她踏进山门一步!"

于是本来有望成为了李家精英弟子明日之星的李小白同学,就被灰溜溜地遣送回家了。

2 李小白是个妖怪!

负责跑腿的李家隐宗弟子历经千辛万难,终于把李小白送回了月坪镇。一口气还没松完,就发现李家大门紧闭,铁将军把门,家里竟然没有人在。

他顿时就为难起来。

那时手机还没普及,他法术又学得不怎么样,一时联系不上李小白的父母,不知他们是出去遛个弯,还是出了远门。而且李小白只是个六岁多点的孩子,他当然不能就这么把她扔下。但要把她再带回去就更不可能了,就算他受得了这小魔星,他也不敢违抗太上长老的命令。

李小白自己倒是毫不慌张,一面说:"我自己有钥匙。"一面就在自己包里翻找起来。但这丫头的行李乱糟糟的,一点条理也没有,她蹲在那里翻了十来分钟,也没把钥匙找出来。

李家子弟只好守在李小白家门口来回转圈,只希望这家人早点回来。

结果李小白的家人没有回来,倒是惊动了邻居大婶。张大婶白白胖胖,平常笑起来就跟庙里的菩萨似的。她一向热心,见个陌生男人在隔壁转来转去,就开门出来问了声:"你是谁啊?找老李家有事啊?"

她一出来,就看到蹲在那里找钥匙的李小白了,笑眯眯招呼:"哟,小白回来啦。"

李小白听到叫她,回头来看了一眼,就甜甜应了声:"婶子您好,您看见我爸妈了吗?"

"哎呀,他们没跟你讲啊?"张大婶有点意外的样子,"你爸妈出去旅游了,走了有两三天了。不是说有亲戚接你去玩吗?怎么这么快就回来了?"

那李家子弟表情就有点僵化。

这两口子倒好，把这么个包袱甩给他们自己就跑去旅游了，现在怎么办？

李小白挥了挥手，老气横秋道："别提了，金窝银窝不如自家狗窝。"

李家子弟的脸整个都黑了。

这小魔星把整个隐宗折腾成那样了，还敢嫌弃他们不好？

张大婶倒是被这小女孩故作老成的样子逗得笑出声来，道："回来也好。也不知你爸妈什么时候回来，要不然，先到大婶家住几天？"

小镇上街坊邻居一向亲近，彼此帮忙看几天小孩都没什么。父母忙起来的时候，李小白也没少吃百家饭，也没把这个当什么事，张大婶一说，她就干干脆脆地应了下来。

张大婶便伸手牵了她，又请那李家子弟一起进屋。

李家子弟见这小魔星有人接手，便松了口气，只恨不得早点离她一万里远，哪里还肯多留，随便寒暄了几句就告辞了。

张大婶虽然觉得这人连口水也不喝就走有点奇怪，但毕竟是李家的亲戚，李家两口子不在，人家不好多留也没什么，目送他走远，才一手牵着李小白，一手帮她提起包，转回自己家院子。

才刚一进门，就听到一个小男孩的声音怒吼："我不要她来我家！"

跟着一块小石头就向李小白飞了过来。

李小白眼明脚快地往旁边一闪，那石子砸在地上还弹出去老远，可见用劲十足。

张大婶有些不悦地抬起眼来，看着自己的小儿子张虎子站在院中，双手张开拦着路，瞪着李小白："出去。不要来我家！"

张大婶放开李小白，伸手拉过自己儿子，在他屁股上拍了一下，斥道："你这孩子怎么这么不懂事呢？你李家大伯大妈不在家，让小白来我们家住几天怎么了？李家大妈哪次做了好吃的，有点心果子，不都记得分你一份，你怎么能这么对小白妹妹？刚刚要真砸着她了怎么办？"

张虎子才七岁，只比李小白大一点点，张家平日又娇惯，哪里讲得通什么道理？虽然张大婶那一巴掌只是轻轻落在他身上，他却觉得妈妈偏心李小白打自己，索性哭闹起来："让她走，不准她来我们家！李小白是个妖怪！"

张大婶本来以为儿子只是不懂事，哄一哄吓一吓再慢慢教就是了，听他来了这么一句，就真的有点上火了，手上就重了几分，又在他屁股上拍了一下，喝道："胡说什么！有你这么说邻居家妹妹的吗？快点给小白道歉！"

张虎子哭得越发大声："我才没有胡说，全班人都知道，她就是个怪物！她老跟看不到的东西说话，手上还会冒火……我不要和她在一起，妈妈快点把她赶出去……"

张大婶怔了一下，旁边李小白已经耸了耸肩，笑眯眯道："婶子，我还是回自己家好了。"

张大婶看看小女孩又看看自家儿子，有点为难。

李小白重新把背包背上，向张大婶挥挥手就出去了。

"这孩子，怎么说走就走？"张大婶连忙追到门边，"你虎子哥不懂事，大婶一会教训他。你小女孩子家家的，一个人待着怎么行？"

"没关系，我不怕。"李小白笑着露出两颗小虎牙，"而且反正明天就是周末了，我哥会回来的。"

李家大儿子李砚青已经十五岁了，正在相距四十分钟车程的县城里念中学，只有周末才会回来。

张大婶犹豫了一下，叹了口气："那你有事就叫婶子啊。好好在家里玩，晚饭我给你送去好了。"

"嗯。"李小白点点头，又乖乖跟张大婶道了谢，找出钥匙来开自家的门。

张大婶一直把她送进去，转了一圈检查了一下没什么安全隐患，又再三交待李小白一个人在家要注意安全，有问题就大声叫她，这才往回走。走到门口一回头，见李小白已经开始把背包里的东西拿出来开始整理，张大婶不由得叹了口气。

这孩子又聪明又独立，比起她家小虎可好多了，怎么会就生了双阴阳眼总看到奇怪的东西呢。不要说小孩子了，就连她这大人，想起来都有点瘆得慌。

张大婶停住脚步，又看了那个腰杆挺得笔直的小小身影。可怜见的，小小年纪，连个玩伴也没有，只希望她长大了之后能变正常吧。

3 我是不是一个让人讨厌的坏孩子？

虽然张大婶交待了李小白好好待在家里，但她可没这个打算，东西一整理好，就提着个小袋子出了门，熟门熟路地进了四明山。

李小白从小跟着父亲在山里玩耍，对这里熟悉得跟自家后院似的。顺着山路三弯两拐，跳过一条清溪，穿过一片树林，到了一个芳草如茵的小山谷才停下来。

李小白喘了几口气，双手在唇前合成喇叭，大叫起来："子郢，子郢你在不在？我回来了！"

她叫了几声，旁边的树下便转出一个人来。长身玉立的英俊男子，穿着一身白袍，墨绿色的长发拢在身后，薄青色的眼眸带着笑，温柔地看着她。

李小白欢呼了一声跑过去，跳起来就搂住了男子的脖子："子郢！"

子郢笑着应了声，抱着她转了几圈才放下来，上上下下打量她一番，才开口问："怎么这么快就回来了？"

李小白眼睛瞟向一边，傻笑着不回话。

"在那边闯祸了？"子郢用带着宠溺的目光无奈地看着她。

"那个……我给你带了礼物。"李小白连忙拉过自己带来的小袋子，往外掏东西。

油纸包着的点心，花花绿绿的糖果，已经干掉的小面人……甚至还有一颗药丸子。

李小白一边把礼物们摆在面前的草地上，一边跟子郢说着这些东西的来历，说自己这趟出去遇上的事情。也没什么条理，想到什么说什么，但小女孩稚嫩娇脆的声音，就像春日里刚出窝的小鸟儿，让人不自觉地心头柔软起来。

子郢微笑着静静听着，一直到李小白拿出那枚朱红色的药丸才皱了眉，有点无奈地道："你怎么连李家秘制丹药也拿回来了？"

"我可不是偷拿的，是太爷爷给我的。"李小白嘟着嘴解释，"但我才不要吃这种东西，我又没生病。"

"这可不是治病用的，是补充灵力。"子郢把药丸塞回李小白手里，"好好收着吧，也许以后什么时候能用得上。"

李小白对子郢十分信服，听话的把药丸收了起来，又道："我这些天学会了新招式呢，我试给你看？"

子郢却突然看向远方，微微皱起眉来。

李小白见他没回答，便去拉他的手，轻轻摇了摇，叫了声："子郢？"

子郢低下头来，摸了摸她的头，柔声道："我有点事情要去处理一下，先叫赤鳞来陪你玩好不好？"

李小白乖乖点了点头。

子郢等那只叫赤鳞的蛇妖赶来之后，才再次摸摸李小白的头，转身离开了。

赤鳞好好在自己洞府修炼，没想到突然就被抓来做保姆，看的还是李小白这么不省事的小鬼，他简直就是欲哭无泪。

这小姑奶奶一会喊着要吃烤兔子，一会又要下水捉鱼，还拖着赤鳞试她的新招。

赤鳞被支使得团团转不说，挨了打还不能还手，那叫一个苦不堪言。好不容易捱到子邺回来，赤鳞立马抽腿就不见了。

"你啊，又欺负人家了吧？"子邺伸出一根手指来，轻轻戳了戳李小白的脑门。

李小白这次倒没有反驳回避，只是看着赤鳞消失的地方，抿了抿唇，轻轻道："我是不是一个让人讨厌的坏孩子？"

小小的脸蛋丝毫没有平常神采飞扬的样子，乌黑的大眼睛里也透着一种这个年纪的小孩不该有的孤寂忧伤。

子邺心中抽痛，在她身边坐下来，轻轻摸了摸她的头，柔声道："怎么会这么想呢？小白是个可爱的孩子，我们都很喜欢你啊。"

李小白靠在他身上，叹了口气："隐宗的人就不喜欢我。"

她明明都听爸妈的话，努力跟他们好好相处了，但还是时时被排挤取笑。她想好好表现，想让他们接受自己，却总是弄巧成拙，反而闯祸被骂。

小小人儿跟大人似的一脸疲倦。

子邺忍不住心痛地柔声安慰："他们只是不了解你。你想想，有个完全不熟悉的人去他们家，长辈还非常看重，他们心里不平衡也是有的。"

李小白也不知道有没有听懂，只是扁了扁嘴："同学邻居们都认识我好多年了，还不是讨厌我？"

子邺怔了怔，半晌才轻轻抚着李小白的脸，低声道："他们不是讨厌你，只是在害怕。人是很胆小的生物，他们会害怕自己看不见的东西，会害怕自己没有的力量，害怕一切他们不了解的事物。"

李小白又扁了扁嘴："爸爸和大哥比我厉害得多呢，怎么没见他们害怕？"

"他们可没有你强大。"子邺笑起来，"你爸爸和哥哥可是一直到现在都看不见我呢。"

"诶？"李小白有点意外地抬起眼来打量子邺，"你不就在这里么？他们为什么看不见？"

"因为他们没有小白这样纯净的眼睛啊。"子邺的手指轻轻拂过小女孩的双眼，转回了原先的话题，"据我所知，你哥第一次看到鬼魂，都已经十三岁了。是你现在年纪的两倍还多呢。所以，那个时候，他已经能很清楚地分辨人类和非人类，也明白什么话可以对别人讲，什么事只能悄悄地做了。"

也只有李小白这个小不点，天生灵力过人，从小就能看到各种奇怪的东西，却偏偏因为年纪太小分不清他们跟普通人是不一样的，统统一视同仁，在旁边的人看起来自然就成了"和看不见的东西说话"之类的灵异事件。

事实上,她到现在也不太能分得清吧?

子郢想到这小家伙一直把他这堂堂山神当成和赤鳞一样的妖怪就有种乏力感。

看小家伙还是有点怏怏地打不起精神,子郢便又轻轻拍了拍她的背,道:"如果是小白做错了事而惹人讨厌的话,那么认认真真去道歉,并且改过就好了。如果你没有错,就不要太在意别人的想法,问心无愧就好。"

李小白静了一会没有接话,倒是微微红了脸。

有在反省呢。

子郢笑着捏了捏她的鼻子,哄她道:"小白是个心地纯真的好孩子,只是有时候太冲动莽撞了一点,听风就是雨,好心办坏事。以后呢,要是再有什么事,先问问别人,看看会不会给人添麻烦,然后再做就好啦。"

李小白应了声,然后突然跳起来:"哎呀,我要回去了。"

"怎么了?"子郢问。

"邻居的张大婶说要我好好待在家里的。万一她发现我不在,说不定会着急呢。"李小白说着已往来时的山路上跑去,匆匆向子郢挥挥手,"子郢再见。"

子郢缓缓站起来,耸了耸肩。

虽然说这小丫头还是挺受教的,但看起来这想到什么就是什么的冲动性子一时只怕改不了。

4 你妈叫你回家吃饭了

李小白在路口就碰上了张大婶。张大婶十分焦急地左右张望着,像是在找人。

李小白连忙跑过去,一面道:"婶子,我在这里。"

"哦,小白啊,你怎么跑出来了?"张大婶颇为意外。

李小白也有点意外:"婶子不是在找我吗?"

"是在找我们家虎子。"张大婶叹了口气,"这孩子真是太不懂事了。就之前我打他两下,竟然就跑出去了,一直没回来。这都快天黑了,还不知道在哪呢。"

眼下的确已经是黄昏了,小镇也没什么夜生活,大家基本上还是延续着日出而作、日落而息的习惯,小孩这时候还没回家的确挺让人着急的。

李小白连忙道:"那我帮您一起找吧。"

"不用不用,你快回家吧。"张大婶摆摆手拒绝。她再着急,也没有让一个六岁小女孩帮忙找人的道理，要有个万一，说不定找完张虎子还得去找李小白，"我去问问平常跟他一起玩的小子们就回。说不定他自己已经回家了。"

李小白看着张大婶敲了前面那家的门，并没有跟过去。平常跟张虎子一起玩的那些家伙都不太待见她，她也不想再挨一石子。何况，她要找人，自然另有途径。

月坪镇就在四明山下，灵气充裕，能给李小白提供线索的东西也不少。

李小白很快就知道张虎子出镇往河边去了。她本想告诉张大婶，但话到嘴边又咽了回去。如果她告诉张大婶，张大婶一定会问她为什么知道，知道之后一定会更害怕她。还是自己去一趟，把张虎子找回来了事。

李小白到了河边，果然找到几个小孩的脚印，却是一路沿着河岸往山林里去了。

李小白一心想找到张虎子，也没多想，跟着脚印就追过去。

反正自从她认识子郢之后，四明山方圆数百里她都能横着走，根本没想过会不会碰上什么危险。

没追出多远，脚印就不见了。李小白停下来，四下打量。

这是片杂树林，因为离镇子近，并没有什么野兽，也算是镇上的孩子们常来玩耍的地方，但这时天色渐暗，倒让这平常来惯的地方凭添了几分阴森的气氛。

"张虎子。"李小白大喊，"你在哪？快出来，你妈叫你回家吃饭了。"

没有人应声。

李小白又喊："张虎子你在这里的吧？你妈可着急了，快点回去。"

依然只有晚风吹过树梢的声音回应她。

李小白皱起了小小的眉头，正想是不是召唤一下这树林里的灵体，看看有没有谁知道什么的时候，就听到左侧面传来脚步声。

声音很轻，显然那人是有心隐藏行踪。但李小白是从小修行的，耳目比一般人敏锐得多，一听到有动静就直接向那边跑去，一面叫道："我听到你了，快出来吧。"

那人也没料到李小白动作这样快，直接就被逮了个正着。

李小白一看到那个人，反射性就向后退了一步，仰起头打量他。

那是个成年男子，大概三十来岁，身材高大健壮，国字脸，小平头，衣着打扮很平常，也看不出什么，让李小白心生警惕的是，她要找的张虎子，正被这个男人扛在肩上。垂手垂脚，一时也看不出是昏过去还是已经死了。

"你是什么人？张虎子怎么了？"李小白一面问，一面已悄悄在口袋里摸了摸，她今天是去找子郢展示自己的新技能的，除了被子郢退回来的那颗药，还剩了几张灵符。她在手里扣住一张引雷符。

"我只是个过路的人,刚刚看到这个小男孩在那边的树下晕倒了,正要送他回家呢。"小平头男人努力做出和颜悦色的表情来。

但李小白并不相信他。要真是好心送人回家,怎么会扛在肩上呢?那是个人又不是什么货物。

李小白板着小脸,继续问:"张虎子到底怎么了?"

"只是晕过去了,大概是中暑吧。"小平头小心地把张虎子放在地上,"不信你来看?"

李小白见张虎子脸色苍白地躺在地上一动不动,连忙跑过去看,伸手探了探他的鼻息,确定他还活着之后,才刚松一口气,突然觉得后脑一痛,就倒了下去。

糟糕!

明明都觉得这小平头大叔不像好人了,怎么不先制服他再来看虎子呢?李小白十分后悔,但意识却已陷入了一团黑暗。

5 这姑娘还真有点意思

昏过去的李小白的待遇也不见得比张虎子好。张虎子是被扛在肩上,她是被挟在胳膊底下。也不知走了多远,才被扔在地上。

李小白的身体素质比普通人要好得多,过了这么久,又被这么一摔,转眼就醒了过来。但她还没动,就听到有人问:"怎么抓了两个小孩来?"

小平头回答说:"本来是想抓这小子的,没想到被这小丫头看到了。索性一起抓来。反正只是要五行带火的小孩,我看这两个都合适。"

又有另外的人说:"多带个备用也好,也不知道后面还有没有类似的机关。"

"呸呸,阿东你不要乌鸦嘴。"

听对话,似乎有三四个人。李小白性格是冲动,但并不傻,怎么也知道自己不可能是三四个大人的对手,索性就继续装晕,眼睛只悄悄睁开了一条缝去打量周围环境。

这里是山谷中的一块小空地,中间生了一堆火,有个留了两撇小胡子男人在火堆上架了锅不知在煮什么。旁边还有个穿格子衬衫的年轻人,正在擦枪。小平头把李小白和张虎子放下之后,也凑到格子衬衫旁边,在一个大背包里找什么。

李小白就更加不敢动了。

这些人手里有枪。

李小白会简单的武术和法术,能对付一两个成年人问题不大,但三个肯定没什

么胜算,更不用说他们手里有枪了。就算是修真世家的子弟,毕竟也是血肉之躯,肯定是扛不住子弹的。

好在他们还在四明山。李小白心里稍微定了定,但却不敢像下午那样大声叫子郢。她也不知道子郢现在在哪,要过多久才能听到,万一他还没来,这三个男人先开枪了怎么办?那不是死路一条吗?

那边小平头已经找到自己想找的东西,是一条尼龙绳。

"你拿绳子干吗?"格子衬衫问。

"把那两小鬼捆上。"小平头说着就走过来真把李小白和张虎子绑在了一起。

格子衬衫喷笑了一声:"老陈你也太小心了吧?这荒山野岭的,两个几岁的小孩还能跑了?"

"那小子是傻乎乎的,但我看那小姑娘还挺机灵。还是小心点好,免得节外生枝。"

李小白毕竟还是个小孩,伪装功夫不到家,小平头男人捆她的时候就发现了这丫头已经醒了。他有点意外地皱了眉:"我说什么来着,这丫头竟然醒了。"他伸手拎起李小白晃了晃,"不错嘛,还会装昏。"

李小白只能睁开眼来看着他:"你们想干吗?"

格子衬衫笑了声:"嘿,小姑娘胆子还挺大。"

李小白以前见过的妖魔鬼怪不知凡几,这么几个人她还真是不怕,只是有点怕他们手里的枪而已。这时睁着一双大眼睛打量着几个人,一面想有什么办法能脱身,或者求救。

"不然怎么有老话说初生牛犊不怕虎呢?"小平头也笑了笑,低下头来跟李小白道,"叔叔们只是想找你们帮个小忙。你们只要乖乖帮了忙,就会送你们回家了。"

李小白信他就有鬼了,但人在他手里,还是问了句:"什么忙?"

"到时候你就知道了。"

"那我跟你们去,你们放了张虎子?"

听这小姑娘还试图和他们谈条件,连那边煮饭的小胡子也忍不住笑起来:"这姑娘还真有点意思。"

"可不是,还挺讲义气。"小平头拍了拍李小白的脸,道,"你看,这荒郊野外的,就算我放了他,他也活不了啊。还是一路带过去,到时再一路带回来好了。"

本来他们的确只需要一个小孩就够了,但既然抓了两个来,就没有中途放走一个的道理。虽然说这深山里一个六七岁的小孩大概真的只能等死,但万一这小子也是个机灵的,跑回去叫了大人来岂不是坏事?他不能赌这个万一。

见他没有放人的意思,李小白眼珠转了转,就往火上架的锅里看,一面叫道:"我饿了。"

格子衬衫就笑道:"别急,煮好了分你一碗。"

"我能先看看煮的是什么吗?"

"小孩子不要挑食。"

小胡子却微微一皱眉,道:"老陈搜搜那丫头身上。"

这时正值夏天,李小白身上小T恤小短裤,几个口袋里的东西很快就全被翻了出来。

小胡子拈起那颗药丸,皱了眉,对着李小白就一耳光扇过来,"臭丫头果然是想找机会下毒吗?"

李小白顺着他的掌风倒在地上,那一耳光的力度被卸掉不少,但还是火辣辣地痛。她捂着脸争辩道:"才不是毒药呢。是平常人想要都得不到的灵丹。"

有点可惜,她本来的确是想用这颗丹药的。不过不是给他们吃,而是丢在火里。自从她炸过三老太爷的丹房之后,就对怎么把丹药当炸药用有了点小小的心得。到时就算炸不死这些人,也能弄出点动静来,说不定就能引起谁的注意。四明山里能化人的妖怪虽然不多,但开了灵识的小妖还是有一些的,随便有谁过来,她就得救了。当然能惊动子郢就最好不过。没想到这些人谨慎,没能成功。

"骗谁呢?你怎么不说是仙丹啊。小小年纪心眼也太多了吧。"小胡子抓起李小白,还要再打,被小平头止住。

小平头对那几张符更感兴趣,拿起来左看右看。他略会一些风水相面之术,对符道却没什么研究,看不懂上面画的是什么,但却很在意,这么个小姑娘身上,为什么会带着三四张符纸?

他拿着那些符纸,在李小白面前抖了抖,问道:"这是什么?"

李小白有点想直接用那张引雷符把这个人电成焦炭,但却不敢动。跟用丹药制造爆炸不一样,爆炸时有火有烟有震动,她能趁机偷跑。但直接动手,后果就不一样了。对方有三个人,有枪,如果她不能同时制服所有人,死的一定是她。她现在还没有同时催动三张符的能力。

李小白只能抿紧唇不说话。

"这丫头古里古怪,不如……"小胡子阴狠地眯起眼,做了个抹脖子的动作。

"不,我看,说不定她比那小子更有用。"小平头把还没醒的张虎子拎起来,用一把匕首架在他脖子上,向李小白道,"如果你乖乖听话,等事情了结,我就放你

们一条生路，不然的话，我就先杀了这小子。"

张虎子那么讨厌她，她才不想管他呢。

李小白虽然这么想，但却不甘心地咬着牙，点下了头。

6 你说念我就要念吗？

小平头一行人吃饱喝足，把营地收拾好，带着两个孩子上了路。

李小白看着他们挪开一些树枝，露出一个黑黢黢的洞口来。不大，也就堪堪只容一人通过。

格子衬衫打头，跟着是带着两个小孩的小平头，小胡子断后，都下去了。

李小白双手反剪绑在背后，绳子栓在小平头手腕上。小平头一手挟着张虎子，一手拿着那把匕首。一方面是威胁李小白，一方面是吓唬已经醒来正在不停哭闹的张虎子。

格子衬衫和小胡子都拿了手电，小平头两手不空，所以中间反而比较黑，李小白一面跌跌撞撞跟着格子衬衫往前走，一面向张虎子道："别哭了，我会把你带回去的。"

张虎子只是出门玩一会，没想到突然被人打晕，再醒来就到了这么个不见天日的洞里，周围是三个凶神恶煞的大人，自然吓得要死，李小白的安慰一点用也没有。

李小白一肚子气，要不是为了找他，自己能落到这种处境吗？他还好意思哭！当下就没好气地吼："号丧啊号，我一个女生还没哭呢，你有什么好哭的？给我闭嘴！"

她这么一吼，张虎子反倒真的闭了嘴，只偶尔小声抽噎一下。

前面的格子衬衫笑起来："这小姑娘的性格真对我胃口，可惜了，要是我女儿就好啦。"

李小白哼了一声："你照过镜子吗？"

格子衬衫笑得愈加大声："每天都照两三回呢。"

"别跟小丫头耍嘴皮子了。"后面小胡子冷冷插了一句，"前半段我们虽然走过一次了，但还是不能大意。"

格子衬衫便不再出声，集中精神往前走去。

没过多久，前面就出现了一堵石墙，用大约一尺长半尺宽的青石砌成，中间被撬了一个能钻进一个人的洞。

一钻进去，空间立刻就宽敞起来，只是太黑了，李小白也看不清到底有多大，空气里一股阴寒腐败的味道。李小白忍不住皱起眉，她不喜欢这里。

小平头他们之前已经来过一趟了，并没有停顿，继续往前走去。

前面是一个也是青石铺的甬道，大概只有一两米宽。右边的石壁上插着不少箭矢，地上也掉着一些。

格子衬衫一边走，一边看着那些箭心有余悸地叹了口气："现在想想，还是一身冷汗，当时太可怕了。"

"怕这怕那还下什么斗。"

"能摸到几样好东西也就值了。"

听起来这些箭是他们上次进来时触发了什么机关。李小白听着他们说话，仔细想了想一路走过来所见到的，突然想起之前听过的一些故事来。

这些人是盗墓的！

但是……盗墓的要抓小孩做什么？

甬道很长，前后两个手电的光芒在这里看起来就像是萤火虫，只能照亮周围那么一小圈，前面依然是一片死寂的黑暗，一股无可名状的恐怖从阴凉的空气里渗进来，让人心里发毛。张虎子甚至连哭都不敢哭了。

也不知走了多久，前面终于出现了一扇大门。两扇巨大石门矗立在甬通尽头。李小白仰起头也看不到石门的顶端，只能看到门上镶着的门环。黄铜的门环，衔在两头狰狞怪兽嘴里，在手电的光照下反射着寒光，更衬得两只怪兽栩栩如生，散发着无言的威势。

李小白在这股威势下微微战栗，她再一次确定，她真的不喜欢这个地方。

门已经开了一条缝，还是格子衬衫打头，领着众人走了进去。门内更加漆黑，一股霉烂的气味扑面而来。李小白不知被什么绊得一个踉跄，幸亏小平头拽着绳子才没摔倒。前面格子衬衫提醒了一句"小心"，后面小胡子拿着的手电也晃过来，李小白这才看到地上有几块腐朽的木板，远一点的地方还倒着个香炉，另外还有些已经看不出是什么的破布，也不知是多少年前的东西了。

格子衬衫等人对这些毫不在意，继续向前走去。前面出现了台阶，台阶两边是两排石柱，像是雕了什么，但光线太暗，李小白看不太清楚。

台阶的尽头是个四四方方的高台，高台正中的上方悬着一条铁链。而高台上以正对着那条铁链的点为中心向外扩散，一圈圈刻着无数繁复的线条，看起来就像什么法阵。

那些线条刻得很深，在微弱的手电光照下，显出一种让人极不舒服的暗红色。即使已经废弃了不知多少年，李小白还是嗅到了重重的血腥气。

这是一个祭坛。

而且还是血祭的祭坛。

李小白现在总算知道他们抓小孩来做什么了。

不知是害怕还是愤怒，李小白握紧了拳，回过头咬着牙狠狠瞪着小平头："你们做这种伤天害理的事，就不怕报应吗？"

格子衬衫笑眯眯道："怕报应谁还倒斗啊。"

小平头摸了摸她的头，指了指祭坛后面的那扇门："你只要帮我们开了这扇门，别的事情就不用担心了。"

那时她也就没有命来担心什么了吧。

李小白看向那扇门，突地打了个寒战。那扇门后面有什么东西正蠢蠢欲动，强大而邪恶，散发着令人不寒而栗的黑暗气息。

李小白下意识退了一步，摇摇头："不，不行，不能放那种东西出来。"

"那种东西？"

"里面不会有粽子吧？"

"有粽子才表示有好东西吧？"

"反正我们这次准备得很充足，开始吧。"

几个人根本不把李小白的话当回事，小平头把李小白交给小胡子牵着，自己扛着张虎子走到祭坛前，放下那条铁链，把张虎子绑在上面，吊起来。张虎子惊叫着，一面大哭一面死命挣扎，但却远远敌不过小平头的力气，被牢牢地吊到了祭坛上。

小胡子则把李小白牵到祭台前面一个凸起的圆球旁边，问小平头："一会真要让这小丫头念咒语？"

"我觉得她念也许比我们念有用。"小平头说着掏出一个绢制卷轴来，就着手电的光，小心翼翼地打开。另一个原因他没说，他觉得这地方邪门得很，要用一个五行带火的小孩子的血来开启法阵，说不定念咒的人也会有生命危险，还是让别人来做比较好。

他们是无意中知道这个古墓的位置的，历经万难进来了，却发现这扇门怎么也打不开。外面的大殿里又没什么好东西，他们不甘心铩羽而归，仔细翻找了一遍，才找到这个卷轴。上面记载着这里原本是一个上古神殿，供奉着一位强大的神明。信徒们每年向神明献上祭品，就能进入神明的宝库得到赏赐。

虽然这里不是古墓让几个盗墓贼有点失望，但神明的宝库显然是个更大的诱惑。卷轴上也写了献祭的方式。盗墓贼们就决定试一试。

于是会相面的小平头出去抓人，另外两个补齐弹药装备，再次来到这个神殿。

宝藏就在眼前，小平头按捺住心头的兴奋，在卷轴上找到那条献祭开门的咒语，递到李小白眼前："认识这些字吗？一会你就站在这里，把手放到这个球上，然后念这个……"

"你说念我就要念吗？"他话没落音，李小白手心突然冒出一簇火焰，烧断了绳子，挣得自由，左手一拳打在小平头的肚子上，还带着火焰的右手直接就抓上那个卷轴。

那绢制卷轴都不知道有多少年头了，小平头拿着都得小心翼翼，火焰一燎上去，瞬间就烧了起来。

小平头根本没想到一路都安安分分的小女孩会来这手，还没反应过来就觉得小腹一疼，手上也一阵灼热，他反射性地一松手，才发现烫到他的是那个着火的卷轴。

一切不过是电光石火之间，其他两人看到火光的同时，便已听到小平头大叫"啊，卷轴。"一眨眼间，小女孩已从他们之间蹿了出去，隐入了大殿的黑暗里。

小平头怔怔看着已经烧成了灰的卷轴，还是没反应过来，这是怎么回事？他明明搜过小姑娘的身了，这火是哪里来的？

小胡子把手枪上了膛，恶狠狠地大叫："臭丫头，给我滚出来，我要杀了你！"

喊归喊，这里太黑，可见度太低，又不知道神殿里有没有他们还没发现的机关怪物，他毕竟还是不敢直接开枪。

李小白躲在黑暗里，调整了一下自己的呼吸。

那几个人看不到她，她这边的情况则刚好相反，手电的光虽然微弱，但在这一片黑暗里，那就是个明晃晃的靶子。可惜灵符都被搜走了，她得好好想想怎么才能对付这几个人。

之前她不出手，一是担心打不过，二来也是不知道他们想干什么，抱着拖延一下也许会有救兵的想法，但现在的情况显然是不管打不打，她和张虎子都死定了，那她当然要拼一下。这么窝窝囊囊地死掉太不符合她的个性了。

7 你到底有多蠢，连我都知道蛇不是单靠光线来看东西的

神殿里呈现着一种微妙的僵持状态。

盗墓贼一方有三个成年男子，还有枪，但是他们对这神殿的黑暗始终还是有所畏惧，不敢关掉手电，也不敢分散去找李小白，只能站在祭坛前，各执武器警戒地看着四周。

李小白虽然在暗处，但她毕竟年幼，没有能同时对付三个人的把握，也不敢妄动。

这种状态持续了十来分钟，还是盗墓贼们先忍不住。

格子衬衫回头向小平头道："要不然我们不要管那丫头了，先开门吧？"

小平头不是不想，是没办法。那个记载着献祭咒语的卷轴被李小白烧了，他们虽然都看过，但上古咒语艰涩冗长，又怎么可能是他们看几眼就能背下来的？只有祭品没有咒语，他也不知道会发生什么。何况这小丫头藏在黑暗里，如果在他们开门的时候再搞出什么妖蛾子来，后果可能就不堪设想了。

干他们这行，最重要就是小心谨慎，不确定的事情，最好还是三思而行。

小平头看了看吊在那里的张虎子。小男孩刚刚挣扎了一会，这时已经没什么力气了，吊在那里有气无力地哭着。

小平头跳上祭台，拔出匕首抵在张虎子脖子上，大声喊道："小丫头，我知道你还在这里。乖乖出来，不然我就宰了你朋友！"

冰冷锋利的匕首贴在皮肤上，张虎子再次大叫起来："救命啊！不要杀我，救命啊！"

真没用。

哪怕是拿出扔她石子那种气势来呢。

李小白忍不住哼了一声。

她一出声，小胡子直接就向那个方向开了一枪。

李小白连忙就地一滚避开。

小胡子听着动静，一梭子弹连射过去。一直到最后一枪才好像打中什么，传来金石交鸣之声，还闪了几点火星，就好像打在铁板上一样。

小胡子正要退出弹匣，一条黑影从旁边甩出，鞭子一样直接就将他整个人抽得飞起来，重重撞在石阶另一边的柱子上，跌落下来时，已没了声息，不知是死了还是晕过去了。

格子衬衫就在旁边，看得清楚，那道黑影竟然是一条足有水桶粗细的蛇尾。他都不敢想整条蛇有多大，看着小胡子被抽飞，连忙跟着扣动了板机，向那条蛇射击。

子弹打在黑色的蛇鳞上，竟然就像打上铁板，直接弹开了，连个痕迹也没留下。

格子衬衫想起刚刚小胡子那最后一枪，一定也是打在这条蛇身上，这才激怒了它。

眼见着蛇尾再次扫过来,格子衬衫转身就向那些石柱后面奔逃,一面大声向小平头道:"现在怎么办?"

小平头也忙着逃命,一面骂骂咧咧:"上次来的时候明明没事,怎么会突然冒出这么大一条蛇来?"

蛇尾重重抽在格子衬衫藏身的石柱上,一人合抱粗细的石柱应声而断,蛇尾去势未绝,连断柱碎石和格子衬衫一起甩了出去。

格子衬衫只比小胡子多了声惨叫,就再无动静。

小平头大骇,叫了两声没听到回应,也就不敢再叫,连忙关了手电找地方躲起来。才刚躲好,就听到李小白叹息道:"你到底有多蠢,连我都知道蛇不是单靠光线来看东西的。"

小平头一怔,已感觉到身边有淡淡的腥气,以及轻微的嗞嗞声。他惊恐万分,连滚带爬地换了个地方,但那嗞嗞声却如影随形,不管他怎么跑总是不远不近在他身边出现。小平头只觉得双腿发软,喉头咯咯作响,却什么声音也发不出来。

就在这种恐惧的折磨几乎令他崩溃的时候,他听到了一个温和的声音响起:"这种时候,你还有心情玩?赤鳞也太纵容你了!"

整个地下神殿在同一时间被一道柔和的光芒笼罩,渐渐亮了起来。

小平头这才看清,就在距离他不过四五步的地方,有一条黑底暗红花纹的大蛇,大概十五六米长,鲜红的蛇信不停吞吐,却发出人的声音,还异常委屈:"分明是子郢大人您把这小丫头宠得无法无天。"

……说话了!

一条蛇竟然说话了!

小平头惊骇得大叫起来。

李小白骑在那条大蛇身上,抱着蛇颈,探出头来看了他一眼,便扭头向另一个方向告状:"这个人打我,吓唬我,还抓了张虎子,当然要给他点教训……啊。"她好像突然想起来一想,拍了拍赤鳞的头,"张虎子!快带我到祭坛那边去。"

白衣长发的俊美青年比她快一步,已将吓晕过去的张虎子解了下来,也放到了大蛇的背上,道:"赤鳞你先送他们回去。"

李小白接过小男孩,又问:"那子郢你呢?"

子郢指了指祭坛后面那扇门:"我把这东西处理掉。"

下午他就发现这边有点不对劲,过来发现是盗墓贼挖开了一个上古邪魔的封印,当时他就想把邪魔和祭坛一起彻底毁掉，只是需要做一些准备工作耽搁了，没想到李小白竟然会被盗墓贼们绑来这里，他只好先让赤鳞过来保护她。

"这里一会就会崩塌，你们先出去吧。"子郢顿了顿，扫了一眼瘫在地上不能动的小平头，声音冷下来，"至于这些人……既然这么喜欢古墓，就让他们永远待在这里好了。"

8 你说你该不该打！

赤鳞的速度很快，一路风驰电掣离开地下神殿上了地面，停都没停一直续往前游走。

李小白骑在赤鳞身上，把还没醒的张虎子横放在自己前面，一手抱着赤鳞的脖子，一手抓着张虎子，扭过头过去看后面："子郢还没出来，我们不等他吗？"

"他自己会出来的。你要等他我们走远一点再等，这里太近了，会被波及。"

李小白正要问被什么波及，就听到地下传来一阵轰隆隆的响声，像是地震，又像是整座山都在共鸣。巨大的震动从地下传上来，树木倾倒山石崩塌，李小白死死伏在赤鳞背上，一动也不敢动。一直到赤鳞停下来，才舒了口气。

赤鳞轻笑了一声，道："原来你也会害怕啊？"

"当然了，这种动静谁不怕啊。"

"嘿，还以为你真的天不怕地不怕呢。"赤鳞变成了人形抱了张小虎，牵起李小白的手，"走吧，我送你们回家。"

这里离月坪镇已经很近了，他可不敢继续用原形送他们。

李小白看着他，眨了眨眼："你这样……会吓到人的。"

赤鳞是一条蛇妖，道行还不到家，就算变成人，皮肤上还是有细小鳞片，贸然出现在普通人面前，只怕比他的原形还更吓人。

赤鳞皱了一下眉："但如果只有你和这小鬼，怎么解释这件事呢？"

六岁小女娃勇斗盗墓贼营救七岁小男孩？谁会信啊，还不更加把李小白当成妖怪？

李小白抿了抿唇："先等子郢上来吧……"

"等他来也一样，他又不能出山。"

赤鳞正为难时，前面山路上突然有人影一闪，赤鳞连忙把两个小孩子护在身后，喝问："什么人？"

那人影一闪再闪，已到了他们跟前。是个十四五岁的高大少年。短发，白衬衫，还带着几分稚气的英俊面容上写满了焦急。

李小白欢呼了一声，就从赤鳞身后扑了出来，一头钻进少年怀里，欢呼一声："大哥！"

来的这个少年正是李小白的哥哥李砚青，见两个小孩看起来都没事，他才松了口气，把李小白拎出来，问："没什么事？"

李小白摇摇头："没有。"

"没受伤？"

"没有。"是挨了两下打，但现在已经不痛了。

"很好。"李砚青板着脸，在旁边的山石上坐下来，然后向李小白招了招手，"过来。"

李小白就打了个寒战，往赤鳞身后缩，一面试图转移话题："大哥怎么回来了？"

"你们不见了，街坊邻居都闹翻天了，找人的电话都打到我们学校去了，我能不回来？"李砚青脸色一沉，再次招手，"过来！"

李小白苦着脸，磨磨蹭蹭挨过去，小猫般呜咽："大哥你轻点……"

李砚青抓起小丫头让她趴在自己腿上，照着她的小屁股就是一巴掌，教训道："这一下，打你回家不先告诉家人。就算找不到爸妈，不知道先给我打个电话，让你把学校电话抄下来是为了啥？"

跟着又是一巴掌："这一下，打你不听话乱跑。张家婶子有没有交待你？大人都不在家，你乱跑个什么劲？"

第三掌……

"这一下，打你不知轻重乱逞强。就你能！你一个六岁小孩子能干吗，知道消息不通知大人，出了事你兜得住吗？"

赤鳞看李小白被教训本来挺爽的，心想早就该有人打这丫头屁股了，但看着小丫头乖乖趴在那里，咬着下唇，努力不哭出来的样子，又有点于心不忍，咳嗽了一声，劝道："我说李少爷，小孩子不懂事，慢慢教就是了，你这在山里就打上了，是不是……"

他话没说完，却见李砚青已一把抱住了妹妹，红着眼圈，声音也哽咽起来："你知不知道我有多担心？我一路从学校赶回来，害怕得不得了，万一你要是出了什么事……万一你……你叫哥哥怎么办？你叫爸妈怎么办？你说你该不该打！"

李小白也哇地哭出声来，回身抱住哥哥："我错了……"

看着这两兄妹抱头哭成一团,赤鳞有点无语。

这是哪一出嘛。

不过算了,好歹李砚青来了,他也不用为难怎么把这两小鬼送回去了。

9 是美少女战士

张虎子的记忆被动了点手脚,他不记得地下神殿和大蛇的事,却依稀记得李小白去找他的事。何况最后他还是李家大哥救回来的。所以虽然不喜欢李小白,第二天还是在张大婶的陪同下,来向李家兄妹道谢。

看着张虎子扭扭捏捏满心不情愿地说了谢谢之后,李小白从椅子上跳下去走到他面前,一字一字道:"我不是妖怪。"

张虎子一怔,心虚地扭过头去,低声嘟哝:"又不是我说的,是……"

李小白没理他的吞吞吐吐,唰地摆了个POSE,转圈,亮相,一本正经道:"是美少女战士。"

……

1 温泉旅馆

李小白的抽奖运极差,一连三次,都只摸出了安慰奖——一包纸巾。

她盯着头奖的三天两夜温泉旅行券,十分不甘心。于是跟沈夙夜说:"阿夜,我们自己去吧?"

抽奖抽不中就要自己掏钱去旅行,这是什么道理?

沈夙夜有点无语地推了一下眼镜:"你出钱吗?"

李小白愣了一下,掏出手机来默默算了一下账,然后叹了口气:"之前果然应该从隐宗随便偷个什么古董出来卖的。"

沈夙夜一头黑线地闭了嘴。

李小白却突然一拍手,笑道:"不如我们找轻墨大哥一起去呀。"

李小白这位刚从山里出来不久的堂哥李轻墨正处在对各种陌生事物都充满好奇的时候,"温泉旅行"这种事情当然也不例外。甚至丝毫没有觉察出李小白只是想抓他做出钱的冤大头的事实,便欣然同意。

于是最后就变成了李小白、沈夙夜、李轻墨以及小女妖桃夭一起到了这个度假胜地温泉之乡。

他们订的旅馆地方很偏,三人一妖找了大半天才找到。没有办法,这种旅游旺季又是大众假期,像他们这种临时起意想起来旅游的,还能订到房间就不错了。

旅馆不大,仿古的装潢倒是很有几分雅致的韵味,不过也看得出来,已经上了年头,不少地方都掉了漆,斑斑驳驳,透着一种岁月沉重的气息。

李小白他们进来的时候,正有一群人在办理入住,都是年轻人,吵吵嚷嚷,把前台围了个水泄不通。他们只好在旁边的休息区等了一会。

李小白一反常态地没有在玩游戏,而是在看着前台那边的人。

"怎么了?"桃夭凑过去,压低了声音问。

"美人搜索程序运行中。"李小白模仿着机器人的声音,"发现漂亮女生!"

李轻墨正在喝水,几乎一口呛住。他放下矿泉水瓶,没好气地盯着李小白:"要是早生一百年,你这样就会被人当成淫贼直接替天行道了吧。"

"有什么关系嘛,看到美人谁不会多看两眼?"李小白笑眯眯的,一脸无所谓,"我也只是看看。"

但这旅馆的大堂实在太小了。

他们的声音虽然不大,但是也没有刻意压低,对面的人听了个一清二楚。那个栗色披肩发的女生几乎是立刻就转过来看向这边,她旁边的男生更是一脸不悦。

只怕没什么人会喜欢自己的同伴被人这样讨论。

李小白索性大方地挥了挥手,笑眯眯地跑过去作了自我介绍:"你好,我叫李小白。姐姐你长得真漂亮。"

李轻墨更加无奈:"她这样叫……只是看看?"

"是搭讪!"桃夭一挑眉,十分确定地点下头。

而沈夙夜则视若无睹地从他们身边走过去,去前台把入住手续办了。等他拿好房卡,李小白和那边的女生竟然已经十分亲近地凑在一起说话了。看起来,虽然没有人喜欢被人在背后议论,但要是被一个像小白这样亲切爽朗的少女夸奖,倒也不会叫人讨厌。

那个女生叫孟夏,也是来度假的,一起十个人,是个大学的社团,叫"特别科学部"。

部长是个圆脸男生,叫严初晴,一脸傲娇地向李小白等人介绍了旁边的成员们。

李小白觉得这些人挺有趣的,又问:"你们这个特别科学部平常都做些什么?"

"主要是搞各种创意小发明。"严初晴摆出了官方发言人的姿态,背后不知哪个成员悄悄加了句:"基本上都没什么实用价值。"严初晴转过头去,一众成员都一脸无辜地闭上了嘴。但这样一来他貌似也就没有介绍的心情了,随便一挥手:"总之,就是这样啦。"

孟夏却好像不喜欢他这样随随便便的态度,瞪了他一眼,然后才跟李小白说:"其实还是有很多有趣的东西啦。比如像热能刀、目光捕捉系统,还有变声蝴蝶结……"

"什么?变声蝴蝶结?"李小白眨了眨眼,很有兴趣的样子,"像柯南那样的吗?"

"是啊。"孟夏笑道,"我们 COS 的时候还用了呢。"

"是吗?"李小白一双眼开始发亮,"那眼镜追踪器呢?大马力球鞋呢?发射足球的皮带呢?太阳能滑板呢?"

她这一串问题下来，孟夏也不由得怔了一怔："你是柯南迷吗？"

而严初晴则皱起了眉："原则上来说，只要知道了那些东西的原理，也不难做出来……"

"真的吗？"

他话没落音，李小白已凑了过去，双眼亮晶晶的，兴奋地继续问："那任意门呢？竹蜻蜓呢？假如电话亭呢？声音凝固剂呢？记忆面包呢？"

她这样一气问下去，严初晴虽然嘀咕了一句"我又不是机器猫"，但还是有些得意地跟她讲了一些发明的事情。

李小白大为好奇。

难得有小女生对他们的东西表现出这样的兴趣，特别科学部的一众理科宅男们都有几分兴奋，甚至有人打开包拿出些工具和小玩意，现场给她演示起来。

沈夙夜他们几个反而被冷落在一边。

桃夭轻轻一摊手，沈夙夜也皱了一下眉，但是看着李小白亮晶晶的眼睛，也只是轻轻叹了口气。

算了，由她去玩吧。

2 闹鬼啊！

沈夙夜和李轻墨住一间房。

旅馆的房间也不大，也是古典风格的装潢，干净整洁。

沈夙夜放好行李，去洗了把脸，然后拿出之前在网上找出的旅行攻略来，靠在床头的被子上翻看，一面问："据说这边的山景还不错，有几个古庙。当地的风味小吃在网上的评价也很好。你想怎样？是先出去走走，还是先泡温泉？或者先休息一会吃完晚饭再泡？"

他一连问了几句，都没听到李轻墨回答，不由得抬起眼来，见李轻墨坐在那里，闭着眼，像是已经入定。

沈夙夜知道李家兄妹都是修行之人，每天打坐练功都是必修课，不过刚在旅馆里安顿下来就先练功好像有些奇怪。但他也知道这种时候不能打扰，便安静地等着李轻墨自己睁开眼来。

"这个旅馆有点奇怪。"李轻墨回过神来便直接道。

"嗯？怎么了？"

"太清静了。"

这里的确很清静。一方面是位置偏僻，另外也没什么客人。从大厅到房间，除了特别科学部那群人之外，就没有见过其它客人。

于是沈夙夜顺口道："住的人少不是更方便么？泡温泉也不用挤。"

"不，是说那些东西。"李轻墨解释，"这里阴气很重，一般老房子总是有些阴气的，也没什么奇怪的。但问题是，阴气这么重的地方，却没有那些东西。我刚刚仔细找了一下，一个都没有。"

李轻墨说的是一些低等灵或者弱小的精怪。它们总是会被阴气吸引，另外因为灵力太低，也只能待在阴气重的地方，不然可能太阳光都会随时将它们晒散了。

沈夙夜道："也许是因为你和小白来了，所以等级太低的东西就自动躲起来了吧。"

这些低等精怪，连阳光都怕，何况李家兄妹这样正经修行的法师。沈夙夜这也算是经验之谈，他的体质特殊，向来容易吸引那些东西，但自从和李小白一起生活，就再没有被它们侵扰。

李轻墨想想也有这个可能，就点了点头，又问："你之前跟我说什么？"

"是说现在离吃晚饭还有点时间，问你想出去走走，还是去泡温泉。"

李轻墨想了想，道："去问一下小白和桃天吧。"

李小白和桃天就住在他们隔壁的房间。但这个时候两人却不在，也不知道又溜到哪里去了。

"这两丫头真是的，跑哪去了也不说一声。"

沈夙夜推了一下眼镜，叹了口气道："大概还在缠着特别科学部那些人讨论奇怪的黑科技。"

"怎么连桃天也去了？"

"女生就是喜欢找伴扎堆嘛。"沈夙夜说着掏出手机来给李小白打了个电话。

关机。

沈夙夜怔了一下，抬眼看着李轻墨，问道："你有桃天的电话吗？"

李轻墨连忙也打了一个。

没人接。

于是两个男生只好自己去找特别科学部的人。

严初晴和特别科学部的几个男生正在泡温泉，对沈夙夜他们找来表示十分意外。

"李小白？哦，那个小女生啊？没有跟我们一起啦。"

"从大堂分开就没再见过。"

"隔壁找过吗？说不定她们也在泡温泉呢。"

这当然只是开玩笑。这里的温泉是露天的，依地势而建，只有一个大池，中间一堵墙隔开，根本就没什么隔音功能。要是她们在那边泡温泉，早就听到这边的声音了，怎么会不搭腔。

"孟夏和小婉说先去逛街的，她们是不是一起去了？"

"可能吧，我看她和孟夏倒聊得来。"

"都喜欢动漫嘛。"

几个人你一言我一语地说着话，李轻墨的眉头已经皱起来。

"不要太紧张啦。"特别科学部的一个男生靠在温泉的池沿上，一脸暧昧的笑容，取笑道，"紧迫盯人会被讨厌哦，女生们也要有自己的空间嘛。"

"我还是觉得这旅馆有些奇怪。"李轻墨压低了声音，跟沈凤夜轻轻道，"不知道小白是不是因为这个才出去的。我先四处看看，你留下，小白要是回来了就通知我。"说着看了泡在温泉里的特别科学部男生们，"这些人……也尽量看着点，不要让他们落单。"

他这么说了，沈凤夜也只好点了点头。

李小白很少不打招呼就玩失踪的，要找人当然是李轻墨比较快。而且李轻墨和普通人打交道的时间尚短，要保证这些人的安全，又不引起恐慌，还是沈凤夜比较拿手。

所以他们分完工，李轻墨去找人，沈凤夜也不好就这样站在温泉边盯着特别科学部，索性也去冲了个澡，下了水。

温泉的水带着点淡淡的硫磺味，但并不难闻。温度也合适，池底铺了层光滑的鹅卵石，靠在池边坐着，享受着泉水温热的抚慰，间或和旁边的人聊两句天，舒服惬意。

但沈凤夜才刚刚放松了身体，便突然觉得后背一凉。他整个人泡在温泉里，水面上明明还氤氲着一层热气，但他却觉得有丝丝寒意从自己身体的每一个毛孔渗进来。

水里像有什么东西，丝丝缕缕地缠上他。

冷冰冰的，又湿又滑，粘在他的皮肤上，就像一把湿透的长发。

沈凤夜想出声示警，却发现自己发不出声音。张不开嘴，也动不了，甚至连呼

吸都要被那些东西封死。

大意了！沈夙夜想。

早知道会有这种事，就算要下水也应该把小白给他的护身符带上。原来这里没有小精怪的原因并不是因为害怕李家兄妹，而是因为有个大家伙在。

那些像头发一样的东西将沈夙夜越缠越紧，缓缓往水下拖去。

沈夙夜说不了话，却并没有慌乱，睁大了眼看着身边水纹的波动，努力活动自己的身体，试图留下一点讯息。

整个过程似乎持续了很久，又似乎只有一瞬。和刚开始的时候一样突然，那种阴森的寒意骤然间便消失得无影无踪。

沈夙夜只觉得身体一松，连忙从池底蹿上来，重重喘了口气。

本来已经迅速打好了向严初晴他们解释他为什么会潜到水下的腹稿，却发现根本就没有人关心他的动静，大家都在惊慌失措地抓起身边所有能抓到的遮盖物挡住自己的身体。还有人在大叫"变态！""偷窥狂！"

沈夙夜抬起头，才发现李小白正蹲在隔在男女浴池之间的那堵墙上，嘟着嘴，小声嘀咕："呵，溜得倒快！"

原来那东西突然放手是因为李小白回来了。

沈夙夜松了口气，李小白从墙上跃下，落在他身边，问："你没事吧？"

沈夙夜摇了摇头，还没来得及说话，旁边用浴巾把自己裹得好像个阿拉伯人一样的严初晴先开了口："他没事，我们很有事！"

"欸？"李小白转过头看着他，眨了眨眼，"你们有什么事？"

严初晴哼了一声："我们泡温泉泡得好好的，你突然跑来偷看，难道不要赔偿我们的精神损失？"

"偷看？"李小白上下打量了这个脸圆圆长相普通的男生，毫不客气地道，"要偷看也是偷看我家阿夜啊，你们有什么偷看的价值？"

沈夙夜这个时候正靠在池沿上，胸膛随着喘息微微起伏，湿透的发丝柔顺地紧贴在脸侧，晶莹的水珠顺着他光滑的皮肤滴下来，本来就漂亮的脸庞带着种惊魂未定的苍白，看起来的确充满了诱惑。

严初晴被堵得怔了一下，正想说点什么把场子找回来的时候，外面突然传来一阵急促的脚步声。

跟着入口处的帘子就被挑起来，孟夏一阵风般跑进来："不得了了，我听说一个惊人的内幕……"

她话说到一半,突然顿下来,伸手指着李小白:"这里不是男浴么?你跑来这里做什么?"

李小白咧嘴一笑:"孟夏姐姐不是也跑来了吗?"

孟夏一愣,目光在男生们身上转了一圈,突然就红了脸。她捂着红透的脸颊惊叫了一声,又一声风般转身跑了出去。

搞什么嘛。

严初晴叹了口气,又听到孟夏隔着帘子叫道:"你们快点上来穿好衣服,真的是大事件!"

严初晴问:"到底什么事啊?"

帘子那边静了一会,才听到孟夏又是紧张又是害怕又是兴奋的声音:"原来我们住的这家旅馆闹鬼啊!"

3 不能输!

闹鬼的消息是孟夏和小婉在逛街的时候无意中听到的,之后又仔细打听了一番,才知道几年前有个失恋的女人喝醉酒,溺死在这个温泉里。从那之后,这个旅馆就开始闹鬼。几年下来失踪了好几个人,也有凡是住在这里的情侣都会分手的传言。

听她们说完,严初晴就好像听到无稽之谈般一挥手,说道:"这个世界根本就没有鬼!这都是迷信。"

"可是人家都说得有板有眼啊。"

"还有证人。"

"而且,你看,这种旅游旺季,这个旅馆却这么冷清,总有原因的吧。"

孟夏和小婉努力争辩。

严初晴叹了口气:"你们这样也算是大学生吗?你看,人体的物质构成说到底也就是那些元素,水、碳水化合物、脂肪、蛋白质、碳、氢……人死了也不过就腐化分解还原,但这些东西我们每天都看到,你说到底什么成分会变成鬼呢?"

李小白正在另一边忙着跟沈夙夜和刚打电话叫回来的李轻墨解释她下午的行踪。

"桃夭有点水土不服,我陪她去找了个地方'休息',她怕大哥担心,就没说。刚好我手机又没电了。"

桃夭是树妖,对于水质土质的变化本来就比人类敏感得多,不过这也不是什么

大事。

李轻墨才松了口气，李小白的手指便戳到他鼻子上来，嫌弃道："不过大哥你真是太让我失望了。就是因为有你在，我才放心陪桃夭出去的。结果你倒好，把阿夜一个人留在这里！这旅馆有问题你难道感觉不出来？阿夜差一点就被那个女鬼拖走了啊。"

李轻墨有点心虚。因为还是白天，又这么多人在一起，他就大意了，以为不会有事的。

李轻墨正要道歉的时候，那边孟夏耳尖，正听到李小白说了"女鬼"，连忙跑过来，像寻求支援一样，拖住李小白的手，向严初晴道："你看，小白也认为有鬼的！"

李小白本来是气恼李轻墨没保护好沈夙夜，才一时口快，没想到竟然被人揪住，反而愣在那里，愣愣出了声："欸？"

严初晴看着他们，又叹了口气，用教育小学生的口气道："好吧。就算有鬼好了。所谓的鬼，不过是人死后残留下的一种磁场或者电波。顶多就是人类身体的生物电激活了周围空间的电离子，这些电离子又被周围环境里的磁场影响，或者是在某种巧合下产生了共鸣，才会让人觉得看到什么听到什么各种'撞鬼'的现象。其实那就好像是录下的一段影像或者声音。你觉得一个录音真的能对活着的人产生什么伤害吗？根本就是无稽之谈嘛。你们竟然还真的相信？"

李小白本来也并不会在普通人面前说神鬼之事，但严初晴这样的口气，却在无意中激起了她的好胜心。

无稽之谈？

李小白笑了笑，转向李轻墨道："你把《玉清无上内景真经》背给他听。"

李轻墨愣了一下："背那个做什么？"

李小白道："他刚刚说那些什么磁场电波生物电电离子什么的，你听懂了吗？"

李轻墨摇了摇头，李小白道："那不就是了，我们也不能输，当然要说点他们听不懂的！"

沈夙夜乏力地叹了口气："你自己为什么不背？"

"因为我已经忘得七七八八了。"李小白说得理直气壮。

不单李轻墨，连严初晴和孟夏也露出了无语的表情。

沈夙夜只好又叹了口气，道："大家不用理她，这丫头有时候有点……"他话没说完突然顿下来，眉头一蹙，像是突然遭受什么痛楚一样。

李小白连忙伸手扶住他："阿夜！"

沈夙夜露在衣服外面的手和脖子上开始缓缓浮现一道道细细的勒痕，脸色也变得苍白。

严初晴睁大了眼睛，沈夙夜之前还和他们一起泡温泉，那个时候他身上可没有这些伤痕。

李轻墨对沈夙夜这次遇袭心存愧疚，也不等李小白开口，便伸出一只手抵住沈夙夜的后心，一团柔和的金光将沈夙夜整个人笼在其中。

沈夙夜张开嘴，哇地吐出一口黑水，但那些黑水却在落地的同时便消失得无影无踪。他吐出黑水之后，身上的勒痕便又渐渐隐去，脸色也恢复了正常。

李小白皱了一下眉："阴气？"

李轻墨点了点头："嗯。"

"可恶。"李小白咬了咬牙，"我大意了。"

特别科学部的人目瞪口呆地看着这一幕，半晌才有人讷讷道："这是怎么回事？"

李小白一挑眉："就是你们说的'无稽之谈'了。"

4 科学抓鬼！

"这个世界上绝对没有科学不能解决的事情！"

虽然被吓了一跳，但是严初晴也不是等闲之辈。他搞过那么多奇奇怪怪的发明，今天碰上一个鬼魂，也算不了什么特别离奇，反而下定决心要搞明白这到底是怎么回事。

跟旅馆的经理商量过之后，特别科学部就开始忙碌起来了。

他们买来各种零件开始制作一些机器，也改装了旅馆的监视系统，在旅馆各处布下摄像头与感应器。半天不到，本来古色古香的旅馆就变成了充满科幻色彩的黑科技聚集地。

相比起来，李家兄妹的动静要小得多。

只有李轻墨在旅馆里转了一圈，李小白甚至只待在房间里一边玩游戏一边陪着沈夙夜。

沈夙夜笑道："看你之前的态度，好像要和他们一争高低，怎么现在反而不在意了。"

李小白连眼都没抬："让他们先忙活吧，要真的拿摄像机就能把鬼找出来，那还要我们做什么？"

对于她的这种说法，严初晴当然嗤之以鼻。

"我还是坚持所谓'鬼魂'不过是磁场和电波的产物。那么只要它出现，周围的磁场肯定就会有所变化，我们的感应器不单可以感应磁场变化，从光线到温度到声音，任何细微的变化都可以敏锐的捕捉。只要它出现在这个旅馆里，就绝对逃不出我的掌握！"严初晴坐在控制室里，看着面前一排监视器，自信满满。

孟夏一脸崇拜地看着他，但又有些担心："但是找到之后怎么办呢？你也看到了，沈夙夜被弄成那样，可是他们用法术才治好的。"

"法术？"严初晴嘿嘿一笑，"我当然也有秘密武器！"

但是一天过去，特别科学部的仪器没有任何反应。同样的，李轻墨也没有任何发现。

那个女鬼就好像已经从这里消失了一样。

严初晴和李小白的心情都不太好。

到了第二天下午，严初晴去找了李小白，道："我们合作吧。"

李小白有点意外，问："怎么个合作法？"

严初晴道："我觉得这个鬼大概是躲到了另一个空间，所以我们才找不到。但是这样干等她自己出现也不是办法。"

李小白道："难道你有什么办法找她出来？"

"既然她能在这里出现，就证明两个空间之间必然有一个连接点。"严初晴拿出纸笔来写写画画，"就好比一个虫洞。通过它就可以穿越到另一个空间……"

"等一下。"沈夙夜很吃惊地打断他，"你是说你能做出一个虫洞？"

"虫洞"的理论在科学界虽然提出很久了，但实际上却一直是科幻小说的内容，目前还没有人真的发现。它是连接两个平行空间，或者宇宙间任意不同区域的通道。如果真的能制造出稳定的虫洞，那么任意门什么的，也就指日可待了。

严初晴愣了一下，轻咳了一声，然后才道："我不能。但如果这里确实有两个空间重叠连接的点，我想我也许有办法可以找出来。"

"找到又怎么样呢？普通人是不可能过去的。"李小白泼他冷水。

"我知道，目前我们当然没有办法把人类分解成离子状态再组合起来。但我们可以通过这个点，向另一个空间发射某个频率的干扰电波，把那只鬼抓出来。"

李小白听得似懂非懂，于是沈夙夜翻译："我想他说的是招灵。"

李小白一捶手："原来如此。早说嘛。"

对于修真者来说，招灵自然并不陌生。上到祷告天神祈风求雨，下到请鬼上身玩个碟仙笔仙，都是招灵。但现在的情况和玩碟仙那种撞上附近有什么就是什么不一样，要招出一个特定的鬼魂，还是一个有意躲着他们的恶鬼，却有一番繁琐的准备工作。

李家兄妹一直忙到晚上。

在温泉边设了香案，布了禁制，点了香烛，烧了符纸，李轻墨站在香案后面，一手执长剑，一手捏着法诀，念出咒语。

特别科学部的女生们双眼都变成桃心，小声叫道："好帅啊。"

"就是说，比电视上的道士帅多啦。"

男生们则有些不忿，"装模作样""装神弄鬼"之类的话一直挂在嘴边。

他们也在忙，忙着收集各种数据，发射干扰电波。

其中一台仪器的灯突然一闪，跟着就"嘀嘀嘀"地报起警来。

"来了！"李小白那边也轻叱了一声，已在手中扣住一张符。

"快快，改变空间磁场，封锁空间通道，免得它再次溜走。热能刀准备好，电离子分解枪充能！"严初晴站在一堆机器中间，迅速地下达指令。

周围的空气骤然间降下来，呼吸间都能看到一团团白色雾气。

温泉却像被煮开了一样，水面不停沸腾着翻滚着，然后猛烈地爆开，水花被高高激起，海浪般冲向周围众人。

李小白一眼看到夹在水花中丝丝缕缕的黑色长发，叫了声"大家小心，不要被发头缠住"，一面将手里的符飞射出去。符纸沾了水，竟然反而呼地燃烧起来，水里的长发被烧得嗞嗞作响，不知从哪里传来一声凄厉的惨叫。

李轻墨的长剑跟着就向着声音传来的方向斩去。

严初晴也几乎在同一时间发出了"电离子分解枪，发射"的命令。

轰的一声巨响，强烈的闪光笼罩了整个旅馆。闪光只持续了很短的几秒钟，便恢复了正常，各类仪器的警报也停了下来。

云淡风轻，天空一轮明月，除了站得近的几个人被溅了一身水之外，好像什么也没有发生。

"解决了？"孟夏从严初晴身后探出头来。

"当然。"严初晴回答，"早就说过，鬼不过是空气里残留的离子，现在已经全部被分解中和了嘛。"

孟夏歪了歪头:"那么……这算是科学解决的,还是法术解决的?"

严初晴皱了一下眉,这个问题倒是不太好回答。虽然他也想说完全是科学的功劳,但李小白那张在水里燃烧的符,和李轻墨那一剑之威,大家都有目同睹。

李小白倒好像已经完全不记得之前的意气之争,甩了甩身上的水,轻轻一笑:"有什么关系呢?反正解决了。"

严初晴点了点头:"说得也是!"

5 阿夜,你真好看

女鬼解决了,沈夙夜觉得接下来应该可以好好泡泡温泉了。但他还没泡几分钟,就听到旁边又传来一阵慌乱的惊叫。

沈夙夜睁开眼,见李小白又蹲在中间的隔墙上。身上只套了件浴袍,湿漉漉的短发贴在脸侧,在温泉蒸汽的衬托下,绯红的小脸就好像个熟透的苹果,让人忍不住想咬上一口。

见沈夙夜看过来,她还扬手打了个招呼:"哟,阿夜。"

沈夙夜一头黑线:"哟什么哟?你又跑那上面去干什么?还不赶紧下来!"

话一出口,他就意识到自己说错了。李小白动了一下,真的就好像要跳下来。

这可是男浴!之前闹鬼她跑进来就算了,这时再进来,像什么话!

沈夙夜连忙摆手:"往那边,回女浴去。"

李小白歪了歪头,回头看了一眼,又看一眼沈夙夜,一脸茫然的样子。

沈夙夜总算意识到不对劲了,问道:"你喝酒了?"

李小白伸出手,拇指和食指比了个高度:"一点点。"

你个半杯倒,学什么不好,学人喝酒。

沈夙夜额上青筋都要暴出来了:"谁让你喝的?"

"桃天。"李小白毫不迟疑地把小桃妖给卖了。

桃天在那边有点心虚地笑了声:"泡温泉怎么能不喝酒呢,是吧?"

是个头!

未成年喝什么酒!

沈夙夜才想训斥,就看李小白挥着手,一副要跳下来的样子。

他只能赶紧过去接。

但李小白不是跳的,简直是一头栽了下来,摔在温泉池子里,扑通一声,溅起的水花泼了沈夙夜一头一脸。

沈夙夜默默地抹了一把脸上的水，算了，他不管了。他才刚转过身，李小白自己从水里冒了出来，扑到了他背上。她双手抱着他，头从他肩上探过来，在他脸上响亮地亲了一口，声音轻柔，赞叹道："阿夜，你真好看。"

沈夙夜瞬间就红了脸，只觉得脸上的温度比这温泉还要高出好几倍。他做了个深呼吸，努力地平复自己的情绪。

她喝醉了，不能跟喝醉的人计较……

沈夙夜努力地说服自己，但李小白头一垂，就靠在他肩上睡着了。

睡！

着！

了！

沈夙夜：……

沈夙夜把李小白送回房间。

他大概就没有好好泡个温泉的命，他想。

但看看酣睡中的李小白，又想，算了。谁叫她是他的小白呢。

5.5 篇末小剧场

孟夏：（气势汹汹）李小白，你竟然偷看我家初晴泡温泉！

李小白：（毫不在意）你不是也看到我家阿夜了嘛。

孟夏：呃……

李小白：（出示二人当时照片）看，怎么也是你赚到吧？

孟夏：（来回打量，脸红）好像也是。

沈夙夜：（面无表情）小白，下个月房租加倍！

李小白：啊啊啊啊啊——不要啊啊啊……

White Nights Strange Events
白夜灵异事件簿 Ⅱ

作者
风 魂

总策划
朱家君

选题策划
熊 嵩

执行策划
许斐然 肖梓熠

封面绘画
东靖晨

封面设计
徐昱冉

设计总监
李 婕

宣传营销
蒋 惊

运营发行
常蓦尘

出版社
长江出版社

总出品
漫娱文化

平台支持

小说馆　脑洞W　烧脑X　热梗STORY

图书在版编目（CIP）数据

白夜灵异事件簿.2 / 风魂 著.
—武汉：长江出版社，2017.11
ISBN 978-7-5492-5474-3

Ⅰ.①白… Ⅱ.①风… Ⅲ.①推理小说-小说集-中国-当代 Ⅳ.①I247.5

中国版本图书馆 CIP 数据核字（2017）第 275549 号

本书由风魂委托天津漫娱文化传播有限公司正式授权长江出版社，在中国大陆地区独家出版中文简体版本，并取得其他衍生授权。未经书面同意，不得以任何形式转载和使用。

白夜灵异事件簿.2/ 风魂 著

出　　版	长江出版社
	（武汉市解放大道 1863 号 邮政编码：430010）
出　　品	漫娱文化
	（湖北省武汉市积玉桥万达写字楼 11 号楼 19 层 邮政编码：430060）
出版人	赵　冕
选题策划	漫娱文化图书
市场发行	长江出版社发行部
网　　址	http://www.cjpress.com.cn
责任编辑	陈　辉
特约编辑	许斐然　肖梓熠
装帧设计	徐昱冉　毛徐安
印　　刷	湖南关山美印有限公司
版　　次	2017 年 11 月第 1 版
印　　次	2017 年 12 月第 1 次印刷
开　　本	710mm×1120mm　1/16
印　　张	20
字　　数	363 千字
书　　号	ISBN 978-7-5492-5474-3
定　　价	35.00 元

版权所有，翻版必究。如有质量问题，请联系本社退换。
电话：027-82926557（总编室）　027-82926806（市场营销部）